Ninni Schulman

DAS PARADIES VERRÄT MAN NICHT

Schwedenkrimi

Aus dem Schwedischen von
Susanne Dahmann

Hoffmann und Campe

Die Originalausgabe erschien 2024 unter dem Titel *Käraste Lena* bei Bazar Förlag.

MIX
Papier | Fördert gute Waldnutzung
FSC® C014496

1. Auflage 2025

Harvestehuder Weg 42, 20149 Hamburg, produktsicherheit@hoca.de
www.hoffmann-und-campe.de
Umschlaggestaltung: © wilhelm typo grafisch, Zollikon
Umschlagabbildung: © Calliam / Malshak / Andrei Dubadzel / Shutterstock.com
Satz: Pinkuin Satz und Datentechnik, Berlin
Gesetzt aus der Minion Pro
Druck und Bindung: GGP Media GmbH, Pößneck
Printed in Germany
ISBN 978-3-455-01773-1

HOFFMANN UND CAMPE

Ein Unternehmen der
GANSKE VERLAGSGRUPPE

Kapitel 1

Ingrid Wolt schob ihren Putzwagen in die Abseite und wechselte von der Hoteluniform zu ihrer normalen Kleidung: Jeans, Trainingsjacke und Sportschuhe.

Bevor sie den Umkleideraum verließ, warf sie einen raschen Blick in den Spiegel, um zu kontrollieren, ob die dunkle Perücke richtig saß. Im Vorbeigehen verabschiedete sie sich von Tanja und eilte dann, ohne irgendjemanden zu grüßen, durch die feuchtwarme Waschküche und weiter durch das Wäschelager.

Langsam schob sie die schwere Hintertür auf und spähte auf die Straße hinaus.

Der Parkplatz vor dem Mora Hotel war ruhig. Keine Menschen in den Autos. Auch auf der Straße war niemand unterwegs. Nur im Tingsparken war eine Dame im Mantel zu sehen, die einen Pudel an der Leine führte. Ingrid sah sie eingehend an, dann setzte sie die Sonnenbrille auf und ging rasch zu ihrem neuen Auto, einem gebrauchten Volvo 240, an dessen Rückspiegel ein Bund Würfel hing. Als sie zu Beginn des Sommers aus dem Gefängnis Hinseberg entlassen worden war, hatte sie ihren alten Saab sofort gegen diesen Volvo eingetauscht, den Thomas ihr gekauft hatte. Rein prestigemäßig war das ein schlechter Tausch gewesen, aber das ließ sich nicht ändern. Der Volvo mit seinem abgeschabten Aufkleber des örtlichen Fußballvereins auf der Heckscheibe war definitiv die bessere Tarnung.

Sie setzte sich ins Auto und verriegelte die Türen, ließ den Blick über die umliegenden Straßen und das Amtsgericht wandern. Das Schlagholz aus ihren Brennballzeiten lag auf dem Beifahrersitz bereit. So schnell sie konnte, startete sie den Wagen und fuhr auf die Strandgatan hinaus.

Erst als sie das Stadtgebiet und auch die Reitschule hinter sich gelassen hatte, nahm sie die Sonnenbrille ab. Die Perücke musste auf dem Kopf bleiben, obwohl sie nach dem langen Arbeitstag höllisch juckte.

Auf der Höhe des Waldmuseums in Siljansfors bemerkte sie einen schwarzen Audi, der direkt nachdem sie vorbeigefahren war vom Parkplatz auf die Straße einbog. Er hatte schnell aufgeholt, blieb aber hinter ihr, obwohl die Strecke am Gutshof vorbei schnurgerade war.

Bei der Abzweigung zur Hütte hing er noch immer dicht hinter ihr. Ingrid wagte nicht abzubiegen, sondern fuhr in mäßiger Geschwindigkeit weiter auf der Landstraße.

»Jetzt überhol doch«, sprach sie in den Rückspiegel. »Kleb nicht einfach nur so hinter mir.«

Sie versuchte den Fahrer zu erkennen, aber dessen Sonnenblende war heruntergeklappt.

Erst als sie sich Kättbo näherten, blinkte der Wagen und wechselte die Spur. Ingrid stellte sich darauf ein, abgedrängt zu werden, sie umklammerte fest das Lenkrad, doch der Wagen fuhr geradeaus und verschwand hinter der nächsten Kurve. Sie bog etwas weiter auf einen Parkplatz ein und atmete tief durch, ehe sie wieder kehrtmachte.

Jetzt war niemand mehr hinter ihr, da war sie fast sicher, warf aber dennoch einen letzten Blick in den Rückspiegel, ehe sie auf den Traktorweg zur Hütte hinunter bog. Der dichte Wald reichte von allen Seiten bis an den Weg heran, aber das Grundstück, das hauptsächlich aus Blaubeersträuchern und spärlichem Gras bestand, hatte einen Uferstreifen am See, mitsamt Steg und ein paar glatten Felsen am Wasser, die im Sonnenschein immer noch lauwarm waren.

Hier konnte sie sich noch eine Weile vor der Welt verstecken.

Als Benny ihr angeboten hatte, sie könne, bis sie eine andere Lösung finde, gratis in der Sommerhütte wohnen, hatte sie das erleichtert angenommen.

Ingrid wünschte, sie könnte Anna einmal mit hierhernehmen, aber wenn das Jugendamt sehen würde, wie sie jetzt wohnte, mit Plumpsklo und ohne warmes Wasser, würde es noch länger dauern, ehe sie das Sorgerecht zurückbekäme. Sie hatte sich auf die Liste für die Wohnungsvermittlung in der Gemeinde eingetragen, und wenn sie wenigstens eine halbe feste Stelle im Hotel bekommen würde, dann müsste auch irgendwann mal ein Mietvertrag möglich sein.

Ingrid stellte den Motor ab, verließ das Auto und streckte sich.

Es roch nach warmem Moos und Kiefernnadeln, und aus der Entfernung war der Verkehr der Landstraße auf der anderen Seite des Sees zu hören. Das Geräusch gab ihr ein Gefühl von Sicherheit. Offenbar war sie doch nicht ganz allein im Universum, auch wenn es sich die meiste Zeit so anfühlte.

Als sie in die Hütte kam, nahm sie als Erstes die Perücke ab und platzierte sie auf dem eigens dafür angefertigten Ständer im Schlafzimmer. Es war ein teures Ding, bei einem richtigen Perückenmacher in Stockholm gekauft. Wieder einmal war es Thomas gewesen, der ihr geholfen hatte. Manchmal fragte sie sich, wie sie ohne ihren kleinen Bruder klarkommen würde.

Sie zog den Nylonstrumpf ab, der ihr echtes Haar am Platz hielt, und fuhr sich mit den Fingern durch den Haarschopf. Dann nahm sie den Bademantel, schlüpfte in die alten Holzschuhe von Bennys Großmutter und ging zum Steg hinunter. Die Birken am Ufersaum hatten schon gelbe Blätter bekommen, und Ingrid zitterte, als sie sich nach und nach auszog.

Der kleine See war auf allen Seiten von Wald umgeben. Weiter südlich konnte man zwischen den Baumstämmen ein paar Hütten erkennen, doch zu dieser Jahreszeit, Mitte September, standen sie alle leer. Ingrid hatte in den letzten Wochen keinerlei Anzeichen von Leben dort gesehen.

Der Kleiderhaufen zu ihren Füßen erinnerte sie an ihren ersten Tag auf Hinseberg, als die Chefwärterin Evy sie gezwungen hatte, in der gigantischen Wanne mitten im Waschraum heiß zu baden, während sie daneben stehen blieb und zuschaute. Als ob Ingrid entlaust und desinfiziert werden müsste, ehe sie die Anstalt betreten durfte. Der gekachelte Raum hatte mehr wie eine Anstalt für Geisteskranke aus früheren Zeiten ausgesehen als wie ein modernes Gefängnis.

Ingrid hatte zu argumentieren versucht, dass sie mindestens ebenso sauber würde, wenn sie duschte – immerhin gab es entlang der Wand eine Reihe dafür vorgesehener Nasszellen –, doch da hatte Evy sie auf die Regeln hingewiesen und ihr klargemacht, dass Ausnahmen keine Option waren, nicht einmal für sie, falls sie das glaube, nur weil sie Polizistin gewesen sei.

Evys Blick hatte sich in Ingrids nackte Haut gebrannt, und sie hatte ihr Bestes getan, nicht an die raue Emaille der Wanne zu denken und an die Hunderten von Frauenleibern, die schon vor ihr darin geschrubbt worden waren. Danach hatte sie sich schmutziger denn je gefühlt.

Jetzt ließ sie ihren BH und auch die Unterhose ganz oben auf den Kleiderhaufen fallen. Der See lag spiegelglatt, und das Wasser war so klar, dass sie einen Schwarm Stichlinge vorbeihuschen sehen konnte. Sie zählte auf drei, holte tief Luft und tauchte ein.

Kapitel 2

Wie man es Benny und Kenneth angekündigt hatte, hing die Leiche im Schlafzimmer. Die Schnur um den Hals der Frau, anscheinend eine Wäscheleine, war am Lampenhaken befestigt, und der Stuhl, auf dem sie gestanden hatte, lag umgeworfen am Fußende des Bettes.

Der Kopf war in einem spitzen Winkel zur Seite gekippt, und das lange Haar fiel ihr über die Schulter.

Wie eine Schlenkerpuppe, dachte Benny und vermied es, das bleiche Gesicht anzusehen. Die Deckenlampe, ein altmodischer Kronleuchter, stand neben dem Bett auf dem Fußboden.

Das Schlafzimmer war genau wie der Rest des Hauses sauber und aufgeräumt, am Fenster standen gepflegte Topfpflanzen. Das massive Doppelbett war sorgfältig gemacht und mit einem farbenfrohen Überwurf bedeckt.

Anscheinend hatte sie bis zum Schluss einen guten Eindruck machen wollen.

Kenneth richtete den Stuhl wieder auf und stieg darauf.

»Hältst du fest, dann schneide ich, okay?«, sagte er.

Benny nickte, umfasste fest die Taille der Frau und atmete durch den Mund. Als die Wäscheleine durchtrennt wurde, schwankte er, obwohl er darauf vorbereitet gewesen war, dennoch unter dem Gewicht. Kenneth sprang vom Stuhl, und gemeinsam legten sie die Leiche auf den Holzfußboden.

Benny schätzte, dass die Frau um die dreißig Jahre alt war. Obwohl das Kinn heruntergefallen und der Mund damit weit aufgerissen war, konnten sie sehen, dass sie hübsch gewesen war. Normal gebaut, gepflegte Fingernägel und gefärbtes Haar.

»Ich kenne sie«, sagte Benny. »Aber ich weiß nicht mehr, woher.«

»Ich auch«, erwiderte Kenneth. »Ich war hier, als ihr Mann vor ein paar Jahren gestorben ist. Sie heißt Lena.«

Benny ging in die Küche, während Kenneth einen neuen Film in die Kamera einlegte, um das Zimmer zu fotografieren. Kariertes Tischtuch und Bistrogardinen aus demselben Stoff. Die Pelargonien auf der Fensterbank blühten.

Die ältere Frau, die sie gerufen hatte, zupfte an einem Stück Küchenpapier herum. Auch sie kam ihm bekannt vor. Neben ihr am Tisch saß ein breitschultriger Mann in Arbeitshosen mit einer Kappe in der Hand.

Benny holte Notizblock und Stift heraus.

»Wir können mal mit Ihren Namen beginnen«, sagte er.

Die Frau schnäuzte und räusperte sich.

»Also, ich heiße Gunnel Nilsson, und ich bin Lenas Arbeitskollegin. Wir arbeiten zusammen im Coop hier auf der Insel.«

Natürlich, der kleine Supermarkt auf Sollerön. Jetzt fiel Benny wieder ein, wo er sie schon mal gesehen hatte. Er notierte ihren Namen und wandte sich dann an den Mann.

»Rune Hedström, Lenas Schwager. Und Nachbar. Lena war mit meinem jüngsten Bruder Eskil verheiratet, der leider vor ein paar Jahren verstorben ist. Meine beiden anderen Brüder wohnen auch auf diesem Hof.«

Er nickte aus dem Fenster zum Hauptgebäude hin.

Benny war von dem Haus, das mit seinen kunstvollen Holzschnitzereien im Giebel einem Gutshof ähnelte, beeindruckt und hatte zunächst angenommen, dass sie dorthin gerufen worden seien. Doch Lenas kleines Häuschen lag ein wenig abseits neben einem größeren Schuppen. Eine hohe Scheune rahmte das Grundstück auf der anderen Seite des Hofes ein.

»Aber Sie waren es, die die Polizei gerufen hat«, sagte Benny zu Gunnel.

»Ja. Ich arbeite schon lange mit Lena zusammen, und sie ist immer kerngesund und kommt nie zu spät zur Arbeit. Als sie nicht aufgetaucht ist, gestern nicht und heute auch nicht, und auch nicht ans Telefon gegangen ist, da habe ich mir Sorgen gemacht und bin hierhergefahren. Ich habe mehrmals geklopft, ganz laut, aber als keiner aufgemacht hat, habe ich die Klinke probiert, und die Tür war nicht verschlossen, also bin ich reingegangen. Vielleicht liegt sie hier und ist krank, dachte ich. Deshalb bin ich ins Schlafzimmer. Ich kann es gar nicht fassen …«

Gunnel schlug sich die Hand vor den Mund und holte ein paarmal tief Luft, ehe sie weiter sprach.

»So etwas Schlimmes habe ich noch nie gesehen, das muss ich sagen. Mir war sofort klar, dass sie tot ist, also bin ich in die Küche und habe mich aufs Telefon gestürzt. Dann bin ich rausgegangen. Hab's einfach nicht ausgehalten, alleine hier drin zu sein. Als ich Rune vor der Scheune sah, bin ich hingelaufen und hab es ihm erzählt.«

Rune drehte seine Kappe in der Hand und schluckte.

»Ich weiß nicht, was ich sagen soll. So jung und so was mit sich machen«, sagte er leise. »Bevor Sie gekommen sind, haben wir nach einem Abschiedsbrief gesucht, aber nichts gefunden.«

»Längst nicht alle schreiben einen«, versicherte Benny ihm.

»Sie war so nett«, sagte Gunnel. »Hilfsbereit und in jeder Hinsicht ordentlich und tüchtig.«

»Was würden Sie sagen, wie es ihr in letzter Zeit gegangen ist?«, erkundigte sich Benny.

»In der letzten Woche war sie irgendwie traurig oder … ich weiß nicht genau, wie ich es ausdrücken soll … unruhig vielleicht. Ich habe sie gefragt, ob irgendetwas sie bekümmert, aber da hat sie gesagt, es sei nichts. Typisch Lena.«

Gunnel wischte sich die Augen.

Benny nickte und wandte sich an Rune.

»Ja, also, ich hab keine Ahnung. Sie war übers Wochenende verreist gewesen, das weiß ich, aber es ist lange her, seit ich richtig mit ihr gesprochen habe.«

Kenneth kam in die Küche und begrüßte die beiden.

»Mein Beileid«, sagte er, dann wandte er sich an Benny.

»Ich bin langsam fertig und ruf jetzt mal die Kripo an. Der Gemeindearzt dürfte auch innerhalb der nächsten Stunde hier sein.«

Kenneth verschwand durch die Tür.

»Hatte Lena Kinder?«

»Nein«, antwortete Rune. »Also, keines, das lebt. Sie hatten einen Jungen, der ist kurz nach der Geburt gestorben.«

»Was ist mit Eskil passiert?«, fragte Benny.

»Irgendwas mit dem Herzen«, meinte Rune. »Ist Knall auf Fall einfach so gestorben. Stark und gesund war er. Oder zumindest haben wir das gedacht.«

Manche Leute haben einfach schwer zu tragen, dachte Benny. Vielleicht war es nicht so verwunderlich, dass Lena sich entschieden hatte, ihr Leben zu beenden.

»Wer sind die nächsten Angehörigen, die wir informieren müssen?«, fragte er. »Mal abgesehen von Ihnen hier auf dem Hof?«

»Ihre Mutter und ihr Vater wohnen in Örnsköldsvik«, erklärte Rune. »Soweit ich weiß, sind das die einzigen Verwandten, die sie hat.«

Benny notierte die Namen der Eltern. Die Kollegen da oben im Norden würden es auf sich nehmen müssen, die Todesnachricht zu überbringen.

»Ja, also, wenn Sie mich nicht mehr brauchen, dann sollte ich zurück zur Arbeit fahren«, sagte Gunnel und erhob sich. »Die wundern sich bestimmt schon, wo ich bin. Was für ein schrecklicher Tag. Die arme Lena. Dabei war sie so nett.«

Kapitel 3

Ingrid hatte gerade Feuer im Kamin gemacht, als Benny auf den Hof gefahren kam. Inzwischen konnte sie das richtig gut, sie wusste genau, wie viel Zeitungspapier unter den Spänen nötig war und wie weit die Luke geöffnet werden musste, damit das Feuer in Gang kam.

Als die Holzkloben ordentlich brannten, schob sie die Luke wieder zu, erhob sich und wischte die Hände an ihrer Hose ab.

Benny stampfte die Treppe hinauf, blickte Ingrid schon durchs Fenster an und öffnete die Tür, ohne zu klopfen. Ein kühler Windzug wischte durch den Raum.

»Guten Abend in der Stube«, sagte er und legte einen Umschlag und eine Postkarte auf den Klapptisch. »Den Anrufbeantworter hab ich auch abgehört, aber da war nichts drauf.«

»Auch keine Nachricht vom Jugendamt?«

»Nix.«

Fast drei Wochen war es jetzt her, seit Ingrid Anna das letzte Mal hatte treffen dürfen. Normalerweise wartete Berit Sundhed nicht so lange damit, sich zu melden, um einen neuen Termin auszumachen. Vielleicht lag es daran, dass Anna gerade eingeschult worden war und sich jetzt an so viele neue Dinge gewöhnen musste. Auch wenn es schwer auszuhalten war, tat Ingrid ihr Möglichstes zu akzeptieren, dass ihre Tochter noch eine ganze Weile bei der Pflegefamilie in Sigtuna bleiben würde.

Sie schaute die Post durch. Der Brief war von Thomas, und die Karte, auf der das schwedische Königspaar zu sehen war, stammte von Majsan, mit der sie zusammen in Hinseberg gesessen hatte.

Mehrmals die Woche leerte Benny Ingrids Postfach in Mora und fuhr dann zu dem Hof in Kumbelnäs hinaus, wo sie im Sommer gewohnt hatte, um dort ihren Anrufbeantworter abzuhören. Sie waren übereingekommen, dass es am besten sei, wenn alle glaubten, sie würde immer noch dort wohnen.

»Sonst nichts?«, fragte Ingrid. »Nichts von Kjell?«

»Nein«, meinte Benny.

Kjell rief mindestens einmal in der Woche an und hinterließ Nachrichten auf ihrem Anrufbeantworter. Als Polizist wusste er natürlich, dass er sie nicht direkt bedrohen durfte, aber schon seine scheinheilig sanfte Stimme genügte, um ihr Todesangst einzujagen.

Auch wenn das nichts bedeutete, seufzte Ingrid erleichtert.

»Möchtest du etwas?«, fragte sie. »Kaffee? Ein Butterbrot?«

»Nein, alles gut«, sagte Benny und winkte ab. »Ulrika wartet mit dem Essen. Obwohl, einen schnellen Kaffee würde ich nehmen. Wenn du auch einen trinkst.«

Ingrid begann mit der Kaffeemaschine zu hantieren, füllte Wasser ein und maß Kaffeepulver ab.

»Manchmal phantasiere ich darüber, ihm eine Falle zu stellen«, gestand sie.

»Eine Falle? Willst du ihn von der Klippe schubsen?«

Benny sah aufrichtig besorgt aus.

Ich würde keine Sekunde zögern, wenn ich damit davonkommen könnte, dachte Ingrid, sagte es aber nicht.

»Nein, aber dass ich so tun könnte, als würde ich an seine guten Absichten glauben und dass wir uns mal aussprechen sollten. Und wenn wir uns dann sehen, würde ich alles heimlich aufnehmen.«

Es war ziemlich unwahrscheinlich, dass sie ein solches Treffen überleben würde, aber irgendwie musste dieser Terror ein Ende haben.

»Das klingt wie eine richtig schlechte Idee«, entgegnete Benny.

»Ich weiß. Aber irgendwas muss ich tun. Ich kann mich nicht den Rest meines Lebens vor diesem Schwein verstecken.«

»Gibt es denn niemanden sonst, der bezeugen könnte, wie brutal er sein kann?«, fragte Benny. »Zusammen mit den ganzen Nachrichten würde das in einem Gerichtsverfahren vielleicht etwas nutzen.«

»Höchstens Conny«, erwiderte Ingrid, »sein bester Kollege. Aber der ist ja fast genauso übel. Die beiden sind mehrere Male wegen Übergriffen angezeigt worden, aber du weißt ja, wie das ist. Ein armer Besoffener gegen zwei Polizisten, die sich gegenseitig den Rücken freihalten.«

Ingrid schenkte Kaffee in zwei Becher und stellte den einen vor Benny hin. Erst jetzt bemerkte sie, wie fertig er aussah.

»Hattest du einen anstrengenden Tag?«, fragte sie.

»Ja«, antwortete Benny. »Ein Selbstmord, draußen auf Sollerön. Das schüttelt man nicht so leicht ab. Das weißt du ja.«

»Ich hab Zeit, wenn du reden möchtest.«

»Zu Hause erhängt. Eine Frau, gerade dreißig geworden. Ihre Arbeitskollegin hat sie gefunden.«

»War sie schon lange tot?«

Ingrid wusste, dass die Zeit nicht sehr rücksichtsvoll mit Leichen umging.

»Sie war seit gestern nicht bei der Arbeit erschienen, also könnte sie schon einen Tag dort gehangen haben. Es war kein schöner Anblick.«

Ingrid stellte die Kanne zurück in die Maschine und setzte sich. Diesen Teil der Polizeiarbeit vermisste sie überhaupt nicht. Fast alles andere fehlte ihr, aber das nicht.

»Irgendwie ist es immer besonders schlimm bei Selbstmorden«, fuhr Benny fort. »So unglaublich traurig und unnötig.«

Er nahm einen Schluck von dem heißen Kaffee und sah sie über den Becher hinweg an.

Sein neuer Ehering, noch völlig ohne Kratzer, glänzte im Licht des Fensters. Ingrid war immer noch jedes Mal irritiert, wenn sie ihn sah.

»Ja, furchtbar«, sagte sie. »Hatte sie Familie und Kinder?«

»Sie war Witwe«, antwortete Benny. »Kein lebendes Kind.«

Als Ingrid die Augenbrauen hochzog, erklärte er: »Sie hatte einen Sohn, der direkt nach der Geburt gestorben ist. Und dann der Ehemann, ganz plötzlich vor ein paar Jahren. Sie hatte Arbeit, ein schönes Häuschen auf dem Hof da draußen mit Verwandten um sich herum, aber trotzdem konnte sie nicht mehr.«

»Erinnerst du dich an den Mann auf den Gleisen in Kristineberg?«, fragte Ingrid.

»Oh ja, vielen Dank.«

Während ihrer gemeinsamen Zeit im Streifenwagen in Stockholm waren Ingrid und Benny mit einigen Selbstmorden konfrontiert worden. Ingrid erinnerte sich an die meisten davon, aber am schlimmsten war der junge Vater gewesen, der sich auf die S-Bahn-Gleise gelegt hatte. Ingrid hatten danach wochenlang Albträume geplagt, aber das hatte sie niemandem erzählt, aus Angst, als schwach und für die Polizeiarbeit nicht geeignet zu gelten.

»Ich denke immer noch manchmal an seine Familie«, sagte Benny. »Die Kinder müssen jetzt schon groß sein.«

Für Ingrid hatte die Hauptaufgabe als Polizistin darin bestanden, den Menschen zu helfen, aber manchmal kam jede Hilfe zu spät. Keine Antworten, keine Gerechtigkeit, keine Linderung. Alles, was dann blieb, war Trauer.

»Wird es nicht langsam kalt nachts?«, erkundigte sich Benny.

»Noch geht's. Aber ich habe in der Kammer die Heizung angemacht.«

»Wir sollten bald die Innenfenster einsetzen. Die stehen im Schuppen. Ich kann dir dabei helfen.«

»Wenn du Zeit hast, gerne«, sagte sie.

»Das dauert nicht lange. Fehlt dir sonst irgendetwas hier? Mal abgesehen von Toilette und Badezimmer«, fügte er mit einem Lächeln hinzu.

»Höchstens Musik«, erwiderte Ingrid. »Es gibt einen Kassettenrekorder, aber ich habe keine Kassetten.«

»Ich kann dir welche aufnehmen, wenn du willst«, sagte Benny.

»Ehrlich? Das wäre total nett.«

Ingrid ging ins Schlafzimmer und holte die Bowie-Platte, die sie gekauft hatte, als sie gerade aus dem Gefängnis gekommen war, und die sie während des Sommers in Kumbelnäs tagein, tagaus gehört hatte.

»Das kriege ich hin«, sagte Benny und betrachtete das Cover. »Kein Problem.«

Er leerte die Tasse in zwei großen Schlucken, stellte den Becher mit einem kleinen Knall auf den Tisch und erhob sich.

»So, jetzt ist es aber höchste Zeit für mich.«

Benny schob den Stuhl unter den Tisch und klemmte sich die Schallplatte unter den Arm.

»Warte«, sagte Ingrid und huschte an ihm vorbei in die Diele, wo ihre Handtasche hing. Sie holte ihr Portemonnaie hervor und hielt ihm zwei Zehnkronenscheine hin.

»Hier«, sagte sie. »Benzingeld.«

»Aber das musst du doch nicht.«

Er legte die Schallplatte auf die Hutablage und zog seine Jacke an.

»Nein, aber ich möchte es gerne. Du fährst mehrmals in der Woche wegen mir hin und her. Es ist schon genug, dass ich kostenlos hier in der Hütte wohnen kann.«

»Der Hütte tut es nur gut, wenn jemand hier wohnt und sich drum kümmert«, erklärte er, »jemand, der Feuer macht und lüftet und die Mäuse fernhält.«

»Das kann sein. Aber das Benzin kostet Geld, und ich möchte das geregelt haben. Sonst fühlt es sich nicht gut an. Und was sollte dann Ulrika sagen?«

Benny sah sie an und öffnete den Mund, doch es kamen keine Worte heraus.

»Bitte, nimm das Geld«, beharrte sie und trat einen Schritt näher. »Um meinetwillen.«

Widerwillig hob er die Hand und nahm die Scheine entgegen, ohne den Blick von ihr abzuwenden.

»Es macht mir wirklich nichts aus hierherzufahren«, sagte er.

Mehrere Augenblicke stand er reglos da, dann trat er einen Schritt auf sie zu und legte seine Arme um sie. Ingrid kroch in seine Umarmung, sog den Geruch von Shampoo ein und schloss die Augen. Er musste nach der Arbeit auf dem Revier geduscht haben.

»Ingrid?«, fragte Benny und ließ sie los.

»Ja?«

Sie sah ihn an.

»Ja?«, fragte sie noch einmal.

Benny strich ihr sanft übers Haar, als wäre sie ein Kind, das man beruhigen müsste, dann drehte er sich um und zog sich die Schuhe an.

»Ich muss los. Wir hören.«

Noch ehe Ingrid etwas erwidern konnte, war er verschwunden und hatte die Tür hinter sich geschlossen.

Auf dem Fußboden lagen noch die beiden Zehnkronenscheine.

Kapitel 4

Ulrika saß am Küchentisch und korrigierte Klassenarbeiten, als Benny in die Wohnung kam. Es duftete nach Essen, aber die Arbeitsfläche in der Küche war sauber, und das Geschirr stand tropfend und mit einem Handtuch darüber auf dem Gestell.

»Entschuldige, dass ich so spät bin«, sagte er und legte die Bowie-Platte auf die Kommode in der Diele. Schnell blätterte er durch die Tagespost, dann ging er zu Ulrika und legte seine Hand auf ihren Rücken.

»Ich hab mich schon gefragt, wohin du wohl verschwunden bist«, sagte sie und hob den Kopf, sodass er ihr einen Kuss geben konnte. »Ich war hungrig wie ein Wolf, deswegen habe ich schon vor einer Weile gegessen, aber das Essen steht im Ofen. Ist wahrscheinlich noch warm.«

Benny nahm die Form mit Hackbraten heraus und holte sich einen Teller. Ohne dass es ihm bewusst war, gab er einen Seufzer von sich.

»Bist du müde?«, fragte Ulrika.

»Es war ein anstrengender Tag«, erwiderte Benny und setzte sich an die freie Seite des Küchentisches, die nicht mit Papier bedeckt war.

»Ich war noch kurz draußen bei Ingrid und habe ihr Post gebracht.«

»Wie geht es ihr?«, fragte Ulrika und korrigierte weiter.

»Wie immer. Aber es wird langsam kalt, ich muss ihr spätestens am Wochenende helfen, die Innenfenster einzusetzen.«

»Ich begreife ja nicht, wie sie das aushält, ganz allein da draußen im Wald zu wohnen. Aber klar, verglichen mit Hinseberg ist wahrscheinlich das meiste besser.«

»Ja, das kann man annehmen.«

Benny aß schweigend, während Ulrika sich den letzten Klassenarbeiten auf dem Stapel mit ihrem besonderen Korrekturstift widmete. Rot an einem Ende, blau am anderen.

Ulrika wusste alles über Ingrid. Fast alles. Dass Benny und sie viele Jahre in Stockholm zusammengearbeitet hatten, dass sie in Hinseberg gesessen hatte, nachdem sie aus Notwehr ihren Exmann angeschossen hatte, und dass sie sich jetzt vor ihm versteckte.

Aber dass Benny und Ingrid vor langer Zeit ein Paar gewesen waren und dass Ingrid ihm das Herz gebrochen hatte, das wusste Ulrika nicht.

Benny war völlig überrumpelt gewesen, als sie sich zufällig im Sommer in Mora begegnet waren. Ingrid war auf gut Glück hierhergezogen, ohne irgendjemanden zu kennen. Die Jahre im Gefängnis hatten sie rauer gemacht, entschlossener, aber unter der Oberfläche war sie immer noch dieselbe. Er hatte ihr bei einem Fall geholfen, den sie übernommen hatte, und bald musste er einsehen, dass er sich in ihrer Nähe immer noch so wohl fühlte wie früher.

In der Woche vor der Hochzeit hatte er jede Nacht wach gelegen und über die Situation gegrübelt.

»Natürlich hast du Bedenken«, hatte Kenneth gesagt, als Benny eines Morgens so sehr gähnte, dass er sich fast den Kiefer ausrenkte. »Dein Leben, wie du es kennst, ist bald aus und vorbei.«

Das hatte er mit Wärme in der Stimme gesagt, mit der Weisheit und Erfahrung eines glücklich verheirateten Vaters von vier Kindern. »Es wird schon gut werden«, hatte er hinzugefügt und Benny auf die Schulter geklopft. »Glaub mir. Eine bessere Frau als Ulrika ist schwer zu finden.«

Und Benny hatte sich entschieden, auf Kenneths Einschätzung zu vertrauen. Die nächtlichen Hirngespinste, das waren doch nur die Nerven.

Doch es half nichts. In der darauffolgenden Nacht lag er wieder hellwach im Bett.

Die Hochzeit war seit einem halben Jahr geplant, alles war vorbereitet. Die alte Dalarna-Tracht seines Großvaters hing frisch gebügelt im Schlafzimmer, der Gemeinderaum war gebucht. Aus allen Himmelsrichtungen würden Verwandte und Freunde kommen. Benny hatte nicht die Kraft gehabt, das alles aufzuhalten.

Ulrika hatte die letzte Arbeit fertig korrigiert, und ihre Lippen bewegten sich lautlos, als sie die Punkte zusammenzählte.

»Was ist denn?«, fragte sie und schob das Papierbündel in eine Plastiktasche.

Benny sah sie verständnislos an.

»Du sitzt da und seufzt.«

Benny hatte nicht bemerkt, dass er geseufzt hatte, und auch nicht, dass er gegessen hatte, aber der Teller vor ihm war leer.

»Wir hatten heute einen Selbstmord«, sagte er. »Das kann man nur schwer vergessen.«

»Okay«, sagte sie und legte den Kopf schief. »Das verstehe ich.«

Und ich glaube nicht, dass du das tust, dachte er. Du hast noch niemals einen kalten und leblosen Körper in deinem Arm gehalten, an deine Wange gedrückt. Hast noch nie den Geruch des Todes verspürt.

»Sie hat sich mit einer Wäscheleine im Schlafzimmer erhängt«, erzählte er.

Ulrika verzog das Gesicht.

»Igitt. Ich kriege Albträume, wenn du so was erzählst.«

»Ich weiß«, sagte er. »Entschuldige.«

»Sollen wir nicht versuchen, die Gedanken zu vertreiben? Was meinst du? In einer Stunde fängt *Falcon Crest* an. Das wäre doch gemütlich, oder?«

Kapitel 5

Ingrid setzte sich an den Küchentisch, zog sich die Decke über die Schultern und legte das Tagebuch vor sich hin. Im Kamin knackte das Feuer und verbreitete eine behagliche Wärme, die trotzdem nicht gegen die abendliche kalte Zugluft ankam. Die zusätzlichen Innenfenster einzusetzen, war sicher keine schlechte Idee.

Etwas abwesend fuhr sie mit dem Zeigefinger über den Text auf der ersten Seite des Buches: *Für Anna.*

Noch immer klang in ihr das starke Gefühl nach, das Bennys Umarmung und sein zärtliches Streicheln bei ihr ausgelöst hatte. Was hatte er sagen wollen?

Ingrid hatte bis zum Schluss gehofft, dass er die Hochzeit im Sommer absagen würde, doch das hatte er nicht getan und das musste natürlich auch etwas bedeuten. Was also war das hier?

Ein weiteres Mal verfluchte sie sich selbst dafür, dass sie damals, vor langer Zeit, in einem völlig anderen Universum sich von Kjells Blick hatte hypnotisieren lassen. Wie viel besser wäre ihr Leben verlaufen, wenn sie an jenem Abend in eine andere Richtung geschaut hätte. Aber das hatte sie nicht getan, und Reue half ihr auch nicht weiter.

Die Küchenlampe warf einen sanften Lichtkreis um den Tisch, der Rest des Zimmers lag im Dunkeln. In der hinteren Ecke thronte ein kleiner Schwarz-Weiß-Fernseher auf einer Kommode. Daneben stand ein Sofa mit kratzigem Bezug, auf dem Ingrid so gut wie nie saß – es war unbequem, und außerdem musste man den Kopf zur Seite drehen, wenn man den Bildschirm sehen wollte. Wenn sie fernsah, zog sie sich einen Holzstuhl vor den Apparat.

Außer dem großen Raum gab es noch zwei kleine Schlafzimmer, eines mit einem Doppelbett und eines mit einem eingebauten Etagenbett mit Vorhängen, die man zuziehen konnte, sodass es sich wie eine Höhle anfühlte. Anna würde es lieben, in so einem Bett zu schlafen. Ingrid gefiel es, dass die Hütte nicht so groß war. Der begrenzte Raum gab ihr ein Gefühl von Kontrolle.

Das Haus in Kumbelnäs hatte überall geknarrt und gequietscht und ihr abends oft einen Schreck eingejagt. Manchmal hatte sie den Eindruck gehabt, im oberen Stockwerk würde jemand gehen. Hier war es still. Nur das Knacken des Feuers im Kamin war zu hören, und das klang einfach nur gemütlich.

Ingrid schlug das Buch auf, nahm den Kugelschreiber und beugte sich vor.

Liebe Anna,
jetzt ist es schon viele Wochen her, seit wir uns gesehen haben, aber ich denke die ganze Zeit an dich und frage mich, wie es dir wohl geht. Dass du nun schon ein großes Schulmädchen bist! Ich wünschte, ich hätte an deinem ersten Schultag dabei sein können, doch das ging nicht. Nächstes Mal, wenn wir uns sehen, will ich alles über deine Klassenkameraden und über deine Lehrerin erfahren, und außerdem will ich deine Schulbücher anschauen.

Bereits im Gefängnis hatte Ingrid begonnen, an ihre Tochter zu schreiben. Damals war Anna vier Jahre alt gewesen, und auch wenn man ihr noch nicht erklären konnte, was passiert war und wie furchtbar falsch damals alles gelaufen war, wollte Ingrid es dennoch versuchen. Eines Tages würde sie Anna das Buch geben. Selbst wenn sie es nicht verstand, würde sie dennoch wissen, wie sehr sie geliebt worden war und wie viel Ingrid an sie gedacht und sich danach gesehnt hatte, wieder mit ihr zusammen zu sein.

Bei ihrem ersten Treffen nachdem Ingrid wieder draußen war,

verhielt sich Anna sehr zurückhaltend und traute sich kaum, etwas zu sagen. Ihr kleines Mädchen war in den Jahren, die vergangen waren, zu einer anderen geworden, zu dem Kind einer anderen. Ihr Zuhause, ihr sicherer Rückzugsort, war jetzt bei den Pflegeeltern in Sigtuna, doch Berit vom Jugendamt hatte ihr Bestes getan, um Ingrid und Anna zu helfen, sich neu kennenzulernen.

In ihren dunkelsten Stunden zweifelte Ingrid daran, ob sie überhaupt ein Recht auf ihre Sehnsucht hatte oder ob sie sich nicht besser zurückziehen und Anna weiterhin mit ihrer neuen Familie in Frieden leben lassen sollte. Doch wenn sie sich gegen Anna entschied, gab es nicht mehr viel, wofür es sich zu leben lohnte. Dann könnte sie genauso gut aufgeben, wie die Frau auf Sollerön.

Ich hoffe, dass du schnell lesen und schreiben lernst, sodass wir bald anfangen können, uns Briefe zu schreiben, einander Dinge zu erzählen, die kein anderer wissen muss. Bis dahin schreibe ich weiter in dieses Buch hier.

Berit könnte sich jeden Tag wegen einer neuen Verabredung melden. Am folgenden Tag hatte Ingrid vor, zum ersten Mal, seit sie von dort geflohen war, wieder selbst nach Kumbelnäs zu fahren, um den Anrufbeantworter abzuhören. Sie durfte keine Nachricht verpassen, und sie konnte Benny nicht schon wieder darum bitten.

Und wenn sie sowieso schon mal da war, würde sie die Gelegenheit nutzen, um Anna selbst anzurufen. In den letzten Wochen hatten sie mehrmals am Telefon miteinander gesprochen, und das ging immer besser, auch wenn Anna immer noch recht einsilbig war.

Ingrid schrieb noch ein paar Zeilen, dann klappte sie das Buch zu. Alles würde gut. Sie musste nur Geduld haben. Diese Worte wiederholte sie wie ein Mantra: Geduld haben. Geduld haben. Das war leicht zu sagen, aber unendlich schwer zu tun.

Kapitel 6

Kjell schloss den Wagen ab und ruckelte zur Sicherheit noch einmal am Türgriff. Eigentlich hätte er genauso gut die U-Bahn nehmen können, von seiner Wohnung in Skärmarbrink bis zur Polizeizentrale auf der Kungsholmsgatan brauchte man nicht länger als eine Viertelstunde, aber er hasste es, sich zwischen die Leute drängen zu müssen. Und am meisten hasste er, wenn sie aufstanden und ihm einen Platz anboten, weil sie den Stock sahen.

Conny kam auf dem Weg über den Parkplatz mit raschen Schritten hinter ihm her.

»Hallöchen«, sagte er und schlug ihm kameradschaftlich auf die Schulter. »Wie geht's?«

Während der Jahre im Einsatzbus waren sie gute Kollegen gewesen, und Conny war einer der wenigen, denen er in jeder Situation vertraute. Im Unterschied zu manchen anderen schreckte er vor nichts zurück. Da waren sie sich ähnlich.

»Na, wie soll's schon gehen?«, erwiderte Kjell. »Großartig natürlich.«

Er hasste Connys mitleidige Miene, wusste genau, was der dachte. Kjell war zu einem alten Mann, einem Erbsenzähler hinterm Schreibtisch verkommen, eine Belastung für die ganze Truppe. Richtige Polizisten arbeiteten draußen. So war es, Punkt.

»Du lebst«, war Connys Standardkommentar, wenn sie sich ab und zu dem Thema näherten. »Sei froh.«

Aber Kjell war nicht froh. Er wäre lieber gestorben, als in diese Parodie eines Polizisten und Mannes verwandelt zu werden. Die

Schmerzen plagten ihn rund um die Uhr und ließen ihn nächtelang in der Wohnung auf- und abwanken. Nein, er war wirklich nicht froh.

Seine religiöse alte Großmutter pflegte immer über das Verzeihen zu predigen und meinte, er müsse sich mit seinem Schicksal versöhnen, um wieder glücklich zu werden. Dann zitierte sie gerne Jesaja: »Ich tilge deine Übertretungen um meinetwillen und gedenke deiner Sünden nicht.«

Ein lächerlicher Gedanke.

Er hatte alles verloren, und das Einzige, was ihn am Leben erhielt, war der Gedanke an Rache. Die detaillierten Phantasien darüber, was er tun würde, waren der einzige Grund, warum er morgens aus dem Bett stieg, obwohl ihm von Schmerztabletten und Schlafmangel schwindlig war. Denn es musste doch eine Gerechtigkeit im Leben geben. Was hatte das alles denn sonst für einen Sinn?

Auge um Auge, Zahn um Zahn, *das* war ein Bibelwort nach seinem Geschmack.

»Ein schönes Wochenende gehabt?«

Conny lächelte sein Colgate-Lächeln und schwang die Trainingstasche über die Schulter.

»Die Fotze ist aus dem Gefängnis raus«, entgegnete Kjell.

»Ja, ich weiß. Ich habe sie und die Tochter irgendwann im Sommer auf Gröna Lund getroffen.«

»Was? Warum hast du das nicht erzählt?«

Conny zuckte mit den Schultern.

»Das war in den Ferien, und als ich zurückkam, hatte ich es schon wieder vergessen. Wusstest du nicht, dass sie draußen ist?«

»Nein, aber jetzt weiß ich es.«

Conny ging vor ihm durch die Eingangstür und hielt sie auf, sodass Kjell hinterherhumpeln konnte.

»Ich habe angefangen, sie zu treffen«, sagte er.

»Ingrid?«

»Nein, verdammt noch mal. Anna.«

Conny hielt inne.

»Was ist denn?«, fragte Kjell. »Ich bin ihr Vater. Warum sollte ich nicht?«

»Ach nichts.«

»Raus mit der Sprache. Glaubst du, ich sehe dir nicht an, dass du was denkst?«

»Ich meine nur, vorher warst du ja nicht sonderlich interessiert«, meinte Conny. »Also, bis später dann.«

Mit raschen Schritten verschwand der Kollege die Treppe hinauf.

Wie üblich dauerte es ewig, bis der Fahrstuhl kam. Was war hier eigentlich das Problem? Kjell hämmerte auf den Knopf.

Als die Tür endlich aufging, schob er sich in die Kabine. Den ganzen Weg nach oben starrte er sich selbst im Spiegel an. Sein Oberkörper sah fast so aus wie früher, er trainierte nach wie vor mehrmals in der Woche auf Kraft. Aber mit den Beinen war nicht viel los. Ein Krüppel. Er hatte überhaupt keine Probleme, an einem Bartresen Bräute aufzureißen, aber wenn er dann nach einem Gang zum Klo wieder zurückkam, hatten die jedes Interesse verloren.

Inzwischen hatte er das Zimmer ganz am Ende des Korridors. Das war ihm recht, denn so kamen nicht ständig irgendwelche Kollegen vorbei, um Small Talk mit ihm zu machen. Das Wirtschaftsdezernat. Etwas Langweiligeres gab es nicht, auch wenn es natürlich schön war, das ein oder andere Oberschichtschwein in den Knast zu bringen.

Das Adrenalin fehlte ihm, die Demonstrationen und die Hooligans, die aufgewühlten Massen, die einem das Blut in den Ohren rauschen ließen. Oder wenn sie die Tür zu einem Gangsterunterschlupf aufbrachen und er mit Conny an seiner Seite reinstürmte. Hinterher das Plaudern mit den Kollegen. Das waren Erfahrungen, die niemand in dieser Abteilung von Schwächlingen auch nur annähernd besaß.

Er setzte sich an seinen Schreibtisch und wippte mit dem Stuhl.

Die Putzfrau schaffte es einfach nie, das gerahmte Foto von Anna an den richtigen Platz zurückzustellen. Das war jetzt wirklich langsam lächerlich. Er schob das Bild ein wenig zur Seite, nahm den Hörer ab und wählte die Nummer, die er inzwischen auswendig wusste. Als er Ingrids Stimme auf dem Anrufbeantworter hörte, stieg sein Puls.

»Hallo, Ingrid. Ja, ich bin es wieder. Kjell.«

Kapitel 7

Benny spannte ein Anzeigenformular in die Schreibmaschine ein und suchte nach seinen Notizen zu der Sachbeschädigung in Nusnäs. Er blinzelte ein paarmal, um die Müdigkeit nach einer erneuten schlaflosen Nacht zu vertreiben, während er versuchte, sein eigenes Gekrakel zu entschlüsseln.

Nach drei eingehackten Wörtern wurde er von Margarita vom Empfang unterbrochen, die in den Dienstraum kam.

»Da draußen ist ein Paar, das nach dir fragt«, sagte sie.

»Nach mir?«

Es war eher ungewöhnlich, dass auf dem Revier jemand ausgerechnet nach ihm fragte. Meist war er nur ein anonymer Polizist in Uniform, irgendjemand, ein Rädchen im Getriebe. Ein wichtiges Rädchen, so dachte er gerne, aber doch nur ein namenloses Rädchen.

»Es geht um einen Selbstmord auf Sollerön«, erklärte Margarita. »Es sind die Eltern, die ein paar Fragen haben.«

Benny erhob sich und schaute durch die Glasscheibe. Dort stand ein älteres Ehepaar und sah sich um. Sie in pflanzengefärbtem Rock und die Haare zu einem Knoten im Nacken gebunden, er im karierten Hemd und mit einer marineblauen Sportjacke, die neu aussah.

»Wir gehen in das kleine Besprechungszimmer«, sagte Benny und stand auf, um ihnen entgegenzugehen.

Der Mann streckte ihm eine große Hand hin und stellte sich als Birger vor. Die Frau, Elsa, besaß einen fast ebenso kräftigen Händedruck. Körperliche Arbeit, dachte Benny. Diese zwei sind es gewohnt zuzupacken.

»Mein aufrichtiges Beileid«, sagte er und machte eine Geste zum Tisch.

»Danke«, sagte Birger und setzte sich.

Seine Ehefrau ließ sich neben ihm nieder und rückte den Stuhl näher zu ihrem Mann.

»Womit kann ich Ihnen helfen?«

Wahrscheinlich wollten die beiden hören, wie das alles vor sich gegangen war, um es auf diese Weise etwas realer zu machen.

»Also, wir haben gehört, dass Sie es waren, der sie gefunden hat«, erklärte Birger und sah Benny mit rot geränderten Augen an.

»Das stimmt«, sagte Benny. »Ihre Arbeitskollegin Gunnel Nilsson hat uns alarmiert, und dann sind mein Kollege und ich hingefahren.«

Mehr wollte er nicht sagen. Nichts über die Wäscheleine am Lampenhaken, nichts von dem umgeworfenen Stuhl. Nur auf Fragen antworten.

Birger griff unter dem Tisch nach Elsas Hand und fragte dann:

»Wie lange ist sie schon tot gewesen?«

»Das ist schwer zu sagen, aber wahrscheinlich zwischen zwölf und vierundzwanzig Stunden.«

»Sie kann sich nicht umgebracht haben«, sagte Elsa. »Das ist nicht möglich.«

Benny faltete die Hände vor sich auf dem Tisch und wartete ruhig auf die Fortsetzung. Mit dieser Reaktion war er vertraut. Der erste Schock, der in Unglauben überging, oft vermischt mit einer großen Dosis Schuldgefühle. Hätten sie etwas tun können? Warum hatte ihre Tochter ihnen nicht erzählt, dass es ihr schlecht ging?

»Wenn das in dem Jahr passiert wäre, als sie das Kind verloren haben, oder nachdem Eskil gestorben ist, dann wäre es etwas anderes«, sagte Elsa. »Da ging es ihr richtig schlecht, aber jetzt … So fröhlich wie in diesem Sommer hat sie seit Jahren nicht geklungen.«

»Es gab auch keinen Abschiedsbrief«, schob Birger ein.

»Nicht alle schreiben einen«, gab Benny zu bedenken. »Ich verstehe, dass Sie schockiert sind. Selbstmord kommt oft ohne Vorwarnung für die Angehörigen, aber ihre Arbeitskollegin, die sie gefunden hat, meinte, sie habe in der letzten Woche traurig und besorgt gewirkt.«

»Aber in ihrem Haus hat so viel nicht gestimmt«, sagte Elsa. »Da lagen Bücher aus der Bibliothek, die sie erst letzte Woche ausgeliehen hatte, der Kühlschrank war voller Essen, und in der Waschmaschine war sogar noch nasse Wäsche. Hätte sie sich denn das Leben genommen, während sie gleichzeitig dabei war, Wäsche zu waschen?«

Benny wusste nicht, was er sagen sollte. Weder Kenneth noch ihm selbst war irgendetwas in dem Haus seltsam vorgekommen. Es gab zwar keinen Abschiedsbrief, aber auch keine Anzeichen dafür, dass es sich um einen Mord handeln könnte. Im Badezimmerschrank hatten mehrere Döschen mit Beruhigungsmitteln gestanden, und auf dem Nachttisch hatte eine Schachtel mit Tabletten gegen Unruhezustände und Schlafstörungen gelegen, was man so interpretieren konnte, dass sie vielleicht depressiv gewesen war.

In die Waschmaschine zu schauen, war ihnen nicht in den Sinn gekommen.

»Haben Sie denn den Tatort nicht untersucht?«, fragte Birger.

»Wir haben Fotos gemacht und sind nach dem üblichen Prozedere vorgegangen«, sagte Benny.

Es hatte keinen Grund gegeben, das Haus als einen Tatort zu betrachten.

»Ich würde die Fotos gerne sehen«, sagte der Vater.

Benny nickte und stand auf, um den Bericht zu holen. Vielleicht würden sie den Tod ihrer Tochter eher realisieren, wenn sie die Fotos sahen.

Als Benny mit dem Ordner zurückkam, weinte Elsa leise, und

Birger strich ihr sanft über den Rücken. Beide erstarrten, als er auf Anhieb die richtige Seite aufschlug. Er legte den Ordner ein Stück von ihnen entfernt auf den Tisch, damit sie sich dem schrecklichen Anblick in ihrem Tempo und auf ihre Weise nähern konnten. Elsa schlug die Hand vor den Mund und wandte sich ab, doch Birger beugte sich vor.

Das erste Bild, das aus einiger Entfernung aufgenommen worden war und das ganze Schlafzimmer zeigte, konnte er noch ansehen, aber als es zu den Nahaufnahmen von Lenas blassem Gesicht und dem grotesk aufgerissenen Mund kam, schob auch er den Ordner weg und schlug sich die Hände vor die Augen. Seine Schultern bebten. Jetzt war es Elsa, die ihn mit einer Hand auf seinem Arm zu trösten versuchte.

Benny ging und holte Papiertücher, die er ihnen auf den Tisch legte.

Als das Weinen etwas verebbt war, schaute Birger auf. Seine Wangen waren noch feucht.

»Sie müssen eine Ermittlung einleiten«, sagte er und wischte sich übers Gesicht.

Ehe Benny antworten konnte, klopfte es an der Tür, und Kenneth steckte den Kopf hinein.

»Wir müssen los«, sagte er. »Eine Massenkarambolage in Färnäs, die brauchen Verstärkung.«

»Okay«, sagte Benny. »Ich komme.«

Als Kenneth die Tür geschlossen hatte, wandte er sich wieder Birger und Elsa zu.

»Wurde sie auf irgendeine Weise bedroht?«, fragte Benny. »Haben Sie jemanden im Verdacht?«

»Nein«, sagte Birger. »Das haben wir nicht. So ist es nicht.«

»Irgendwas stimmt einfach nicht«, erklärte Elsa und machte eine hilflose Geste mit den Armen. »Wir spüren es beide. Unsere Lena würde so etwas nicht tun.«

»Leider muss ich jetzt los, aber Sie können natürlich, wenn Sie wollen, eine Anzeige erstatten«, sagte Benny. »Dann ginge der Fall an das Gewaltdezernat. Ich selbst bin nur Ordnungspolizist.«

»Das werden wir tun«, sagte Birger. »So kann es jedenfalls nicht stehen bleiben.«

Kapitel 8

Ingrid behielt die Perücke auf, als sie sich nach der Arbeit Richtung Kumbelnäs aufmachte, um den Anrufbeantworter abzuhören. Seit ihrer überstürzten Flucht war sie nicht mehr dort gewesen, und es fühlte sich wie eine Zeitreise an, wieder auf der schmalen Straße durch Bonäs zu fahren. Beim letzten Mal war noch Hochsommer gewesen, jetzt leuchteten die Birken schon in sattem Gelb.

Am Mittsommerbaum, der ihr schon bei ihrem ersten Besuch in Våmhus als Wegweiser gedient hatte, bog sie nach rechts ab. Langsam fuhr sie durch den Ort mit seinen alten Scheunen und Höfen, den kunstvoll gemauerten Schornsteinen aus Ziegelstein, den roten Häusern mit ihren grasbewachsenen Dächern.

Ein Stück weiter auf der Straße entdeckte sie Donna, die Stöberhündin, mit der sie immer Gassi gegangen war, als ihr Herrchen sich das Bein gebrochen hatte. Jetzt war Sixten wieder gesund und konnte ohne Beschwerden mit ihr spazieren gehen.

Obwohl sie ganz sicher war, dass sie mit dem dunklen Pagenkopf niemand erkennen würde, setzte Ingrid sich doch die Sonnenbrille auf, als sie sich den beiden näherte. Auch wenn sie so gern angehalten und sie begrüßt hätte, rollte sie mit heruntergeklappter Sonnenblende an ihnen vorbei. Je weniger Leute wussten, dass sie in der Gegend war, desto besser.

Verdammter Kjell. Auch das hatte er ihr genommen.

Ingrid schaute sich in alle Richtungen um, bevor sie auf den Hof einbog, der von Scheunen, Schuppen und kleinen Gebäuden aus verschiedenen Jahrhunderten umgeben war. An ihrem ersten Abend dort hatte sie mit einem Glas Wein auf der Treppe zum alten Speicher gesessen und über das Wohnhaus und die blühenden Beete geschaut. Über allem hatte ein romantischer Schimmer gelegen, und sie hatte zum ersten Mal seit Jahren ausatmen können. Jetzt war dieses Gefühl verschwunden.

Ingrid drehte eine Runde mit dem Volvo über den Hof und suchte nach Anzeichen, ob jemand dort gewesen war. Doch die Fenster waren verschlossen, und im hohen Gras waren keine Reifenspuren zu entdecken.

Sie parkte vor der Eingangstür mit der Schnauze des Wagens in Richtung Straße, bereit zur Flucht, falls es nötig sein sollte. Dann nahm sie ihr Schlagholz vom Beifahrersitz und stieg mit dem Autoschlüssel in der Hand vorsichtig aus. Die Fahrertür ließ sie offen stehen.

Ingrid sah sich um, als sie die Eingangstür aufschloss, öffnete sie dann vorsichtig und horchte.

Eine Weile stand sie ganz still auf der Schwelle, richtete ihre Aufmerksamkeit auf das obere Stockwerk. Knarrte da oben der Holzfußboden?

Sie ließ die Eingangstür weit offen stehen, schob einen mit Dala-Malereien verzierten Stein als Türstopper davor und ging mit dem Schlagholz im Anschlag direkt durch die Küche und dann weiter in den Saal, wie sie das Wohnzimmer immer genannt hatte, wo das Telefon stand.

Der Anrufbeantworter blinkte.

Ohne das Holz wegzulegen, drückte Ingrid auf den Abspielknopf. Während das Band anlief, ließ sie ihren Blick über das Zimmer schweifen, dann schaute sie unter das Sofa, hinter den großen Holzschrank und spähte schließlich aus dem Fenster.

»Hallo. Hier ist Berit Sundhed vom Jugendamt. Ich hoffe, es geht Ihnen gut. Ich finde, es ist höchste Zeit, das nächste Treffen zu vereinbaren. Freitags hat Anna bereits mittags Schule aus, und das wäre

vielleicht ein guter Tag. Rufen Sie mich gerne zurück, wenn Sie das hier hören. Viele Grüße und tschüs.«

Ingrid schloss die Augen vor Dankbarkeit. Die gute Berit. Hinter der strengen Beamtenfassade wollte sie wirklich das Beste.

Das Band lief weiter, und die nächste Nachricht wurde abgespielt.

»Hallo, Ingrid. Ja, ich bin es wieder. Kjell.«

Ingrid wurde eiskalt, als sie seine Stimme hörte, ihre Muskeln erstarrten.

»Du hast nicht zurückgerufen, und ich kann mir vorstellen, dass du meinst, ich wäre dir immer noch böse, aber das bin ich nicht. Vielleicht hat alles auf irgendeine Weise einen Sinn. Aber ich denke auch, dass wir uns sehen und aussprechen sollten. Immerhin haben wir ein Kind zusammen.«

Das war die sanfte Stimme, die trügerisch freundliche Stimme.

»Wenn Anna und ich uns das nächste Mal treffen, ist der Plan, dass sie hier übernachtet, in ihrem alten Zimmer. Mit meiner Gesundheit geht es aufwärts, deshalb kann sie vielleicht bald ganz zu mir ziehen. Was hältst du davon? Wie auch immer, ich denke, dass es an der Zeit ist, dass wir uns sehen und reden. Pass auf dich auf.«

Ingrid stützte sich am Telefontisch ab. Der Fußboden unter ihr schwankte, die Wände fuhren Karussell. Ohne das Schlagholz loszulassen, wankte sie in die Diele und hinaus aus der Tür. Der Schweiß klebte unter der Perücke, und es fühlte sich an, als würde sich ihr Magen umdrehen. Mit der Hand vor dem Mund stolperte sie die kleine Treppe hinunter und übergab sich in das Blumenbeet.

Anna durfte nicht bei Kjell übernachten. Niemals. Das war völlig ausgeschlossen.

Ihre Beine zitterten, und sie sackte auf der untersten Treppenstufe in sich zusammen.

Nein, Anna durfte nicht dort schlafen.

Als Ingrid sich den Mund abgewischt und wieder zu Atem gekommen war, ging sie hinein, um Berit anzurufen. Während es klingelte, trat sie ungeduldig auf der Stelle, bis schließlich eine Telefonistin ranging.

»Sie rufen Berit Sundhed an, aber sie ist den Rest des Tages dienstlich unterwegs. Soll ich ihr eine Nachricht hinterlassen?«

»Ja, gerne«, sagte Ingrid. »Also hier ist Ingrid Wolt. Schreiben Sie ihr, dass meine Tochter Anna nicht bei ihrem Vater übernachten darf. Absolut nicht. Unter keinen Umständen.«

»Okay«, sagte die Telefonistin, »ich werde es weiterleiten.«

Ingrid legte auf und sank auf den Hocker neben dem Tisch. Ihre Knie waren immer noch weich.

Als das Telefon klingelte, starrte sie es an, wagte aber nicht, den Hörer abzunehmen. Nach fünfmaligem Klingeln sprang der Anrufbeantworter an. Jemand räusperte sich, dann sagte eine Stimme:

»Hallo. Ja. Also, ich wollte Kontakt mit dem Siljan Büro für Privatermittlung aufnehmen. Mein Name ist Birger Svensson, und es ist so, dass unsere Tochter sich vor ein paar Tagen aufgehängt hat. Oder zumindest glaubt das die Polizei. Wir, also ihre Mutter und ich, glauben, dass sie getötet wurde. Wir werden jetzt noch einen Tag in ihrem Haus auf Sollerön sein. Wir wären dankbar, wenn Sie uns zurückrufen könnten.«

Der Mann las eine Telefonnummer vor und legte dann auf.

»Das Siljan Büro für Privatermittlung gibt es leider nicht mehr«, flüsterte Ingrid leise.

Ein Ermittlungsbüro aufzumachen, war ein letzter Ausweg gewesen, um sich versorgen zu können, weil sie keine andere Arbeit hatte finden können. Eigentlich wollte sie aber einen normalen Job mit festem Lohn und geregelten Arbeitszeiten, sie wäre so gern eine ganz normale Bürgerin. Ihr Putzjob im Hotel war ein erster Schritt in diese Richtung.

Sie konnte die Verzweiflung des Mannes deutlich spüren, und seine Geschichte berührte sie, aber sie notierte seine Telefonnummer nicht. Stattdessen holte sie die Kassette aus dem Anrufbeantworter und legte ein neues Band ein. Benny hatte eine Zehnerpackung gekauft, die auf dem Tisch lag. Sie hatten beschlossen, alle Nachrichten von Kjell aufzuheben, ganz gleich, was er sagte. Wenn es nur genügend wurden, sodass es bedrohlich wirkte, würde man sie vielleicht in einem Gerichtsverfahren gegen ihn verwenden können. Ingrid wagte nicht zu viel Hoffnung, aber es war ein Plan, etwas, woran sie sich festhalten konnte.

Sie steckte die Kassette ein, schnappte sich das Schlagholz und verließ, so schnell sie konnte, das Haus.

Kapitel 9

Nach Dienstende ging Benny in den zweiten Stock hinauf und drückte den Knopf an der Tür von Frank Olars, Chef des Gewaltdezernats. Wenn in dem Todesfall auf Sollerön ermittelt werden sollte, mussten sie das sofort tun, ehe mögliche Spuren verwischt würden. In diesem Fall wollte Benny sich gleich dafür anbieten.

Als das grüne Licht aufleuchtete, trat er ein.

»Ah, du bist es«, sagte Frank und drückte eine Zigarette im vollen Aschenbecher aus.

Die Ereignisse des Sommers hatten die Beziehung zwischen ihnen verändert. Der Fall des verschwundenen Mattias Holm, für den Frank keine zusätzlichen Ressourcen hatte aufbringen wollen, den Ingrid dann aber aufklären konnte, hatte ganz Mora erschüttert. Benny wusste nicht, wie Frank jetzt zu ihm stand.

»Ich habe gehört, dass es eine Anzeige wegen Verdachts auf Mord auf Sollerön gibt«, erklärte Benny. »Was hältst du davon? Kenneth und ich waren vor Ort.«

Frank lehnte sich im Stuhl zurück und faltete die Hände vorm Bauch.

»Was denkst du denn selbst? Glaubst du, dass da noch mal ermittelt werden muss?«

»Auf den ersten Blick nicht«, gestand Benny und setzte sich auf den Besucherstuhl. »Aber vielleicht würde es nicht schaden, die Umstände noch mal genauer unter die Lupe zu nehmen, sodass wir alle Verdachtsmomente ausräumen können.«

»Denkst du an was Bestimmtes?«

»Das mit der nassen Wäsche in der Waschmaschine haben wir zum Beispiel übersehen. Das ist schon sehr seltsam. Findest du nicht?«

»Wenn ich etwas in meinen dreißig Jahren im Dienst gelernt habe, dann, dass ein Selbstmord sowohl sehr gut geplant, aber auch ganz spontan und im Affekt begangen sein kann.«

»Da bin ich deiner Meinung«, sagte Benny. »Aber Letzteres passiert eher, wenn jemand betrunken ist. In diesem Fall gibt es aber keine Hinweise auf Alkohol. Das Haus war sauber, völlig in Ordnung.«

»Vielleicht hat sie eine schlimme Nachricht erhalten«, meinte Frank. »Hat eine große Enttäuschung erlitten. Soweit ich die Eltern verstanden habe, ist ihr Mann vor nicht allzu langer Zeit gestorben, und davor hatten sie ein Kind verloren. Es gibt Menschen, die wegen weniger in die Knie gehen.«

»Das stimmt«, sagte Benny. »Aber meine Erfahrung ist, dass diese Art Selbstmord während der Feiertage oder in der Urlaubszeit passiert, wenn der Verlust besonders schwer wiegt. Hier ist es genau umgekehrt. Ein ganz normaler Wochentag im September.«

»Ich verstehe, was du denkst«, sagte Frank, und das erstaunte Benny, »aber es gibt nichts, dem wir nachgehen können. Weder du noch Kenneth noch die Eltern haben irgendetwas Konkretes in der Hand.«

Franks Hinweis konnte er wenig entgegenhalten, und Benny wünschte, er möge recht haben. Aber was, wenn sie trotz aller Sorgfalt etwas Wichtiges übersehen hatten?

»Die Leiche wird obduziert«, fuhr Frank fort. »Wenn die Obduktion irgendwelche Ungereimtheiten aufweist, dann werden wir natürlich eine neue Einschätzung des Falls vornehmen, aber so, wie es momentan aussieht, können wir keine Zeit darauf verwenden. Du weißt selbst, wie knapp unsere Ressourcen sind.«

Das Faxgerät begann zu piepen. Frank stand auf, trat an den Apparat und riss das Papier ab. Dann drehte er Benny den Rücken zu und begann zu lesen.

Diese Geste konnte nicht missverstanden werden. Ihr Gespräch war beendet.

Kapitel 10

Ingrid ging ganz weit auf den Steg hinaus und stand eine Weile ganz still. Die Sonne war hinter den Bäumen verschwunden, und aus der Ferne konnte sie das Rauschen der Landstraße hören. Der See lag spiegelglatt im Abenddunkel. Nur ein paar leichte Kräuselungen glitzerten im Mondlicht.

Sie hatte beschlossen, solange sie hier in der Hütte wohnte, ungeachtet Wetter oder Temperaturen jeden Tag im See zu schwimmen – eine Routine. Routinen halfen, den Wahnsinn auf Abstand zu halten, vor allem wenn man isoliert war. Das war eine der Lehren aus ihrer Zeit im Gefängnis. Schlafen und Essen zu bestimmten Zeiten. Der Körperhygiene nachgehen, auch wenn man niemanden trifft und eigentlich auch keine Lust dazu hat. Das Bett machen und die Zelle sauber halten. Sich in der Zeit dazwischen mit etwas beschäftigen.

Den ganzen Abend hatte sie damit zugebracht, wie verrückt das kleine Rasenstück vor der Hütte zu harken, aber trotzdem bekam sie Kjells widerliche Stimme nicht aus dem Kopf.

Sie musste mit Berit sprechen. Kjell hatte sich noch nie um Anna gekümmert. Als sie noch ein Baby war, hatte er es gehasst, wenn sie schrie, sogar wenn sie krank war. Hier ging es nicht um Anna, das alles war nur ein Manöver, um Macht über Ingrid zu gewinnen. Um ihr wehzutun.

Sie stieg aus den Holzschuhen, ließ den Bademantel fallen und legte die Seife auf den Steg.

Ein Teil von ihr weigerte sich zu glauben, dass Kjell es ernst meinte.

Vielleicht klopfte er nur auf den Busch, um sie aus ihrem Versteck zu locken oder sie aus dem Gleichgewicht zu bringen. Das war ihm bereits gelungen. Aber man wusste es nie. Kjell war unberechenbar.

Ingrid warf sich rückwärts in das kalte Wasser und schnaubte. Die Kälte ließ ihre Gedanken erstarren. Sie machte einige Schwimmzüge auf dem Rücken und kehrte dann zum Steg zurück. Allmählich war es zu kalt, um sich im See zu waschen, aber sie seifte sich trotzdem rasch ein und sprang noch einmal ins Wasser.

Kjell durfte niemals das Sorgerecht für Anna bekommen. Dafür würde sie sorgen.

Als sie gerade wieder auf den Steg kletterte, sah sie Bennys Auto den Weg zur Hütte hinunterschaukeln. Ingrid zog den Bademantel über. Sie stieg in die Holzschuhe und ging ihm entgegen.

»Du bist ja eine ganz schöne Freiluftenthusiastin geworden«, sagte er.

»Es ist schön«, sagte sie und knotete den Gürtel des Bademantels zusammen. »Zumindest hinterher.«

Als sie ungewollt mit den Zähnen klapperte, lachte Benny.

»Ja, scheint superschön zu sein. Wirklich.«

Dann wurde er wieder ernst und senkte den Blick. Er schien etwas sagen zu wollen, seufzte aber nur.

Ingrid ging an ihm vorbei zur Hütte.

»Ich zieh mir eben was anderes an«, sagte sie.

Sie machte die Schlafzimmertür hinter sich zu, trocknete sich ab und zog eine Trainingshose, einen Strickpullover und die Lammfellpuschen an, die wahrscheinlich Bennys Großmutter gehörten. Als sie in die Küche kam, zitterte sie noch immer. Benny schob gerade einen Holzkloben in den Ofen und hantierte mit dem Feuerhaken in der Luke.

»Ich glaube, ich habe einen Auftrag für Siljans Privatermittlungsbüro«, sagte er.

»Das Büro gibt es nicht mehr«, gab Ingrid zurück und rieb sich das feuchte Haar mit dem Badehandtuch. »Auf unbestimmte Zeit geschlossen.«

»Vielleicht könntest du es wieder öffnen.«

»Glaube nicht. Übrigens haben sie bereits angerufen«, sagte sie. »Wenn du die von Sollerön meinst.«

»Ehrlich?«, sagte Benny erstaunt. »Und, was meinst du?«

»Ich war heute Nachmittag oben in Kumbelnäs, um zu hören, ob es eine Nachricht vom Jugendamt gibt. Als ich dort war, rief der Vater an und hat mir auf den Anrufbeantworter gesprochen. Unter anderen Umständen würde ich gerne helfen, aber es geht nicht.«

»Du kannst doch mal hinfahren und mit ihnen reden«, sagte Benny. »Wenn da irgendwas nicht stimmt, bin ich ganz sicher, dass du es bemerken wirst. Die Eltern werden diese Sache sonst nicht loslassen können. Und schlimmstenfalls bekommen sie eine Erklärung dafür, warum sich die Tochter entschieden hat, ihr Leben zu beenden. Außerdem glaube ich, dass es gut für dich wäre, mal an etwas anderes zu denken als an Anna und Kjell.«

Das stimmte. Sie brauchte wirklich etwas, womit sie ihren Kopf beschäftigen konnte. Der Putzjob reichte da bei weitem nicht aus.

»Du bist also bereit, eure Polizeiarbeit infrage stellen zu lassen?«, meinte sie.

Benny zuckte mit den Schultern.

»Man ist doch nur ein Mensch. Als Kenneth und ich da waren, hat keiner von uns beiden den Eindruck gehabt, dass irgendetwas nicht stimmte, aber die Eltern haben von einer Reihe seltsamer Details erzählt. Ich habe auch schon mit Frank gesprochen, aber der meint, wir hätten keine Ressourcen dafür, und findet, wir könnten warten, bis die Obduktion beendet ist.«

Ingrid zog einen Stuhl an den Holzofen und hängte das nasse Handtuch über die Rückenlehne.

»Okay«, sagte sie. »Ich fahre morgen Nachmittag mal raus und spreche mit ihnen, dann werden wir weitersehen.«

Kapitel 11

Acht Monate zuvor

Lena hatte sich eben im Personalraum einen Kaffee geholt, als Kicki sich neben sie setzte und anfing, in der neuen *Mitt Liv* zu blättern.

»Das Liebeshoroskop 1983«, las Kicki. »Na, dann woll'n wir mal sehen. Wir fangen mit dir an, Lena. Okay, Fische.«

Sie begann mit feierlicher Stimme und vorgeschobenem Kinn vorzutragen, als würde sie aus der Bibel lesen. Lena warf Gunnel einen vielsagenden Blick zu, um zu zeigen, dass sie das alles für Blödsinn hielt, einerseits die Sache mit der Astrologie, aber vor allem Kickis naive Romantik. Was weiß dieser Grünschnabel schon vom Leben?, sagte ihr Blick. Nichts.

In Wirklichkeit aber hatte Lena das Jahreshoroskop bereits gelesen, sowohl das in der *Allas* als auch das in *Min Värld*, aber das würde sie natürlich niemals zugeben. In ihrem tiefsten Innern glaubte sie nicht daran, dass irgendwelche mehrere Millionen Kilometer entfernten Sterne ihre Chancen, einen neuen Mann kennenzulernen, beeinflussen konnten, aber es war trotzdem tröstlich, sich vorzustellen, dass nicht die ganze Verantwortung allein bei ihr lag. Es gab Rätsel, die größer waren, als irgendjemand sich vorstellen konnte, und eines schönen Tages konnten wunderbare Dinge geschehen.

Sie griff nach Eskils Ehering, der immer noch an einer Goldkette um ihren Hals hing. Er war so groß, dass sie fast sowohl ihren Ringfinger als auch den kleinen Finger hineinbekam.

»Die Glückstage der Fische sind der achtzehnte Februar, der erste Mai und der neunzehnte Oktober«, beendete Kicki ihren Vortrag und sprach jetzt wieder mit ihrer normalen Stimme. »Dann wollen wir mal sehen, was mein Horoskop sagt«, fuhr sie fort, feuchtete ihren Daumen an und blätterte weiter.

Lena trank ihren Kaffee und hörte nur mit halbem Ohr zu.

Kicki war vor einem halben Jahr wie ein frischer Wind in den kleinen Supermarkt gekommen, bemerkenswert unbefangen darüber, wie viel Raum sie überall einnahm, wo sie hinkam. Nicht einmal Gunnels säuerliche Kommentare schien sie zu bemerken, sondern fuhr unvermindert fröhlich fort:

»Und du, Abbe, was hast du für ein Sternzeichen?«

Abbe, der an der Arbeitsfläche bei der Kaffeemaschine stand, wurde knallrot im Gesicht.

»Äh, ich glaub nicht an so was«, erwiderte er.

»Jetzt komm schon«, fuhr Kicki fort. »Nee, halt, lass mich raten. Widder?«

Abbe schüttelte den Kopf und wurde noch röter.

»Und wie kommst du darauf, wenn ich mal fragen darf?«, gab er angestrengt frech zurück.

»Energisch, willensstark.«

Das waren nicht die Worte, mit denen Lena ihn beschrieben hätte, aber sie besaß auch nicht Kickis Fähigkeit, Männer aus dem Gleichgewicht zu bringen.

»Falsch. Ich bin Krebs.«

»Wie schade«, sagte Kicki mit traurigem Hundeblick. »Dann passen wir beide nicht so gut zusammen. Aber ich kann dir trotzdem dein Liebeshoroskop vorlesen.«

Sie blätterte zur richtigen Seite und richtete sich auf. Aber noch ehe sie anfangen konnte zu lesen, schaute Abbe auf die Uhr und verschwand Richtung Lager. Die Röte hatte sich bis auf seinen Nacken ausgebreitet.

»Was ist denn mit ihm?«, fragte Kicki und sah ihm mit Unschuldsmiene nach.

»Du machst dich lustig über ihn«, erwiderte Gunnel. »Das ist nicht nett.«

Sie erhob sich mühsam und hielt sich dabei den Rücken, dann rückte sie die Netzkappe zurecht.

»Ich mache doch nur Witze«, meinte Kicki. »Ein bisschen muss er schon aushalten. Meine Güte, er ist doch kein Kind mehr.«

Kicki warf ihre Zeitung auf den Tisch, machte aber keine Anstalten aufzustehen. Es waren immer noch ein paar Minuten von der Pause übrig.

»Du solltest versuchen, jemanden kennenzulernen, Lena«, sagte sie.

»Kennenlernen, wie denn? Das ist nicht so leicht.«

»Jetzt gib nicht gleich auf«, entgegnete Kicki. »Das bringt gar nichts. Versuch mal, die Chancen zu sehen, es kann schließlich alles Mögliche passieren. Aber du darfst nicht einfach dasitzen und abwarten. Du musst was tun. Rausgehen und tanzen, in einen Verein gehen oder was auch immer.«

Kicki sah sie mit großen blauen Augen an, die durch ihren pastellblauen Lidschatten noch blauer wurden.

»Jaja, das wäre wohl gut«, erwiderte Lena und leerte ihren Kaffeebecher.

»Nein, im Ernst«, beharrte Kicki. »Du bist immer noch total jung.«

»Das kannst du leicht sagen.«

Vielleicht war einunddreißig kein Alter, aber Lena fühlte sich wie mindestens fünfzig. Sie hatte schon ein paar graue Haare auszupfen müssen, und wenn sie genau hinsah, konnte sie schon kleine Fältchen in den Augenwinkeln erkennen. Es fühlte sich wie eine Ewigkeit an, als sie zwanzig gewesen war. Ein völlig anderes Leben.

Auch wenn Kicki es nur gut meinte, sie wollte keine ermunternden Ratschläge haben.

»Jetzt gehen wir und arbeiten«, sagte sie. »Die Pause ist zu Ende.«

Kicki nahm einen Taschenspiegel aus dem Kittel und zog ihren Lippenstift nach.

»Willst du auch?«, fragte sie.

»Nein danke«, erwiderte Lena. »Alles gut.«

»Ich glaube ja, dass du mit so einem Hellrosa richtig hübsch aussehen würdest.«

»Wäre das nicht zu kindlich?«, fragte Lena, während sie die Becher ausspülte.

»Überhaupt nicht. Richtig klasse, finde ich.«

Lena nahm an der Kasse Platz, und Kicki begann damit, weiße Bohnen auszuzeichnen. Im Laden war es wie immer um diese Zeit ruhig. Draußen schneite es, falls man es so nennen konnte. Etwa Nasses fiel vom Himmel, aber wenn es auf dem Boden landete, bildete es einen matschigen Brei. Es war ein seltsamer Winter dieses Jahr.

Lena war tief in ihre Gedanken versunken, als die Eingangstür aufging und Åke Widman den Laden betrat. Als sie ihn erblickte, fuhr sie sich schnell mit einer Hand übers Haar, um zu prüfen, ob die Locken richtig saßen.

Åke war besonders, das dachte sie schon länger. Und zwar eigentlich nicht vom Aussehen her, mit seinem Bart und dem braunen Haar wirkte er ziemlich gewöhnlich. Nein, es war etwas anderes an ihm. Locker, selbstsicher. Er fühlte sich in seinem eigenen Körper wohl. Und dann dieser intensive Blick aus den fast schwarzen Augen.

Heute sah man allerdings nicht viel von ihm. Er hatte die Mütze tief ins Gesicht gezogen, und der Mund war fast völlig vom Jackenkragen verborgen.

Als er seine kleine Runde beendet hatte, legte er einen Ring Fleischwurst, ein Paket Knäckebrot und zwei Dosen Snus aufs Band.

Wie üblich. Manchmal kaufte er auch Fleisch und braune Bohnen in einer Plastikrolle oder fertige Fleischbällchen.

»Ein gutes neues Jahr weiterhin«, sagte er, schob das Kinn aus dem Kragen und feuerte ein Lächeln ab.

Seine Brille war mit Regentropfen gesprenkelt.

»Gleichfalls«, erwiderte sie. »Ekliges Wetter.«

»Ja, pfui Teufel. Man sollte auswandern. Kommen Sie mit?«

»Natürlich«, antwortete sie und bereute, nicht Kickis Lippenstift ausgeliehen zu haben. »Wann fahren wir?«

Åke grinste hinter der nassen Brille und steckte seinen Einkauf in eine Tüte.

Lena sah ihm nach, als er durch den Schneematsch zu seinem Auto lief.

Stockfinster war es, als Lena nach der Arbeit nach Hause ging, und mittlerweile war der Schnee ganz in Regen übergegangen. Sie hätte einen Regenschirm mitnehmen sollen, aber wer hätte schon erwartet, dass man den im Januar brauchte?

Sie zog die Mütze ins Gesicht, schlug die Kapuze hoch und ging so schnell sie konnte. Schon als sie am Dorfgemeinschaftshaus vorbeikam, war ihr Mantel auf den Schultern durchnässt, und die neuen Lederstiefel waren dunkel vor Nässe. Sie würde sie mit Zeitungspapier ausstopfen müssen, wenn sie nach Hause kam, und dann, wenn sie getrocknet waren, mit Schuhcreme einschmieren. Die Schuhe hatten einiges gekostet, und sie hoffte, dass sie mehrere Winter halten würden.

Als sie auf halbem Weg nach Hause war, hielt ein wohlbekanntes Auto neben ihr am Bordstein.

»Steigen Sie ein«, bedeutete ihr Åke auf der anderen Seite der Scheibe mit einer Geste.

Als Lena ums Auto herumgegangen war, hatte er sich schon über den Beifahrersitz gestreckt und die Tür aufgemacht.

»Sie sind ja völlig durchnässt«, sagte er.

»Vielen Dank«, sagte sie und sank auf den Sitz. »Ich wohnte hinten bei Utanmyra, der große rote Hof.«

»Das weiß ich doch.«

Die Scheibenwischer wischten nach rechts und links.

»Oder wandern wir jetzt aus?«, fragte sie.

»Wenn das nur so wäre.«

Lena nahm ihre Handschuhe und wischte sich damit unter den Augen. Ihre Wimperntusche war bestimmt inzwischen verlaufen.

»Was für ein Schock, das mit Eskil«, sagte Åke und drehte das Radio leiser. »Einfach so zu sterben. Wir sind zusammen zur Schule gegangen.«

»Ehrlich? Das wusste ich nicht.«

»Also, wir waren jetzt keine engen Freunde oder so«, fuhr Åke fort. »Ich war zwei Jahre jünger und in seinen Augen sicher nur ein kleiner Pimpf. Mannomann, der konnte Eisbälle machen, wenn wir einen Schneeballkrieg hatten. Da wollte man in derselben Mannschaft sein, das sage ich Ihnen. Und treffsicher war er auch.«

Åke lächelte Lena an.

Irgendwie fühlte es sich gut an, ihn so über Eskil sprechen zu hören. Viele wagten es ja kaum, seinen Namen in ihrer Gegenwart zu erwähnen, aber bei Åke kam das ganz natürlich.

»Wenn so was passiert, kriegt man irgendwie einen anderen Blick auf das Leben«, fuhr er fort. »Es kann einfach jederzeit Schluss sein, wenn man am wenigsten damit rechnet.«

»Doch«, stimmte Lena zu, »das kann passieren.«

Sie hätte ihn gern gefragt, ob er wirklich glaube, dass alles einfach dunkel wurde oder ob auf der anderen Seite noch mehr wartete. Aus irgendeinem Grund hatte sie das Gefühl, dass sich hinter seiner humorvollen Fassade ein ernster Mensch verbarg. Und sie hätte ihn auch gern gefragt, wie sich sein Blick auf das Leben verändert hatte. Was war ihm wichtig?

Doch noch ehe sie etwas sagen konnte, waren sie schon an ihrem Haus angekommen.

»Wie ist das denn so, hier mit der Verwandtschaft gleich nebenan zu wohnen?«, fragte er und nickte zu dem großen Haupthaus, in dem fast alle Fenster erleuchtet waren. »Wahrscheinlich nicht viel Privatleben, oder?«

»Nein«, sagte Lena. »Es hat seine Vor- und Nachteile.«

Sie wollte sagen, dass sie auf diese Weise wenigstens nicht ganz allein war, schwieg aber. Sie wollte nicht als Opfer dastehen, sondern lieber als lebensfrohe Frau, die ihre Eigenständigkeit wahrte. Spontan und abenteuerlustig, mit einem Privatleben, das es zu schützen galt. Kein armes Ding, das zu Hause hockte und wartete.

»Darf ich Sie als Dank für die Fahrt zu einem Kaffee einladen?«

Geradeso, als ob Åkes entspannte Art sich auf sie übertragen hätte, klang die Frage genauso leichthin, wie sie gehofft hatte.

»Leider habe ich keine Zeit«, erwiderte Åke, mit Betonung auf leider. »Aber vielleicht kann ich das an einem anderen Tag einlösen?«

Wieder das Lächeln.

»Das können Sie natürlich gern«, sagte Lena. »Und tausend Dank fürs Mitnehmen, das war sehr nett von Ihnen.«

»Keine Ursache. Jetzt aber rein mit Ihnen in die Wärme. Bis bald.«

Åke drehte eine Runde um das Rondell auf dem lehmigen Hof und winkte fröhlich, als er auf dem Weg zur Straße an ihr vorbeifuhr.

Zu ihrer Freude fand Lena eine Tüte Mandeln in der Speisekammer und beschloss, einen Mazarinkuchen in der großen Form zu backen. Sie schaltete das Radio ein und summte zur Musik, während sie die Mandelmühle rausholte und sie an der Arbeitsfläche festschraubte.

Hatte Åke darauf gewartet, dass sie Feierabend hatte, um ihr dann anzubieten, sie mitzunehmen? Auch wenn sie das nicht zu glauben wagte, wirkte es doch fast so. Sonst wäre das schon ein komischer Zufall gewesen, denn er wohnte überhaupt nicht in ihrer Nähe.

Obwohl es lange her war, seit sie das letzte Mal einen Mazarinkuchen gebacken hatte, konnte sie das Rezept noch auswendig, alle Bewegungen gingen wie von selbst. Eskils Lieblingskuchen. Ohne nachzudenken, rührte sie Butter und Zucker zusammen, schlug ein Ei nach dem anderen auf, und dann kamen das Mehl, der Vanillezucker und die restlichen trockenen Zutaten dazu.

Als der Kuchen im Ofen war und sein Duft sich in der Küche ausbreitete, beschloss sie, sich eine Gesichtsmaske zu gönnen. Ein Rezept dafür hatte sie schon vor einiger Zeit aus einer Wochenzeitschrift ausgeschnitten.

Mit seltsamem Eifer suchte sie nach dem Zeitungsausschnitt und begann dann Haferkleie, Honig und Ei zusammenzurühren. Als sie sich den Brei ins Gesicht geschmiert hatte, musste sie über ihr Gesicht im Spiegel lachen. Hoffentlich würde die Maske ihrer winterblassen Haut wenigstens etwas Strahlen verleihen.

Was, wenn Åke morgen wieder kommen und vor dem Laden warten würde, wenn sie Feierabend hatte? Aber er hatte sicher viele andere Dinge zu tun.

Als der Kuchen fertig war, stellte sie ihn zum Abkühlen auf die Arbeitsfläche.

Nein, morgen würde er sicher nicht wiederkommen, aber vielleicht übermorgen.

Als Lena laut Anleitung die Maske mit lauwarmem Wasser abspülte, sammelte sich im Waschbecken die Haferkleie, die sie, so gut es ging, wegzuschaufeln versuchte, ehe der Abfluss verstopfte. Einen direkten Unterschied konnte sie nicht feststellen, ihre Haut sah eher gerötet aus. Aber vielleicht dauerte es ein wenig, ehe das Ergebnis sichtbar wurde.

Obwohl sie den ganzen Tag auf den Beinen gewesen war, fühlte sie sich immer noch überhaupt nicht müde. Nachdem sie die Küche aufgeräumt hatte, fiel ihr ein Strickmuster für einen Pullover ein, den sie in der jüngsten Nummer der *Husmodern* gesehen hatte.

Ihr gefiel die neue Mode mit den U-Boot-Ausschnitten. Die betonte ihre Schlüsselbeine, verbarg aber die alte Brandverletzung auf der Brust. Man musste die Aufmerksamkeit auf das lenken, was gut war, und das andere verstecken – so lautete der Rat in allen Zeitschriften. Jeder hatte etwas Schönes zu zeigen. Sogar sie.

Kapitel 12

Endlich näherte sich Ingrid dem Ende des langen Hotelkorridors. Noch ein letztes Zimmer, das sie putzen musste, dann war der Arbeitstag zu Ende, und sie würde raus nach Sollerön fahren, um die Eltern der toten Lena zu treffen.

In ihrer ersten Woche im Hotel war sie nach jedem Arbeitstag völlig fertig gewesen, und weil sie so ungeübt gewesen war, hatte sie fast jeden Tag mit unbezahlten Überstunden und Schmerzen in Rücken und Füßen beendet. Doch ihr Körper hatte sich daran gewöhnt, und mittlerweile war das meiste Routine. Bettwäsche wechseln, staubsaugen, Spiegel putzen, Bad wischen, saubere Handtücher aufhängen.

Wenn ein Zimmer voller persönlicher Gegenstände war, machte es ihr Spaß, sich den Menschen vorzustellen, der darin wohnte, und sie machte sich ein Spiel daraus, die Leute, die ihr auf dem Flur begegneten, dem richtigen Zimmer zuzuordnen. Kleine Freuden. Eine Persönlichkeitsanalyse ohne ein Verbrechen. Doch das letzte Zimmer des Tages war leer. Das Einzige, was der Gast hinterlassen hatte, waren braune Haare hier und dort, Zahnpasta im Waschbecken und auf dem Fußboden neben dem Bett eine leere Tüte Dillchips.

Als Ingrid fertig war, atmete sie aus, schloss die Tür und schob den Putzwagen vor sich her zum Fahrstuhl.

Tanja war schon in der Umkleide, sie hatte geduscht und war gerade dabei, sich kopfüber und mit auf höchster Stufe des Geräts die Haare zu föhnen. Der Duft von Timotei-Shampoo und Haarspray erfüllte den Raum.

Obwohl sie das gern getan hätte, duschte Ingrid niemals auf der Arbeit, aus Angst, versehentlich die Perücke zu beschädigen.

Tanja schaltete den Föhn aus, erhob sich und gab mit zusammengekniffenen Augen noch eine Dosis Haarspray drauf.

Ingrid schaute auf die Uhr über der Tür. Um diese Zeit war Berit meist in ihrem Büro im Jugendamt. Sie musste sie unbedingt noch anrufen, ehe sie nach Sollerön rausfuhr.

»Darf ich was fragen?«, fragte Tanja und zog das Kabel des Föhns aus der Steckdose.

Ingrid sah sie fragend an und knöpfte ihren Kittel auf.

»Sei mir nicht böse, aber ich frage mich, warum du eine Perücke hast. Denn das hast du doch, oder?«

Tanja hatte Ingrid in ihrer ersten Schicht eingelernt. Natürlich hatte sie gesehen, dass Ingrids Haare nicht echt waren.

»Verzeih mir«, beeilte sich Tanja zu sagen. »Du musst nicht antworten. Das geht mich nichts an.«

»Ich war krank«, erklärte Ingrid. »Hab eine Menge Haare verloren. Deshalb.«

Sie holte ihre Adidas-Jacke aus dem Spind und zog sie an. Sie fühlte sich plötzlich nackt und zog den Reißverschluss bis unters Kinn.

»Ich wollte nicht neugierig sein«, sagte Tanja. »Jetzt komme ich mir total blöd vor.«

»Kein Problem. Aber jetzt muss ich rennen. Wir sehen uns Samstag.«

Am Samstagabend würde im Hotel ein Fest stattfinden, und Tanja und Ingrid hatten sich beide für eine zusätzliche Schicht eingetragen. Das würde ein langer Tag werden, aber zumindest gut bezahlt, da sie sowohl Wochenend- als auch Nachtzuschlag bekamen.

Wie immer schaute sich Ingrid in alle Richtungen um, ehe sie das Gebäude verließ. Da die Luft rein war, lief sie schnell zur Telefonzelle in der Fußgängerzone. Bevor sie die Nummer wählte, holte sie eine Handvoll Einkronenstücke aus dem Geldbeutel. Die würden bei dem Ferngespräch schnell durchrauschen.

Diesmal ging Berit nach ein paarmal Klingeln ran. Ingrid sagte ihren Namen und gab sich Mühe, langsam und deutlich zu sprechen und nicht allzu aufgeregt zu klingen.

»Ich habe Ihre Nachricht bekommen«, sagte Berit.

»Wie gut. Das hat mich so beunruhigt. Wie Sie ja wissen, hat Kjell sowohl mich als auch Anna schon früher verletzt. Sie können ihn nicht mit ihr allein lassen, und sie darf auf keinen Fall bei ihm übernachten.«

»Ich höre, was Sie sagen.«

»Das ist gut«, sagte Ingrid und schob eine weitere Krone ein. »Ich hoffe, Sie verstehen, wie ernst das ist. Kjell ist sehr gefährlich und hat kein anderes Ziel, als mir zu schaden. Anna ist ihm egal, das war schon immer so.«

Berit schien am anderen Ende der Leitung Zigarettenrauch auszublasen und brummte skeptisch.

Während der Gerichtsverhandlung hatte Ingrid erklärt, wie gewalttätig Kjell war und dass sie wegen der Misshandlungen vorgehabt hatte, ihn zu verlassen. Damit war sie damals nicht durchgedrungen, und offensichtlich gelang ihr das auch diesmal nicht. Sie hatte damals schon keine Beweise gehabt, und immer noch stand Aussage gegen Aussage. Nur gab es eine gerichtliche Verurteilung ihrer selbst, inklusive einer detaillierten Beschreibung, welche Verletzungen Kjell durch den Schuss erlitten hatte.

»Muss er ihr erst etwas antun, ehe Sie begreifen, wie gefährlich er ist?«, fragte sie. »Muss es so weit kommen, Berit? Sie haben doch so viel Erfahrung mit Fällen von häuslicher Gewalt, und wenn sie von dem absehen, was in der Akte steht, dann muss Ihnen doch klar sein, dass ich die Wahrheit sage, oder?«

Am anderen Ende wurde es still.

»Wir müssen die Regeln befolgen«, sagte Berit schließlich.

»Was will denn Anna?«, fragte Ingrid. »Hat sie gesagt, dass sie dort übernachten will?«

»Sie scheint nichts dagegen zu haben.«

Ingrid versuchte tief durchzuatmen. Die Kronenstücke in ihrer Hand waren klebrig vom Schweiß. Als sie eine weitere Münze einstecken wollte, glitten ihr drei andere aus der Hand, und sie sah sie zwischen dem Gitter im Boden verschwinden.

»Okay«, sagte sie. »Ich verstehe, dass Sie den Regeln folgen. Aber ich bitte Sie, liebe Berit, ich flehe Sie an, meine Ängste ernst zu nehmen.«

Ingrid schob ihre letzte Krone in den Schlitz.

»Sie können mir vertrauen«, sagte Berit. »Ist es Ihnen möglich, Anna nächsten Freitag in Stockholm zu treffen? Mit Übernachtung bei Ihrem Bruder, wie wir es besprochen haben?«

»Ja, selbstverständlich. Das wird schön.«

Zum ersten Mal würde sie wieder ein ganzes Wochenende lang mit ihrer Tochter allein sein.

»Dann notiere ich das«, sagte Berit. »Versuchen Sie ruhig zu bleiben, Ingrid. Wir haben die Situation unter Kontrolle.«

Ingrid wurde klar, dass sie das glauben musste, sonst würde sie zerbrechen. Denn im Moment konnte sie nichts tun, überhaupt nichts. Und außerdem hatte sie keine Kronenstücke mehr.

Sie hängte den Hörer zurück auf die Gabel und spürte die Tränen hinter den Augenlidern brennen. Dann schob sie die Tür der Telefonzelle auf und wischte sich über die Wangen. Es gab immer noch Menschen, denen es schlechter ging. Lena war tot, und ihre Eltern hatten eine Tochter verloren. Anna lebte, auch wenn sie weit weg wohnte.

Ingrid setzte sich ins Auto und startete Richtung Sollerön. Bis dahin war es nicht weit, und sie kam auf dem Weg zu ihrer Hütte täglich an der Abzweigung zur Insel vorbei, die sie aber noch nie genommen hatte. Nach einigen Kilometern öffnete sich der Wald auf beiden Seiten, und sie fuhr über eine Brücke zur Insel hinüber. Danach führte die Straße bergauf, an Häusern und Äckern vorbei. Als sie an einer Tankstelle vorbeifuhr, erschien etwas weiter oben eine breite Kirche mit rosafarbenem Turm.

Sie blieb an der Kreuzung bei der Kirche stehen und sah sich um. Linker Hand erkannte Ingrid eine Schule und zwei verschiedene Lebensmittelgeschäfte. Sie fuhr auf den Parkplatz vor einem der Geschäfte, um auf die Karte zu schauen, die Benny ihr am Abend zuvor gezeichnet hatte.

Es konnte nicht mehr weit sein, sie musste nur noch der Straße folgen und an der nächsten Kreuzung nach links abbiegen.

Ingrid legte die Karte auf den Beifahrersitz und fuhr weiter. Hier standen die Häuser dicht beieinander, und die schmale Straße war von Scheunen, Hecken, Höfen und knotigen Apfelbäumen gesäumt. Richtung Westen konnte sie meilenweit den Blick schweifen lassen, bis zu den Bergen.

Utanmyra war, wie sich herausstellte, im Vergleich zum Kern der Insel eine Gegend mit offener Landschaft, wo sich Äcker und Wiesen zwischen den Höfen ausbreiteten. Das große ochsenblutrote Hauptgebäude des Hofes, zu dem Ingrid unterwegs war, war schon von weitem über ein Feld zu erkennen. Auf beiden Seiten der Straße wuchsen Birken, die fast wie eine Allee wirkten, obwohl die Bäume unterschiedlich groß waren und nicht deswegen gepflanzt worden waren.

Abgesehen von dem Hauptgebäude gab es noch mehrere andere Häuser auf dem Hof: einen Schuppen und eine lange Scheune mit Wagenschiene, ein weiteres Wohnhaus, ebenfalls rot gestrichen, und eine kleine Holzhütte am Waldrand. Zwischen den Gebäuden gab es Gärten, kleine Pfade und Kieswege.

Ein Elchhund bellte hysterisch in einem Zwinger bei der Scheune, als Ingrid aus dem Auto stieg. Sie sah sich ratlos um. Auf einer etwas entfernten Wiese weideten zwei Pferde, ein Fjordpferd und ein

Shetlandpony. An der gesamten Vorderseite des Hauptgebäudes gab es eine Veranda, und das Haus hatte drei identische Eingangstüren. Noch ehe Ingrid sich entschieden hatte, an welche Tür sie klopfen würde, rief jemand hinter ihr.

Auf der Treppe vor dem frei stehenden Haus, etwa hundert Meter entfernt, stand ein glatzköpfiger Mann und winkte.

»Wie gut, dass Sie kommen konnten«, sagte er und streckte Ingrid die Hand hin, als sie näher kam. »Mein Name ist Birger Svensson.«

Er trug Cordhosen und ein kariertes Hemd, sah ordentlich aus, aber unrasiert und mit großen Tränensäcken unter den Augen.

»Ingrid«, erwiderte sie.

Birger führte sie durch eine dunkle Diele in eine etwas hellere Küche mit braunen Fronten und einem runden Holztisch. Eine ältere Frau erhob sich von einem Küchenstuhl und gab ihr ebenfalls die Hand.

»Elsa«, sagte sie.

Sie trug eine Strickjacke in verschiedenen Grüntönen, und das graue Haar war zu einem Pferdeschwanz gebunden. Feine Fältchen in den Augenwinkeln und um den Mund. Ein Ehering, kein anderer Schmuck.

»Mein Beileid«, sagte Ingrid. »Es tut mir wirklich leid.«

»Haben Sie vielen Dank«, sagte Birger. »Es ist einfach nur schrecklich.«

»Wir sind so dankbar, dass Sie uns helfen wollen«, fügte Elsa hinzu und ließ sich wieder auf den Stuhl sinken. »Die Polizei scheint zu glauben, dass wir total verwirrt sind.«

Sie drehte an ihrem Ring. Ingrid dachte, dass diese Hände es gewohnt waren, etwas zu tun zu haben, aber hier, in dieser furchtbaren Situation, wussten sie nicht, wohin.

»Wir bezahlen Sie natürlich«, erklärte Birger. »Wie viel nehmen Sie?«

Er setzte sich neben seine Ehefrau und bedeutete Ingrid, es ihm gleichzutun.

»Ich kann nicht versprechen, dass ich ihren Auftrag annehmen werde«, sagte Ingrid und zog sich den Stuhl heraus, der am nächsten stand. »Um das zu tun, muss ich überzeugt davon sein, wirklich etwas erreichen zu können. Ich möchte Ihnen weder Ihr Geld abnehmen noch Ihnen falsche Hoffnungen machen.«

Elsa nickte bedächtig und fuhr mit dem Daumennagel die Furchen im Holztisch nach.

»Wir wissen, dass wir Lena nicht zurückbekommen werden«, sagte Birger. »Aber wir müssen erfahren, was passiert ist. Was wirklich passiert ist.«

»Das verstehe ich«, sagte Ingrid. »Bitte, erzählen Sie mir alles von Anfang an. Erzählen Sie mir, was passiert ist und wie Sie darüber denken.«

»Sie ist im Schlafzimmer gefunden worden«, sagte Birger. »Kommen Sie, schauen Sie es sich an.«

Er erhob sich und ging voraus durch ein dunkles Wohnzimmer. Ingrid folgte ihm. Elsa blieb erst zögernd am Tisch sitzen, kam ihnen dann aber doch nach.

»Hier hat sie gehangen«, sagte Birger und zeigte auf einen einsamen Lampenhaken an der Decke. »Laut Polizei soll sie auf dem Stuhl da gestanden haben. Der lag umgeworfen unter ihr, als die sie vorgefunden haben.«

Das Bett war mit einem Patchworküberwurf bedeckt, darauf in passenden Farben einige Zierkissen. Die Deckenlampe, ein Kronleuchter mit kleinen Lampenschirmen, lag neben dem Bett auf dem Boden.

»Wir haben nichts angerührt«, sagte Birger, als könnte er Ingrids Gedanken lesen. »Wir haben heute Nacht in dem anderen Zimmer geschlafen. So wie jetzt sah es auch aus, als sie gefunden wurde.«

Auf dem Nachttisch lag ein neu aussehender Roman. *Himmel der*

Hunde von Per Gunnar Evander. Ingrid nahm das Buch in die Hand und schlug es auf. Seite dreißig war mit einem Lesezeichen aus Leder markiert.

»Wenn ich es richtig verstanden habe, hat Lena keinen Abschiedsbrief hinterlassen«, sagte sie. »Aber wissen Sie, ob sie Tagebuch geschrieben hat?«

»Als Kind hat sie das getan, aber jetzt weiß ich es nicht«, sagte Elsa. »Wir haben keins gefunden, nur einen Kalender, in den sie alltägliche Kleinigkeiten eingetragen hat. Der ist in ihrer Handtasche in der Küche.«

Ingrid zog die Nachttischschublade auf, doch da gab es auch nichts, was ihr Interesse weckte. Billiger Schmuck, Handcreme, Kopfschmerztabletten, eine Schachtel pflanzlicher Beruhigungsmittel.

»Wieso glauben Sie nicht, dass Lena sich umgebracht hat?«

Elsa zog ein Papiertaschentuch hervor, das sie im Jackenärmel versteckt hatte, und wischte sich die Nase.

»Viele Menschen haben uns erklärt, dass Selbstmord oft plötzlich kommt«, sagte sie. »Und dass eine Person, die sich das Leben genommen hat, in ihren letzten Momenten so gewirkt haben kann, als wäre es ihr ungewöhnlich gut gegangen.«

»Und das trifft auf Lena zu?«, fragte Ingrid.

»Ja«, fuhr Elsa fort und steckte das Taschentuch zurück in den Ärmel. »Sie hat es schon schwer gehabt im Leben, aber seit dem Sommer war es, als wären ihre Lebensgeister zurückgekehrt. Zumindest hatte ich das Gefühl. Ihre Stimme klang anders.«

»Wann haben Sie zuletzt von ihr gehört?«

»Anfang letzter Woche. Wir haben sehr lange miteinander telefoniert, und da klang sie froh.«

»Hatten Sie engen Kontakt?«, fragte Ingrid.

Elsa dachte nach.

»Wir haben weit voneinander entfernt gelebt, und mir ist schon klar, dass sie uns nicht alles erzählt hat. Aber eine Mutter kann doch an der Stimme ihres Kindes hören, wie es ihm geht. Haben Sie Kinder?«

»Ja«, sagte Ingrid.

»Dann wissen Sie, was ich meine.«

Elsa schlug die Hände vors Gesicht und begann zu weinen, sodass ihre Schultern bebten.

»Lena war unser einziges Kind«, schluchzte sie. »Als ich schwanger wurde, war ich schon zweiundvierzig, und zu dem Zeitpunkt hatten wir die Hoffnung so gut wie aufgegeben. Es war fast peinlich, in dem Alter noch ein Kind zu bekommen, aber wir waren so glücklich. Jetzt ist alles dahin. Alle Träume von Enkelkindern und einem Leben mit Zukunft. Ich verstehe nicht, wo da jetzt noch ein Sinn sein soll.«

Birger streichelte ihr linkisch den Rücken, auch er hatte Tränen in den Augen.

Als das Weinen verebbte, schnäuzte sich Elsa noch einmal.

»Ich habe von der nassen Wäsche in der Maschine gehört«, sagte Ingrid. »Gibt es noch einen anderen Anhaltspunkt, warum Sie glauben, dass etwas nicht stimmt?«

»Ihr Strickzeug lag auf dem Sofa, mit einer nicht beendeten Reihe«, erklärte Elsa. »Es war, als wäre sie unterbrochen worden, als hätte sie das Strickzeug an der Stelle abgelegt, wo sie gesessen hat. Ich kenne sie, und ich weiß, dass sie, bevor sie das Strickzeug wegpackt, immer erst die Reihe beendet und alles ordentlich zusammenfaltet.«

Ingrid dachte nach. Das war zwar ein wenig komisch, aber es waren wirklich schon seltsamere Dinge passiert.

»Wissen Sie, ob sie mit irgendjemandem Streit hatte?«

»Nein, nicht dass wir wüssten«, meinte Birger. »Aber die Verwandtschaft hier ist schon ein bisschen speziell, das kann man nicht anders sagen.«

»Wie meinen Sie das?«

»Es ist schwer in Worte zu fassen, aber sie nehmen einen nicht gerade mit offenen Armen auf, könnte man sagen. Lena hat sich eigentlich nur mit Hillevi, ihrer Schwägerin, die mit Rune verheiratet ist, gut verstanden.«

Elsa nickte und ergänzte:

»Zu Susanne, einem der Kinder, hatte sie auch einen guten Kontakt.«

»Wie kam sie denn eigentlich hierher?«, fragte Ingrid.

»Ja, das fragt man sich«, meinte Elsa. »Es ging alles rasend schnell. Lena hat zu Hause in einem Restaurant gearbeitet, und Eskil war über ein Wochenende wegen eines Hockeyspiels zwischen Leksand und Modo in der Stadt. Eines Abends kamen sie miteinander ins Gespräch, und ein paar Monate später beschloss sie, alles stehen und liegen zu lassen, hierherzuziehen und zu heiraten.«

»Das klingt, als wären Sie nicht wirklich froh darüber gewesen.«

»Lena war, wie gesagt, unser einziges Kind, und es ist weit von Örnsköldsvik nach Mora. Außerdem kannten wir ihn nicht. Vor der Hochzeit haben wir ihn nur ein einziges Mal getroffen.«

»Die Hauptsache war wohl, dass sie glücklich war«, gab Birger zu bedenken. »Das ist doch das Wichtigste.«

»Schon«, meinte Elsa, »Natürlich. Aber es war doch sehr impulsiv.«

»Würden Sie sagen, dass Lena ein gefühlsgelenkter Mensch war?«, fragte Ingrid.

Sie dachte an den Selbstmord, der auch sehr impulsiv ausgeführt wirkte. Wenn es ein Selbstmord war.

»Doch, sie hat schon immer sehr viele Gefühle gehabt«, sagte Elsa. »Hat geweint, wenn sie traurige Filme gesehen hat, und beim allerkleinsten Anlass Albträume bekommen, aber Wutanfälle hatte sie nie.«

Elsa sah zu Birger, der nickte.

»Sie war freundlich und sehr pflichtbewusst«, sagte er.

»Wer waren ihre engsten Freunde?«

»Am meisten hat sie in der letzten Zeit von einem Mädchen bei der Arbeit gesprochen, Kicki, obwohl die viel jünger ist. Sie hat sich zwar nie beklagt, aber ich glaube doch, dass es ihr schwergefallen ist, hier neue Freunde zu finden.«

»Hatte sie eine Liebesbeziehung?«

Elsa schüttelte den Kopf.

»Nicht soweit wir wissen.«

Draußen begann der Hund zu bellen. Birger reckte den Hals, um zu sehen, warum er anschlug, aber da war niemand.

»Was meinen Sie?«, fragte Elsa. »Werden Sie uns helfen?«

Ingrid dachte nach. Die Anzeichen für einen möglichen Mord waren sehr weit hergeholt, aber Lenas Eltern verdienten zumindest eine vernünftige Erklärung.

»Sagen Sie, was Ihr Honorar ist, und sie bekommen es«, sagte Birger. »Dieser Polizist, der hier war, Benny, der sagt, sie seien die beste Ermittlerin, die er kennt.«

»Da übertreibt er wohl ein wenig«, erwiderte Ingrid. »Aber sind Sie sich bewusst, dass ich vielleicht Dinge herausfinde, von denen weder Lena noch Sie möchten, dass sie offenbar werden? Manchmal glaubt man, die Wahrheit erfahren zu wollen, aber wenn man sie dann vor sich hat, stellt man fest, dass es das Letzte war, was man wirklich wissen wollte.«

»Wir sind bereit, dieses Risiko einzugehen«, erklärte Birger. »Wenn jemand Lena getötet hat, dann muss er seine Strafe bekommen.«

Er stand auf und verschwand in der Diele, um kurz darauf mit einem Schlüssel in der Hand zurückzukehren.

»Hier haben Sie einen eigenen Schlüssel zum Haus. Durchsuchen Sie es, wenn nötig, sprechen Sie mit den anderen hier auf dem Hof, lösen Sie das Rätsel. Ganz gleich, was passiert ist, wir wollen es wissen.«

Ingrid blieb sitzen. Wenn sie diesen Auftrag annahm, musste sie so handeln, als wäre sie immer noch Polizistin. Sie musste daran glauben, dass sie hier tatsächlich etwas bewirken konnte.

»Wir müssen morgen wegen der Tiere nach Hause fahren«, sagte Birger. »Aber zur Beerdigung kommen wir zurück. Wir versprechen, dass wir akzeptieren werden, wenn Sie bis dahin nichts Bedeutendes gefunden haben. Dann hat Lena zumindest die Chance bekommen, dass ihr Tod aufgeklärt wird.«

»Okay«, sagte Ingrid und nahm den Schlüssel entgegen. »Ich werde es versuchen, das verspreche ich.«

Kapitel 13

Acht Monate zuvor

Eine ganze Arbeitswoche war vergangen, ohne dass Lena auch nur einen Schatten von Åke gesehen hätte. Als er endlich durch die Eingangstür kam und den Laden betrat, glaubte sie schon fast, dass er sowohl sie als auch die Einladung zum Kaffee vergessen hätte.

Nach der Pause hatte sie trotzdem mehr von dem neuen rosa Lippenstift, den Kicki so überschwänglich gelobt hatte, aufgetragen und versucht, nicht zu viel nachzudenken. Es war, wie es war, und was geschehen sollte, das würde geschehen.

Als er in ihre Richtung schaute und lächelte, hüpfte ihr das Herz, und ihr wurde ganz heiß im Gesicht. Sie versuchte seinen Weg durch die Regale von ihrem Platz an der Kasse aus zu verfolgen, aber das war schwer. Um diese Zeit waren viele Leute im Laden, und sie hatte alle Hände voll damit zu tun, Waren einzugeben und zu kassieren.

Lena seufzte innerlich, als die alte Olsson mit einem vollen Korb an die Kasse trat. Unendlich langsam legte sie die Waren aufs Band, drehte jede Packung mehrmals herum, um sie ein letztes Mal auf mögliche Schäden zu untersuchen. Hinter ihr stand schon der mittlere Sohn der Larssons mit einem Paket Kartoffelmehl, offensichtlich von seiner Mutter während des Kochens in den Laden geschickt, weil etwas fehlte. Lena tippte die Einkäufe der alten Olsson, die sie mit großen Abständen auf dem Band erreichten, in die Kasse ein.

Als Frau Olsson umständlich ihr mit Kreuzstichstickerei verziertes

Portemonnaie aufknipste, war die Schlange um zwei weitere Personen angewachsen. Der Larsson-Junge verdrehte die Augen.

»Soll ich Ihnen helfen?«, fragte Lena und erhielt von der alten Frau ein verärgertes Kopfschütteln zur Antwort.

Als Kicki die immer länger werdende Schlange sah, sprang sie schnell hinter die zweite Kasse gleich gegenüber.

»Sie können auch hier bezahlen«, sagte sie und startete das Warenband.

Die Schnellsten in der Reihe wechselten sofort auf Kickis Seite, und als die alte Olsson endlich ihre Münzen abgezählt hatte, war als Nächstes ein alter Mann in Mantel und Pelzmütze dran. Als er begann, seine Waren auf das Band zu legen, erschien Åke zwischen dem Süßigkeitenregal und den Zeitungen. Lena sah verstohlen zu ihm hinüber. Als ihre Blicke sich trafen, legte er ein breites Lächeln auf.

Abwesend nahm sie einen Fünfziger von dem Mann im Mantel entgegen und kam völlig durcheinander, als sie ihm sein Wechselgeld ausgeben sollte. Zweimal musste sie neu ansetzen, ehe es stimmte. Åke stand immer noch bei den Zeitungen und stöberte, und Lena hatte das Gefühl, als würde er absichtlich langsam vorgehen, damit sie, wenn der Mann verschwunden wäre, ungestört reden konnten.

Schließlich entfernte Åke sich vom Zeitungsständer mit einer Motorzeitschrift in der Hand. Aber anstatt sich Lena zu nähern, lenkte er seine Schritte zu Kickis Kasse und begann dort seine Waren aus dem Korb aufs Band zu legen.

Dieses Lachen, das Lena dann vernahm, hatte sie noch nie von ihm gehört. So klang echte Verliebtheit.

Wie hatte sie nur so dumm sein können? Wie hatte sie glauben können, dass er an ihr interessiert sei, wo er doch einfach nur höflich war?

Aber du darfst nicht einfach dasitzen und abwarten, Lena.

Kickis aufmunternde Worte schrillten in ihren Ohren.

Offenbar nicht. Aber manche Menschen konnten das. Die konnten einfach dasitzen und nichts tun, und die bekamen trotzdem alles serviert.

Lena gehörte nicht zu denen. Das wusste sie, auch wenn sie noch hoffte, sich getäuscht zu haben.

Als Åke den Laden verlassen hatte und sie wieder allein waren, erzählte Kicki lachend, was passiert war.

»Als ich ihm das Wechselgeld rausgegeben habe, meinte er, ich könne es behalten und mir Schokolade davon kaufen. ›Aber du bist ja schon süß genug‹«, machte sie ihn nach. »Das war ja echt die lächerlichste Anmache, die ich je gehört habe.«

Lena versuchte mitzulachen, als ob sie auch andauernd solche Komplimente bekommen würde, eines lächerlicher als das andere, doch in ihrem Innern fühlte sie sich völlig leer.

»Wie alt ist der eigentlich?«, fuhr Kicki fort, ohne die Tränen zu bemerken, die Lena in die Augen stiegen. »Bestimmt über fünfunddreißig. Wenn Hasse das gehört hätte, dann hätte er ihm eine reingehauen.«

Als ihre Schicht zu Ende war, kaufte Lena drei Raider-Riegel zum Preis von zweien und ging, ohne irgendwem tschüs zu sagen.

So spät am Nachmittag war der Friedhof menschenleer. Sie ging vor dem Grab in die Hocke, fegte die dünne Schneeschicht vom Stein und strich mit dem Handschuh über ihre Namen. Erst über Eskils, dann über den des kleinen Jan. Wenn sie die Augen schloss, konnte sie immer noch den schweren und schlaffen Babykörper an ihrer nackten Brust spüren. Erst ganz warm und klebrig von der Käseschmiere, dann immer kälter. Er hatte nie einen einzigen Laut von sich gegeben, aber in ihrem Innern lebte er und sprach mit ihr. Diesen Herbst wäre er vier Jahre alt geworden.

»Eskil«, flüsterte sie, »warum kannst du nicht zurückkommen? Es ist alles so einsam und sinnlos hier.«

So war ihr Leben nicht geplant gewesen. Eskil und sie wollten drei Kinder haben, und irgendwann hätten sie einen ganzen Haufen Enkelkinder aufwachsen sehen. Niemals wieder würde sie jemanden treffen, der sie so liebte, wie Eskil es getan hatte. Er war zwar kein Mann großer Worte gewesen, doch fest wie eine Eiche hatte er an ihrer Seite gestanden, die Wurzeln tief in der Erde von Dalarna. Schneestürme, Wolkenbrüche, Trockenheit – er kam mit allem klar.

Für ihn war sie das Schönste gewesen, was es gab.

Seinen Namen auf dem Grabstein zu sehen, fühlte sich immer noch völlig unbegreiflich an. Wie konnte jemand so Lebendiges plötzlich einfach verschwinden?

Lena blieb so lange vor dem Grab sitzen, bis sie kein Gefühl mehr in Fingern und Zehen hatte. Dann erhob sie sich mit steifen Beinen und verabschiedete sich. Noch ehe sie den Friedhof verließ, aß sie einen der Riegel. Nach so einem Tag brauchte sie Trost.

Heute hatte sie keine Hoffnung, dass Åke vorbeikommen und ihr anbieten würde, sie mitzunehmen. Und das tat er auch nicht. Sie stiefelte im Schneematsch den ganzen Weg nach Hause und aß dabei die beiden anderen Schokoriegel.

Im Sommer sah der Hof immer aus wie ein Idyll, fast wie aus einer Touristenbroschüre. Das rote Hauptgebäude, der Wimpel, der an der frisch gestrichenen Fahnenstange flatterte. Und ein wenig abseits: ihr eigenes Haus – das sogenannte Altenteil –, das ebenso wie das Hauptgebäude aus dem 18. Jahrhundert war. Dorthin zog zur damaligen Zeit die ältere Generation, wenn die jüngere den Hof übernahm.

Eskil hatte es gefallen, ein Stück entfernt vom Rest der Familie zu wohnen. Hier hatte er seine Jazzplatten so laut und so spät abspielen können, wie er wollte. Lena hatte es auch schön gefunden, etwas abseits zu wohnen – und mit Eskil hätte sie auch in einem Zelt gewohnt, wenn es sein musste. Dennoch hatte sie mit dem Haus anfangs ihre Schwierigkeiten gehabt. Alle Räume waren in dunklen Farben gestrichen und voller abgenutzter Tische und Holzschränke mit hässlichen Blumenmustern. »Familienkleinodien«. Manche seien einiges an Geld wert, hatte Eskil behauptet, aber das machte sie auch nicht hübscher. Lena hatte das Gefühl gehabt, in ein Heimatmuseum zu ziehen.

Nach einigem Hin und Her hatte sie Eskil überreden können, das Schlafzimmer neu zu tapezieren, und von ihrem Hochzeitsgeld hatten sie ein modernes Ledersofa, bei dem man nicht die Federn spürte, und eine Bogenlampe aus Messing gekauft. Beides sah zwischen den anderen Möbeln, gelinde gesagt, deplatziert aus, war aber bequem und praktisch.

Assar nickte ihr kurz zu, als sie einander auf dem Hof begegneten, doch keiner von beiden machte Anstalten, stehen zu bleiben. Als sie hier einzogen, war Assar ein ganz anderer Mensch gewesen, aber seither war viel passiert. Inzwischen redete er im Grunde nur noch, wenn er getrunken hatte, aber dann umso mehr.

Tante Lena auf dem Altenteil – das war aus ihr geworden.

Kapitel 14

Ingrid hatte vorgehabt, an ihrem freien Tag auszuschlafen, wachte aber trotzdem wie immer beim Morgengrauen auf. Diesmal war es nicht die Angst, die sie geweckt hatte, sondern ein angenehmer Traum. Anna und sie waren auf einem spiegelglatten See gemeinsam Schlittschuh gefahren und übers Eis geschwebt.

Eine Weile blieb sie ganz still liegen, die Augen geschlossen, und hoffte den Traum noch einmal zurückholen zu können, Annas behandschuhte Hand zu fühlen, doch das Bild verblasste und verschwand. Ob Anna Schlittschuhlaufen gelernt hatte?

In der Hütte war es bitterkalt. Das Feuer im Ofen war runtergebrannt, und der kleine mobile Heizkörper, den sie ins Schlafzimmer gestellt hatte, half nicht viel. Sie zog sich ein paar Wollsocken an und zwei Pullover über das Nachthemd und ging in die Küche, um den Ofen wieder anzufeuern. Wie würde es erst später im Herbst werden, wenn es jetzt schon so kalt war?

Als das Feuer brannte, blieb sie einen Moment vor dem Ofen sitzen, um wieder warm zu werden. Draußen war eben die Sonne aufgegangen, und der Raureif lag wie ein weißer Schimmer auf dem Gras.

Weil sie sowieso nicht wieder einschlafen konnte, beschloss sie, einen Spaziergang zu machen. Es war viel zu früh, um nach Sollerön rauszufahren und mit der Ermittlungsarbeit anzufangen, also zog sie sich warm an, griff sich Mütze und Handschuhe aus einem Korb in der Diele und begann Richtung Süden zu gehen. Erst als sie das Ende des Sees erreichte, drehte sie wieder um.

Gegen zehn Uhr, nachdem sie ein anständiges Frühstück zu sich genommen hatte, setzte sie die Perücke auf und holte ihre Kamera raus. Die hatte sie sich im Sommer zur Gründung ihres Ermittlerbüros angeschafft, sie war aber nicht mehr zum Einsatz gekommen, seit Ingrid in der Hütte wohnte. Sie legte einen neuen Film ein und steckte die Kamera zusammen mit Block, Stift, einer Birne und einer Packung Kekse in die Tasche.

Auf dem Weg nach Sollerön beschloss sie, als Erstes mit der Arbeitskollegin zu sprechen, die Lena tot aufgefunden hatte. Der Coop, in dem sie arbeitete, befand sich in einem schönen Holzhaus mit Anbauten in alle Richtungen, direkt neben der Schule. Die Dame an der Kasse zeigte in den Laden, als Ingrid nach Gunnel Nilsson fragte.

»Die finden Sie an der Käsetheke.«

Hinter dem Glastresen stand eine kräftige Frau um die sechzig, die einen großen Käse in dreieckige Stücke schnitt.

»Ich heiße Ingrid«, sagte sie. »Sind Sie Gunnel?«

Die Frau hielt in der Bewegung inne und sah Ingrid fragend über den Tresen an.

»Ja, das ist richtig.«

»Ich würde gern kurz mit Ihnen sprechen, wenn Sie Zeit haben. Es geht um Lena.«

»Ach so?«

Gunnel zog die Augenbrauen hoch, aber Ingrid wollte so öffentlich nicht mehr erklären als nötig.

»Ich muss erst das hier fertig machen«, sagte Gunnel und lehnte sich mit ihrem ganzen Gewicht auf das große Käsemesser.

Während sie wartete, betrachtete Ingrid die Auslage der Fleisch- und Käsetheke. Große Schalen mit Kartoffel-, Gemüse- und Krabbensalat, geräucherter Schinken und Mettwurst. Wenn sie es sich leisten könnte, würde sie ein Stück Salami mit nach Hause nehmen, vielleicht einen guten Käse.

»Kommen Sie ruhig hier nach hinten«, sagte Gunnel, als sie fertig war. Sie sah Ingrid immer noch fragend an. »Aber wenn Kundschaft kommt, muss ich rausgehen.«

Ingrid schob die Schwingtür auf, die ins Lager führte. Hier war es sehr viel kälter als draußen im Geschäft. Gunnels Holzschuhe klapperten auf dem Weg zum Pausenraum über den Betonfußboden.

»Setzen Sie sich«, sagte sie und ließ sich an einem Tisch voller Zeitschriften und Keksdosen nieder. Von hier hatte sie die Fleischtheke im Blick. »Ich habe nicht richtig verstanden, wer Sie sind und warum Sie mit mir reden wollen.«

»Lenas Eltern haben den Verdacht, dass Lena vielleicht keinen Selbstmord begangen hat«, erklärte Ingrid. »Aber die Polizei möchte keine Ressourcen dafür hergeben, also könnte man sagen, dass ich eine private Ermittlung durchführe.«

Sie vermied bewusst das Wort Privatdetektivin, weil das ungefähr so vertrauenswürdig klang, als wenn sie sich als Zauberer oder Märchenprinzessin vorgestellt hätte.

»Soll sie ermordet worden sein?«, fragte Gunnel. »Wie denn das?«

»Wie gesagt, es handelt sich zunächst nur um Verdachtsmomente, aber ich habe versprochen, mir näher anzusehen, was passiert ist und wie Lenas Leben aussah, ehe sie starb. Wenn ich es richtig verstanden habe, waren Sie es, die sie an dem Tag gefunden und die Polizei gerufen haben. Sie sind hingefahren, um nach ihr zu sehen, weil sie nicht zur Arbeit gekommen war, richtig?«

»Ja, das stimmt.«

»Möchten Sie mir erzählen, was passiert ist?«

Gunnel sah rasch auf. Ein junger Mann mit einem Wagen voller Kartons kam an ihnen vorbei. Als er im Laden verschwunden war, sagte sie:

»Es war so furchtbar. Immer wenn ich die Augen zumache, sehe ich es vor mir.«

»Das verstehe ich«, sagte Ingrid. »Ich habe früher als Polizistin gearbeitet und viele gesehen, die sich erhängt haben. Das ist wirklich schlimm.«

Gunnel blickte auf ihre gefalteten Hände und schien nicht zu hören, was Ingrid sagte.

»Sie war barfuß, die Füße schwebten einen halben Meter über dem Boden. Rote Zehennägel hatte sie, ganz frisch lackiert. Das hat mich erstaunt.«

»Warum?«

»Die Farbe war nicht wirklich ihr Stil. Knallrot. Es sah fast ein wenig schlüpfrig aus, wissen Sie, was ich meine? So eine war Lena nicht.«

Wieder sah Gunnel nachdenklich auf ihre Hände.

»Gab es irgendwas im Haus, was auf einen Streit hinwies?«, fragte Ingrid. »Irgendetwas, was Ihnen aufgefallen ist?«

»Nein, soweit ich mich erinnere, war alles in Ordnung. Aber ehrlich gesagt war ich an dem Tag auch nicht ganz bei Sinnen. Ich erinnere mich an alles, was passiert ist, nachdem ich Lena gefunden habe, nur noch bruchstückhaft. Ein einziges Durcheinander.«

»Ich verstehe«, sagte Ingrid. »Wie lange kannten Sie Lena?«

»Ja, wie lange mag das jetzt gewesen sein? Sie arbeitet hier seit fünf, vielleicht sechs Jahren. So was in der Art. Ein guter Mensch, würde ich sagen. Nett, gerecht, pflichtbewusst. Nicht zur Arbeit zu kommen, ohne Bescheid zu geben, sah ihr überhaupt nicht ähnlich. Deshalb haben wir gleich darauf reagiert, und ich bin hingefahren. Es gibt nichts Schlechtes über sie zu sagen.«

»Sie haben der Polizei gesagt, dass sie vorige Woche traurig gewesen sei.«

»Ja, oder eher unkonzentriert. Ich weiß nicht, wie ich es richtig beschreiben soll. Ich habe sie gefragt, ob etwas passiert sei, aber sie hat nur abgewunken. So war sie auch. Hat einen nicht richtig reingelassen. Sie war sehr verschlossen.«

»Ich habe gehört, dass sie eine Freundin hier hatte, eine Kicki?«

»Ja, Freundin ist ein bisschen zu viel gesagt, aber die beiden waren natürlich schon eher im selben Alter. Ich könnte ja ihre Mutter sein. Aber Kicki hat im Frühjahr hier aufgehört.«

»Wissen Sie, wie ich sie erreichen kann?«, fragte Ingrid.

»Ihr richtiger Name ist Kristina Magnusson«, antwortete Gunnel. »Sie hat sich inzwischen eine Wohnung in Mora genommen und arbeitet jetzt da irgendwo. Warten Sie kurz, dann schreibe ich Ihnen ihre Adresse und Telefonnummer auf.«

Gunnel verschwand in einem Büro und kam mit einem Zettel zurück, den sie vor Ingrid auf den Tisch legte, während sie sich wieder setzte.

»Hatte Lena irgendwelche Feinde, von denen Sie wissen?«

Gunnel schüttelte den Kopf. In dem Moment läutete die Glocke an der Fleischtheke.

»Wie gesagt, es war sehr schwer, mehr über Lenas Leben zu erfahren«, sagte sie und stand wieder auf. »Aber probieren Sie es bei Kicki. Vielleicht weiß die mehr.«

Ingrid merkte, dass sie hier nicht weiterkommen würde.

»Vielen Dank, dass Sie sich die Zeit genommen haben. Wenn Ihnen noch etwas einfällt, was von Bedeutung sein könnte, dann können Sie mich gern anrufen.«

Ingrid schrieb die Nummer ihres Telefons in Kumbelnäs auf eine der Zeitschriften, die auf dem Tisch lagen.

»Ich bin da nicht immer zu erreichen, aber hinterlassen Sie einfach eine Nachricht auf meinem Anrufbeantworter, dann rufe ich Sie, so schnell ich kann, zurück.«

Kapitel 15

Acht Monate zuvor

Lena betrachtete ihr Strickzeug, das noch auf dem Sofatisch lag, wo sie es am Abend zuvor hatte liegen lassen. Sie nahm es auf und strickte eine Runde, legte es dann wieder weg. Es ergab keinen Sinn, einen neuen Pullover zu stricken. Für wen sollte sie sich noch schön machen?

Ruhelos stand sie vom Sofa auf und ging in die Küche. In der Speisekammer stand die Kuchendose und rief nach ihr. Ein Stück konnte sie sich noch gönnen. Åke würde ja doch nicht kommen.

Sie nahm einen Teller aus dem Schrank und legte ein rechteckiges Stück darauf, leckte sich die Glasur von den Fingern und drückte den Deckel wieder auf die Dose. Dann kehrte sie ins Wohnzimmer zurück.

Wenn man nur so wäre wie Kicki. Die von Männern umschwirrt war und freie Auswahl hatte. Die sich darauf verlassen konnte, dass das Leben gut sein und sich jeder ihrer Träume erfüllen würde.

Nachdem Lena aufgegessen hatte, ging sie wieder in die Küche und legte zwei weitere Stückchen auf den Teller. Nur zwei. Die aß sie schnell hintereinander, während sie die Nachrichten hörte. Ein sowjetischer Satellit mit radioaktivem Abfall an Bord war im All kaputtgegangen, und nun rotierten die Teile herum, ohne dass jemand wusste, wo sie landen würden. Lena schauderte es.

Sie unternahm eine neuerliche Tour in die Küche. Noch zwei Kuchenstücke, es war doch egal. Aber dann war Schluss.

Während sie aß, schaute sie aus dem Fenster in den Himmel. Was würde passieren, wenn diese Wrackteile in Schweden aufschlügen? Müssten sie dann evakuiert werden wie die Menschen in Harrisburg?

Sie holte ihr Tagebuch aus dem Schlafzimmer und setzte sich an den Küchentisch, um ein paar Zeilen zu schreiben. Sie hatte kaum angefangen, als es an der Tür klopfte. Noch ehe sie aufmachte, wusste sie, dass es Susanne war. Niemand klopfte so wie sie.

»Hallöchen«, sagte Lena, dankbar darüber, Gesellschaft zu bekommen. »Möchtest du Mazarinkuchen und Milch?«

»Gern«, sagte Susanne und zog ihre alte Steppjacke aus, deren Ärmel schon zu kurz waren, die aber immer noch genügte, wenn man nur kurz über den Hof lief.

Sie trug eine rosafarbene Jogginghose und unter der Jacke den üblichen Baghira-Pullover, wie in diesem Winter fast jeden Tag.

Lena holte Milch und Kuchendose, Susanne setzte sich an den Küchentisch und begann in der neuen *Husmodern* zu blättern, die am selben Tag gekommen war.

»Und wie geht es dir sonst?«, fragte Lena. »Was ist aus eurem Friedenstreffen geworden?«

»Das war gut. Es waren fast zwanzig Leute da, die gern mitmachen wollen.«

Susanne wirkte ruhig, offenbar hatte sie noch nichts von dem kaputten Satelliten gehört, denn sonst wäre sie sehr aufgeregt.

»Das freut mich zu hören«, sagte Lena.

Susanne hatte schreckliche Angst vor einem Dritten Weltkrieg und dass jemand aus Versehen den Atomwaffenknopf drücken und die ganze Welt vernichten könnte. Sie und zwei Klassenkameraden hatten deshalb die Idee gehabt, an der Schule eine Friedensvereinigung zu starten.

Lena tat ihr mehrere Stücke Kuchen auf den Teller. Susanne sollte am besten alles aufessen.

»Und was werdet ihr jetzt tun, da ihr den Verein gegründet habt?«, fragte sie und stellte den Teller auf den Tisch.

»Wir werden Leserbriefe an die Zeitungen schreiben und anfangen, Geld für die Schwedische Friedensvereinigung zu sammeln.«

Susanne nahm sich ein Stück Kuchen.

»Kannst du was backen, als Preis in unserer Lotterie?«, fragte sie.

»Natürlich kann ich das.«

Irgendeine Funktion hatte sie doch auf diesem Hof.

»Ich könnte auch ein Tuch häkeln oder so.«

Susanne strahlte und nahm sich noch ein Stück. Lena widerstand, ihr war schon ein bisschen übel.

»Johannes ist gestern in eine Schlägerei geraten«, sagte Susanne.

»Echt jetzt? In der Schule?«

»Nein, hinten bei der Banktreppe.«

Vor der Bank im Ort gab es eine überdachte Veranda mit Säulen. Dort hingen die Jugendlichen abends ab, rauchten heimlich und checkten die anderen aus, die mit ihren Motorrädern angaben.

»Aha«, sagte Lena, »und was ist passiert?«

»Ludde war doof zu Jesper, und da hat sich Johannes auf ihn gestürzt. Ludde hatte am Ende sogar Nasenbluten.«

»Oje«, sagte Lena, »das ist ja übel.«

Sie fand es bemerkenswert, wie die beiden Brüder immer füreinander einstanden. Zu Hause stritten sie sich, dass die Fetzen flogen, aber sobald ein Außenstehender ihnen dumm kam, hielten sie zusammen.

»Warst du dabei und hast alles gesehen?«, fragte Lena.

Susanne nickte, den Mund voll Kuchen.

»Und wie ging es Ludde dann?«

»Er hat angefangen zu flennen und ist nach Hause.«

Als Lena auf den Hof gezogen war, waren die drei klein gewesen, Jesper vier Jahre alt, Johannes und Susanne sechs. Jetzt waren sie alle

Teenager, und Susanne und Johannes würden im Frühjahr auf die weiterführende Schule kommen.

Wie schnell die Jahre vergingen, dachte Lena. Eine Kindheit war in ein paar Augenblicken vorbei.

Es musste etwas passieren, sie musste anfangen, ihr Leben zu leben.

Kapitel 16

Ingrid erreichte Lenas Haus gegen Mittag. Auf dem Hof war keine Menschenseele zu sehen, aber das Scheunentor war weit geöffnet, so wie schon am Tag zuvor.

Ingrid schloss die Eingangstür zum Altenteil mit dem Schlüssel auf, den sie von Lenas Eltern erhalten hatte, und öffnete sie vorsichtig, als hätte sie Angst, jemanden zu stören. Ebenso vorsichtig zog sie sich die Schuhe aus.

Einen Moment lang blieb sie stehen und horchte auf die Geräusche des Hauses. Ein Kühlschrank brummte leise, eine Wanduhr tickte. Das war alles. Der Geruch von Holz, Seife und Zimt. Es fühlte sich anders an, allein hier zu sein, verglichen mit dem Tag zuvor, als sie die Eltern besucht hatte. Lena Hedström, geborene Svensson. Wer warst du eigentlich?

Eine klein karierte Gardine zierte das Küchenfenster, und die Handtücher über dem Geschirrständer trugen ein blaues Monogramm. Auf allen Fensterbänken standen dicht an dicht üppige Topfpflanzen. Eine der Kakteen im Wohnzimmer war voller rosafarbener Blüten.

Fast alle Möbel waren schwer und rustikal, sie sahen aus, als hätten sie hier schon mehrere Jahrzehnte in dem Haus gestanden, bevor Lena zu ihrem Eskil gezogen war. Aber Lena hatte dennoch versucht, das Zuhause zu ihrem zu machen, mit dicken Teppichen, Spitzendeckchen und kleinen Lampen. Ingrid vermutete, dass sie mehrere der Lampenschirme selbst gemacht hatte.

Auf dem Schlafzimmerboden fand sie eine einsame Wollsocke,

ansonsten lagen dort keine Kleidungsstücke. Überall Ordnung und Sauberkeit. Neben dem Bett lag die große Deckenlampe.

Der fünfarmige Kronleuchter war bedeutend schwerer, als er aussah. Ingrid sah zu dem Haken an der Decke, an dem er gehangen hatte, und dachte nach. Dann zog sie den Stuhl heran, auf dem Lena gestanden haben sollte, hob den Kronleuchter wieder hoch und stieg hinauf.

Lena musste die Lampe irgendwie herunterbekommen haben, aber sie war so breit, dass es Ingrid nicht einmal im Entferntesten gelang, sie hochzustemmen. Wie groß war Lena gewesen? Und wie kräftig?

Ingrid probierte den Kronleuchter zwischen seinen Armen zu fassen, doch die saßen zu dicht beieinander. Eine andere Lampe hätte sie sicherlich mit etwas gutem Willen heben können, aber diese hier bekam sie nicht so weit hoch.

Um die Lampe allein abzunehmen, hätte Lena bedeutend höher gestanden haben müssen. Ingrid drehte eine Runde durchs Haus und suchte alle Räume nach Gegenständen ab, auf denen sie hätte stehen können – eine Leiter oder einen hohen Hocker.

Ganz hinten in einem großen Putzschrank stand eine Leiter, aber die war hinter Staubsauger, Bügelbrett und Scheuereimern eingeklemmt. Ingrid konnte sich nicht vorstellen, dass Lena sich die Mühe gemacht hätte, sie wieder an denselben Ort zurückzustellen, wenn sie gerade dabei war, sich das Leben zu nehmen.

In der Küche fand sie einen Tritthocker. Sie ging ins Schlafzimmer zurück, um es mit damit zu probieren. Mit dem Tritthocker kam sie höher, doch auch so hätte sie die Lampe nicht vom Haken nehmen können. Außerdem war es schwer, auf dem Hocker das Gleichgewicht zu halten, während man gleichzeitig den unhandlichen Kronleuchter über dem Kopf balancierte. Man müsste überdurchschnittlich groß sein, um das zu schaffen.

Ingrid ging noch einmal durch das Haus und dachte nach. Es wäre bedeutend einfacher gewesen, die Küchenlampe von der Decke zu holen, in dem Fall hätte man sich einfach nur auf den Tisch stellen müssen. Die Lampe im Wohnzimmer wäre auch einfacher gewesen.

Ingrid ging zurück ins Schlafzimmer und schaute aus dem Fenster, über den Acker und den Wald.

Hier konnte man eine Leiche aufhängen, ohne dass es jemand sah.

Kapitel 17

Acht Monate zuvor

Inzwischen war es am Ende eines Arbeitstages bereits stockdunkel. Der Januar wollte kein Ende nehmen. Lena drückte die schwere Hintertür auf, wickelte sich den Schal um den Hals und vergrub die Hände in den Manteltaschen.

»Tschüs, bis morgen«, sagte Kicki und lief an ihr vorbei über den Parkplatz, wo Hasse in einem warmen Auto auf sie wartete.

Die Rockmusik war weithin zu hören, als sie die Tür öffnete und ihm um den Hals fiel.

Vorher hatte Kicki noch ihr Make-up nachgebessert und ihre Haare mit so viel Spray fixiert, dass man im Personalraum kaum mehr Luft kriegte.

Hasse kam jeden Nachmittag und holte sie ab, pünktlich. Lena wandte sich ab, als sie an dem Auto der beiden vorbeikam.

Åke musste vergessen haben, dass er noch einen Kaffee guthatte, und sie würde ihn nie im Leben daran erinnern. Wenn sie ihm Wechselgeld rausgab, lächelte sie höflich, achtete aber darauf, dass ihr Lächeln niemals die Augen erreichte. Ihn anzustrahlen, damit war Schluss. Ein bisschen Würde musste sie sich schließlich bewahren.

Als sie auf der Straße und außer Sichtweite war, holte sie die Toblerone-Schokolade aus der Tasche, brach sich drei Ecken auf einmal ab und stopfte sie in den Mund. Der süße Geschmack tat ihr gut.

Irgendwo weit oben im schwarzen Himmel flogen die Teile von

Kosmos 1402 immer noch herum – voller Uran. Das rückte ihre Perspektive auf die Dinge wenigstens etwas zurecht.

Als sie zu Hause ankam, war die Toblerone alle. Schnell drückte sie die leere Verpackung in den Mülleimer unter den Kaffeefilter, als ob es sie niemals gegeben hätte. Dann hängte sie ihren Mantel neben Eskils Helly-Hansen-Pullover. Wenn sie die Nase in den steifen Stoff drückte, konnte sie immer noch die besondere Mischung aus Kaminfeuer, Schweiß und grüner Seife riechen. Das tat sie heute nicht, sondern strich nur mit der Hand darüber, bevor sie ihre übliche Runde durch Küche und Wohnzimmer machte, um die Lampen in den Fenstern und das Radio einzuschalten.

Appetit hatte sie nicht, machte sich aber trotzdem zwei Brote mit Fleischwurst und dazu eine Tasse Tee. Das *Aftonbladet* lag noch vom Vortag auf dem Küchentisch. Während sie aß, blätterte sie die Fernsehzeitung für den Abend durch, um zu sehen, ob etwas Verlockendes dabei war.

Im Ersten lief eine Naturdokumentation über die Galapagosinseln und ein Film von Per Christian Jersild, der *Gråtvalsen* hieß und als eine ergreifende Familientragödie beschrieben wurde, in der die Gemeinschaft zu Missgunst und Hass überging. Davon hatte sie schon in der Wirklichkeit genug. Das Zweite bot auch keine unterhaltsame Zerstreuung. Um acht Uhr lief das Programm *Menschen in Bewegung.* »Vor siebzig Jahren kam Marianna Bagan aus Südpolen nach Bromölla.« Das klang nicht sehr verlockend. Und die *Stockholmrhapsodie* der Königlichen Hofkapelle ebenso wenig.

Um die Zeit totzuschlagen, blätterte Lena weiter in der Zeitung, bis ihr Blick auf die Rubrik »Jemand, der zu mir passt« fiel. Zwei Seiten voller Kontaktanzeigen.

75-jähriger Witwer sucht eine nette Frau, die sich erst einmal einen Brieffreund wünscht. Vielleicht finden wir einander für eine festere Bekanntschaft. Du solltest 1,70 Meter groß sein, ehrlich und keinen Alkohol trinken. Es sucht dich ein ehrbarer Schreiner in Norrland.

Nein, an einem alten Schreiner war sie nicht interessiert, so verzweifelt war sie auch wieder nicht.

Ich bin eine Frau von 50 Lenzen und fühle mich einsam und nutzlos. Will so viel, aber wenn man allein ist, hat man doch nie den rechten Funken. Ich suche einen Mann, der sehr groß sein sollte, sauber, gut gepflegt, gerne mit Bart, ist aber kein Muss, aber keinen Snob. Du solltest Humor haben, ehrlich, aufrichtig und Gefühle zeigen können.

Einsam und nutzlos. Genauso fühlte sich Lena. Aber sie würde niemals wagen, ihre Sehnsüchte auf diese Weise zur Schau zu stellen. Manche hatten sogar ein Foto von sich hinzugefügt.

Sie überflog die Anzeigen weiter und blieb an der Überschrift »Fragment aus den Träumen eines 27-jährigen Jungen« hängen.

London, New York. Rock hören, ein Bier trinken. Lächerlicher Streit um Kleinigkeiten. Engagierte Diskussionen um das Wesentliche. Gutes und anderes Essen. Warmer Sommerabend auf dem Motorrad. Kalter Wintertag auf Skiern. Die Wärme bei dir. Bist du ein Mädchen mit eigenen Träumen? Dann schreib!

Lena lächelte. Wenn der zehn Jahre älter wäre, dann hätte sie natürlich geantwortet. Irgendwas an seiner Art, sich auszudrücken, interessierte sie. Lächerlicher Streit um Kleinigkeiten.

Vielleicht würde sie eine Anzeige finden, auf die sie antworten konnte. Etwas peinlich war es schon, aber es musste ja niemand erfahren.

Selbstständiger Unternehmer mit gutem Einkommen sucht kuschelige Frau, die mit beiden Beinen im Leben steht. Ein paar zusätzliche Kilo hier oder da spielen überhaupt keine Rolle, aber das Funkeln im Blick ist wichtig. Interessen: Reisen, Literatur, gutes Essen und echte Gespräche über Großes und Kleines, fröhlich und traurig – wie das Leben eben ist. Antwort an »Sehnsucht_nach_Italien«.

So furchtbar viel Funkeln im Blick hatte Lena momentan nicht zu bieten, aber der Tonfall der Anzeige hatte etwas Einladendes. Und sie sehnte sich ja durchaus auch nach Italien. Ohne nachzudenken, ging sie ins Schlafzimmer und holte ihr neues Briefpapier mit dem Mohnmuster.

Sie aß den Rest ihrer Brote und trank den fast kalten Tee, während sie darüber nachdachte, wie sie anfangen sollte. Dann griff sie nach dem Stift.

Hallo, unbekannter Mann!
Es ist das erste Mal in meinem Leben, dass ich auf eine Kontaktanzeige antworte, und ich weiß ehrlich gesagt nicht, ob ich diesen Brief abschicken werde. Vielleicht reiße ich ihn auch in tausend Stücke, wenn er fertig ist. Wir werden sehen.
Doch bis dahin will ich versuchen, so aufrichtig ich kann zu schreiben. Ich heiße Lena und bin einunddreißig Jahre alt, seit drei Jahren Witwe. Mein Mann Eskil ist viel zu jung und überraschend gestorben. Ich wohne immer noch auf dem Erbhof meines Mannes, der von seinen Brüdern betrieben wird. Das fühlt sich in gewisser Weise geborgen an, wenn ich mich auch oft einsam und vom Rest der Familie ausgeschlossen fühle.
In den letzten Jahren waren Bücher meine Freunde. Als Kind habe ich immer davon geträumt, Bibliothekarin zu werden, doch daraus ist nichts geworden. Heute arbeite ich in Teilzeit in einem Lebensmittelgeschäft. Als mein Mann noch lebte, habe ich gerne gebacken, gekocht, gehandarbeitet und so weiter, doch nach seinem Tod habe ich auf so was kaum mehr Lust – außer auf Lesen.
Ich habe viel Trost durch Harry Martinson gefunden und mich gewundert, wie er trotz all der schlimmen Dinge, die er durchmachen musste, trotzdem all das Schöne sehen konnte. Noch mehr mag ich Moa Martinson. Und Gerda Antti. Sie schildert das Leben und den Alltag genau so, wie es ist und sich anfühlt. Doch ich fürchte, das sind keine Bücher für Männer.
In der letzten Zeit hatte ich immer häufiger den Eindruck, dass mir das Leben in rasendem Tempo davonläuft. Ich träume davon, an-

dere Länder zu sehen, und spare auch schon auf eine Reise in den Süden. An Spanien hatte ich gedacht, aber Italien lockt mich auch. Waren Sie schon da, oder sehnen Sie sich auch nur danach, wie nach einem Traum?
Jetzt habe ich eine Menge über mich erzählt, aber natürlich bin ich sehr neugierig auf Sie. Was ist das denn für ein Unternehmen, was Sie haben? Welche Schriftsteller lesen Sie am liebsten? Wo wohnen Sie? Ich finde, dass wir aufrichtig zueinander sein sollten. Ich für meinen Teil habe jedenfalls keine Lust darauf, irgendwelche Spielchen zu spielen.
Jetzt habe ich genug geschrieben, glaube ich. Bleibt nur noch abzuwarten, ob ich den Brief losschicke oder nicht. Während ich darüber nachdenke, werde ich versuchen ein Foto zu finden, das nicht allzu abschreckend ist. Dann muss ich noch mal über die Sache schlafen. Wie auch immer, es war doch nett, Ihnen zu schreiben, unbekannter Mann irgendwo da draußen. Vielleicht werden Sie ja eines Tages wirklich für mich.

Mit freundlichen Grüßen
Lena

Sie hatte den ganzen Brief ohne abzusetzen geschrieben, fast wie in einem Rausch. Mit heißen Wangen ging sie zurück ins Schlafzimmer, um nach einem Foto zu suchen. Die meisten Bilder hatte sie bereits in ein Album eingeklebt, aber sie fand eines, das noch nicht eingeklebt war, weil Hillevi, die darauf neben ihr stand, auf komische Weise die Augen geschlossen hatte. Lena holte eine Schere und schnitt Hillevi ab. Sie betrachtete das Bild. Doch, das sollte genügen. Hier hatte sie zumindest ein Funkeln im Blick.

Ehe sie es sich anders überlegen konnte, ging sie zum Küchentisch zurück.

PS: Um ehrlich zu sein habe ich gar nicht über die Sache geschlafen. Jetzt oder nie. Das Foto ist auf einem Mittsommerabend vor ein paar Jahren aufgenommen worden. An normalen Tagen habe ich keine Tracht an und auch keinen Kranz im Haar.

Sie dachte noch einmal an den Satelliten im All. Den Brief konnte sie ruhig abschicken. So wie es aussah, konnte jeden Moment alles vorbei sein, warum also sollte sie nicht ein bisschen was wagen?

Kapitel 18

Ingrid verließ Lenas Haus und überquerte den Hofplatz, um nach den Verwandten der Verstorbenen zu suchen. Da das Scheunentor immer noch offen stand, beschloss sie, dort anzufangen.

Sobald sie über die Schwelle trat, schlug ihr der strenge Tiergeruch entgegen. Graues Licht sickerte durch die schmalen Fenster, und zunächst erkannte sie nur die Silhouetten der Kuhköpfe. Als ihre Augen sich an die Dunkelheit gewöhnt hatten, entdeckte sie einen Mann, der ganz hinten im Gang den Betonboden fegte.

»Hallo!«, rief sie und ging ihm entgegen, wobei sie genau darauf achtete, wohin sie trat.

Der Mann hielt in seiner Arbeit inne.

»Sind Sie Rune?«, fragte sie.

Erst als sie direkt vor ihm stand, konnte sie sein Gesicht unter der Schirmmütze erkennen. Vollbart, tiefe Falten auf der Stirn, buschige Augenbrauen, freundlicher Blick. Irgendwo zwischen fünfzig und sechzig, vermutete sie, er hätte aber auch vierzig sein können, bei Männern mit Bärten war das schwer zu sagen. Außerdem sah er so aus, als hätte er eine Weile nicht geschlafen.

Sie bekam ein kurzes Nicken als Antwort.

»Mein Name ist Ingrid«, sagte sie und winkte, anstatt ihm die Hand zu geben. »Es geht um Lena und …«

»Ach ja«, sagte er und fegte weiter. »Sie sind also die Detektivin der Eltern. Ich habe schon Gerüchte von deren Verschwörungstheorien gehört.«

»Verschwörungstheorien?«

»Das war vielleicht ein bisschen hart ausgedrückt«, sagte er und lächelte müde. »Aber die beiden da sind schon ziemlich speziell, und ich denke, wenn die Polizei findet, dass es sich nicht lohnt, Zeit auf die Sache zu verwenden, dann handelt es sich wahrscheinlich um irgendwelche Hirngespinste von denen.«

»Wie ich gehört habe, waren Sie dabei, als Lena gefunden wurde?«

»Ja, das war ich, und es sah so aus, als hätte sie sich erhängt. Es gab nichts, das auf was anderes hingedeutet hätte.«

Er wischte nassen Torf auf einen Haufen, dann machte er eine Pause und sah sie an.

»Wann haben Sie Lena zuletzt gesehen?«, fragte Ingrid.

»Ja, warten Sie mal … Vorige Woche habe ich sie gesehen, und da haben wir auch ein paar Worte miteinander gewechselt.«

»Sie haben an den Tagen bevor sie sich erhängte nichts bemerkt, was anders gewesen wäre?«, fragte Ingrid. »Bekam sie Besuch von jemandem oder so?«

»Nicht soweit ich mich erinnern kann«, antwortete Rune. »Aber ich bin auch viel hier in der Scheune, kriege also nicht alles mit.«

Durch die schmutzigen Fenster konnte man tatsächlich nicht viel von dem sehen, was draußen vor sich ging.

»Wenn ich es richtig verstanden habe, sind Sie mehrere Brüder, die hier wohnen«, sagte Ingrid und holte Block und Stift aus ihrer Tasche. »Aber ich habe nicht ganz begriffen, wer Sie sind.«

»Also, es ist so. Mein ältester Bruder Assar ist mit Eva verheiratet. Er kümmert sich um den Wald, rodet und verarbeitet die Stämme und so weiter. Unserer jüngster Bruder Finn ist Lehrer für Holzarbeiten in Mora.«

Ingrid schrieb, so schnell sie konnte, musste aber ebenso verwirrt ausgesehen haben, wie sie sich fühlte.

»Kommen Sie mal mit«, sagte Rune und ging zum Scheuneneingang.

Als sie nebeneinander auf der Schwelle standen, zeigte er auf das Hauptgebäude.

»Hinter der Tür am nächsten von hier wohnen meine Frau Hillevi und ich, zusammen mit unseren Söhnen. In der Mitte finden Sie Eva und Assar und ganz hinten wohnt Finn. Was Sie da hinten am Ende des einen Schuppens sehen, ist seine Holzwerkstatt.«

»Haben Sie alle Kinder?«

»Finn nicht, er ist alleinstehend. Aber Hillevi und ich haben zwei Jungen im Teenageralter. Johannes und Jesper. Assar und Eva haben eine Tochter namens Susanne. Und ein weiteres Kind ist unterwegs. In einem Monat ungefähr ist der Geburtstermin. Ein richtiges Februarkind.«

»Wie alt sind Ihre Kinder?«

»Jesper ist vierzehn und Johannes sechzehn. Er hat gerade auf der Forstwirtschaftsschule in Älvdalen angefangen und wohnt da unter der Woche auch. Er soll das hier eines Tages übernehmen.«

Rune seufzte.

»Sie scheinen bekümmert?«

»Als Witwe unseres vierten Bruders gehört Lena ein Viertel des Hofes. Das wird jetzt ein verdammtes Durcheinander geben mit dem Testament und allem.«

»Ja, das kann ich mir vorstellen«, sagte Ingrid. »Ist Hillevi zu Hause?«

Rune sah auf die Uhr.

»Ja, bestimmt.«

»Dann laufe ich mal schnell rüber und spreche auch noch mit ihr. Danke, dass Sie sich die Zeit genommen haben.«

»Keine Ursache«, erwiderte Rune und seufzte noch einmal.

Kapitel 19

Acht Monate zuvor

Lena summte vor sich hin, stellte die richtigen Ziffern auf dem Auszeichnungsapparat ein und begann eine Packung Hagebuttensuppe nach der anderen auszuzeichnen. Der Brief an den Italiener, wie sie ihn nannte, hatte etwas in ihr entfacht, eine kleine Flamme der Hoffnung. Seit sie den Brief abgeschickt hatte, fiel es ihr leichter, morgens aus dem Bett zu kommen, obwohl es immer noch dunkel war, wenn der Wecker klingelte.

Sie wusste natürlich, dass es dauern würde, bis eine Antwort kam. Erst einmal würde ihr Brief bei der zuständigen Person vom *Aftonbladet* landen und dann erst weitergeschickt werden. Dann würde der Italiener all die Antworten lesen müssen, die er bekommen hatte, was sicherlich jede Menge waren, und dann würde er die interessanten auswählen. Aber trotzdem.

Heute, gerade heute könnte eine Antwort im Briefkasten liegen. Heute würde ihr Leben vielleicht eine neue Wendung nehmen.

Als Lena in Kickis Richtung schaute, erblickte sie neben ihr Abbe, der Witze machte, während er gleichzeitig mit vor Verliebtheit rot leuchtenden Ohren Süßigkeitentüten in das Regal bei der Kasse einräumte. Kicki lachte und warf das Haar zurück.

Lena zeichnete weiter mit einem Lächeln auf den Lippen die Waren aus. Was passieren würde, wenn der Italiener sie treffen wollte, darüber wagte sie kaum nachzudenken. Eins nach dem anderen, sagte sie zu sich selbst. Nur eine Aufregung auf einmal.

Abbe beschäftigte sich mittlerweile mit den Päckchen Schokoladenkuchen und lachte laut über alles, was Kicki sagte. Aber plötzlich erstarrte ihre Miene, als sie jemanden erblickte, der sich weiter hinter im Laden befand. Stampfende Schritte waren zwischen den Regalen zu hören.

»Hallo, Liebling«, sagte sie. »Du hier?«

Hasse starrte Abbe an, der jetzt all seine Aufmerksamkeit auf die Tüten mit den Karamellbonbons richtete.

»Anscheinend habt ihr es ja sehr lustig hier bei der Arbeit«, sagte Hasse und warf zwei Snus-Dosen auf das Band.

Kicki lächelte angestrengt und tippte den Betrag in die Kasse ein. Sie nannte ihm die Summe mit künstlicher Stimme, so als würde sie Kaufladen spielen. Während sie darauf wartete, dass Hasse seinen Geldbeutel aus der Gesäßtasche holte, wanderten ihre Hände zu den gesprayten Locken. Das kleine Spiel ging weiter, als sie seinen Fünfziger entgegennahm und dann das Wechselgeld abzählte.

Lena konnte Hasses Miene von ihrem Platz aus nicht erkennen.

»Also, ich warte im Auto«, sagte er. »Beeil dich. Wir wollen noch zu meinem Bruder.«

»Jaja«, erwiderte Kicki. »Ich komme, so schnell ich kann.«

»Ich kann die Kasse übernehmen, wenn du es eilig hast«, bot Lena an.

Der Arbeitstag ging erst in zehn Minuten zu Ende, aber sie wusste, dass Kicki die Zeit im Personalraum brauchen würde.

»Bist du sicher?«, fragte Kicki. »Du bist so süß, Lena.«

»Lauf du nur und mach dich fertig.«

»Du bist die Beste der Welt!«

Abbe hockte mit dem Rücken zu Lena vor dem Süßigkeitenregal.

Zehn Minuten noch, dann würde Lena nach Hause eilen, um nachzusehen, ob sie Post bekommen hatte.

Heute würde sie ihren Vorsatz, keine Süßigkeiten für den Heimweg zu kaufen, halten. Jetzt war Schluss damit.

Draußen waren es nur wenige Grad minus, aber es genügte, um die dünne Schneedecke im Schein der Straßenlaternen glitzern zu lassen.

Die Spannung stieg, je näher sie dem Briefkasten kam. Sie zählte bis drei, dann klappte sie ihn auf und schaute in den vollen Kasten. *Buster* für Jesper. Mehrere dicke bunte Kuverts für Susanne von verschiedenen Brieffreundinnen. Dazu eine Greenpeace-Zeitung. Die *Husmodern* für sie selbst. Das war alles, stellte sie enttäuscht fest.

Die Eingangstür von Hillevi und Rune stand wie immer offen. Lena drückte der Form halber auf die Klingel, dann ging sie hinein. Hillevi stand mit den Händen im Becken an der Spüle. Jesper und Johannes saßen in identischen Trainingsanzügen jeder auf einer Seite des Küchentischs und aßen Zimtschnecken. Vor Johannes lag ein Katalog vom Baumarkt.

Lena wedelte mit der Comiczeitschrift und legte sie vor Jesper auf den Tisch.

Als sie auf den Hof gezogen war, hatte Johannes gerade gelernt, ohne Stützräder Fahrrad zu fahren. Jetzt saß er hier mit tiefer Stimme und einem flaumigen Schnurrbart, den er hingebungsvoll pflegte.

»Hör auf zu treten!«, rief Jesper.

»Hör auf zu atmen«, gab Johannes zurück, ohne vom Katalog aufzublicken. »Musst du so laut atmen?«

Er äffte seinen kleinen Bruder nach und klang dabei, als hätte er einen starken Asthmaanfall.

Wenn man die beiden so sah, konnte man sich kaum vorstellen, dass Johannes vor nur einer Woche um Jespers willen in eine Schlägerei geraten war.

»Was, wenn Kosmos 1402 genau auf unserem Hof landet und alles zerstört?«, meinte Jesper. »Hast du darüber schon mal nachgedacht? Das kann passieren.«

»Hoffentlich landet es auf deinem Kopf«, entgegnete Johannes.

»Darüber musst du dir keine Sorgen machen, Jesper«, sagte Hillevi. »Die Wahrscheinlichkeit ist wirklich miniklein.«

»Klar, aber was, wenn«, beharrte Jesper. »Glaubt ihr, dass dann ganz Sollerön vernichtet wird, wenn er hier einschlägt?«

Als Hillevi versuchte, ihm über den Kopf zu streicheln, wich er aus. Dafür war er jetzt offensichtlich zu groß.

»Möchtest du einen Kaffee?«, fragte Hillevi und wandte sich an Lena.

Lena hatte keine Eile, also nahm sie die Einladung an.

Hillevi schenkte zwei Becher aus der Kanne ein, die immer gut gefüllt in ihrer Küche stand. Den einen gab sie Lena, dann ging sie zum Tisch.

»Habt ihr alle Schnecken aufgegessen?«, fragte sie. »Da waren fünfzehn Stück in der Tüte!«

Jesper und Johannes sahen einander in stillem Einvernehmen an – offensichtlich waren sie wieder Freunde. Hillevi warf die leere Plastiktüte in den Müll und ging vor Lena voraus ins Wohnzimmer.

»Johannes hat sich doch entschieden, auf die Forstwirtschaftsschule in Älvdalen zu gehen«, sagte sie und sank ins Sofa.

Hillevi nahm eine Broschüre und ein ausgefülltes Bewerbungsformular vom Sofatisch.

»Es ist ein Internat, er wird also die Woche über dort wohnen.«

»Dann wird es aber leer hier«, sagte Lena.

»Ja«, meinte Hillevi. »Aber er kann jedes Wochenende nach Hause kommen, was ein Glück ist. Aber das wird schon eine Umstellung.«

Johannes hatte immer Spaß daran gehabt, auf dem Hof mitzuarbeiten. Schon als Fünfjähriger hatte er Rune mit dem Holz und den Kühen geholfen. Jesper war anders, sehr viel schwächer, auch wenn er sein Äußerstes gab, sich das nicht anmerken zu lassen. Er zeichnete gern, las oder ging ins Kino und interessierte sich überhaupt nicht für die Landwirtschaft der Familie.

»Dann werde ich mal mit der Post weitergehen«, sagte Lena, als sie den Kaffee ausgetrunken hatte.

Bei Eva und Assar waren alle Räume erleuchtet, und sie hörte den

Staubsauger durch die Tür, aber als Lena auf die Klingel drückte, verstummte er sofort.

»Post für Susanne«, sagte sie und reichte den kleinen Stapel hinein.

Eva runzelte die Stirn, als sie die Zeitschrift von Greenpeace sah, sagte aber nichts, sondern legte alles auf eine Stufe der Treppe, die zum Zimmer von Susanne hinaufführte. Lena wusste, dass sowohl Eva als auch Assar das gesellschaftliche Engagement ihrer Tochter für ein wenig übertrieben und vor allem naiv hielten. Wahrscheinlich würde es sich auswachsen, zumindest die linke Ausrichtung.

»Wenigstens keine Rechnungen«, sagte Eva. »Da darf man ja schon froh sein.«

Seit Lena hergezogen war, fürchtete sie sich ein wenig vor Eva. Sie wohnte von allen Schwägerinnen am längsten auf dem Hof und hatte mit großem Ernst die Aufgabe übernommen, Häuser und Gärten zu verwalten. Im Sommer machte sie kaum etwas anderes als Unkraut zu jäten, Hecken zu schneiden und den großen Kiesplatz zu harken. Hillevi arbeitete auch manchmal in den Beeten, hatte aber ansonsten alle Hände voll zu tun mit den Pferden. Lena hatte anfangs auch versucht mitzuhelfen, aber es gab so viele ungeschriebene Regeln dazu, was wann wie gemacht werden musste, dass sie sich inzwischen damit zufriedengab, um ihr Haus herum alles schön zu machen.

Eva war schon wieder zurück auf dem Weg zum Staubsauger, und noch ehe Lena die Tür hinter sich schließen konnte, brummte er wieder.

Langsam ging Lena über den Hof zu ihrem eigenen Haus, das still dalag.

Kapitel 20

Kjell sah Anna und die Jugendamtstusse schon von weitem, als sie sich dem Spielplatz näherten. Er blieb absichtlich sitzen, um zu zeigen, dass er pünktlich gewesen war. Erst als sie an den Schaukeln waren, stand er auf und ging ihnen entgegen. Die Tante sah noch erbärmlicher aus als beim letzten Mal, strähnige Haare und ein Mantel, der mehr wie ein Lodenumhang aussah. Sie hielt Anna an der Hand, die sich auf dem Spielplatz umsah, neugierig und gleichzeitig besorgt. Als Kjell den Arm hob und winkte, winkte sie zögerlich zurück.

»Entschuldigen Sie, dass wir so spät sind«, sagte die Jugendamtstusse außer Atem. »Ich konnte keinen Parkplatz finden.«

»Kein Problem, Berit«, sagte Kjell. »Das kann passieren.«

Die Tante sah merklich erleichtert aus.

»Schicker Mantel.«

»Danke«, erwiderte sie.

»Er betont Ihre Augenfarbe«, fügte er noch hinzu und durchbohrte sie mit seinem Blick.

Jetzt wurde sie rot.

»Hallo, Anna«, sagte er und versuchte in die Hocke zu gehen, um sie zu umarmen, aber das waren genau die Bewegungen, die ihm am schwersten fielen. Runter kam er ganz gut, aber das Bein war viel zu schwach, um das Gleichgewicht zu halten und ohne Unterstützung wieder hochzukommen. Stattdessen beugte er sich vor und legte ihr die Hand auf den Kopf.

»Wie schön, dich zu sehen.«

Anna murmelte etwas Unverständliches als Antwort und blickte auf seinen Stock. Lernte sie bei diesen Leuten, wo sie wohnte, denn gar kein Benehmen? Jemandem in die Augen zu sehen und auf Anrede zu antworten, gehörte ja wohl zu den grundlegenden Dingen, aber er kommentierte es nicht.

»Ich habe Proviant für uns dabei, oder wollen wir erst spielen?«

Anna murmelte wieder etwas, aber es war vollkommen unmöglich zu verstehen, was sie sagte.

»Willst du schaukeln oder rutschen?«

Murmel, murmel.

Kjell musste sich zusammenreißen, um nicht wütend zu werden und sie zu bitten, doch so zu reden, dass man sie auch verstand.

Er lächelte Berit an, die vor dem Mädchen in die Hocke gegangen war.

»Willst du auf die Rutsche?«, fragte sie.

Anna nickte und zog Berit mit zum Klettergerüst. Kjell hinkte hinterher. Dort angekommen, ließ Anna die Tante los, rannte zur Leiter und kletterte geschwind wie ein Äffchen hoch. Und ohne ihn eines Blickes zu würdigen, rutschte sie ein ums andere Mal.

Kjell wurde klar, dass er hier nicht einfach nur stehen und wie blöd glotzen konnte, also folgte er Anna, als sie erneut zur Leiter lief.

Anna schien sich nicht darum zu scheren, aber er schaffte es vor ihr bis zum Gerüst, lehnte den Stock an die Leiter und begann hochzusteigen. Erst das gesunde Bein, dann das Krüppelbein hinterherziehen.

»Geht das?«, fragte Berit von unten.

Sie hatte den Stock in die Hand genommen und sah ihn besorgt an. Als würde er es nicht schaffen, eine verdammte Leiter raufzuklettern.

»Geht gut!«, sagte er keck und griff nach dem Geländer.

Anna hatte ihre Runde wieder beendet und stand jetzt unten, um erneut hochzuklettern. Als Kjell oben auf dem Klettergerüst angekommen war, wartete er darauf, dass sie ihm folgen würde, doch das tat sie nicht.

»Uiui, das ist ja ganz schön hoch!«, rief er. »Ich weiß ja nicht, ob ich mich das traue.«

Er hatte mit irgendeiner Reaktion von unten gerechnet, aber Anna stand schweigend an der Leiter. Berit sah ihn mit dem Stock in der Hand besorgt an.

Schließlich schaffte er es, sich zu setzen, und rief dabei noch mehr. Mit einem übertriebenen Schrei rutschte er auf dem Metall hinunter und blieb unten am Rand sitzen, zehn Zentimeter über dem Boden und mit den Füßen im Sand.

Wie hatte er sich das gedacht? Wie sollte er aufstehen?

Berit kam mit dem Stock herbeigeeilt, Anna sah er nicht. Hatte sie überhaupt gesehen, wie er gerutscht war?

»Das war aber wirklich sehr mutig!«, sagte Berit laut, damit Anna es auch hörte.

Kjell legte sein breitestes Lächeln auf und sah sie wieder eindringlich an.

»Brauchen Sie Hilfe?«, fragte sie.

»Ja, danke. Ich fürchte, ja.«

Berit gab ihm den Stock und reichte ihm ihren Arm, damit er sich einhaken konnte. Ohne den Blick von ihr zu wenden, stand er auf.

»Danke, Berit«, sagte er, als er wieder auf den Beinen war. »Was würde ich nur ohne Sie tun?«

Er berührte erneut ihren Arm und stellte fest, dass sie rot wurde. Kjell legte eine traurige Miene auf und fuhr fort:

»Es ist unfassbar traurig, nicht mehr mit seinem eigenen Kind spielen zu können.«

»Das verstehe ich«, sagte Berit. »Aber Sie versuchen es, und das ist die Hauptsache.«

Dann drehte sie sich zu Anna um, die ein weiteres Mal die Rutsche heruntergesaust kam.

»Was meinst du, sollen wir jetzt mal schaukeln?«

Anna sah wenig begeistert aus, ging aber trotzdem in Richtung der Schaukeln.

»Vielleicht können Sie sie anschubsen«, sagte Berit, »daran hat sie Spaß.«

Anna hüpfte auf eine Reifenschaukel und versuchte eigenständig in Bewegung zu kommen, aber das funktionierte nicht. Kjell stellte sich davor, packte den Reifen mit festem Griff und setzte die Schaukel in Bewegung. Jetzt lächelte Anna, und selbst Berit sah zufrieden aus.

»Willst du mehr Schwung?«, fragte er und Anna nickte.

Kjell schubste und schubste, eine Ewigkeit stand er da, mit dem Lächeln aufs Gesicht geklebt. Auch wenn Anna nichts sagte, strahlte sie doch wie die Sonne.

»Sie will nicht mehr«, sagte Berit plötzlich.

Kjell sah zu Anna, die plötzlich verstimmt aussah, fast so, als würde sie gleich anfangen zu weinen.

»Das ist zu hoch«, erklärte Berit.

Kjell verstand gar nichts. Kinder liebten es doch, hoch zu schaukeln. War das nicht das Beste an der Sache? War das der Dank dafür, dass er eine Ewigkeit hier gestanden und sie angeschubst hatte?

»Ich würde sie niemals einer Gefahr aussetzen, das ist ja wohl klar.«

»Das weiß ich, Kjell, aber sie hat Angst. Sie ist ein vorsichtiges Mädchen.«

Kjell trat zurück und ließ die Schaukel ausschwingen. Dann eben nicht. Offenbar taugte er zu gar nichts mehr.

»Ist es jetzt vielleicht Zeit für eine Pause?«, fragte Berit und hielt die Schaukel an. »Magst du ein bisschen was essen, Anna?«

Kjell wäre am liebsten wieder nach Hause gefahren. Sie war wirklich eine selten undankbare Göre. Aber das konnte er nicht. Er musste die Zähne zusammenbeißen.

Berit ging mit Anna zu einem Holztisch und ließ sie sich hinsetzen. Kjell deckte derweil widerwillig auf, was er dabei hatte. Süße Stückchen und Marzipanrollen, Limonade für Anna und eine Thermoskanne mit Kaffee für Berit und ihn selbst.

Berit half Anna, die von Kjell mitgebrachte Dose zu öffnen. Das gefiel der kleinen Dame offenbar. Anna nahm sich ein Marzipanstückchen heraus und begann mit ihren kleinen Fingern die Aluminiumform abzuschälen. Ihre Hände und die Art, wie sie die Finger dabei benutzte, erinnerten ihn so sehr an Ingrid, dass Kjell sofort wieder schlechte Laune bekam. Um das Gefühl schnell wegzuschieben, holte er das Geschenk, das er für sie gekauft hatte, aus dem Rucksack. Anna und Berit machten große Augen, als er das Päckchen auf den Tisch legte.

»Mach auf«, sagte er.

Mit ebenso kleinen Bewegungen begann Anna die Schnur und das Klebeband aufzuknibbeln. Kjell musste all seine Beherrschung aufwenden, das Päckchen nicht zu packen und das Papier eigenhändig aufzureißen.

»Ein Walkman!«, rief Anna nach einer gefühlten Ewigkeit.

»Oh«, sagte Berit.

»Hat eine von deinen Freundinnen so einen?«, fragte er.

»Gabriella hat einen«, sagte Anna. »Aber sonst keiner.«

»Ich wette, der hier ist besser als ihrer. Der ist nämlich wasserdicht, sodass du ihn auch mitnehmen kannst, wenn es regnet. Du kannst sogar damit baden gehen.«

»Was sagt man da?«, fragte Berit.

»Danke. Danke, lieber Papa Kjell.«

Kjell legte den Arm um sie und sah Berit beglückt an.

»Vielleicht können wir uns nächstes Mal ja bei mir zu Hause sehen«, sagte er. »Es ist leichter für mich, wenn ich im Haus in einer bequemeren Umgebung bin. Da können wir ja auch spielen, du hast noch eine Menge Spielzeug in deinem Zimmer von früher.«

»Darüber müssen wir sprechen«, sagte Berit.

»Nächsten Freitag vielleicht?«

»Nein, das geht nicht«, sagte Anna. »Da treffe ich Mama Ingrid.«

»Wie schön«, sagte Kjell, »kommt sie dich besuchen?«

Anna nickte.

Berit legte Anna eine Hand auf die Schulter, um sie zum Schweigen zu bringen.

»Dann treffen wir uns einfach ein andermal«, fuhr Kjell fort. »Dein Zimmer ist noch da, du kannst also auch bei mir übernachten, wenn du willst.«

Kapitel 21

Ingrid hatte Rune in der Scheune zurückgelassen und ging hinüber zum großen Wohnhaus. Sie klopfte bei Hillevi. Nach langem Warten tauchte ein Schatten hinter der Milchglasscheibe auf.

»Ja?«, fragte die Frau, die öffnete, »stehen Sie schon lange hier und klopfen? Diese Tür wird von niemandem mehr benutzt, wir gehen immer an der Seite rein.«

Ingrid stellte sich vor und erzählte, dass sie eben mit Rune gesprochen habe. Aus dem oberen Stockwerk war »Chiquitita« von ABBA zu hören.

»Darf ich kurz reinkommen?«

»Ja, natürlich.«

Hillevi wartete, bis Ingrid sich in der fast leeren Diele die Schuhe ausgezogen hatte. Offensichtlich wurde dieser Eingang wirklich nicht oft benutzt.

Hillevi war schlank und wirkte stark, wie eine Frau, die gerne wandern ging und auf einem Spirituskocher in der Natur Essen zubereitete. Ingrid sah sie vor sich, wie sie auf ihren Tourenski unterwegs war, mit den beiden Söhnen in einem Schlitten hinter sich.

Sie folgte Hillevi in die Küche, wo noch die Reste einer Zwischenmahlzeit auf dem Tisch standen. Brotkrümel und eingetrocknete Ringe von einem Glas mit Milch. In der Spüle türmte sich Geschirr.

»Wir setzen uns am besten ins Wohnzimmer«, erklärte Hillevi. »Nach der Sache mit Lena habe ich hier ein bisschen die Energie verloren.«

Das Wohnzimmer erinnerte an den großen Saal in Kumbelnäs, mit großen Holzschränken und Dalarna-Malerei an den Wänden. Die gemütliche Sofagruppe in apricotfarbenem Leder hingegen wirkte neu und fehl am Platz. Über dem Fernseher standen auf einem Regal eingerahmte Konfirmationsfotos der Söhne. Nur der unterschiedliche Hintergrund ließ erkennen, dass es sich um zwei verschiedene Jungen handelte. Sie sahen sich zum Verwechseln ähnlich.

»Ich habe so ein schlechtes Gewissen«, sagte Hillevi und ließ sich schwer in einen Sessel sinken.

»Warum?«

»Man sollte ja wohl meinen, dass ich oder jemand anders hier auf dem Hof hätte merken müssen, dass irgendwas nicht stimmte«, antwortete sie.

»Sie dürfen sich keine Vorwürfe machen«, sagte Ingrid. »Ein Mensch, der sich entschieden hat, sich das Leben zu nehmen, erzählt das niemandem.«

»Trotzdem. Ich begreife nicht, wie man den einen Tag rumlaufen und ganz normal funktionieren kann und sich dann am nächsten plötzlich aufhängt.«

Hillevi umklammerte die dicke Armlehne und starrte vor sich hin.

»Es ist doch wahnsinnig«, fuhr sie fort. »Wie entscheidet man überhaupt, wie man das anstellen soll und wann es so weit ist? ›Jetzt frühstücke ich erst mal, und dann begehe ich Selbstmord‹, oder was?«

»Sie haben ja vielleicht schon gehört, dass Lenas Eltern nicht an einen Selbstmord glauben.«

»Ja, schon«, sagte Hillevi. »Aber wie hätte das vor sich gehen sollen?«

Die Musik im oberen Stockwerk verstummte einen Moment, bevor sie weiterlief. Es lief immer noch ABBA.

»Wann haben Sie das letzte Mal ein Lebenszeichen von Lena gesehen?«, fragte Ingrid.

»Das war am Sonntagabend, und zwar ziemlich spät. Sie war irgendwo gewesen und kam mit dem Auto nach Hause. Ich traf sie auf dem Hof, und wir wechselten ein paar Worte.«

»Was würden Sie sagen, wie es ihr da ging?«

»Sie sah müde aus, hatte ein paar Tüten und eine Reisetasche aus dem Auto dabei, aber ich hatte den Eindruck, dass sie nicht reden wollte, also fragte ich nicht. Sie können sich gar nicht vorstellen, wie sehr ich das bereue.«

»Wie ging es ihr denn in der Zeit davor, was meinen Sie? So wie ich es verstanden habe, hatten Sie einen guten Kontakt.«

»Doch, das hatten wir. Lena war der netteste Mensch der Welt, aber über persönliche Dinge sprach sie nur selten. Irgendwie war sie scheu. Aber wir haben uns oft gesehen und einander bei allem Möglichen geholfen.«

»Wissen Sie, ob sie irgendwelche Feinde hatte?«

»Meine Güte, nein. Das kann ich mir nicht vorstellen.«

»Eine Liebesbeziehung?«

»Das war zum Beispiel so eine Sache, über die sie nie gesprochen hat. Vielleicht befürchtete sie, dass ich denken würde, dass sie zu schnell über Eskil hinweggekommen wäre. Aber tatsächlich hatte ich ein bisschen vermutet, dass es jemanden gäbe.«

»Wieso das?«

»Sie bekam plötzlich dicke Briefe ohne Absender. Wir alle hier auf dem Hof haben denselben Briefkasten, und ich bin oft diejenige, die ihn leert. Und wenn ich ihr diese Briefe gab, dann kriegte Lena immer ganz rote Ohren, da war mir schon klar, dass es was Besonderes damit auf sich hatte.«

»Aber sie hat nichts erzählt?«

»Kein Wort. Weil sie so ein Geheimnis darum gemacht hat, dachte ich schon, er ist vielleicht verheiratet, aber natürlich weiß ich das nicht sicher.«

»Wann fing das an mit den Briefen?«

»Irgendwann im Winter. Aber soweit ich es mitbekommen habe, ist es schon eine Weile her, seit sie zuletzt welche bekommen hat.«

Die Musik aus dem oberen Stockwerk verstummte wieder kurz, dann lief sie weiter. Diesmal war es Tomas Ledin. Noch schlimmer.

»Ist das ihr Jüngster, der da oben rockt?«, fragte Ingrid.

»Ja, Jesper.«

»Mit ihm würde ich auch gern sprechen. Wenn das für Sie in Ordnung ist.«

Die Suche nach Mattias Holm in Våmhus letzten Sommer hatte ihr gezeigt, dass Kinder und Jugendliche dazu neigten, sich an Orten aufzuhalten, an denen sie besser nicht sein sollten, wodurch sie manchmal Dinge sahen, die sie eigentlich nicht sehen sollten.

»Er ist auch ziemlich schockiert, aber ich kann raufgehen und ihn fragen.«

Hillevi hievte sich aus dem Sessel und verschwand mit schweren Schritten die Treppe hinauf. Während Ingrid wartete, ging sie im Zimmer umher und betrachtete die Fotos näher. Eine schwarz-weiße Luftaufnahme des Hofs weckte ihr Interesse. Manche der Bäume sahen bedeutend kleiner aus als heute, andere waren gefällt worden, seit das Bild gemacht worden war, aber die Häuser sahen im Großen und Ganzen gleich aus.

»Wie gesagt, er ist sehr erschüttert, meint aber, es sei okay«, sagte Hillevi hinter ihr.

Kapitel 22

Sieben Monate zuvor

Mit jedem Tag, an dem der Briefkasten leer blieb, schwand Lenas Hoffnung auf den Italiener mehr. Inzwischen war ihr das alles eher peinlich. Wie war sie bloß auf die Idee gekommen, so offenherzig zu schreiben, fast als würden sie einander kennen? Bestimmt fand er sie komisch in ihrer lächerlichen Tracht mit dem Blumenkranz auf dem Kopf. Zum Glück hatte sie niemandem von der Sache erzählt, also konnte das alles unbemerkt im Sande verlaufen.

Doch eines Nachmittags Mitte Februar lag ein Brief mit unbekannter Handschrift, gleichmäßig und ein wenig eckig, auf ihrem Küchentisch. Eine geübte Schrift, dachte sie. Von jemandem, der es gewohnt war, einen Stift in der Hand zu halten. Keine Schnörkeleien. Sie widerstand dem Impuls, den Umschlag sofort aufzureißen, und beschloss, bis nach dem Essen zu warten. Die Spannung ein wenig hinauszuzögern.

Aber so lange hielt sie es dann doch nicht aus. Als die Kartoffeln anfingen zu kochen, schlitzte sie das Kuvert mit einem Küchenmesser auf und setzte sich an den Tisch. Ihr Herz klopfte heftig. Das Briefpapier war liniert und von guter Qualität, teuer sah es aus, und als sie den Brief auseinanderfaltete, fiel ein Foto heraus und landete mit der Vorderseite auf der Wachstischdecke. Sie drehte es vorsichtig um. Ein Schwarz-Weiß-Foto, das im Garten eines Restaurants aufgenommen worden war. Ein blonder Mann um die vierzig im Sommerhemd mit offenem Kragen und hochgekrempelten Ärmeln sah sie fröhlich an. Er erinnerte sie an eine hellere Version von Bobby Ewing in der Serie *Dallas*.

Vorsichtig strich Lena den Brief glatt und begann zu lesen.

Liebste Lena!

Vielen herzlichen Dank für Ihren warmherzigen und persönlichen Brief, der mich sehr froh gemacht hat. Obwohl Sie einigen Schwierigkeiten begegnet sind, haben Sie doch Ihre Lebensfreude und Neugier nicht verloren.

Danke auch für das schöne Foto. Was für ein Sommermädchen! Ich möchte wirklich nicht oberflächlich wirken, aber ich muss doch sagen, dass Sie eine strahlend schöne Frau sind. Ich würde sehr gern diesen Mund in echt lächeln sehen.

Eigentlich wollte ich Ihnen schon am selben Tag antworten, als ich Ihren Brief erhielt, doch ich musste viel arbeiten und wollte mir unbedingt die Zeit nehmen, es ordentlich zu tun. Es war mir wichtig, einen guten Eindruck zu machen.

Bücher können wahrhaftig ein Trost sein, wenn sich alles ganz dunkel anfühlt. Als ich in jungen Jahren eine schwere Zeit durchmachte und niemand in meiner Nähe wusste, wie es mir ging, wandte ich mich oft Fröding und Setterlind zu. Auch traurige Gedichte helfen. Man fühlt dadurch, dass man nicht ganz allein ist auf der Welt.

Momentan habe ich leider nicht mehr die Zeit, so viel zu lesen, wie ich es gerne täte. Mein letztes Buch war Samuels Töchter *von Sven Delblanc, das voriges Jahr erschienen ist. Haben Sie es gelesen? Falls nicht, dann tun sie es. Es ist wirklich ergreifend.*

Was meine Auslandsreisen angeht, so hat derzeit die Arbeit immer Vorrang, aber es wäre nett und dringend notwendig, mal wieder in die Sonne zu reisen. Vielleicht zusammen mit Ihnen?

Sie schreiben, dass Sie in Dalarna wohnen. Ich selbst wohne derzeit in Stockholm, was viel zu weit weg ist. Aber in ein paar Wochen werde ich in Ihrer Gegend unterwegs sein (wieder einmal wegen der Arbeit), was ich nicht anders als eine glückliche Fügung nennen kann. Möglicherweise ein Zeichen? Aber vielleicht glauben Sie ja nicht an die Macht des Schicksals? Ich selbst tue das nur, wenn es zu meinem Vorteil ausfällt und mir gute Laune macht. So wie jetzt. Wie auch immer, ich würde Sie sehr gerne treffen und zu einem kleinen Essen einladen, wenn das möglich wäre. Wenn Sie mir Ihre Telefonnummer verraten, werde ich Sie ein paar Tage vorher anklingeln. Schreiben Sie recht bald. Ich sehne mich danach, wieder von Ihnen zu hören.

Mit den allerfreundlichsten Grüßen
Steve

PS: Haben Sie das neue von Torgny Lindgren gelesen? Der Weg der Schlange. *Ein unglaubliches Buch, finde ich. Das* Sydsvenska Dagbladet *prophezeit, dass es ein Klassiker wird, und da kann ich nur zustimmen.*

PPS: Haben Sie zufällig vor ein paar Wochen die Sendung Lesenswert *über Maria Wine gesehen? Wenn doch alle aus einer schwierigen Kindheit solche Literatur machen könnten.*
Es scheint, als würde mir andauernd noch mehr einfallen, was ich gern mit Ihnen teilen würde, aber NUN sage ich danke und auf Wiedersehen für dieses Mal.

Lena blieb mit dem Brief in den Händen sitzen und schaute geradewegs in die Luft. Erst als die Kartoffeln überkochten, wurde sie in die Wirklichkeit zurückgeworfen.

Sowie sie mit Essen und Spülen fertig war, schrieb Lena eine Antwort. Seite um Seite schrieb sie, die Wörter flossen nur so aus dem Stift aufs Papier. Alles wollte sie fragen, alles wollte sie erzählen.

Als sie fertig war, schmerzte ihr Handgelenk, aber sie war überhaupt nicht müde. Der Briefkasten vor dem Laden wurde am Morgen geleert, und um sicherzugehen, dass der Brief schon am nächsten Tag auf den Weg kam, beschloss sie, obwohl es schon spät war, noch einen Spaziergang zu unternehmen und ihn dort einzuwerfen.

Es war eine sternenklare und stille Nacht. Der Mond erleuchtete die Äcker, und als sich ihre Augen an das Dunkel gewöhnt hatten, war es fast, als wäre sie im Tageslicht unterwegs. Es war so schön zu gehen, dass sie beschloss, einen Umweg über den Rothagevägen zu machen. Sie ging mit langen, raschen Schritten, das dicke Kuvert in der Tasche umklammert. Die frische Luft kühlte ihre Wangen, die vor Aufregung ganz heiß geworden waren.

Als sie auf den Sundsvägen kam, näherte sich in hoher Geschwindigkeit ein Auto. Um nicht überfahren zu werden, sprang sie auf die kleine Räumkante. Was war das denn für ein Verrückter, der mitten in der Nacht so schnell unterwegs war?

Verärgert starrte sie hinterher. Dieses Kennzeichen kannte sie. Es war Hasses Auto. Bestimmt hatte er Kicki zu ihren Eltern gebracht. Hoffentlich fuhr er nicht so, wenn sie dabei war, dachte sie. Das könnte übel ausgehen.

Lena trat wieder auf die Straße und ging weiter in Richtung Laden. Bevor sie den Brief in den Kasten schob, kontrollierte sie, ob er ordentlich zugeklebt war und die Briefmarken richtig platziert waren. Weil er so schwer war, hatte sie vorsichtshalber zwei draufgeklebt.

Kapitel 23

Tomas Ledin war Gott sei Dank verstummt, als Ingrid das Zimmer von Jesper betrat. Auf dem Schreibtisch vorm Fenster stapelte sich ein Haufen Schulbücher, er selbst fläzte sich auf dem Bett. Der lange Pony hing ihm in die Augen.

Die Wände des Zimmers waren mit Hardrockplakaten, Blut und Totenschädeln bedeckt. Eine Bleistiftzeichnung, die ein Grab darstellte, aus dessen Erde zwei magere Hände herausragten, hatte er wahrscheinlich selbst angefertigt. Ingrid lächelte innerlich über die Todesromantik und kriegte plötzlich Lust, »Dancing Queen« zu summen.

»Ich heiße Ingrid«, begann sie. »Wie deine Mutter dir wahrscheinlich erzählt hat, versuche ich mehr über Lena herauszufinden und darüber, wie sie gestorben ist. Hast du Zeit, ein bisschen mit mir zu reden?«

»Klar«, erwiderte Jesper und blies unter den Pony. »Sind Sie Privatdetektiv?«

»Ja, das könnte man sagen. Mein Auftrag ist, zu verstehen, was passiert ist, und warum Lena sich entschieden hat, ihr Leben zu beenden.«

Ingrid zog den Schreibtischstuhl heraus und setzte sich. Wenn sie höher saß als er, war das nicht optimal bei der Befragung eines Kindes, aber sie war schließlich keine Polizistin mehr, und er stand nicht unter Verdacht. Außerdem befand er sich in seinem eigenen Zimmer, wo er sich hoffentlich wohl fühlte.

Jesper sah blass aus.

»Ich wollte fragen, ob du in den Tagen, bevor sie gefunden wurde, irgendetwas Besonderes oder Ungewöhnliches hier auf dem Hof gesehen oder gehört hast.«

»Was Verdächtiges?«, fragte er.

»Natürlich ist es schwer zu sagen, was verdächtig ist, aber ich glaube, du weißt schon, was ich meine.«

Ingrid stand auf und trat an den Schreibtisch. Durch ihr verschwommenes Spiegelbild in der Fensterscheibe konnte sie die erleuchtete Küche in Lenas Haus sehen.

»Du hast eine gute Aussicht von hier«, stellte sie fest.

»Schon, hab ich. Aber ich spioniere nicht rum.«

»Nein, schon klar«, sagte Ingrid. »Aber man sieht, was man sieht. Fällt dir irgendwas ein, was vielleicht anders war in der letzten Zeit? Jemand, der sie besucht hat? Ein Auto?«

Jesper blies wieder unter den langen Pony und ließ den Blick über die Plakate wandern. Es sah aus, als wollte er etwas sagen, doch dann überlegte er es sich anders.

»Ich kann verstehen, dass das hart für dich ist«, sagte Ingrid. »Lena ist tot, und jetzt komme ich und sage, es könnte auch Mord sein.«

»Das ist schon übel, echt.«

»Aber ich verspreche dir, dass ich alles, was du sagst, für mich behalte. Ich bin keine Polizistin, sondern versuche nur zu verstehen, was passiert ist. Niemand muss erfahren, was du gesagt hast.«

»Okay«, sagte Jesper leise. »Ich habe ein Auto vor Lenas Haus gesehen, das ich nicht kannte. Am Montagabend.«

»Erzähl«, sagte Ingrid und schlug eine neue Seite in ihrem Notizblock auf.

»Es war ein Ford Granada. Schwarz oder blau. Draußen war es dunkel, deshalb konnte man das nur schlecht sehen.«

»Und wann ungefähr war das?«

»Die genaue Uhrzeit weiß ich nicht mehr, aber ich habe hier gesessen und Hausaufgaben gemacht, als ich es bemerkte.«

»Hast du das Kennzeichen gesehen?«

»Nein, daran habe ich nicht gedacht.«

»Hast du was von dem gesehen, der gefahren ist? Mann? Frau?«

»Es war ja dunkel, aber ich glaube, es war ein Mann.«

»Fiel dir irgendwas besonders auf? Vielleicht, wie er sich bewegte? Ein Kleidungsstück?«

»Nicht dass ich wüsste.«

»Groß oder klein?«

»Ziemlich groß, glaube ich.«

Jesper knibbelte an einem Loch in seiner Jeans.

»Sie dürfen auf keinen Fall irgendjemand erzählen, dass ich das gesagt habe.«

»Ich verspreche es«, sagte Ingrid. »Du kannst dich darauf verlassen. Ich werde noch eine Weile in Lenas Haus sein, komm also gerne vorbei, falls dir noch was einfällt, wovon du denkst, dass ich es wissen sollte.«

»Okay«, sagte Jesper.

Ingrid stand auf und ging zur Tür.

»Dann lassen wir es mal dabei. Danke, dass ich mit dir sprechen durfte.«

Kapitel 24

Sieben Monate zuvor

Lena hatte in der Nacht nicht mehr als ein paar Stunden geschlafen, fühlte sich aber frischer denn je, als sie tags darauf zur Arbeit ging. Auf dem Weg zum Personaleingang warf sie einen Blick auf den Briefkasten, in den sie den Brief an Steve geworfen hatte. Ob er wohl noch darin lag? Oder war er schon auf dem Weg nach Stockholm?

Sowie sie den Laden betrat, merkte sie, dass etwas passiert war.

»Heute Nacht ist eingebrochen worden«, erklärte Gunnel.

Lena hängte Tasche und Mantel auf und zog ihren Arbeitskittel an.

»Ist viel gestohlen worden?«

»Eine Menge Zigaretten und Snus«, erklärt Gunnel. Der Tabak ist gestern erst geliefert worden, deshalb meint Rolf, dass es jemand sein muss, der eine Verbindung zum Laden hat.«

Lena konnte darauf nichts erwidern, weil schon ihr Chef Rolf zu ihr kam.

»Hast du gehört, was passiert ist?«, fragte er.

»Ja, das ist wirklich unangenehm«, erwiderte Lena und knöpfte den Kittel zu.

»Die Polizei ist auf dem Weg«, fuhr Rolf fort. »Die werden mit euch allen reden wollen, ihr müsst euch also abwechseln und für die andere einspringen.«

Er sah von Lena zu Gunnel und wieder zurück. Die Falte zwischen seinen Augenbrauen war tiefer als sonst.

»Du glaubst doch wohl nicht, dass einer von uns hier eingebrochen ist?«, fragte Lena.

»Es ist doch ein seltsamer Zufall, dass es ausgerechnet heute Nacht passiert ist, mehr kann ich dazu nicht sagen.«

Als ein paar Minuten später Kicki in einer Duftwolke von Natalie auftauchte, wurde die Neuigkeit noch einmal durchgesprochen.

»Oje«, sagte Kicki und gähnte hinter vorgehaltener Hand.

Nach dem sorgfältigen Make-up zu urteilen, musste sie bereits mehrere Stunden wach sein.

»Ihr habt gestern Abend aber nichts Ungewöhnliches gesehen, oder?«, fragte Lena.

»Wie meinst du das?«

Kicki gähnte noch einmal, sodass ihr die Tränen in die Augen stiegen.

»Als ich gestern Abend noch draußen war, habe ich Hasses Auto gesehen. Und ich bin mal davon ausgegangen, dass du mit ihm zusammen warst oder dass er dich nach Hause gefahren hat.«

Kicki öffnete den Mund und schloss ihn wieder.

»Ja, ach so«, sagte sie dann und wickelte sich vorsichtig das Tuch vom Kopf, sodass die Frisur keinen Schaden nahm. »Genau. Aber wir haben nichts gesehen.«

Sie zog ihren Mantel aus und den Kittel an.

»Fährt er immer so schnell?«, beharrte Lena.

»Ja, er fährt wie ein Wilder.«

Nach einem raschen Blick in den Taschenspiegel verschwand Kicki in Richtung Kasse. Lena sah ihr nachdenklich hinterher, doch dann widmete auch sie sich ihrer Arbeit. Obst und frisches Brot mussten nachgefüllt werden.

Nach einer Stunde kam ein Polizeiauto auf den Parkplatz gefahren und hielt genau vor dem Eingang. Den bärtigen Polizisten kannte Lena. Er war auch da gewesen, als Eskil gestorben war. Den anderen, der ungefähr zehn Jahre jünger zu sein schien, hatte sie noch nie gesehen. Die Uniformen flößten ihr Unbehagen ein.

Gunnel suchte Lenas Blick, als Rolf und die Polizisten im Lager verschwanden.

»Das fühlt sich richtig gruselig an, oder?«

»Ja, wirklich«, erwiderte Lena.

Lena war gerade dabei, Zuckerpackungen einzuräumen, als Rolf ihr auf die Schulter tippte und sagte, dass sie jetzt an der Reihe sei. In der Küche saß der unbekannte Polizist mit einem Notizblock vor sich. Er stellte sich als Benny vor.

»Haben Sie irgendetwas bemerkt, dass einer Ihrer Kollegen sich in der letzten Zeit anders verhalten hätte, irgendetwas, was möglicherweise mit dem Einbruch heute Nacht in Zusammenhang stehen könnte?«

»Nein, überhaupt nicht«, erwiderte Lena. »Und ich muss sagen, dass es sehr unangenehm ist, auf diese Weise verdächtigt zu werden. Es muss ein Zufall sein, dass ausgerechnet heute Nacht eingebrochen wurde.«

»Das kann absolut der Fall sein«, sagte der Polizist und nickte. »Aber wie Sie wahrscheinlich verstehen, muss ich diese Frage stellen. Haben Sie sonst irgendetwas bemerkt, was von Bedeutung sein könnte? Ein Kunde, der seltsam reagiert hat? Etwas anderes, was damit zu tun haben könnte?«

Lena rang eine Weile mit sich selbst, doch es ging nicht anders. Sie musste sagen, wie es war.

»Das hat vielleicht überhaupt nichts mit der Sache zu tun, aber ich habe gestern Abend noch einen Spaziergang gemacht, und da kam mir ein Auto mit hoher Geschwindigkeit entgegen.«

Sie erklärte, wo sie gestanden hatte und aus welcher Richtung das Auto gekommen war.

»Was für ein Auto war das?«, fragte der Polizist.

»Ein schwarzer Ford«, sagte sie. »Und weil der mir so einen Schrecken eingejagt hat, habe ich mir die Nummer gemerkt.«

Der Polizist notierte das Kennzeichen sorgfältig und sah sie dann an.

»Wissen Sie, wem das Auto gehört?«

»Nein«, sagte Lena.

Das konnte die Polizei selbst herausfinden, und über Kicki wollte sie auch nichts sagen, denn die hatte garantiert nichts mit dem Einbruch zu tun. Da war Lena sich ganz sicher.

»Um welche Uhrzeit war das?«

»Fünf nach halb zwölf.«

Der Polizist zog die Augenbrauen hoch.

»Normalerweise bin ich so spät nicht mehr draußen unterwegs, und ich hatte kurz zuvor gehört, wie die Kirchenglocke halb zwölf geschlagen hat.«

»Ach so. Was haben Sie so spät draußen gemacht?«

»Ich konnte nicht schlafen.«

Das hier musste sie Steve im nächsten Brief erzählen. Es kam schließlich nicht jeden Tag vor, dass man von der Polizei verhört wurde.

Kicki war den Rest des Arbeitstages auffällig schweigsam. Sogar in der Mittagspause verzog sie sich mit der neuen *Starlet* in eine Ecke. Jedes Mal wenn Lena sie ansah, um sie in das Gespräch miteinzubeziehen, schaute sie wieder in die Zeitschrift.

»Hast du der Polizei gesagt, dass du letzte Nacht Hasses Auto gesehen hast?«, fragte Kicki, als es Zeit war, nach Hause zu gehen, und sie sich wie üblich vor dem Toilettenspiegel zurecht machte.

»Nein«, sagte Lena.

Sie hatte gesagt, dass sie einen schwarzen Ford gesehen habe, sonst nichts.

»Gut«, sagte Kicki und wühlte in ihrer Schminktasche, die sie auf den Waschbeckenrand gestellt hatte. »Denn wenn die Polizei erfährt, dass er mich heute Nacht nach Hause gebracht hat, werden sie ihn sofort verdächtigen.«

»Wieso das denn?«

»Als er jünger war, hat er einiges ausgefressen.«

Sie schraubte die Wimperntusche auf und fuhr mit dem Bürstchen ein paarmal raus und rein, ehe sie sich zum Spiegel beugte und anfing, die bereits gut gefärbten Wimpern weiter nachzubessern.

»Wie, ausgefressen?«

Lena knöpfte ihren Kittel auf und hängte ihn an einen Haken.

»Geklaut, kleine Diebstähle in Kellern, solche Sachen. Inzwischen schämt er sich total deswegen. Es ist lange her, und er hat versprochen, nie wieder was Verbotenes zu machen.«

»Das klingt doch gut«, sagte Lena.

»Aber du weißt ja, wie es ist. Wenn man einmal was mit der Polizei zu tun hatte, wird man gleich verdächtigt«, fuhr Kicki fort. »So läuft das, leider. Deshalb war es gut, dass du nichts gesagt hast.«

Kapitel 25

Es war schon halb acht Uhr abends, als Ingrid zu Assar und Eva kam. Die beiden saßen vor dem Fernseher und schauten die Nachrichten.

»Und warum sollte Lena ermordet worden sein, wenn ich das mal fragen darf?«

Assar war gebaut wie Rune, mit einem breiten Rücken und groben Händen, allerdings war er blonder als sein Bruder und hatte Sommersprossen im Gesicht. Es konnten nicht viele Jahre zwischen den beiden liegen. Doch vom Temperament her waren sie sehr unterschiedlich. Der Freitagsgrog stand halb ausgetrunken auf dem Couchtisch – falls es der erste des Abends war.

Ingrid setzte sich neben Eva, die eine Hand auf ihren dicken Bauch gelegt hatte.

»Was für Idioten«, meckerte Assar.

Er lallte nicht, aber seine Stimme war unnatürlich laut.

»Das kannst du doch so nicht sagen«, widersprach Eva. »Sie haben gerade ihre Tochter verloren. Das ist doch alles ganz furchtbar.«

Assars Wut schlug Ingrid aufs Gemüt.

»Wie gesagt«, versuchte sie es noch einmal. »Ich habe Elsa und Birger versprochen, mich umzuhören. Das ist alles. Sie dürfen das nicht auf irgendeine Weise persönlich nehmen.«

Assar starrte sie mit offenem Mund an. Ingrid wäre am liebsten aufgestanden und gegangen, aber sie räusperte sich und sprach weiter.

»Wann haben Sie Lena zuletzt gesehen?«, fragte sie und wandte sich an Eva.

Im Augenwinkel sah sie, wie Assar zwei große Schluck vom Grog nahm. Dann stand er so abrupt auf, dass der Sessel über den Boden schrammte, und verließ den Raum.

»Das könnt ihr vergessen, dass ich mich hier hinsetze und mich von einer Möchtegernpolizistin verhören lasse«, rief er noch über die Schulter.

Nach einigem Lärmen und Klappern in der Diele schlug die Haustür zu.

»Kümmern Sie sich nicht um ihn«, sagte Eva. »Der hat die Nerven auf der Außenseite, müssen Sie wissen.«

Sie verzog das Gesicht und fasste sich auf den Bauch.

»Alles gut?«, fragte Ingrid.

»Vorwehen. Die sind viel schlimmer geworden, seit das mit Lena passiert ist. Wahrscheinlich habe ich einen Schock gehabt.«

»Wann haben Sie Lena zuletzt gesehen?«, fragte Ingrid noch einmal.

»Irgendwann vorige Woche«, sagte Eva und strich sich über den Bauch. »Mittwoch oder Donnerstag.«

»Und was hatten Sie da für einen Eindruck von ihr?«

Eva versank ein wenig in Gedanken.

»Um ehrlich zu sein, muss ich sagen, dass wir nie sonderlich gut miteinander ausgekommen sind. Sie mochte mich nicht gerade. Manchmal ist das einfach so. Aber sie war nett, das war sie wirklich. Sie und unsere Tochter hatten eine viel bessere Beziehung.«

Ingrid stellte dieselben Fragen wie auch bei Rune und Hillevi, nach Feinden und möglichen Konflikten, doch auch hier gab es nichts zu erzählen.

»Wissen Sie, ob Lena in letzter Zeit Besuch hatte?«, fragte sie dann.

Ingrid dachte an den dunklen Ford und sah aus dem Fenster. Auch von hier konnte man Lenas Haus problemlos sehen, wenn auch nicht so gut wie von Jespers Zimmer aus.

Eva hielte mit ihren Händen inne und legte sie beschützend über den Bauch, während sie nachdachte.

»Nicht soweit ich mich erinnern kann. Aber ich sitze auch nur selten still und schaue hinaus, und meistens ist dazu noch das Radio an, ich höre also keineswegs alles, was draußen auf dem Hof passiert.«

»Verstehe«, sagte Ingrid. »Ist Susanne zu Hause?«

»Sie ist oben in ihrem Zimmer.« Eva schaute zur Decke hinauf.

»Könnte ich mit ihr sprechen?«

»Ja, natürlich. Gehen Sie nur rauf. Ich bleibe ein bisschen hier sitzen. Es ist die erste Tür rechts.«

Eva strich sich wieder über den Bauch und verzog leicht das Gesicht.

Ingrid schlich die Treppe hinauf und klopfte an die Tür.

»Ja?«, zischte es von drinnen.

Als Ingrid die Tür öffnete, veränderte sich der Gesichtsausdruck des Mädchens sofort von wütend zu sanft. Sie saß am Schreibtisch mit einem Spiegel und einem Schminktäschchen vor sich. Ingrid stellte sich und ihr Anliegen vor.

»Ich weiß«, sagte Susanne. »Ich habe euch da unten gehört.«

»Darf ich reinkommen?«

»Na klar«, erwiderte Susanne und holte eine Puderdose aus dem Durcheinander. Sie trug Jeans und einen knallrosa Collegepullover, das selbst gefärbte Haar stand struppig vom Kopf ab.

»Willst du auf ein Fest gehen?«

»Nein, ich gehe nur runter zum Treffpunkt an der Treppe. Hier hält man es ja nicht aus. Und freitags schon gar nicht.«

Ingrid schob auf dem Bett ein paar Kleidungsstücke beiseite und setzte sich. Von Susannes Fenster aus konnte man Lenas Haus nicht sehen, stellte sie fest, nur Wiesen und Wald.

»Wie geht es dir?«, fragte sie.

»Schlecht. Ich kann an nichts anderes denken als an Lena. Wie kann man sich nur das Leben nehmen?«

»Ja, das ist schwer zu verstehen.«

Beide fuhren zusammen, als im Erdgeschoss die Haustür zuschlug.

»Susanne!«, brüllte Assar. »Komm sofort runter!«

Susanne und Ingrid sahen sich an.

»Er ist nicht so dafür, dass ich mit euch darüber rede«, erklärte Ingrid und stand darauf. »Komm zü Lenas Haus, wenn du reden willst. Ich werde noch eine Weile da sein.«

Susanne konnte grade noch nicken, da schlug schon die Tür auf.

»Raus hier!«, rief Assar und zeigte auf Ingrid.

Er stank nach Alkohol, und die riesigen Hände sahen jetzt noch größer aus als zuvor.

»Raus!«

Kapitel 26

Ulrika drückte Bennys Hand ganz fest in der Dunkelheit des Kinos. Die Tränen liefen nur so, als sie den toten Mann an einem Seil im Badezimmer baumeln sah. *Ein Offizier und Gentleman* sollte romantisch sein, hatte es geheißen, aber darauf war sie überhaupt nicht vorbereitet gewesen. Als der Offizier sein Mädchen auf Händen aus der Fabrik trug, schluchzte sie laut. Sogar Benny hatte dabei Tränen in den Augen.

»Was für ein Film«, sagte Ulrika auf dem Weg aus dem Kinosaal.

»Ja, der war richtig gut.«

Es war schön gewesen, mal von zu Hause wegzukommen und sich ein wenig zu entspannen. Es war schließlich Freitagabend.

»Hallo, ihr!«

Benny und Ulrika waren eben auf die Straße hinausgetreten, als jemand hinter ihnen herrief. Als sie sich umdrehten, sahen sie, dass Ulrikas Cousin Oskar und seine Frau Pia auch aus dem Kino kamen. Pias Augen waren genauso gerötet wie Ulrikas.

»Ich bin völlig fertig«, sagte sie. »Wir haben den Film schon zum zweiten Mal gesehen, aber ich musste diesmal genauso viel heulen wie beim ersten Mal.«

»Dass er sich aufgehängt hat«, sagte Ulrika. »Was für ein Schock.«

»Ich nehme mal an, für dich ist so was Alltag, oder?«, sagte Oskar zu Benny.

»Na ja. Man erlebt so einiges.«

Benny kannte Oskar von früher, als er in den Sommern seiner

Kindheit viel mit Ulrikas älteren Brüdern gespielt hatte. Zu der Zeit war Oskars größtes Talent gewesen, Tricks auf seinem Fahrrad zu machen. Inzwischen verkaufte er Versicherungen, und in der Freizeit trainierte er die Hockeymannschaft seines ältesten Sohnes.

»Vielen Dank übrigens noch für das Fest«, sagte Oskar.

»Ja, was für eine Hochzeit das war!«, fügte Pia hinzu.

»Das ist ein Tag, den wir nie vergessen werden«, sagte Ulrika. »Oder, Benny?«

Ulrika schaute zu ihm hoch und lächelte.

»Und in ein paar Wochen fahren wir auf Hochzeitsreise auf die Kanaren«, fuhr sie fort. »Wir sind schon ganz verrückt, so freuen wir uns.«

»Ja, macht das nur, solange es noch geht«, mahnte Pia. »Erst wenn man das Geräusch kleiner Füße hört, wird einem klar, dass es nicht mehr so einfach ist, in einem Liegestuhl zu liegen und Piña colada zu trinken.«

Ulrika lachte und sah Benny an. Ihre Augen glitzerten. Wie süß sie war.

»Wollt ihr nicht noch mal einen Abend zu uns kommen, ehe ihr fahrt?«, fragte Pia.

»Ja, gerne«, sagte Ulrika. »Wir müssen vorher nur Bennys Dienstplan anschauen. Jetzt vor der Reise macht er viele Überstunden.«

»Macht das und ruft uns dann an. Wir haben uns zu lange nicht gesehen.«

Sie sagten auf Wiedersehen und trennten sich. Benny und Ulrika schlenderten Hand in Hand die Fußgängerzone hinunter. Vor dem Reisebüro blieben sie stehen und studierten die Plakate, die mit unterschiedlichen sonnigen Reisezielen lockten.

»Stell dir vor, dass wir dahin fahren werden«, sagte Ulrika und zeigte auf ein Bild von Gran Canaria mit Palmen und Wüste. »Und zwar in echt.«

»Ja, das wird schön«, sagte Benny.

Mal gemeinsam dem Alltag zu entfliehen, war sicherlich nötig, damit er wieder zu sich selbst finden würde.

»Ich war noch nie so glücklich wie jetzt«, sagte Ulrika.

Als sie die Arme um ihn schlang, beugte er sich vor und küsste sie. Und zwar in echt.

Alles würde gut. In dem Moment war er ganz sicher.

Kapitel 27

Als Ingrid in die Hütte zurückkam, war es schon lange dunkel. Offenbar hatte sie am Morgen, als sie zur Arbeit gefahren war, vergessen, das Außenlicht an der Tür einzuschalten, und als sie jetzt den Motor ausschaltete und die Schweinwerfer des Autos ausgingen, war es stockdunkel. Sie stolperte mehrmals auf dem schmalen Weg zur Tür.

Obwohl Finn, der jüngste der Brüder auf dem Hof, in seiner Schreinerwerkstatt arbeitete, hatte sie keinen Versuch unternommen, mit ihm zu reden. Nach Assars Ausbruch wollte sie nur noch so schnell wie möglich vom Hof verschwinden. In solchen Momenten vermisste sie ihre Polizeimarke und einen Kollegen an ihrer Seite. Gemeinsam hätten sie ihn ohne Probleme beruhigen und dazu bringen können, auf ihre Fragen zu antworten. Und falls nicht, gab es immer noch die Drohung, jemanden mit aufs Revier zu nehmen. Aber allein war sie nur ein Hund, der vor Prügel Angst hatte.

Nach den Jahren mit Kjell konnte sie Aggressivität schon meilenweit entfernt riechen.

Ingrid schüttelte in der Diele die Schuhe ab, ging in die Küche und öffnete den kleinen Kühlschrank. Unter einer umgedrehten Schüssel fand sie ein paar Pfannkuchen, die sie in Streifen schnitt und zusammen mit Milch in einem Topf aufwärmte. Erst als sie anfing zu essen, merkte sie, wie hungrig sie war.

Vielleicht sollte sie versuchen, mit Eva über Assars Verhalten zu reden. Auch wenn sie wusste, wie schwierig und schambehaftet es war, sich einzugestehen, dass der eigene Partner gewalttätig war, war es vielleicht hilfreich, wenn sie wusste, dass jemand es bemerkt hatte, an den sie sich wenden konnte, falls sie Hilfe brauchte.

Als Ingrid aufgegessen hatte, holte sie ihr Notizbuch heraus und ging durch, was sie bisher herausbekommen hatte.

Auch wenn es nicht viel war: Lena hatte am Montag Besuch von einem dunklen Ford gehabt. Könnte das möglicherweise der Liebhaber gewesen sein, von dem Hillevi glaubte, dass es ihn gebe? Vielleicht wusste ja diese Kicki, die Arbeitskollegin, wer das sein könnte. Und wenn nicht, musste Ingrid nach den Briefen suchen, die Lena bekommen hatte. Irgendwo im Haus mussten die doch sein.

Ingrid erstellte eine Liste der Dinge, die sie am folgenden Tag überprüfen musste, dann gähnte sie. Benny hatte recht gehabt. Durch diesen Auftrag hatte sie nicht mehr so viel Zeit, um über ihre eigenen Sorgen nachzugrübeln. Der ganze Nachmittag und Abend waren vergangen, ohne dass sie über Anna, Kjell oder Berit nachgedacht hatte. Erst jetzt kam die Erinnerung mit voller Wucht zurück.

Anna würde bei Kjell übernachten.

Ingrid beugte sich über den Tisch und schlug wieder und wieder mit der Stirn auf die Holzplatte.

Nein, das durfte nicht sein.

Kapitel 28

Sieben Monate zuvor

Als der Samstag kam, nahm Lena das Auto nach Mora. Sie fuhr nicht oft in die Stadt, aber plötzlich verspürte sie Lust, in Läden zu bummeln und Leute zu sehen. Sie begann ihre Runde mit einem Besuch in der Bibliothek, um *Samuels Töchter* auszuleihen, das Steve ihr empfohlen hatte. Und sie fragte auch nach dem neuen Buch von Gerda Antti, doch das hatten sie noch nicht. *Der Weg der Schlange*, das sie ebenfalls lesen wollte, war ausgeliehen.

Bei Elwings entdeckte sie eine richtig hübsche Bluse mit Schulterpolstern. Sie drehte und wendete sie eine Weile, aber sie war zu teuer, deshalb hängte sie sie zurück, ohne sie anzuprobieren. Als sie sich zufällig in einem der Spiegel im Geschäft sah, stellte sie zu ihrem Erstaunen fest, dass sie ein breites Lächeln auf den Lippen trug. Ihre Wangen waren sogar ein wenig rosig, obwohl sie mehrere Wochen lang die Sonne nicht gesehen hatte.

Bei Qvinny fand sie eine andere Bluse in Blau und Türkis zu einem angemessenere Preis. Sie durfte sich auch mal etwas Neues gönnen, fand sie.

In der Neonbeleuchtung der Umkleidekabine sah sie zunächst auch noch fröhlich aus, aber als sie den Pullover ausgezogen hatte und nur noch im BH dastand, der in ihre bleiche Haut schnitt, verging ihr das Lächeln. Schnell zog sie die Bluse über und knöpfte sie zu, ohne noch einmal in den Spiegel zu schauen.

Obwohl sie ihre übliche Größe genommen hatte, war die Bluse

viel zu eng. Als sie die Arme hob, hatte sie das Gefühl, als würde die Naht am Rücken platzen.

Sie sollte abnehmen. Zwar hatte Steve geschrieben, dass er eine Frau suchte, die man gut umarmen konnte, und das bedeutete sicher, dass sie keine Mannequinmaße aufweisen musste, aber das Trostessen hatte doch seine Spuren hinterlassen, und die gefielen ihr nicht. Sie fragte sich, wie viel Kilo sie binnen weniger Wochen verlieren könnte. Wenn es ein sichtbares Resultat geben sollte, dann müsste sie von nun an von Grapefruit und Knäckebrot leben.

»Brauchen Sie Hilfe da drinnen?«, fragte die Verkäuferin von der anderen Seite des Vorhangs.

»Nein danke, es geht schon.«

Lena hatte überhaupt keine Lust, sie zu bitten, eine größere Größe zu holen. Aber die Bluse war wirklich schick. Sie zog sie aus und hängte sie wieder über den Bügel. Wenn sie eine oder zwei Größen mehr nahm, würde sie sicher besser sitzen. Die Qualität fühlte sich gut an, und die Farben betonten ihre Augen.

Sie drehte eine weitere Runde durch den Laden, tauschte die Bluse gegen ein größeres Exemplar und ging zur Kasse.

Bevor sie nach Hause fuhr, kaufte sie noch eine Haarpackung und eine richtige Gesichtsmaske im Glas, die sie zum Sonderpreis bei Domus fand. Doch, das hatte sie sich verdient.

Als sie nach Hause kam, probierte sie die neue Bluse vor dem Schlafzimmerspiegel an. Sie saß bedeutend besser als die kleinere Größe, aber immer noch nicht perfekt.

In der neuesten Ausgabe der *Husmodern* hatte sie ein Wochenmenü für sicheren Gewichtsverlust gesehen. Lena suchte die Zeitung heraus und las die Rezepte durch, doch da die Läden bereits geschlossen hatten, musste sie versuchen, das Beste aus dem zu machen, was sie noch zu Hause hatte.

Gekochten Dorsch mit Reis und klein gehackten Tomaten. Völlig geschmacklos, aber etwas anderes gab es nicht.

Die neue Gesichtsmaske duftete wunderbar nach Aprikose. Sie wusch sich das Gesicht gründlich, legte eine dicke Schicht auf und machte es sich mit dem neuen Buch aus der Bibliothek auf dem Sofa gemütlich.

Als sie gerade das zweite Kapitel beendet hatte, klingelte das Telefon.

Lena stand auf, legte das Buch umgedreht auf den Couchtisch und eilte in die Küche. Es war schon nach neun. Wer rief denn um diese Zeit an einem Samstagabend an? War womöglich irgendwas mit Mama und Papa zu Hause?

Wie gewöhnlich antwortete sie mit ihrer Telefonnummer, als sie ranging, und hielt dabei den Hörer ein wenig von ihrem Gesicht entfernt, um ihn nicht mit der Gesichtsmaske zu verschmieren.

»Guten Abend. Mein Name ist Steve. Spreche ich möglicherweise mit Lena?«

»Ja, das bin ich.«

Lena zitterte vor Nervosität, ihr Herz pochte.

»Entschuldigen Sie, dass ich so spät noch anrufe. Ich wollte eigentlich einen Brief schreiben, aber dann habe ich gemerkt, dass er so lang würde, dass es besser wäre, wenn ich anriefe. Ich hoffe, ich störe Sie nicht.«

»Nein, nein, absolut nicht«, beeilte sich Lena zu sagen und schluckte.

Sie griff nach einem Küchenhandtuch, wischte sich die Maske von der Wange und drückte dann den Hörer ans Ohr. Seine Stimme war tief und ruhig, aber er sprach keinen Stockholmer Dialekt, wie sie sich vorgestellt hatte, sondern er klang leicht nach einer anderen Region. Vielleicht Västmanland.

»Und ich habe Sie auch nicht bei irgendetwas gestört?«

»Nein, gar nicht. Ich habe gerade in dem Buch gelesen, das Sie mir empfohlen haben, *Samuels Töchter*. Ich habe es heute aus der Bibliothek ausgeliehen.«

»Ah, wirklich. Wie finden Sie es?«

»Ich habe noch nicht mehr als dreißig Seiten gelesen, aber bisher gefällt es mir.«

»Wie schön«, sagte er. »Ja, ich rufe an, um zu fragen, ob Sie vielleicht am Donnerstagabend Zeit und Lust haben, sich mit mir zu treffen. Ich werde geschäftlich in Ihrer Gegend unterwegs sein und würde Sie gern zum Abendessen in Mora einladen.«

»Oh ja, doch, das passt gut.«

»Sie haben nichts anderes vor?«

»Nein, nein.«

Ich habe seit Jahren nichts anderes vor, dachte sie.

»Wie schön. Dann sehen wir uns in fünf Tagen. Ich freue mich wirklich darauf, Sie kennenzulernen.«

»Ja«, sagte Lena, »ich auch. Also, ich freue mich, Sie kennenzulernen. Aber ich muss zugeben, dass ich etwas nervös bin. Ich habe so etwas noch nie gemacht. Weder auf eine Annonce geantwortet noch einen völlig unbekannten Mann auf diese Weise getroffen.«

»Ich auch nicht«, erwiderte Steve. »Aber manchmal muss man etwas wagen, oder? Und ich bin nicht gefährlich, das kann ich versprechen.«

»Nein, das glaube ich auch nicht. Ich habe mehr Angst, nicht zu genügen. Und dass ich dann kein Wort herausbringe.«

»Wir haben alle Angst, nicht zu genügen. Aber dass ich kein Wort rausbringe, gehört nicht gerade zu den Sachen, die man mir vorwerfen kann«, sagte er und lachte. »Bei mir ist es genau umgekehrt. Wenn ich nervös bin, dann rede ich viel zu viel. Sie müssen mich streng zurechtweisen, wenn ich zu langatmig werde.«

»Haben Sie viele Antworten auf Ihre Anzeige bekommen?«

Lenas Frage wurde vom Laut einer Klingel übertönt.

»Oh«, sagte Steve, »ich muss aufmachen. Passen Sie gut auf sich auf. Wir sehen uns bald. Es war herrlich, Ihre Stimme zu hören. Ich rufe in ein paar Tagen noch einmal an.«

Und dann war er weg.

»Ja, gerne«, sagte sie in die Stille.

Dann legte sie den Hörer auf und fasste sich mit beiden Händen auf ihre heißen Wangen.

Kapitel 29

Ingrid stellte den Putzwagen in die Abseite und nahm die Treppe in den Umkleideraum, um sich umzuziehen. Als sie sah, dass eine Frau mittleren Alters, eine Kollegin, die sie weder kannte noch kennenlernen wollte, in Unterhose und BH dastand und sich die Haare föhnte, machte sie kehrt. Sie ging erst wieder hinein, als sie gesehen hatte, dass die Frau die Umkleide verlassen hatte.

So schnell sie konnte, zog sie sich ihre eigenen Kleidungsstücke über, und als sie gerade aus der Tür hinaus wollte, ging diese auf.

»Danke, dass du mich heute Morgen eingestempelt hast«, sagte Tanja und ließ sich auf der Bank vor ihrem Schrank nieder. »Das war echt nett.«

»Ist doch klar«, erwiderte Ingrid. »Jeder kann mal verschlafen.«

»Aber so denken längst nicht alle. Also, danke.«

Tanja hielt sich den Rücken und verzog das Gesicht.

Auch Ingrid hatte bisher nicht so gedacht, aber inzwischen waren ihr die unnötigen Regeln herzlich egal. Wenn man sich ganz unten auf der Leiter befand, musste man zusammenhalten, sonst ging man unter. Das Hotel würde kaum pleitegehen, nur weil Tanja der Lohnabzug erspart blieb.

»Wir sehen uns später«, sagte Ingrid und sah auf die Uhr. »Bis dann!«

Tanja und sie hatten zusätzliche Schichten am Festabend übernommen. Gegen sechs Uhr würden sie im Restaurant Tische umräumen und Platz für die Tanzfläche schaffen, und wenn die Veranstaltung vorbei war, würden sie putzen und alles wieder an seinen Platz stellen.

Bis dahin hatte sie ein paar Stunden frei, und die wollte sie nutzen, um Lenas Freundin Kicki ausfindig zu machen. Sie ging zur Rezeption hinauf, wo eine junge Frau mit wilder Haarmähne und mintgrünen Plastikohrringen hinter dem Tresen saß.

»Könnte ich wohl mal kurz das Telefonbuch leihen?«, fragte Ingrid.

Die Mähne schien sie ohne ihre Putzuniform nicht einordnen zu können, aber sie nickte trotzdem und gab ihr das Telefonbuch.

Laut Karte lag die Millåkersgatan weniger als einen Kilometer entfernt, auf der anderen Seite des Stadtzentrums. Mit dem Auto würde Ingrid in höchstens drei Minuten dort sein, also entschied sie, auf gut Glück hinzufahren, anstatt anzurufen. Es war immer besser, von Angesicht zu Angesicht mit jemandem zu sprechen als am Telefon, und da es Samstag war, standen die Chancen gut, Kicki zu Hause anzutreffen.

»Du arbeitest doch hier, oder?«, fragte die Mähne, die laut Namensschild Marianne hieß, als Ingrid das Telefonbuch zuschlug und wieder über den Tresen schob.

»Ja, das stimmt«, sagte Ingrid. »Aber ich bin ganz neu.«

»Ich auch«, sagte Marianne und lächelte. »Und auch noch neu hierhergezogen, ich kenne also so gut wie niemanden.«

Sie streckte die Hand über den Tresen und stellte sich vor. Ingrid, die absolut niemandem erzählen wollte, wie sie hieß, hörte sich trotzdem ihren eigenen Namen sagen. Marianne sah sie jetzt noch fröhlicher an und wollte gerade weiterreden, als Ingrid sie unterbrach.

»Ich muss leider los«, sagte sie. »Aber wir sehen uns später.«

Zum ersten Mal seit langem verließ sie das Hotel durch den Haupteingang, doch bevor sie sich hinauswagte, sah sie sich so gründlich um wie immer.

Das Haus an der Adresse Millåkersgatan 20 war eines von drei identischen Mehrfamilienhäusern aus Ziegelstein mit Türen, die auf einen gemeinsamen Vorgarten hinausgingen. Ingrid parkte, spähte in alle Richtungen und verließ dann das Auto, um zur richtigen Tür zu gehen.

Laut dem großen Schild im Eingang wohnte Kicki im zweiten Stock. Ingrid ging die Treppe hoch und klingelte – eine fröhliche Melodie war zu hören, aber niemand öffnete.

Woher kam die Musik? Ingrid beugte sich etwas näher zur Tür, und ja, die Musik kam tatsächlich aus Kickis Wohnung.

Ingrid drückte noch einmal auf die Klingel, doch nichts geschah.

Falls jemand zu Hause war, schien die Person keine Lust zu haben aufzumachen. Ingrid lächelte den Türspion an, doch als auch das nicht half, suchte sie Papier und Stift aus ihrer Tasche und schrieb ihr Anliegen auf einen Zettel, den sie in den Briefkastenschlitz steckte.

Hoffentlich würde sich Kicki melden.

Als Ingrid auf die Straße hinaus kam, schaute sie noch einmal zu den Fenstern der Wohnung hoch. Erst hatte sie den Eindruck, als würde das Licht auf der Scheibe reflektieren, doch als sie genauer hinsah, war sie fast sicher, dass da jemand stand und ihr nachsah.

Kapitel 30

Sieben Monate zuvor

Als Lena am Montag zur Arbeit kam, hatte sie gute Laune. Den ganzen Sonntag über war sie zu Hause gewesen, hatte den halben Roman gelesen und in ihrem Tagebuch geschrieben. Alles hatte sie ihm anvertraut, das Telefongespräch mit Steve und ihre Nervosität vor dem Donnerstag. Vielleicht würde sie das, was sie geschrieben hatte, in ein paar Jahren noch einmal durchlesen. Erst dann würde sie sagen können, ob das Ganze ihr Leben wirklich verändert hatte oder ob es nur eine kleine Nebensache war. Zum Abendessen hatte sie den Rest von dem geschmacklosen Dorsch gegessen.

Als sie an Rolfs Büro vorbeikam, sah sie Kicki ihm gegenübersitzen. Sie konnte nicht hören, worüber sie sprachen, aber Rolf sah streng aus. Kicki rang die Hände auf dem Schoß.

Lena legte ihren Mantel ab und zog sich um. Hatte sie bereits ein bisschen abgenommen? Es fühlte sich fast so an. Oder es lag nur daran, dass ihr Magen völlig leer war. Als Lena in die Holzschuhe stieg, kam Kicki mit verlaufener Wimpertusche im Gesicht aus dem Büro gerannt.

»Was ist denn los?«, fragte Lena.

Kicki antwortete nicht, sondern verschwand in der Toilette und schloss die Tür hinter sich zu.

Rolf saß noch hinter seinem Schreibtisch, auf dem sich Papiere und aufgeschlagene Ordner stapelten. Die große Pinnwand hinter ihm war kaum mehr zu erkennen, so voll hing sie mit Quittungen und Merkzetteln.

»Was ist mit Kicki?«, fragte Lena.

Rolf sah auf.

»Komm rein und mach die Tür zu«, sagte er ernst.

Lena gehorchte und setzte sich auf den Stuhl, auf dem eben noch Kicki gesessen hatte. Das war die einzige kleine freie Fläche im ganzen Büro, auf der kein Papier lag.

»Die Polizei hat Kickis Freund wegen des Einbruchs hier vorige Woche festgenommen«, erklärte Rolf. »Alle gestohlenen Sachen haben sie in seiner Wohnung gefunden, und seine Schuhe stimmen mit den Abdrücken überein, die die Polizei im Lager gesichert hat. Außerdem hat man sowohl meine Fingerabdrücke als auch seine auf den Verpackungen gefunden, es besteht also kein Zweifel, dass die Zigaretten von hier kommen. Wir können sie nicht hier behalten.«

»Aber das kannst du doch nicht tun!«, rief Lena. »Sie hat doch nicht hier eingebrochen.«

Rolf rührte keine Miene.

»Hasse holt sie jeden Tag mit dem Auto ab«, sagte Lena und zeigte in die Richtung. »Er sitzt immer eine gute Weile, bevor sie Schluss hat, da auf dem Parkplatz, da kann er sich sehr gut selbst gemerkt haben, an welchem Wochentag das Auto mit dem Tabak kommt.«

Normalerweise schlug Lena ihrem Chef gegenüber nicht solch einen Ton an, und es erstaunte sie selbst, wie sie sich verhielt. Und Rolf nicht weniger. Er lehnte sich zurück und seufzte, was Lena als Zeichen deutete, dass er darüber nachdachte, was sie gesagt hatte.

»Du hast keinerlei Beweise dafür, dass Kicki was mit der Sache zu tun hat«, fuhr sie mit ihrer neuen Kraft fort. »Ihr auf diese Weise zu kündigen, verstößt gegen alle Vorschriften. Wenn du das machst, gehe ich sofort zur Gewerkschaft, dass du es nur weißt.«

Rolf seufzte noch einmal.

»Ich kann keine Angestellten mit kriminellen Kontakten gebrauchen«, sagte er.

»Kicki ist nicht kriminell, das kann ich dir versichern. Sei lieber froh, dass der Einbruch aufgeklärt ist, und gib dich damit zufrieden.«

Rolf atmete tief ein und rieb sich das Gesicht.

»Jaja, aber man muss sie im Auge behalten, das sage ich dir.«

Als Lena aus dem Büro kam, war Kicki gerade dabei, ihre Sachen im Umkleideraum zusammenzupacken.

»Du kannst bleiben«, sagte Lena. »Ich habe mit der Gewerkschaft gedroht, und da hat er klein beigegeben.«

»Ist das wahr?«, fragte Kicki.

Sie sank auf der Bank zusammen, als wäre ihr die Luft ausgegangen.

»Bist du sicher, dass du nichts über Hasses Auto zu der Polizei gesagt hast?«, fragte Kicki.

Lena dachte kurz nach und entschied, dass sie sagen sollte, wie es war.

»Ich habe gesagt, dass mir ein schwarzer Ford begegnet ist, aber nicht, dass es sein Auto war«, sagte sie.

»Aber, verdammt noch mal, warum?«

Kicki schlug mit dem Hinterkopf an die Wand und verdrehte die Augen.

»Wenn die Polizei einen befragt, dann muss man die Wahrheit sagen«, sagte Lena. »Das ist einfach so.«

»Nein, aber …«

»Was aber? Du hast doch gesagt, er hätte schon lange mit den kriminellen Sachen aufgehört.«

»Ja, das hat er auch, aber er hat immer noch Kumpel, die weitermachen. Und die haben das Zeug in seiner Garage versteckt, aber die Polizei will das natürlich nicht glauben.«

Kicki sah sie mit großen Augen an. Keine Spur des Zweifels war in ihrem Blick.

Wie war das möglich, dass sie alles glaubte, was Hasse sagte? Die Liebe musste sie vollkommen blind gemacht haben, dachte Lena.

»Es geht mich ja nichts an«, sagte Lena, »aber ich finde, du solltest dich von Hasse und seinem ganzen Bekanntenkreis fernhalten.«

»Aber er ist nicht so einer«, sagte Kicki, »das kann ich dir versprechen.«

Und dann stand sie von der Bank auf und ging in den Laden.

Kapitel 31

Als mit Phil Collins' »In the Air Tonight« der letzte Schiebertanz verklungen war, wurden die Lichter im Restaurant wieder eingeschaltet und die abendliche Feststimmung gnadenlos beendet. Jetzt war es an der Zeit zuzupacken.

Noch ehe die letzten Jugendlichen das Lokal verlassen hatten, rollten Ingrid und Tanja ihre Putzwagen rein. Die Tanzfläche klebte vom verschütteten Bier, und die Tische waren mit Flaschen, Gläsern und vollen Aschenbechern zugestellt. In nur wenigen Stunden musste alles wieder sauber sein, mussten die Möbel an ihren üblichen Plätzen stehen – bereit fürs Frühstück.

In einer Ecke saß ein Mädchen an die Wand gelehnt, die den Kopf in den Armen vergraben hatte, um sich vor dem starken Licht zu schützen. Schlief sie vielleicht, oder weinte sie?

»Hallo«, sagte Ingrid und berührte ihre Schulter. »Wie geht es dir?«

Als das Mädchen aufsah, erkannte sie, dass es Susanne war, die Tochter von Eva und Assar, und sie war offensichtlich betrunken. Die Schminke im Gesicht war verschmiert, sie sah aus wie ein Clown, der in den Regen geraten war.

»Wie geht es dir?«, fragte Ingrid und hockte sich neben sie.

»Nicht gut.«

»Nein, das sehe ich. Aber jetzt ist die Party hier zu Ende, und du musst aufstehen.«

Susanne sah sie mit vernebeltem Blick an. Kein Wiedererkennen.

»Wo sind deine Freunde?«

Keine Reaktion.

»Wie wirst du nach Hause kommen?«

Auch jetzt keine Reaktion.

»Geht es dir schlecht?«

Susanne antwortete nicht, ließ nur ihren Kopf zurück an die Wand fallen und schloss die Augen. Dann soll sie einfach noch eine Weile da sitzen, dachte Ingrid, sie würde sie später nach Hause bringen.

Ingrid und Tanja räumten gemeinsam die Tische leer und wischten sie ab. Tanja fegte die große Tanzfläche, Ingrid fuhr mit dem Mopp hinterher. Als alle Tische und Stühle schließlich wieder an ihren Plätzen standen, war es halb drei, und Susanne schlief weiterhin tief in der Ecke, wo Ingrid sie zurückgelassen hatte.

»Susanne«, sagte Ingrid und rüttelte sie leicht. »Du musst aufwachen.«

Das Mädchen öffnete die Augen und sah sich verwirrt um. Langsam setzte sie sich auf. Ingrid war bereits darauf gefasst gewesen, dass sie sich übergeben würde, und hatte sich sicherheitshalber mit Plastiktüten bewaffnet, doch Susanne war während ihres kleinen Nickerchens ein wenig nüchterner geworden und sah Ingrid erstaunt an.

»Sie sind das!«, sagte sie und versuchte sie zu fokussieren. »Was machen Sie hier?«

»Ich arbeite«, antwortete Ingrid. »Aber jetzt will ich mal dafür sorgen, dass du nach Hause kommst. Hattest du eine Jacke dabei?«

Susanne nickte und schaffte es, auf die Füße zu kommen. Die kurze Jeans war voller Bierflecken, und die Ärmel des gestreiften Pullovers waren ebenfalls nass und schmutzig, als ob sie geweint und sich dann ohne einen Gedanken an die Schminke die Augen gewischt hätte. Sie stolperte hinaus zur Garderobe, wo ihre Jeansjacke einsam und allein hing. Ein Button mit »Atomkraft? Nein danke« leuchtete gelb auf dem Kragen.

Ingrid half Susanne in die Jacke und führte sie dann zum Auto.

»Hier hast du was, falls es nötig wird«, sagte sie und platzierte die Plastiktüten auf ihrem Schoß.

»Okay«, sagte Susanne und lehnte den Kopf an die Nackenstütze. »Sie sind echt nett.«

Sie klang immer noch betrunken.

Ingrid fuhr, so sanft sie konnte, vom Parkplatz auf die Straße, ihr war bewusst, dass jede Bewegung Susanne dazu bringen könnte, sich zu übergeben.

»War es denn kein schöner Abend?«, fragte Ingrid, als sie am Bahnhof vorbeifuhren.

»Ich denke einfach die ganze, ganze Zeit an Lena«, nuschelte Susanne.

»Das ist kein Wunder. Ihr habt euch doch recht nahegestanden, wenn ich das richtig verstanden habe.«

Susanne starrte geradeaus, als müsste sie sich stark konzentrieren, um die Übelkeit in Schach zu halten.

»Was macht denn alles für einen Sinn?«, sagte sie.

»Sinn inwiefern?«

»Sinn mit allem. Lernen, auf irgendwas hoffen. Wenn die Erde jederzeit durch eine Kernwaffenexplosion vernichtet werden kann. Nur ein Knopfdruck, dann ist alles vorbei.«

»Ich glaube, man sollte versuchen, nicht daran zu denken.«

»Lena war die Einzige von den Erwachsenen, die mich verstanden hat«, sagte Susanne. »Alle anderen versuchen nur alles beiseitezuschieben, was anstrengend ist. Mama und Papa kapieren überhaupt nicht, was gerade abgeht. Deren Welt ist nicht größer als unser Hof.«

Sie wischte sich mit dem Jackenärmel über die Wangen.

Plötzlich fiel Ingrid auf, dass Susanne die Einzige von Lenas Verwandten auf dem Hof war, die Trauer zeigte. Die anderen waren schockiert, bestürzt oder hatten ein schlechtes Gewissen, waren irgendwie mitgenommen, aber nur Susanne schien Lena wirklich zu vermissen.

»Erzähl mir von Lena«, bat Ingrid.

»Sie war die Netteste der Welt. Sie hat einen nicht wie ein Kind behandelt, wie alle anderen Erwachsenen das machen, sondern hat das, was man gesagt hat, ernst genommen. Hat sich richtig damit befasst und nicht nur so getan, als ob. Jeden Dienstag haben wir *Falcon Crest* geschaut, und dann gab es immer Kakao und Käsebrote. Sie hat die Brotscheiben der Länge nach zerteilt, sodass man sie ins Glas stippen konnte.«

»Das klingt herrlich«, sagte Ingrid.

»Ja. Sie war mit eine meiner besten Freundinnen. Das klingt vielleicht komisch, aber so war es.«

»Weißt du, ob sie mit irgendjemandem einen Konflikt hatte?«

»Nein. Zumindest hat sie mir nichts davon erzählt.«

»Gab es einen Verlobten oder so?«

»Ein paarmal ist es vorgekommen, dass das Telefon geklingelt hat und sie dann ganz leise geredet hat, fast geflüstert. Ganz offensichtlich wollte sie nicht, dass ich mithöre, also denke ich schon, dass es irgendein Typ war.«

Als sie über die kleine Brücke nach Sollerön fuhren, konnte man über der Insel schwach die Morgendämmerung aufziehen sehen.

»Dein Vater hatte gestern ja nicht gerade sonderlich gute Laune«, sagte Ingrid.

»Nein.«

»Ich habe es tatsächlich ein bisschen mit der Angst gekriegt. Ist er oft so aufbrausend?«

»Kommt vor.«

Ingrid schielte zu Susanne rüber.

»Ich hoffe, er schlägt euch nicht, weder dich noch deine Mutter.«

Susanne antwortete nicht.

»Als ich klein war, war er netter«, sagte sie dann. »Aber seit Eskils Tod ist er völlig verändert.«

»Was ist denn da passiert?«

»Sie waren ganz tief im Wald auf einem Kahlschlag und haben gearbeitet, und plötzlich ist Eskil einfach in sich zusammengesackt. Papa ist zum Auto gerannt und ist, so schnell er konnte, zum nächsten Haus gefahren, um den Notarzt zu rufen, aber als der dann ankam, war Eskil schon tot.«

»Oh je«, sagte Ingrid.

»Weil sie nur zu zweit da waren und keiner kapiert hat, was passiert war, wurde die Polizei eingeschaltet. Als würden sie glauben, dass Papa ihn getötet hätte, aber das hat er ja nicht. Danach hat Papa angefangen zu trinken.«

»Verstehe. Viele Erwachsene trinken, um anstrengende Sachen zu vergessen, aber das ist keine gute Methode. Das endet oft damit, dass man noch blödere Sachen macht und noch mehr bereuen muss.«

»Ja«, sagte Susanne. »So ist es wohl.«

»Du solltest auch daran denken. Du wirst nicht weniger traurig, indem du trinkst.«

Darauf antwortete Susanne nicht.

»Ist dein Vater nach Lenas Tod noch mehr aus dem Gleichgewicht geraten?«, fragte Ingrid.

»Ja. Uns allen geht das so, das merken Sie ja. Es ist alles total unwirklich.«

»Hat er gestern was gesagt, warum er nicht will, dass du mit mir sprichst?«

»Eigentlich nicht. Aber heute Morgen hat er gesagt, dass ihn das an Eskil erinnern würde und dass er wieder das Gefühl hat, verdächtigt zu werden.«

»Okay«, sagte Ingrid. »Aber wenn er dich oder deine Mutter jemals schlägt, dann musst du die Polizei rufen. Schreib alles auf, was passiert, das kann mal wichtig sein.«

Und ich selbst hätte das auch tun sollen. Es hätte mir viel Leid erspart, dachte Ingrid still.

»Jetzt klingen Sie so wie Lena«, sagte Susanne. »Sie hat auch gesagt, ich soll Tagebuch schreiben, um mich an alles, was mir passiert, zu erinnern.«

»Hat sie das selbst denn auch gemacht? Also, Tagebuch geschrieben?«

»Ja, fast jeden Tag.«

Als sie sich dem Hof näherten, bat Susanne, vorher aussteigen zu können. Bei Assar und Eva brannte Licht.

»Es ist nicht gut, wenn Papa sieht, dass ich mit Ihnen nach Hause gefahren bin«, sagte sie. »Aber danke fürs Mitnehmen.«

»Pass auf dich auf.«

Kapitel 32

Sieben Monate zuvor

Lena las Steves letzten Brief noch einmal, ehe sie die Nachttischlampe ausschaltete, um endlich zu schlafen. In nur wenigen Tagen, am Donnerstag, würden sie sich sehen. Um halb acht im Wasa Källaren. Würde sie es wirklich wagen, dorthin zu gehen? Ganz alleine einen unbekannten Mann zu treffen?

Sie versuchte die Augen zu schließen und sich zu entspannen, es war fast Mitternacht, aber ihre Gedanken kamen nicht zur Ruhe. Was, wenn er gefährlich wäre? Was, wenn er überhaupt nicht so nett wäre, wie er in den Briefen und am Telefon zu sein schien? Was würde sie dann sagen? Oder wenn er sie mit auf sein Hotelzimmer nehmen wollte? Oder was, wenn er sie hässlich und langweilig fände und absolut nicht mit ihr auf irgendein Hotelzimmer gehen wollte?

Sie hatte jedenfalls nicht vor, irgendjemandem von dem Treffen zu erzählen.

Und dann ausgerechnet im Wasa Källaren. Das war kein Restaurant für Leute wie sie. Viel zu teuer und beliebt. Was sollte sie anziehen? Die neue Bluse war immer noch zu eng.

Sie schob die Decke zur Seite, schaltete die Lampe wieder ein und öffnete ihren Schrank. Ein Kleidungsstück nach dem anderen wurde aufs Bett geworfen. Alles sah alt und unmodern aus. Lena riss sich das Nachthemd herunter und probierte verschiedene Kombinationen, doch nichts fühlte sich richtig an.

Vielleicht könnte sie morgen darum bitten, eine Stunde früher Feierabend machen zu dürfen, und dann zum Geschäft fahren und die neue Bluse gegen eine noch größere eintauschen.

Als es auf ein Uhr ging, war sie schweißnass und völlig erschöpft. Ihr Kopf dröhnte. Weil ihr klar war, dass sie niemals würde einschlafen können, beschloss sie, einen Spaziergang machen, um sich etwas zu beruhigen. Sie zog ihre Thermohose und die Jacke übers Nachthemd, setzte die Mütze auf den Kopf und machte sich auf zur Straße, wo die Laternen einen sanften Schein verbreiteten. Das ganze Dorf schlief.

Es ist, wie es ist, versuchte sie sich selbst einzureden. Wenn Steve mich nicht so haben will, wie ich bin, dann war er sowieso nicht der Richtige.

Auf dem Heimweg sah sie, dass in Finns Werkstatt noch Licht brannte. Offensichtlich konnte er auch nicht schlafen. Plötzlich hatte sie Lust, mit einem anderen Menschen zu sprechen und auf neue Gedanken zu kommen. Finn machte ihr eigentlich immer gute Laune.

Sie klopfte dreimal an die Werkstatttür und drückte die Klinke herunter, doch die Tür war verschlossen. Das war sonst nie so. Finn hatte oft Ohrenschützer auf, wenn er sägte oder schleifte, Klopfen würde sie also nicht weiterbringen. Stattdessen kletterte Lena über den harten Schnee zu einem der Fenster. Um etwas durch die doppelten Scheiben sehen zu können, musste sie sich so weit vorbeugen, dass sie schließlich ihre Nase an die kalte Scheibe drückte.

Erst begriff sie nicht, was sie sah. Finns nackter Hintern, die Hose heruntergezogen. Vor ihm, über die Werkbank, lehnte eine Frau und bewegte ihren nackten Unterleib.

Lena erstarrte, ohne das Bild zusammenzubringen. Dann wurde ihr klar, wer die Frau war.

Eva. Mein Gott. Eva. Finn hatte Sex mit seiner Schwägerin.

Plötzlich drehte Finn den Kopf herum und begegnete Lenas Blick.

Schnell zog er sich von Eva zurück und begann die Hose wieder hochzuziehen.

Eva wandte den Kopf und sagte etwas zu ihm, doch Lena war schon vom Fenster zurückgewichen und hörte es nicht mehr.

Lena rannte schnell zu sich nach Hause und sank noch in ihrer Jacke auf einen Stuhl am Küchentisch. Sie konnte fast nicht glauben, was sie gesehen hatte. Wie lange ging das schon so?

»Finn und Eva«, sagte sie laut vor sich hin und lachte. »Mein Gott.«

Finns blasser Hintern leuchtete vor ihren Augen.

»Man erlebt ja so einiges«, sagte sie.

Eva, die niemals eine Miene verzog, die immer so vornehm tat. Was sah Finn in ihr?

Es klopfte an der Tür, und noch ehe sie aufstehen konnte, kam Finn mit knallrotem Gesicht in die Küche marschiert.

»Das, was da draußen passiert ist …«

Wieder sah sie seinen Hintern vor ihrem inneren Auge.

»Was grinst du denn?«, zischte er. »Bist du betrunken?«

»Ich bin wohl einfach nur ein bisschen schockiert«, erwiderte Lena und versuchte ernst auszusehen. »Das war unerwartet.«

Finn starrte sie an.

»Du darfst niemandem auch nur ein Wort über das hier sagen. Auf keinen Fall. Hörst du das? Niemals!«

Er machte ein paar Schritte weiter in die Küche und drohte ihr mit dem Finger. Sein Blick brannte. Diese Seite von Finn hatte sie noch nie gesehen.

»Was, zum Teufel, hast du da überhaupt gemacht?«, brüllte er weiter. »Dastehen und wie ein verdammter Idiot und rumspionieren. Mitten in der Nacht. Du bist doch nicht ganz klar im Kopf!«

Er schrie fast und tippte sich mit dem Zeigefinger an die Schläfe.

»Ich konnte nicht schlafen, also habe ich einen Spaziergang gemacht. Und da hab ich gesehen, dass bei dir noch Licht ist.«

Finn starrte sie an, als würde er nicht hören, was sie sagte.
»Weiß Eva, dass ich euch gesehen habe?«, fragte sie.
»Kein Wort!«, rief er, ehe er durch die Tür verschwand. »Sonst gibt's Ärger!«

Kapitel 33

Als Ingrid am Sonntagnachmittag mit ihrem Volvo vor Lenas Haus fuhr, nieselte es. Das Scheunentor stand offen, doch niemand war zu sehen. Das Pferd und das Pony standen auf einer Wiese und fraßen jedes von seinem Ballen Heu, das dicke kleine Pony wandte ihr den Kopf zu, als sie aus dem Auto stieg, kaute dann aber weiter.

Aus dem Teil des Schuppens, in dem sich die Holzwerkstatt des dritten Bruders befand, leuchtete schwaches Licht. Ingrid nahm ihre Handtasche, ließ das Auto offen und kreuzte an den verschiedenen Wasserpfützen vorbei über den lehmigen Hof. Sie klopfte dreimal schnell an die Tür.

»Herein«, war von drinnen zu hören.

Der Geruch von Holz schlug ihr entgegen, als sie über die hohe Schwelle trat. Finn stand an einer Hobelbank und bearbeitete ein unförmiges Stück Holz mit einem Hohlbeitel, auf den er mit einem Holzhammer schlug, doch als er den Blick hob und sie sah, hörte er damit auf. Er trug Jeans und Trainingsjacke und hatte eine ganz andere Körperform als seine Brüder. Das gelockte Haar war ziemlich lang und hätte mal geschnitten werden müssen.

Ingrid stellte sich vor, obwohl sie sicher war, dass er schon wusste, wer sie war.

»Was wird das?«, fragte sie und zeigte auf den Holzkloben.

»Eine Schale. So eine.«

Finn zeigte mit dem Holzhammer auf ein Regal, in dem zwei ungleiche Schalen standen. Vorsichtig nahm Ingrid eine davon herunter und fuhr mit der Hand über die glatte lackierte Oberfläche.

Obwohl die Schale einen Durchmesser von mindestens dreißig Zentimetern hatte, war sie viel leichter, als sie angenommen hatte. Finn war es gelungen, das Holzstück so auszuhöhlen, dass die Schale nur einen Zentimeter dick war.

»Was für ein phantastisches Handwerk«, sagte Ingrid. »Was für ein Holz ist das?«

»Birke«, erklärte Finn. »Oder eigentlich nennt man das Birkenknoten. Das ist eine Art Missbildung, die aber sehr schön sein kann. Assar sucht die immer für mich.«

Finn schlug ein paarmal mit dem Holzhammer auf das Eisen. Kleine Holzstückchen tanzten über die Hobelbank. Ingrid konnte den Blick nicht von seinen Händen wenden, die genau wussten, was sie taten.

»Sie wollen also nach Lena fragen«, sagte er.

»Ja. Ich nehme an, dass Sie schon von meinem Auftrag gehört haben.«

»Hier reden sie über nichts anderes mehr«, sagte er und lächelte sie in einer Art Einverständnis an.

»Kann ich mir vorstellen.«

Finn arbeitete weiter.

»Was sind denn Ihre Gedanken zu dem, was passiert ist?«

»Na ja, also jedenfalls nicht, dass es ein Mord gewesen wäre«, sagte er. »Das kann ich mir nicht vorstellen. Lena war kein fröhlicher Mensch. Wie auch? Noch keine dreißig und schon Witwe, und dann hockt sie hier mit einem Haufen alter Verwandter, die zu allem eine Meinung haben.«

»Aber wenn es ihr nicht gefallen hätte, wäre sie doch weggezogen, oder?«, fragte Ingrid.

»So eine war sie nicht. Wissen Sie, es gibt Menschen, die bleiben immer, ganz gleich, was ist. Die haben einfach nicht den Antrieb, die Fähigkeit.«

»Aber Sie meinen, dass sie es wagen würde, sich selbst das Leben zu nehmen?«

Finn zuckte mit den Schultern.

»Ich sage nur, was ich glaube und denke. Die meisten von uns sind wahrscheinlich in der Lage, sich oder andere umzubringen.«

Finn sah sie wieder an. Der Blick aus den blauen Augen war intensiv, als wüsste er, wer sie war und was sie getan hatte.

»Oder was meinen Sie?«, fragte er.

»Wahrscheinlich haben Sie recht«, erwiderte Ingrid.

Sie senkte ihren Blick, machte ein paar Schritte zurück und lehnte sich an die Werkbank.

»Wann haben Sie Lena das letzte Mal gesehen?«, fragte sie und hoffte, dass sie ungerührt wirkte.

»Daran erinnere ich mich nicht genau. Wir haben einander gegrüßt, wenn wir uns begegnet sind, aber ansonsten hatten wir nicht viel Kontakt.«

Er beugte sich über den Holzkloben, betrachtete ihn eingehend und wischte ein paar Späne mit der Hand weg.

»Wissen Sie, ob sie an dem Tag, bevor sie gefunden wurde, Besuch hatte?«, fragte Ingrid.

Finn richtete sich auf und blies sich die Haare aus der Stirn.

»Nicht soweit ich mich erinnern kann.«

»Kein unbekanntes Auto vor ihrem Haus oder so?«

Suggestivfrage, dachte sie. Ihre innere Polizistin war mit dieser Performance alles andere als zufrieden.

Finn schüttelte den Kopf.

»Aber Sie waren an dem Abend zu Hause?«, hakte sie nach.

Er sah sie verschmitzt an.

»Sie meinen jetzt aber nicht, dass ich sie getötet habe, oder?«

»Nein«, erwiderte sie und meinte das auch so. »Aber wenn Sie nicht hier waren, dann können Sie nicht wissen, ob sie Besuch hatte.«

»Doch, ich war zu Hause, aber habe entweder ferngesehen, oder ich war hier im Schuppen. Es kann sehr gut sein, dass sie Besuch hatte, ohne dass ich es bemerkt habe.«

Er setzte das Eisen wieder an und schlug noch ein paar Späne aus.

»Und wer sind Sie? Sind Sie schon lange Privatdetektivin?«, fragte er und pustete ein paar Späne weg.

Er sagte »Privatdetektivin« auf eine Weise, dass Ingrid nicht wusste, ob er sich über sie lustig machte oder nicht.

»Nicht so lange«, sagte sie.

»Okay. Das ist ein ungewöhnlicher Beruf. Wie sind Sie darauf gekommen?«

»Das ist eine lange Geschichte.«

»Ich habe Zeit.«

Er sah sie wieder auf diese schelmische Weise an. Wusste er, wer sie war? Flirtete er mit ihr?

»Die erzähle ich ein andermal«, sagte sie. »Ich habe noch einiges zu erledigen. Aber danke, dass ich mit Ihnen sprechen durfte.«

»Da nicht für. Wie erreiche ich Sie, falls etwas sein sollte?«

Ingrid ratterte die Nummer von Kumbelnäs herunter.

»Das müssen Sie aufschreiben«, bat er.

Ingrid suchte Notizbuch und Kugelschreiber aus der Handtasche und blätterte auf eine leere Seite. Als sie anfangen wollte zu schreiben, fiel ihr der Stift aus der Hand und rollte unter die Werkbank.

Noch ehe Ingrid sich herunterbeugen konnte, um ihn aufzuheben, hatte Finn sich schon auf den Fußboden geworfen. Offenbar war der Stift sehr weit unter die Bank gerollt, denn Finn stöhnte leise, als er sich bis zur Wand ausstreckte. Die Trainingsjacke rutschte ein Stück über den Rücken hoch und entblößte zehn Zentimeter Haut.

Nach einer Weile kriegte er den Stift zu fassen und kam wieder auf die Füße. Bevor er ihn ihr gab, pustete er unsichtbaren Staub weg und wischte ihn an seiner Jeans ab.

Ingrid schrieb ihre Nummer auf, riss die Seite raus und gab ihm den Zettel.

»Danke, Sherlock«, sagte er mit einem Lächeln. »Bis später.«

Kapitel 34

Ingrid ging in Lenas Haus und schloss hinter sich ab. Auf dem Küchentisch neben der Zuckerdose lag die Post vom Freitag. Die *Husmodern*, eine Rechnung vom Verband der Handelsangestellten, ein Brief von einer Auktionsfirma. Ingrid ließ alles liegen.

Offensichtlich besaß jemand vom Hof einen Schlüssel und hatte sich eigenständig ins Haus begeben.

»Hallo?«, rief sie. »Ist da jemand?«

Keine Antwort.

Ohne richtig zu wissen, was sie tun sollte, setzte sie sich aufs Sofa und schaltete die Stehlampe ein. Das hier war Lenas Welt gewesen. Hier hatte sie abends gesessen, ferngesehen und gestrickt. Ingrid schaute in die Fernsehzeitung, die noch auf dem Tisch lag. Lena hatte mehrere Programme angekreuzt, die sie in der kommenden Woche hatte ansehen wollen. Stattdessen hatte sie sich aufgehängt. Oder war ermordet worden.

Ein plötzlicher Windstoß fuhr in die Birke vor dem Fenster, und gelbe Blätter wirbelten herum. Sicherlich würde es in der Nacht wieder Frost geben.

Sie sollte versuchen, das Tagebuch zu finden, von dem Susanne erzählt hatte, und dann die rätselhaften Briefe ohne Absender, von denen Hillevi gesprochen hatte.

Ingrid ging ins Schlafzimmer, setzte sich auf die Bettkante und nahm den Roman vom Nachttisch auf. Auf dem Vorsatzpapier hatte jemand mit Tinte geschrieben: »Für meine geliebte Lena, Küsse von S.« Das Buch war in diesem Jahr neu auf Schwedisch erschienen, also musste sie es kürzlich erst geschenkt bekommen haben. Den geheimen Liebhaber gab es wirklich. Aber wofür könnte »S« stehen? Sven? Sten? Sture?

Alle Antworten müssten im Tagebuch zu finden sein, nur wo war es?

An der inneren Wand des Zimmers stand eine braun gebeizte Kommode mit Tischlampe und Schminkspiegel in derselben Farbe. Die oberste Schublade war abgeschlossen. Doch eine Kommodenschublade dieser Art wurde sicherlich oft geöffnet, also müsste der Schlüssel in Reichweite liegen.

Ingrid kramte in der Glasschale mit Haarspangen und billigen Ohrringen, die vor dem Spiegel stand, sie öffnete die kleine Schublade des Schminkspiegels. Ein bisschen zu einfach für ein Versteck, das sah sie ein. Sie schaute sich um, hob ein paar Blumentöpfe vorm Fenster hoch, aber kein Schlüssel.

Im Schlafzimmer stand auch ein massiver Schreibtisch. Die Schubladen waren voller Ordner mit Rechnungen und anderen Dingen, die mit dem Haushalt zu tun hatten. Sie blätterte auf gut Glück, aber alles schien in Ordnung zu sein. Dann durchsuchte sie eine Dose mit alten Münzen, Heftzwecken, Gummibändern, Büroklammern. Sie schaute unter das Fach mit Stiften und Scheren, aber nirgends war ein Schlüssel zu sehen.

Der Nachttisch. Hatte sie da etwas übersehen?

Sie ging zurück und zog die Schublade des Nachttischs auf. Und da, unter einer Schachtel Aspirin, fand sie, was sie suchte.

Sie legte den Schlüssel in ihre Handfläche und betrachtete ihn. Der könnte passen.

Sie schaltete die Lampe auf der Kommode ein, schob den Schlüssel vorsichtig ins Schloss und drehte ihn herum. Bingo.

Die Schublade klemmte, und als sie sie rausgezogen hatte, wurde auch klar, warum. Oben auf lag ein gerahmtes Hochzeitsfoto, das wahrscheinlich Lena und Eskil zeigte. Es hatte eigentlich nicht richtig Platz zwischen all den anderen Sachen und musste reingedrückt worden sein.

Der Rahmen hatte eine kleine Schramme abbekommen, als Ingrid die Schublade herausgezogen hatte. Sie strich mit dem Daumen über den Schaden, als könnte sie ihn wegradieren. Das Bild war in einem Studio aufgenommen worden, die beiden standen nebeneinander. Lena sah ernst in die Kamera, sie trug ein langärmeliges Kleid und einen Brautkranz mit schulterlangem Schleier. Eskil im schwarzen Anzug sah deutlich jünger aus, als Ingrid ihn sich vorgestellt hatte. Er erinnerte sie sehr an Finn.

Ingrid legte den Rahmen beiseite und suchte weiter in der Schublade. In einem Schmuckkästchen fand sie einen großen Ehering an einer Goldkette mit der Inschrift: »Lena, 24. Mai 1975«. Im Fach daneben lag der gleiche Ring, etwas kleiner, mit Eskils Namen darin. Da war auch noch ein goldenes Kreuz, wahrscheinlich ein Konfirmationsgeschenk, ein paar goldene Ohrringe und einige andere Teile echten Schmucks.

Unter dem Schmuckkästchen lagen ein paar Briefumschläge, aber keine Liebesbriefe, sondern nur alte Geburtstagskarten und ein Abschlusszeugnis von der Schule. Neugierig schlug Ingrid es auf. Lena hatte in mehreren Fächern die Bestnote bekommen: Schwedisch, Englisch, Mathematik, Gemeinschaftskunde und Geschichte. In allen anderen die zweitbeste. Sie hätte jede Ausbildung machen können, dachte Ingrid. Stattdessen war sie ausgerechnet hier gelandet.

In einem Pappkarton fand sie noch mehr Briefe, aber die waren von keinem Mann, sondern von einer alten Freundin oder Brieffreundin namens Malin. Nach den Poststempeln zu urteilen, waren sie schon mehrere Jahre alt.

Ingrid schob die Schublade zu, ließ aber das Bild draußen liegen, um es nicht noch mehr kaputt zu machen. Nacheinander öffnete sie die anderen Schubladen. Unterwäsche und Nachthemden. In einer exklusiven Schachtel ganz unten meinte sie endlich gefunden zu haben, was sie suchte, aber stattdessen fischte sie rote Spitzenunterwäsche heraus, die noch ungetragen aussah. Das hier hätte Gunnel sehen sollen, dachte sie. Da hätte sie sich aber ganz schön gewundert.

Bevor Ingrid die Suche aufgab, schaute sie unter der Matratze nach, aber auch da lagen weder irgendwelche Briefe noch ein Tagebuch.

Ingrid erinnerte sich, dass Birger und Elsa einen Kalender in Lenas Handtasche erwähnt hatten. Sie ging in die Küche zurück und öffnete die Ledertasche, die auf einem Hocker lag. Darin fand sie einen Geldbeutel, den Kalender und ein abgenutztes Adressbuch. Ingrid holte den Kalender heraus und begann darin zu blättern, wurde aber vom Klingeln des Telefons unterbrochen. Sollte sie rangehen? Es könnten Lenas Eltern sein, die hören wollten, wie es lief.

»Hier bei Lena, Ingrid am Apparat«, sagte sie.

Am anderen Ende waren schwere Atemzüge zu hören.

»Hallo?«, fragte Ingrid. »Mit wem spreche ich?«

Sie bekam keine Antwort, sondern vernahm nur ein Klicken, als aufgelegt wurde. Ingrid blieb mit dem Hörer am Ohr stehen.

Da sie bereits am Telefon war, konnte sie auch gleich Lenas Eltern anrufen. Die wollten sicher wissen, ob sie etwas von Interesse gefunden hatte.

Während es klingelte, setzte sie sich an den Küchentisch.

»Svensson«, sagte eine schwache Stimme.

»Hallo, Elsa, hier ist Ingrid.«

»Hallo, meine Liebe. Wie läuft es bei Ihnen?«

»Es geht nur langsam voran, könnte man sagen. Aber ich bin immer weniger überzeugt davon, dass sie sich das Leben genommen hat.«

»Stimmt das?«

Ingrid erzählte von ihren Theorien zu der Deckenleuchte, die Lena eigentlich unmöglich abgenommen haben konnte.

»Wie groß war sie?«

»Eins fünfundsechzig.«

»Dann kann sie das nicht allein geschafft haben«, sagte Ingrid. »Außerdem scheint sie einen Mann kennengelernt haben, von dem sie niemandem hier auf dem Hof erzählt hat. Jemand, dessen Name mit S anfängt. Fällt Ihnen da jemand ein?«

»S? Nein, nicht dass ich wüsste«, sagte Elsa.

»Okay. Aber denken Sie mal drüber nach. Und fragen Sie doch auch Birger, ob er eine Idee hat, wer das sein könnte. Im Moment suche ich nach ihrem Tagebuch, das spurlos verschwunden zu sein scheint. Hier stimmt also irgendetwas nicht.«

»Sie können sich gar nicht vorstellen, wie viel es uns bedeutet, dass Sie das hier tun, dass Sie uns und vor allem Lena ernst nehmen. Ihr Leben erscheint von außen vielleicht nicht so besonders, aber es war ihres. Sie war unser Ein und Alles.«

Elsas Stimme verstummte, nun war nur noch leises Weinen zu hören.

»Ich verspreche Ihnen, dass ich tue, was ich kann«, sagte Ingrid. »Ich melde mich bald. Passen Sie auf sich auf. Bis bald.«

Ingrid legte auf, blieb aber noch mit dem Hörer in der Hand sitzen. Nach kurzem Überlegen wählte sie die Nummer von Anna. Sie würde die Kosten für das Telefonat später bei Elsa und Birger begleichen.

Der Pflegevater ging ran.

»Hallo, hier ist Ingrid. Ich würde gern mit Anna sprechen.«

»Ich weiß nicht, ob das gerade so gut passt.«

Im Hintergrund waren klirrende Geräusche zu hören. Vermutlich spülte jemand Geschirr.

»Warum nicht?«

»Sie schaut Kinderstunde.«

»Vielleicht können Sie sie ja trotzdem fragen«, sagte Ingrid.

Am anderen Ende wurde es still.

»Anna!«, rief er nach einer Weile. »Mama Ingrid ist am Telefon. Willst du mit ihr reden?«

Kurz darauf waren schnelle kleine Füße zu hören, die angelaufen kamen.

»Hallo?«

Ingrid brach fast in Tränen aus, als sie Annas helle Stimme hörte.

»Hallo, Anna, hier ist Mama.«

»Hallo.«

»Jetzt rufe ich mitten in der Kinderstunde an?«

»Ja.«

»So typisch. Was gibt es denn heute?«

»Puppenkiste.«

Auch wenn Anna nur kurz antwortete, klang ihre Stimme doch sehr fröhlich.

»Ach so«, sagte Ingrid und erinnerte sich an das Programm, vor dem sie manchmal auf Hinseberg sitzen geblieben war, wenn es nichts anderes zu sehen gegeben hatte. »Was malen sie heute?«

»Elefanten in einem Zoo. Und ein Zebra.«

»Ja, wie toll. Dann will ich dich nicht länger stören. Ich wollte nur sagen, dass ich mich schon riesig auf Freitag freue, wenn wir uns treffen. Ich glaube, wir sollten ins Museum gehen. Ich weiß nicht, ob es da ausgestopfte Zebras und Elefanten gibt. Aber auf jeden Fall eine Menge anderer spannender Tiere.«

»Au ja.«

Immer noch fröhlich.

»Wie ist es in der Schule?«

»Macht Spaß. Ich sitze ganz vorne und habe eine total schöne Schreibunterlage mit Ballons.«

Das war der längste Satz, den Anna je am Telefon gesagt hatte. Ingrid wollte den Moment am liebsten festhalten, obwohl die Kinderstunde wartete.

»Neben wem sitzt du denn im Klassenzimmer?«, fragte sie.

»David. Manchmal nimmt der mein Radiergummi, ohne mich zu fragen.«

»Das ist nicht in Ordnung.«

»Nein. Aber er ist gut im Rechnen.«

»Du musst jetzt aufhören, Anna. Zeit zum Baden!«, rief der Pflegevater im Hintergrund.

»Ich muss jetzt baden«, sagte Anna.

»Okay, dann lauf nur schnell. Wir sehen uns am Freitag. Ich liebe dich.«

»Ja.«

Und dann war sie weg.

Nachdem sie sich wieder gesammelt hatte, steckte Ingrid Lenas Sachen zurück in die Handtasche und beschloss, sie mit nach Hause zu nehmen. Dann konnte sie im Laufe des Abends alles in Ruhe durchsehen.

Sie hatte schon ihre Jacke angezogen, als das Telefon erneut klingelte. Ingrid ging trotzdem ran.

Wieder waren schwere Atemzüge zu hören.

»Ich nehme an, Sie wollen Lena sprechen, aber sie ist tot«, sagte Ingrid.

Wieder wurde das Gespräch mit einem Klicken beendet.

Kapitel 35

Kjell lud die Pistole nach. Einen Zehner noch, und er würde volles Haus in der Serie haben. Er hob die Waffe, atmete ein, zielte und hielt die Luft an. Sah Ingrids Gesicht vor sich, wie sie ihn angrinste.

Sein Puls sank, und alle Geräusche um ihn herum verschwanden. Als das Kreuz genau richtig stand, atmete er aus – langsam, langsam – und umfasste den Abzug. Schoss ihr den Kopf weg.

»Verdammt, du bist ja echt nicht mehr zu schlagen«, sagte Conny, als er den Ohrschutz abgenommen hatte.

Immerhin konnte er etwas immer noch gut. Früher war er am Pistolenschießen nicht sonderlich interessiert gewesen. Das war zu eintönig und statisch gewesen, um ihm Spaß zu machen. Außerdem hatte man draußen viel zu selten Anwendung für so was. Nahkampf trainieren, Zugriff, ein paar Schlägertypen auf der Straße packen und sie auf den Asphalt drücken, das war eher sein Ding. Das fühlte sich richtig an.

»Du solltest bei der schwedischen Polizeimeisterschaft antreten«, sagte Conny.

»Vielleicht mach ich das«, erwiderte Kjell, auch wenn das nicht stimmte.

Er war nicht im Geringsten daran interessiert, einen Haufen Kollegen von früher zu treffen, um im besten Fall irgendeinen sinnlosen Pokal zu gewinnen. Der Schützenverein, in den er eingetreten war, fand auch, er sollte für sie auf Wettkämpfe fahren, aber das reizte ihn überhaupt nicht.

»Ich habe größere Ziele als das«, sagte Kjell.

»Ach echt?«, gab Conny zurück und steckte die Ohrenschützer in die Tasche. »Du peilst gleich die WM an, was?«

Kjell lachte laut.

»Oder die Olympischen Spiele in Los Angeles im Sommer?«, sagte Conny, während er die Pistole ins Futteral steckte und den Reißverschluss zuzog. »Willst du es mit Ragnar Skanåker aufnehmen?«

»Nee, verdammt, natürlich nicht«, sagte Kjell. »Nicht so was.«

»Was sind denn deine Ziele, wenn man mal vorsichtig fragen darf?«

»Rache.«

»Was sagst du da?« Conny hielt beim Einpacken inne. »An Ingrid? Das meinst du ja wohl nicht ernst, oder?«

Kjell war es gewohnt, dass Conny immer laut über alles lachte, was er sagte, aber jetzt blickte er ihn todernst an.

»Träumen darf man ja wohl, oder?«

Kjell sagte es leichthin, als würde er scherzen, doch Conny sprang darauf nicht an.

»Du, Kjell«, sagte er mit ernster Miene, »natürlich begreife ich, dass du sauer bist. Teufel noch mal, ist doch klar. Aber du würdest dich selbst unglücklich machen, wenn du auf die losgehst, das ist dir ja wohl klar, oder?«

Wie kannst du da so sicher sein, dachte Kjell, sagte aber:

»War doch nur ein Witz.«

Conny nahm seine Jacke und warf ihm noch einen seltsamen Blick zu.

»Bis später«, sagte er dann mit der Tasche über der Schulter und verschwand.

Als Kjell allein im Raum war, wechselte er zu einer Schießscheibe mit einer menschlichen Silhouette. Er setzte drei Schuss ins Herz und zwei in den Kopf, dann verschoss er eine ganze Ladung aufs Gesicht.

Kapitel 36

Sieben Monate zuvor

Lena lehnte sich in Rock und BH über das Waschbecken und strich sich Mascara auf die Wimpern. Wenn sie pünktlich sein wollte, war es langsam Zeit, nach Mora aufzubrechen. Ihre Hand zitterte vor Nervosität, und sie fluchte laut, als sie mit dem Bürstchen verrutschte und ein schwarzer Fleck auf ihrer Wange landete. Verärgert schüttete sie Gesichtswasser auf einen Wattebausch und versuchte den Fleck wegzuwischen, ohne dass der Rest der sorgfältigen Schminkaktion ruiniert würde.

Warum machte sie das hier überhaupt. Was, wenn Steve ein Vergewaltiger wäre? Oder ein Mörder? Nicht dass er am Telefon direkt gefährlich geklungen hätte, aber welcher Mörder tat das schon? Das wäre ja wahrscheinlich der Plan: nett zu klingen, um dann das Opfer zu überrumpeln.

Allerdings konnte er sie wohl kaum im Restaurant vergewaltigen oder ermorden. Und sie hatte vor, mit dem Auto zu fahren und keinen Tropfen Alkohol zu trinken. Sollte er sich als schleimiger Typ erweisen, konnte sie einfach aufstehen und gehen. Mehr nicht.

Lena schaffte es, den Mascarafleck wegzukriegen, legte noch mehr Kajal und Lippenstift auf und trat dann vom Badezimmerspiegel zurück, um das Ergebnis zu betrachten. Das musste reichen.

Sie fuhr mit der Hand über die Narbe auf ihrer Brust, über die runzelige Haut, die so aussah, als wäre sie viel älter als der Rest ihres Körpers. Dann zog sie die neue Bluse über, die sie in eine Nummer größer hatte tauschen können. Jetzt saß sie richtig gut. Sollte sie sich eine Nelke ins Knopfloch stecken? Sie versuchte das Gefühl von Peinlichkeit wegzuschieben, legte die Ohrringe und die dazu passende Kette an.

Obwohl es krachend kalt war, ließ sie die Mütze weg, um die Frisur nicht zu ruinieren. Sie konnte direkt vor dem Restaurant parken, das war also kein Problem.

Mora war an diesem Abend in Schnee gebettet, und das Licht des Restaurants verströmte eine weihnachtliche Atmosphäre. Lena parkte auf der anderen Seite der Straße und schaltete den Motor aus.

Wenn nun jemand, der sie kannte, sie hier mit einem wildfremden Mann zusammen sah? Was würde sie dann sagen? Dass er ein Verwandter auf Besuch sei? Andererseits kannte sie niemanden, der hierherging, schon gar nicht an einem Wochentag.

Sie versuchte von ihrem Platz hinter dem Lenkrad ins Restaurant zu schauen. Ein paar der Fenstertische waren besetzt, an einem davon erkannte sie den Bürgermeister, aber Steve konnte sie nicht sehen. Lena wickelte den Schal ein weiteres Mal um den Hals und schob ihn so hoch wie möglich übers Kinn, ohne den Lippenstift zu verwischen.

Im Eingang wurde sie von einem Oberkellner mit glatt nach hinten gekämmten Haaren empfangen, der fragte, ob sie etwas essen wolle. Lena nickte und erklärte, dass sie einen Mann namens Steve Karlsson treffen wolle.

»Vielleicht ist er ja noch nicht da, aber er hat einen Tisch gebucht. Auf halb acht«, murmelte sie und spürte, wie sie rot wurde. Vielleicht war das aber auch die Wärme im Lokal.

»Doch, doch, er ist schon da«, sagte der Oberkellner. »Bitte legen Sie doch ab.«

Er wies zu einer Garderobe neben der Tür zu den Toiletten.

Lena hängte Mantel und Schal an einen Haken und fühlte sich

plötzlich nackt. Sie sah sich im Spiegel an, besserte die Frisur nach und holte ein paarmal tief Luft. Noch war es nicht zu spät, es sich anders zu überlegen und nach Hause zu fahren. Aber nein, jetzt oder nie. Wenn sie jetzt feige den Rückzug antrat, würde sie es später bereuen.

Der Oberkellner ging vor ihr durchs Lokal und nickte zu einem Tisch für zwei. Im selben Moment stand Steve auf und lächelte sie freundlich an. In echt sah er sogar noch besser aus als auf dem Foto. Dickes, kurz geschnittenes Haar, gepflegter Bart und sympathische Lachfältchen um die Augen. Zu ihrer Erleichterung trug er weder Anzug noch Schlips, sondern einen marineblauen Wollpullover über einem Hemd mit offenem Kragen. Das sah entspannt und gleichzeitig gepflegt aus.

»Steve«, stellte er sich vor und streckte die Hand aus. »Wie schön, dass wir uns endlich sehen.«

»Ja, wirklich«, antwortete Lena und schaute sich rasch im Lokal um.

Sie kannte niemanden von den vier anderen Tischgesellschaften, außer natürlich den Bürgermeister, aber den kannte sie nicht wirklich, sondern nur aus der Zeitung. Die Klientel an diesem Abend bestand offenbar hauptsächlich aus Männern mit dicken Brieftaschen.

Steves Händedruck war genau richtig, nicht zu fest und nicht zu weich.

»Entschuldigung, dass ich zu spät bin«, sagte Lena und setzte sich.

»Das ist überhaupt kein Problem.«

»Bei den Straßenverhältnissen habe ich mich nicht getraut, schneller zu fahren. Ich hätte natürlich früher zu Hause losfahren können … aber na ja.«

Sie lachte.

»Meine Güte, was ich hier plappere!«, fuhr sie fort. »Ich glaube, ich bin nervös.«

Steve lächelte.

»Ich bin auch nervös«, gestand er. »Die paar Minuten, die ich gewartet habe, habe ich mir schon überlegt, ob Sie sich vielleicht umentschieden haben und mich doch nicht treffen wollen, und dann hätte ich hier wie der letzte Idiot gesessen. Ich habe ein Glas Wein bestellt, um meine Nerven etwas zu beruhigen. Möchten Sie auch eins?«

»Ich bin mit dem Auto da«, entgegnete Lena.

»Sie müssen ja nicht das ganze Glas trinken. Dieser hier ist richtig gut. Aber fragen Sie mich nicht, wie der hieß, ich habe keine Ahnung von so was.«

»Okay«, sagte Lena, auch wenn das gegen all ihre Vorsätze verstieß. Ein paar Schluck konnte sie schon nehmen.

Steve winkte einem Kellner, zeigte auf sein Glas und nickte zu Lena hin.

»Ja, also«, sagte er dann. »Ich habe ein Geschenk für Sie. Ich persönlich finde, dass Blumensträuße immer so vorhersehbar sind, und außerdem verwelken die nur. Also habe ich etwas anderes gekauft.«

Er drehte sich zur Seite und fischte ein Päckchen aus einer Tüte, die an der Stuhllehne hing.

»Oh«, sagte sie. »Danke, das wäre aber nicht nötig gewesen.«

Lena nahm das Päckchen entgegen und spürte sofort, dass es ein Buch sein musste. Vorsichtig wickelte sie Schleife und Geschenkpapier ab.

»Das neue von Gerda Antti!«, rief sie.

»Sie haben doch geschrieben, dass Sie die so mögen, und dann habe ich kürzlich eine großartige Rezension im *Aftonbladet* darüber gelesen, und da dachte ich, das müssen Sie einfach haben.«

Lena strich mit der Hand über den glänzenden Umschlag des Buches. Sie kaufte fast niemals Bücher für sich selbst, sondern lieh sie meistens in der Bibliothek aus.

»Da freue ich mich wirklich«, sagte sie. »Haben Sie vielen Dank!«

»Die Rezension habe ich auch ausgeschnitten«, sagt Steve und holte eine zusammengefaltete Zeitungsseite aus der Tüte. »Aber die haben Sie ja vielleicht schon gelesen.«

Das hatte Lena getan, aber sie faltete die Seite trotzdem auf und überflog noch einmal den Artikel. *»Dieses Buch ist wie ein langer Brief über all die Dinge des Alltags und handelt von den wichtigsten Aspekten des Lebens: Gemeinschaft und fehlende Gemeinschaft, Liebe und fehlende Liebe.«*

»Wie schon gesagt habe ich selbst noch nichts von ihr gelesen, aber jetzt bin sogar ich neugierig geworden. Vielleicht kann ich es mir ja von Ihnen ausleihen, wenn Sie es ausgelesen haben.«

Dass ein Mann auf die Idee kam, Gerda Antti zu lesen, hätte sie sich nie vorstellen können.

Der Wein kam.

»Haben Sie schon in die Karte geschaut?«, fragte die Bedienung.

»Ja, das habe ich«, sagt Steve. »Ich hätte gerne das Steak, aber die Dame hier hat noch nicht gewählt. Wir haben so viel, worüber wir reden müssen.«

»Das klingt doch schön. Dann komme ich gleich noch einmal wieder.«

Lena faltete das Geschenkpapier zu einem Viereck, das sie unter das Buch legte, ehe sie nach der Karte griff.

»Suchen Sie sich aus, was immer Sie wollen«, sagte Steve. »Ich lade Sie ein.«

Das war ein ziemliches Glück, dachte sie, denn die Preise ließen sie zurückschrecken.

Mit Saibling hatte sie zu Hause die ganze Tiefkühltruhe voll, das wollte sie also nicht.

»Das Entrecôte scheint auch gut zu sein«, sagte Steve.

»Dann nehme ich das«, sagte Lena. Mit Kräuterbutter und Spargel, das klang gut.

»Eine gute Wahl«, sagte Steve und winkte der Bedienung.

Bei den wenigen Malen, die Eskil und sie im Restaurant gegessen hatten, war immer eine nervöse Stimmung aufgekommen, wenn es ans Bestellen ging. Dann hatte er vorne auf der Stuhlkante gehockt und mühsam seine Bestellung gestammelt, als wäre der Kellner ein Beamter und kein Servicepersonal. Seine ansonsten souveräne Ausstrahlung war in diesen Momenten wie weggeblasen gewesen. Wenn sie Wein tranken, nahm er immer die Hausmarke, aus Angst, sonst die fremden Namen falsch auszusprechen.

Bei Steve gab es keine Unsicherheit. Er fragte lange und eingehend nach Zubereitungsmethoden und Zutaten, wirkte dabei aber nicht arrogant, sondern nur interessiert.

Lena strich wieder mit der Hand über den Buchumschlag.

»Dann prost!« Steve erhob das Glas.

Lena trank einen kleinen Schluck.

»Was lesen Sie denn gerade?«, fragte sie.

»Leider bin ich in der letzten Zeit nicht viel zum Lesen gekommen, aber im Moment habe ich mir Per Gunnar Evanders neuestes vorgenommen, *Himmel der Hunde.*«

»Ist es gut?«

»Ich finde schon«, sagte Steve. »Es handelt von einem Briefträger, der in seinen Heimatort, einen Hafen in den Schären, zurückreist, um das alte Boot seines verstorbenen Vaters zu verkaufen.«

Lena nickte.

»Ich muss zugeben, dass ich meine Probleme mit ihm habe«, sagte sie. »Das ist immer alles so schwer und düster. Ich erinnere mich, dass ich vor ein paar Jahren etwas von ihm gelesen habe. Wie hieß das denn?«

Sie kramte in ihrem Gedächtnis nach dem Titel.

»Irgendwas mit Augen …«

»Sieh mich in meinem gesunden Auge?«, sagte Steve. »Meinen Sie das?«

»Ja«, sagte Lena, »ganz genau. Aber das war so düster, dass ich es nicht zu Ende lesen konnte. Haben Sie es gelesen?«

»Evander gehört zu meinen Lieblingsautoren, deswegen habe ich tatsächlich das meiste von ihm gelesen. Das ist eine düstere Geschichte, stimmt schon, aber sie ist trotzdem interessant. Diese Idee, dass wir alle ein böses und ein gutes Auge haben, ein gesundes und ein krankes, und dass wir danach streben sollten, das Gute ineinander zu erkennen.«

»Ist das so?«, fragte Lena. »Haben wir alle ein böses Auge?«

»Vielleicht nicht direkt böse, aber die meisten von uns haben doch etwas zu tragen, was uns manchmal belastet. Aber man kann sich ja entscheiden, das Dunkle nicht überhandnehmen zu lassen.«

Ja, so war es. Im Moment wirkte es so, als würde das Helle über alles Dunkle siegen, weil sie sich getraut hatte, sich mit Steve zu treffen und dieses Gespräch zu führen.

»Ist Antti nicht auch ziemlich düster?«, fragte Steve. »Das war jedenfalls mein Eindruck.«

Er nahm das Buch vom Tisch und las den Rückseitentext.

»Na ja, ich würde eher melancholisch sagen«, entgegnete Lena. »Es handelt von einem Alltag, der einem vertraut ist.«

In dem Moment wurde das Essen serviert.

»Guten Appetit«, sagte die Bedienung und stellte einen dampfenden Teller vor Lena und ein Holzbrett mit Fleisch und Kartoffelbrei vor Steve.

»Oh, das sieht phantastisch aus«, sagte Steve und betrachtete das Steak.

Lena schaute etwas enttäuscht auf ihr Entrecôte. Sie hatte gedacht, dass es ein schönes Stück Fleisch sein würde, doch es war voller Sehnen und Fett. Sie schnitt ein Stück vom besten Teil ab und schob es sich in den Mund. Glücklicherweise schmeckte es besser, als es aussah.

»Erzählen Sie mir, was Sie hier machen«, sagte Lena. »Was sind das für Termine, die Sie haben?«

»Wir wollen doch jetzt nicht hier sitzen und über Arbeit reden, oder?«, meinte er.

»Aber ich bin neugierig. Ich weiß nur, dass Sie selbstständig sind.«

»Ich betreibe eine Kette mit Schuhgeschäften. Na ja, Kette ist vielleicht ein bisschen viel gesagt, weil sie bisher lediglich aus zwei Läden besteht, einem in Västerås und einem in Enköping. Der in Enköping läuft erstaunlich gut. Die Leute in kleineren Städten möchten gerne Schuhe von besserer Qualität kaufen, und da muss man einfach nur das richtige Preisniveau erwischen. Jetzt habe ich eine Fabrik in Italien entdeckt, die genau die richtigen Produkte liefert.«

Er nahm einen Schluck Wein.

»Werden Sie hier einen Laden eröffnen?«, fragte Lena.

»Nein, so weit bin ich noch nicht ganz. Mein Plan ist, die Schuhe in einem der Geschäfte, die es hier bereits gibt, unterzubringen, um mal das Interesse zu sondieren.«

»Das klingt spannend.«

Lena schnitt ein weiteres Stück Fleisch ab und schob es sich in den Mund.

»Mal sehen, wie das läuft. Aber jetzt wollen wir nicht weiter über meine Arbeit reden. Wie auch immer das ausgehen wird, bin ich doch froh, dass wir beide so Gelegenheit haben, uns zu sehen.«

»Ja«, sagte Lena und lächelte ihn an.

»Und jetzt möchte ich mehr über Sie wissen. Sie arbeiten in einem Lebensmittelladen?«

»Ja, das hat sich so ergeben. Als Teenager habe ich immer davon geträumt, mit Büchern zu arbeiten, entweder in einem Buchladen oder in der Bibliothek, aber dann, so könnte man sagen, kam mir das Leben dazwischen, und so ist es nun.«

»Das macht das Leben oft. Ich meine, so dazwischenkommen. Man kann nicht alles lenken, und vielleicht ist das auch gar nicht der Sinn. Gefällt Ihnen die Arbeit nicht?«

»Doch, schon. Es ist schön, Leute zu treffen und so, aber es ist jetzt nichts, wofür ich wirklich brenne. Es ist halt, was es ist.«

»Reisen Sie denn gerne?«, fragte er.

Lena kaute gründlich fertig, ehe sie antwortete.

»Mein Mann war an den Hof gebunden, mit allem, was das bedeutet, also war Reisen für uns leider nicht groß möglich.«

»Ich verstehe.«

»Und Sie selbst? Jetzt Italien?«

»Ja, so sieht es aus«, sagte er. »Ein paarmal im Jahr besuche ich die Schuhfabrik, und dann sorge ich immer dafür, dass ich noch ein paar Tage bleiben kann. Ich kann gar nicht anders. Ich liebe dieses Land.«

Er sah ihr so lange in die Augen, bis sie den Blick senkte.

»Was für ein Abend«, sagte er. »Es ist lange her, dass ich es so nett hatte.«

Er hob sein Glas, um ihr zuzuprosten.

Lena nahm noch einen Schluck, entschied dann aber, dass das genügen musste. Wenn sie noch mehr trank, würde sie nicht mehr mit dem Auto nach Hause fahren können.

»Wissen Sie, dass Sie ganz einfach furchtbar süß sind?«, fragte er. »Und schön.«

Lena spürte, wie ihr Gesicht heiß wurde.

»Ich meine es wirklich.«

»Danke«, bekam sie heraus.

»Und so eine hübsche Bluse«, sagte er. »Die Farbe steht Ihnen wirklich.«

Lena senkte wieder den Blick.

Eskil hatte sie über alles geliebt, aber einen Blick für Kleider oder Farben hatte er nie gehabt. Wenn sie etwas Neues kaufte, dann musste sie ihn darauf aufmerksam machen, sonst hätte er es nie bemerkt.

Du siehst in allem schön aus, pflegte er zu sagen. *Was anderes denke ich gar nicht.* Das einzige Kleidungsstück, das ihm etwas bedeutet hatte, war das Kleid gewesen, das sie angehabt hatte, als sie zum ersten Mal auf den Hof gekommen war.

Nach dem Essen bestellte Steve noch Kaffee und Schokoladenkuchen mit Sahne für sie beide.

»Wo in Stockholm wohnen Sie denn?«, fragte Lena. »Ihre Postfachadresse verrät das nicht.«

»Ich habe eine Zweizimmerwohnung auf Östermalm, aber da wird gerade die gesamte Elektrik ausgewechselt, deswegen wohne ich im Moment auf der Upplandsgatan.«

»Wo liegt die denn?«, fragte Lena.

»Ein paar Blocks vom Odenplan entfernt, in Vasastan.«

Lena nickte und tat so, als wüsste sie, wo das war. Allzu dumm durfte sie auch nicht wirken.

Steve schob sich ein Stück Schokoladenkuchen in den Mund und sah sie dabei an.

»Könnten Sie sich denn vorstellen, in Stockholm zu wohnen?«

Lena hustete, nahm die Serviette vor den Mund und hustete dahinter weiter.

»Entschuldigung«, sagte sie, als sie wieder Luft geholt hatte.

»Habe ich Sie so erschreckt?« Er lächelte sie an. »Ja, das war vielleicht eine indiskrete Frage, und so habe ich das auch nicht gemeint. Wir kennen uns ja noch gar nicht. Ich habe mehr so generell gedacht. Hat Stockholm Sie schon mal gelockt, oder gefällt es Ihnen auf dem Lande am besten?«

»Ich weiß nicht recht«, sagte Lena. »Mitten in der Stadt zu wohnen, scheint immer so anstrengend und laut zu sein.«

»Es gibt ja noch andere Gegenden als die Drottninggatan und Sergels torg in Stockholm.«

Als Lena sich umschaute, war das restliche Restaurant bereits leer, und die Bedienung schielte zu ihnen herüber.

»Sieht so aus, als würden sie schließen«, sagte sie.

Sie hatte völlig die Zeit aus dem Blick verloren.

»Ja. Jetzt scheuchen sie uns in die Kälte hinaus.«

Steve betrachtete die Rechnung, die ihnen die Bedienung auf den Tisch gelegt hatte, und zählte die Scheine. Lena wagte nicht mal zu denken, was dieses Fest kostete.

»Danke«, sagte sie. »Und danke für das Buch.«

»Das Vergnügen war ganz meinerseits.«

Gemeinsam gingen sie zur Garderobe, wo Steve ihr in den Mantel half.

»Möchten Sie nicht noch einen kleinen Spaziergang machen?«, fragte er. »Es ist zwar kalt, aber ein schöner Abend.«

»Ja, warum nicht.« Lena wollte diesen Abend so lange wie möglich ausdehnen und verspürte nicht die geringste Lust, nach Hause in ihr leeres Haus zu fahren. Zumindest sah er nicht nach einem Mörder aus.

Sie gingen zunächst Seite an Seite die Kyrkogatan entlang und betrachteten die Schaufenster. An der Vasagatan gingen sie über die Straße und zur Kirche hin.

»Die kennt man doch aus dem Fernsehen«, sagte Steve und schaute zu dem hölzernen Glockenturm und dann ans Ende der Straße zum Zielaufbau des berühmten Wasalaufs, des Skilanglaufs, der jährlich in der Region stattfand.

Keiner von beiden sagte etwas darüber, welchen Weg sie nehmen sollten, und so landeten sie auf dem Friedhof.

»Sie sind Witwe, nicht wahr?«, fragte Steve plötzlich.

Waren es die Grabsteine oder irgendetwas anderes, was ihn plötzlich daran denken ließ?

»Ja, das stimmt«, sagte Lena. »Im Sommer sind es drei Jahre.«

»Möchten Sie darüber sprechen?«

Lena erzählte von dem Sommertag, ohne viel über Eskil zu sagen. Er musste sie auf diesem Spaziergang nicht begleiten.

»Das tut mir wirklich leid«, sagte Steve. »Und ich bitte um Entschuldigung für das, was ich vorhin über das Schicksal gesagt habe.

Wie ich schon in meinem Brief geschrieben habe, ist das etwas, woran ich glaube, wenn es etwas Angenehmes bedeutet. So wie Sie hier zu treffen. Aber allzu oft geschehen Dinge, die, wie man es auch dreht und wendet, überhaupt keinen Sinn zu haben scheinen. Ich selbst habe meine Mutter verloren, als ich noch ein Kind war.«

»Ist das wahr?«, fragte Lena.

Sie blieb abrupt stehen und wandte sich ihm zu.

»Wie furchtbar. Was ist passiert?«

»Es war ein Verkehrsunfall. Sie war fünfunddreißig Jahre alt, und ich war gerade zwölf geworden.«

»Mein Gott. Das muss ja schrecklich gewesen sein.«

»Es war ein dunkler Abend Ende November, und mein Vater ist gefahren. Es gab Blitzeis, und plötzlich kam ein Sattelschlepper direkt auf uns zugefahren. Ich erinnere mich noch an die Scheinwerfer, die das ganze Auto erleuchteten, und an Mamas Schrei. Danach weiß ich nichts mehr, denn ich bin im Krankenhaus aufgewacht, und neben dem Bett saß eine Krankenschwester.«

»Ich weiß gar nicht, was ich sagen soll«, sagte Lena.

»Wie ist es dann für Sie und Ihren Vater weitergegangen?«

»Ich hatte beide Beine gebrochen und lag einen Monat im Krankenhaus, meine Beine waren in einem Gestell fixiert. Mein Vater hatte nur einen gebrochenen Arm und eine Gehirnerschütterung, aber danach ist er nie wieder er selbst geworden.«

Lena legte ihre Hand auf Steves Arm.

»Ich kann mir kaum vorstellen, wie furchtbar das für Sie gewesen sein muss.«

Sie sah den zwölfjährigen Steve vor sich, allein in einem großen Krankenhausbett, wie er nach seiner Mutter weinte, die niemals wiederkommen würde. Die Tränen stiegen ihr in die Augen.

Steve sah sie lange an.

»Ich hätte das nicht erzählen sollen. Dieser schöne Abend soll doch nicht so enden, nicht wahr? Aber es ist einfach so rausgekommen. Es fühlt sich an, als könnte ich Ihnen alles erzählen.«

»Ich bin froh, dass Sie das getan haben«, sagte Lena und wischte die Tränen, so gut es ging, weg.

»Frieren Sie?«, fragte er.

»Ein wenig.«

»Sie müssen aber auch eine Mütze aufsetzen, wenn es so kalt ist.«

»Das ruiniert die Frisur«, sagte sie und lachte.

Steve zog seine Lederhandschuhe aus und legte seine warmen Hände um ihren Kopf.

»Ihre Ohren sind kalt wie Eiswürfel. Jetzt holen Sie sich noch eine Erkältung.«

Lena begegnete seinem Blick und hoffte, dass er sich herunterbeugen und sie küssen würde, doch das tat er nicht. Stattdessen sagte er etwas, was sie nicht verstand.

»Eine Tasse Tee in der Hotelbar«, wiederholte er, nachdem er ihre Ohren losgelassen hatte. »Was halten Sie davon? Ich wohne im Mora Hotel.«

Lena sah auf die Uhr. Viertel nach zehn. Als ob das eine Rolle spielte. Zu Hause wartete niemand auf sie, und sie hatte keine Uhrzeiten einzuhalten.

In der Hotelbar war es völlig leer, als sie in einer Wolke aus kalter Abendluft eintraten. Steve ging zum Tresen, um für sie beide eine Tasse Tee zu bestellen, während Lena sich an einem versteckten Tisch in der Ecke niederließ. Finger und Ohren waren steifgefroren. Sie knöpfte den Mantel auf, behielt den Schal aber an.

Steve kam mit einem verlegenen Lächeln und ohne Teetassen zu ihr.

»Das ist so peinlich«, sagte er. »Aber ich habe wohl etwas zu wenig Bargeld abgehoben. Ich komme mir so blöd vor.«

»Ich habe Geld«, sagte Lena. »Kein Problem.«

Sie holte ihren Geldbeutel aus der Tasche.

»Reicht das?«, fragte sie und gab ihm zwei Zehner. Sie hatte keine Ahnung, was es kostete, an so einem Ort Tee zu trinken.

»Absolut. Möchten Sie Milch?«

»Gerne ein bisschen.«

Jetzt hatte sie ein schlechtes Gewissen. Sie hätte nicht das teure Fleisch nehmen sollen, das zudem nicht mal besonders gut gewesen war.

Kurz darauf kam Steve mit zwei großen dampfenden Tassen wieder zurück.

»Ich bitte wirklich um Entschuldigung«, sagte er. »Das war richtig peinlich.«

»Ist doch kein Problem. Sie haben alles andere heute Abend gezahlt, und außerdem hatten Sie sogar ein Geschenk dabei. Es ist nur richtig, wenn ich wenigstens den Tee bezahle.«

»Das ist lieb von Ihnen, das zu sagen, aber so war es nicht gedacht.«

Er schüttelte den Kopf, als wollte er die Erinnerung loswerden.

Lena legte ihre kalten Finger um die Tasse, aber Steve griff nach ihrer Hand und legte sie stattdessen zwischen seine.

»Darf ich Sie etwas Persönliches fragen?«, fragte Lena.

»Natürlich. Nur zu.«

»Haben Sie Kinder?«

»Nein. Kein einziges. Und ich war auch nie verheiratet. Ich glaube, ich habe bisher einfach noch nicht die Richtige gefunden«, sagte er und lächelte sie an.

»Aber Sie würden gerne Familie und so haben?«

»Aber sicher«, erwiderte er.

»Aber Sie arbeiten und reisen doch so viel.«

»Ja, aber so was kann man nicht ewig machen. Mein langfristiges Ziel ist es, Menschen einzustellen, damit ich nicht mehr so viel unterwegs sein muss. Ich habe schon immer von einer großen Schar Kinder geträumt.«

»Entschuldigen Sie bitte, dass ich so direkt frage, aber für mich ist das wichtig.«

»Wir können über alles reden«, sagte er. »Und ich bin sicher, dass Sie eine wunderbare Mutter wären.«

Lena wusste nicht, woher die Worte kamen, aber plötzlich erzählte sie von Jan und seinem kurzen Leben. Sie sprach sonst nie über das Kind, nicht einmal Kicki wusste, dass es ihn gegeben hatte.

»Liebste Lena«, sagte Steve und strich ihr über die Wange. »Was Sie alles mitgemacht haben.«

Am Tresen war der Barkeeper dabei, die Lichter auszuschalten. Bald würden sie auch hier rausgeworfen.

»Wann fahren Sie nach Hause?«, fragte sie.

»Leider schon morgen. Aber wenn alles so läuft, wie ich hoffe, dann werde ich bald zurückkommen. Ich möchte Sie gerne wieder treffen. Sie sind ein sehr besonderer Mensch, Lena.«

Sie verließen die Bar Hand in Hand.

»Diesen Abend werde ich nie vergessen«, sagte er, als sie in der Lobby standen.

»Ich auch nicht.«

Zu ihrem eigenen Erstaunen hoffte Lena, dass Steve sie bitten würde, mit auf sein Zimmer zu kommen, doch das tat er nicht. Stattdessen beugte er sich vor und gab ihr einen vorsichtigen, fast schüchternen Kuss auf den Mund. Als sie seine weichen Lippen auf ihren spürte, war es, als ginge ein Elektroschock durch ihren Körper, als würde ihr Nervensystem, nachdem es jahrelang abgeschaltet gewesen war, wieder zum Leben erweckt.

»Ich rufe dich morgen an, wenn ich nach Hause komme«, flüsterte er. »Wenn ich darf.«

Lena nickte. Als sie auf die Straße trat, war ihr schwindlig.

Kapitel 37

Ulrika hatte den Couchtisch beiseitegeschoben und stand in einem mintgrünen Gymnastikanzug, in Strumpfhosen und Wadenwärmern vorm Fernseher und sprang mit pendelnden Armen hoch und runter.

»Hoch mit dem Fuß, das Knie streeecken … Oberschenkel hochziiiiehen, und Knie hoooch …«, tönte es aus dem Fernseher.

»Was machst du denn?«, fragte Benny und konnte nicht anders, als zu lachen.

Früher hatte sich Ulrika immer über das Gymnastikprogramm lustig gemacht, aber jetzt schien es ernst zu sein.

»In ein paar Wochen soll ich im Bikini rumlaufen«, keuchte sie. »Da muss ich gut aussehen.«

»Du siehst gut aus«, sagte er und meinte das auch so.

Ulrikas Körper war absolut perfekt, so wie er war. Sie musste nicht auf diese Weise herumspringen.

Als die Person auf der Mattscheibe sich hinlegte, tat Ulrika es ihr nach.

»Hast du neue Sportsachen gekauft?«, fragte Benny.

»Gefallen sie dir?« Ulrika schaute zum Fernseher, um mitzukriegen, was sie machen sollte.

»Ja, sehr. Du siehst super sportlich aus.«

Ulrika stellte die Füße breit auseinander und begann den Po hoch- und runterzubewegen. Es sah fast ein bisschen obszön aus.

»Und ziiiehen, Po und Oberschenkel, so ist es guuut.«

»Ich muss zur Hütte rausfahren und die Innenfenster einsetzen.«

»Jetzt?«

»Ja, sonst wird Ingrid heute Nacht ganz schön frieren. Ich dachte erst, das könnte bis nächstes Wochenende warten, aber das geht nicht.«

Als er Ulrikas missbilligenden Ausdruck sah, fügte er hinzu:

»Du kannst doch mitkommen, wenn du willst.«

»Danke, aber ich bleibe hier«, sagte sie. »Aber du kommst doch rechtzeitig zum Spielfilm zurück, oder?«

Wenn Benny freihatte, war ihre Tradition, das Wochenende mit einem Spielfilm am Sonntagabend abzuschließen.

»Ich beeile mich.«

Benny ging in die Küche, wo die Reste vom Abendessen noch auf dem Herd standen. Ohne Ulrika etwas zu sagen, nahm er eine Ofenform, die er mit Kartoffeln und Fischgratin füllte, und dann mit Folie abdeckte.

Es war schon dunkel draußen, als Benny sich ins Auto setzte, aber die Temperatur war immer noch über null. Er ließ das Radio ausgeschaltet, es war schön, mal einen Moment Stille zu haben, ohne Stress. Der Spielfilm, der heute Abend lief, *Küss mich, Dummkopf*, war auch nicht so sein Ding.

Kurz vor Budsel musste er wegen zweier Rehe bremsen, die über die Straße rannten. Danach fuhr er etwas langsamer.

Als Benny bei der Hütte ankam, stand Ingrids Auto nicht davor. Nur die Außenlampe an den Stufen brannte.

Er suchte nach der Taschenlampe im Handschuhfach und ging direkt in den Holzschuppen, wo die Innenfenster an der Wand lehnten. Ganz staubig waren sie, nachdem sie jahrelang nicht benutzt worden waren. Es war lange her, seit seine Großeltern im Winter in der Hütte gewesen waren. Benny hatte die Fenster noch nie selbst eingesetzt, aber das konnte nicht so schwer sein.

Er hängte die Taschenlampe an einen Haken und wischte die

Fenster, so gut es ging, mit einem Lappen ab. Die Scheiben mussten eigentlich richtig geputzt werden, aber das musste erst mal genügen. Hauptsache, sie hielten die Wärme in der Hütte.

Als er alle Fenster abgestaubt hatte und Ingrid immer noch nicht zurück war, schleppte er sie in die Hütte. Es war ihm unangenehm, einfach so hineinzugehen, wenn sie nicht zu Hause war – immerhin wohnte sie ja jetzt dort –, aber wenn er nicht bis spät in die Nacht damit beschäftigt sein wollte, musste er direkt loslegen.

Nachdem er den Holzofen angemacht hatte, suchte er nach einem Schraubenzieher und fing an. Erst als er dabei war, die letzten Scheiben am Küchenfenster einzusetzen, kam Ingrid aufs Grundstück gefahren.

»Du bist ja hier«, sagte sie, als sie auf die Veranda kam.

Sie hatte die schwarze Perücke auf dem Kopf. Obwohl er sie schon oft damit gesehen hatte, zuckte er doch jedes Mal zusammen. Wie lange würde sie so leben müssen?

»Ich dachte, ich bewahre dich mal davor zu erfrieren«, sagte er. »Tut mir leid, ich wollte mich nicht aufdrängen.«

»Du bist ein Engel. Ich sage dir, das war so kalt heute Morgen.«

»Geh doch noch mal zu meinem Auto, ehe du die Schuhe ausziehst. Ich habe ein bisschen Essen mitgebracht. Steht auf dem Sitz. Als ich hierherkam, war es noch lauwarm, aber ich denke, jetzt wirst du es aufwärmen müssen.«

»Du bist wunderbar«, sagte sie und verschwand wieder.

Als sie zurückkam, hatte Benny den Tisch zurück an seinen Platz geschoben, und auch die Stühle standen wieder an Ort und Stelle.

»Wie läuft es auf Sollerön?«, fragte er und legte den Schraubenzieher in die Werkzeugkiste zurück.

Ingrid drehte am Ofen und verschwand im Schlafzimmer. Als sie wieder auftauchte, hatte sie die Perücke abgenommen und die Strickjacke seiner Oma angezogen. Sie hatte eine Bürste in der Hand, womit sie mit kräftigen Bewegungen durch ihr eigenes Haar fuhr.

»Ich glaube, die Eltern haben recht«, sagte sie.

»Du glaubst also nicht, dass sie Selbstmord begangen hat? Wie kommst du darauf?«

»Du klingst skeptisch«, sagte sie.

»Nein, ich bin neugierig.«

Ingrid erzählte ihm von der Lampe, die ihrer Meinung nach Lena nicht allein hätte abnehmen können.

»Ich habe es nicht geschafft, obwohl ich alles versucht habe, und ich bin größer, als sie es war«, erklärte sie. »Ein Seil hätte ich da aufhängen können, aber ich hätte niemals den breiten Kronleuchter abnehmen können.«

Ingrid vollführte eine Pantomime, bei der sie sich auf einem Bein und mit einem großen Gegenstand im Arm so weit streckte, wie sie konnte.

»Und man muss sich ja auch fragen, warum sie sich an der schwierigsten Stelle im ganzen Haus aufgehängt hat. Es gab mehrere einfachere Alternativen, wenn sie es allein gemacht hat.«

Diese Frage hatte Benny sich nicht gestellt.

»Was sagen die anderen, die da wohnen?«

»Also, die reagieren alle sehr unterschiedlich, scheinen aber sämtlich schockiert. Ich glaube, da spielt auch viel Schuldgefühl eine Rolle. Aber alle finden, dass Lenas Eltern spinnen. Niemand scheint zu glauben, dass sie umgebracht wurde.«

»Keiner, der irgendwas bemerkt hat?«

»Einer der halbwüchsigen Söhne hat einen dunklen Ford, den er nicht kannte, am Montagabend vor Lenas Haus gesehen, also am Tag bevor sie gefunden wurde. Keiner von den anderen hat den gesehen. Wie viele Fords gibt es denn so?«

Ingrid stellte das Gratin in den Ofen und setzte sich an den Tisch.

»Alle sagen, Lena sei nett gewesen und immer hilfsbereit, aber trotzdem irgendwie einsam. Jemand, der sich mehr um andere gekümmert hat als um sich selbst. Aber es gibt auch das Gerücht von einem geheimen Liebhaber, den aber niemand mit eigenen Augen gesehen hat. Es heißt, er sei womöglich verheiratet gewesen.«

»Und niemand hat sich zu erkennen gegeben?«

Ingrid schüttelte den Kopf.

»Heute Abend hat zweimal ihr Telefon geklingelt, und als ich ranging, wurde am anderen Ende aufgelegt. Beim zweiten Mal habe ich gesagt, dass sie tot ist. Das fühlte sich echt schlimm an.«

»Sollte das der Liebhaber gewesen sein, dann hat er sie ja wohl nicht getötet«, meinte Benny. »Warum sollte man jemanden anrufen, von dem man weiß, dass er tot ist.«

»Nein, das ist schon klar.«

»Du glaubst also, es handelt sich um ein Verbrechen?«

»Ja«, sagte sie. »Immer mehr. Ich habe über eine Stunde lang nach ihrem Tagebuch und den Briefen, die sie bekommen haben soll, gesucht, aber sie sind nirgends. Mein Gefühl ist, da hat jemand das Haus durchsucht und die Sachen mitgenommen.«

Ingrid nahm einen selbst gehäkelten Topflappen und holte die Form aus dem Ofen. Das Essen konnte kaum mehr als lauwarm sein, aber sie schob alles auf einen Teller und ging zum Tisch zurück.

»Willst du dich nicht setzen?«, fragte sie.

Benny sah auf die Uhr. Der Spielfilm hatte schon vor einer halben Stunde angefangen. Auch wenn er gleich losfuhr, würde er es kaum bis zum Schluss nach Hause schaffen, also konnte er sich genauso gut noch kurz setzen.

»Wenn ich das richtig verstanden habe, ist Assar wegen Misshandlung oder sogar Totschlag verdächtigt worden, als Eskil starb«, sagte Ingrid. »Zumindest zu Anfang.«

»Das war vor meiner Zeit hier, das weiß ich nicht«, sagte Benny. »Aber Kenneth hat an dem Tag gearbeitet.«

»Anscheinend hat sich Assar davon nie wieder richtig erholt.«

Ingrid aß eine Weile schweigend. Benny hatte den Eindruck, als wäre sie ausgehungert.

»Könntest du für mich nachsehen, ob jemand vom Hof irgendwo in eurem Register auftaucht?«, fragte sie.

Als Benny zögerte, fügte sie hinzu:

»Ich weiß, das verstößt gegen die Regeln, aber es wäre wirklich eine große Hilfe.«

Auch wenn Ingrid im Gefängnis ihre Sichtweise auf Recht und Ordnung verändert hatte, traf das auf ihn doch nicht zu.

»Hast du jemanden in Verdacht?«, fragte er.

Ingrid zuckte nur mit den Schultern und kratzte den letzten Rest auf dem Teller zusammen.

»Wäre einfach gut zu wissen.«

»Ich denke mal über die Sache nach«, meinte er und sah auf die Uhr. »Aber jetzt muss ich wirklich nach Hause.«

»Sag Ulrika viele Grüße, und danke für das Essen. Danke auch für die Fenster. Das ist echt so nett.«

»Wäre doch schade, wenn du hier liegst und erfrierst«, sagte Benny und stand auf.

Kapitel 38

Sieben Monate zuvor

Lena und Kicki räumten gemeinsam das Kühlregal um, damit die Windbeutel neben der Milch und der Butter Platz fanden.

»Ist irgendwas passiert?«, fragte Kicki und betrachtete sie eingehend.

»Nein, wieso?«, erwiderte Lena lächelnd.

»Du siehst so glücklich aus. Hast du jemanden kennengelernt?«

Lena antwortete nicht, sondern gähnte nur ausgiebig. Sie hatte die ganze Nacht kaum ein Auge zugemacht. Als sie am Abend zuvor aus Mora nach Hause gekommen war, war ihr vor lauter Gefühlen schwindlig gewesen. Anstatt sich hinzulegen, hatte sie ihr Tagebuch hervorgeholt und den Abend bis ins kleinste Detail aufgeschrieben. Die Stunden im Wasa Källaren, alles, worüber sie geredet hatten, der Spaziergang über den Friedhof.

»Du hast jemanden kennengelernt! Wie schön, Lena. Wer ist es denn? Ist es Åke?«

Lena lachte laut los.

»Nein, mein Gott, warum denn Åke?«

»Ich dachte, du wärst an ihm interessiert.«

»Überhaupt nicht«, erwiderte Lena, »wie kommst du denn darauf?«

»Wer ist es dann? Bitte, sag doch! Ist er verheiratet? Erzählst du es deswegen nicht? Ist das so? Ist es einer von den Typen auf dem Hof, wo du wohnst?« Kicki ließ nicht locker. »Der nachts angeschlichen kommt? Vielleicht dieser hübsche Finn?«

Lena lachte wieder, noch lauter. Wie schön es war, mal richtig lachen zu können, so richtig aus dem Bauch heraus. Wann hatte sie das zum letzten Mal getan?

»Also, wusste ich es doch«, sagte Kicki. »Ich hab es gleich geahnt, als ich dich heute Morgen gesehen habe.«

Lena wünschte, sie könnte davon erzählen, aber alles fühlte sich noch seltsam und unsicher an. Zum Tanzen zu gehen, um jemanden kennenzulernen, das war eine Sache, auf eine Kontaktanzeige zu antworten, eine ganz andere. Das machten doch nur alte Sonderlinge über fünfzig, die immer noch zu Hause bei ihrer Mutter wohnten. Zumindest war das ihr Vorurteil gewesen, bevor sie Steve kennengelernt hatte. Den Abend wollte sie erst einmal für sich behalten.

Als Lena von der Arbeit nach Hause kam, versuchte sie ein bisschen von dem gekochten Hühnchen zu essen, kriegte aber keinen Bissen runter. Dann wollte sie in ihrem neuen Buch lesen, aber das ging auch nicht. Ihre Gedanken wanderten die ganze Zeit zu Steve und zu dem, was passiert war. Schließlich holte sie ihr Strickzeug heraus und schaltete den Fernseher ein. Mit dem Verkehrsmagazin als Hintergrundgeräusch konnte sie die Gedanken sich frei bewegen lassen, wohin sie wollten, konnte alles noch mal drehen und wenden, was am Abend zuvor gesagt und getan worden war. Jedes kleinste Detail wollte sie in ihrem Gedächtnis noch einmal neu betrachten. Wie er gelacht hatte und wie er ihre kalten Ohren auf dem Friedhof gewärmt hatte. Und die Kyrkogatan hatte geglitzert wie in einem Film.

Als das Telefon klingelte, fuhr es ihr wie ein Stoß durch den Leib. Konnte er bereits in Stockholm sein? Es war doch erst halb sieben.

Lena legte das Strickzeug beiseite, ging in die Küche und hob den Hörer mit zitternder Hand ab.

»Hallo, Lena, hier ist Steve«, sagte er gut gelaunt.

»Ja, hallo!« Lena versuchte nicht so angespannt zu klingen, wie sie sich fühlte. »Bist du schon zu Hause?«

»Nein«, sagte er, »ich bin tatsächlich noch in Mora.«

»Wirklich?«

»Ja, ich habe den ganzen Tag an dich gedacht, und es war unmöglich, nach unserem Treffen einfach so nach Hause zu fahren. Jetzt wollte ich dich fragen, ob du Lust hast, mich zu sehen.«

»Jetzt?«

»Ja, wenn du Zeit und Lust hast. Ich sehne mich so nach dir.«

Sie war außer sich vor Freude.

»Okay«, sagte sie. »Ich komme.«

Sowie sie aufgelegt hatten, eilte Lena ins Schlafzimmer, um sich etwas Vernünftiges anzuziehen. Die Bluse von gestern konnte sie nicht noch mal nehmen. Dann würde er ja denken, dass sie nur eine Bluse besitze, was im Grunde auch die Wahrheit war. Sie entschied sich für ein eierschalenfarbenes Hemd und eine Strickjacke darüber. Nicht allzu aufgedonnert, aber trotzdem ordentlich.

Sie bürstete ihr Haar und steckte sich zwei kleine Silberringe in die Ohren. Das musste genügen. In der Diele stieg sie in ihre Lederstiefel, den Mantel zog sie im Gehen an.

Doch als sie schon mit der Handtasche über der Schulter auf dem Weg durch die Tür war, blieb sie stehen. Ohne die Stiefel noch mal auszuziehen, ging sie zurück ins Schlafzimmer und blieb vor dem kleinen Spiegel auf der Kommode stehen. Mit ernster Miene fischte sie ihren Ehering an der Kette aus der Bluse und nahm sie vom Hals.

»Danke, Eskil«, flüsterte sie. »Danke für alles. Aber jetzt ist es an der Zeit loszulassen. Findest du nicht auch?«

Sie legte den Ring auf die Kommode und ringelte die Kette darüber.

Kapitel 39

Als Bennys Auto vom Grundstück gefahren war, zündete Ingrid ein paar Teelichter auf dem Küchentisch an und holte Lenas Handtasche aus der Diele. Vorsichtig packte sie aus, was darin war: den Kalender, die Geldbörse, das Adressbuch, eine Schachtel Kopfschmerztabletten, einen rosafarbenen Lippenstift, ein paar Haarspangen und Quittungen.

Der Kalender war am interessantesten, also begann sie darin zu blättern. Zu Beginn des Jahres war Lenas Handschrift noch sehr schön gewesen, als ob sie besonders darauf geachtet hätte, als der Kalender noch neu gewesen war, mit der Zeit wurde die Schrift jedoch immer nachlässiger und schwerer zu lesen. Im Januar waren es meist Notizen über Zahnarzttermine, Leihfristen der Bibliothek und Geburtstage, ansonsten war in Lenas Leben nicht viel passiert, was es wert gewesen wäre, festgehalten zu werden. Ab und zu hatte sie Beobachtungen über das Wetter und die Temperaturen hinzugefügt, aber nicht regelmäßig.

An einem Donnerstag Ende Februar tauchte zum ersten Mal der Eintrag »S.« auf: *19.30, S., Wasa Källaren.* Am Tag danach, am Freitag, stand das »S.« wieder da: *S., Mora Hotel.* Danach tauchte der kryptische Buchstabe sporadisch auf, manchmal im Zusammenhang mit dem Mora Hotel, dann wieder mit anderen Orten. Ingrid notierte alle Daten in ihrem eigenen Notizbuch.

Wer konnte das sein?

Ingrid blätterte das Adressbuch durch, konnte aber niemanden finden, der zu dem Buchstaben passte. Die meisten Namen und

Adressen waren in einer kindlicheren Schrift gehalten, als wären sie schon vor langer Zeit eingetragen worden.

Langsam wurde es kalt in der Hütte. Ingrid holte eine Decke aus dem Schlafzimmer und zog sich ein paar Wollsocken über, dann setzte sie sich wieder an den Küchentisch. Es war bereits fast Mitternacht, und sie sollte eigentlich schlafen gehen, aber erst wollte sie noch Lenas Brieftasche durchsehen. Sie fand einen Hunderter, zwei Fünfziger und zwei Zugfahrkarten. Ingrid beugte sich unter die Küchenlampe, um lesen zu können, was darauf stand.

Dritter und vierter September. Stockholm hin und zurück. Dort also hatte Lena das letzte Wochenende ihres Lebens verbracht.

Die Brieftasche hatte viele kleine Fächer und Ingrid durchsuchte sie alle. Führerschein, zwei alte Kinokarten, ein Kärtchen mit Briefmarken und ein Zettel mit einer Stockholmer Nummer. Im selben Fach war auch ein Foto, das sie vorsichtig herauszog. Darauf war ein lächelnder Mann zu sehen, sonnengebräunt, mit Bart und dickem Haar mit Seitenscheitel. Das war nicht derselbe Mann wie auf dem Hochzeitsbild.

War dies der rätselhafte Herr S.? Und die Telefonnummer, war das seine? Morgen würde sie die Nummer ausprobieren.

Kapitel 40

Sieben Monate zuvor

Lena hätte gar nicht so lange darüber nachdenken müssen, was sie anzog, denn kaum dass sie ins Hotelzimmer kamen, flog sowieso alles weg.

Jetzt lagen die Kleidungsstücke in schönem Durcheinander auf dem Boden verstreut. Die Bluse, die Jacke, Steves Hemd, seine Hose und die Unterhose. Sie selbst lagen verschwitzt und rosig in dem großen Doppelbett ausgestreckt zwischen einem Gewirr aus Laken und Kissen.

»Was ist denn hier passiert?«, fragte Steve und strich mit der Hand über die Narbe auf ihrem Brustkorb.

»Da war ich noch ein Kind«, sagte sie. »Ich habe mir versehentlich einen Topf mit kochendem Wasser übergeschüttet.«

Instinktiv versuchte sie die Decke hochzuziehen, um die Narbe zu verdecken, doch das ging nicht, denn Steve lag darauf.

»Dafür musst du dich doch nicht schämen«, sagte Steve und bewegte sich von der Decke herunter. »Unsere Narben sind es doch, die uns zu denen machen, die wir sind. Nicht wahr?«

»Nun ja«, sagte Lena zögerlich.

Sie hatte diese Brandverletzung niemals akzeptieren können, obwohl sie die schon fast ihr ganzes Leben begleitete. Als Teenager hatte sie mit verschiedenen Cremes versucht, sie zu verbergen, doch das Ergebnis war meist einfach nur klebrig. Am einfachsten war es, sie unter Kleidung zu verstecken.

Es waren immer Leute, die selbst keine solche Verletzung hatten, die sagten, das würde nichts ausmachen. Steve war perfekt, nicht einmal ein hässliches Muttermal hatte sie auf seinem nackten Körper gefunden. Der Beinbruch nach dem Autounfall war ohne die kleinste Spur verheilt.

»Ich finde, das macht dich spannend«, sagte er. »Du hast ein Geheimnis. Und außerdem bist du sowieso die schönste Frau, die mir je begegnet ist.«

»Jetzt übertreibst du aber ein wenig«, sagte Lena und schlug ihn leicht mit einem der Kissen.

Steve küsste sie, zuerst auf den Mund, dann weiter über den Hals. Lenas seufzte vor Wohlbehagen. Vorsichtig hob er die Decke und führte die Lippen über die vernarbte Haut.

»Ich lüge nie«, sagte er ernst.

Danach ließen sie sich mit dem Rücken ans Kopfende des Bettes sinken und schoben Kissen und Decke zurecht. Genau so wollte sie es am liebsten immer haben.

»Wie lief dein Treffen heute?«, fragte sie.

»Richtig gut. Der Besitzer des Geschäfts in Rättvik war richtig interessiert an dem, was ich zu zeigen hatte. Ich bin ziemlich sicher, dass ich meine Schuhe dort unterbringen werde.«

»Wie schön. Da gratuliere ich.«

Das bedeutete, dass er häufiger geschäftlich in der Gegend sein würde.

»Vielen Dank. Ja, das fühlt sich richtig gut an. Ich habe gerade Rückenwind.«

»Wie sehen denn diese italienischen Schuhe aus? Hast du welche hier, die du mir zeigen kannst?«

»Leider habe ich alle Musterexemplare draußen im Auto. Es ist zu umständlich, immer alle Kartons reinzutragen. Aber wenn wir uns nächstes Mal sehen, dann werde ich sie dir zeigen. Versprochen.«

Nächstes Mal.

»Heute Abend musst du doch wohl nicht nach Hause fahren, oder?«, fragte er.

»Nein.«

Noch ehe Lena protestieren konnte, hatte sich Steve über sie geworfen, um das Telefon auf dem Nachttisch zu erreichen.

»Hier ist Zimmer 107«, sagte er, quer über ihrem Bein liegend. »Ich würde gerne etwas zu Essen aufs Zimmer bestellen. Was haben Sie denn heute Abend zu bieten?«

Er warf ihr einen schelmischen Blick zu, während er zuhörte.

»Wissen Sie was, dann nehme ich einmal das Rinderfilet und einmal den Wallenbergare. Und eine Flasche Champagner. Vielen Dank.«

»Du bist doch verrückt«, sagte Lena.

»Da hast du so verdammt recht. Aber ich finde, dass man das einzige Leben, das man bekommen hat, genießen muss. Wer weiß, morgen können wir schon tot sein.«

»Sag doch so was nicht.«

»Aber es ist die Wahrheit«, entgegnete er. »Meine Mutter ist holterdiepolter gestorben, von einem Moment auf den nächsten war sie einfach weg. Dein Mann ist gestorben. Ich finde wirklich, man sollte das Gute im Leben genießen, wenn sich die Möglichkeit bietet.«

Als es eine Viertelstunde später an der Tür klopfte, sprang Steve aus dem Bett und wickelte sich ein Bettlaken um den Bauch. Lena zog die Decke über die Nase. Wenn nun jemand hier sie kannte? Steve nahm routiniert das Tablett entgegen und bezahlte. Als die Tür zuging, deckten sie im Bett auf. Steve öffnete die Champagnerflasche mit einem Knall.

»Vorsicht, Vorsicht«, sagte Lena, als er ihr Glas füllte und es überzuschäumen drohte.

»Kein Problem. Wir müssen ja hier nicht waschen.«

Das war der Höhepunkt an Luxus.

»Ist es nicht herrlich, im Hotel zu wohnen?«, fragte er.

Lena nickte, verriet aber nicht, dass sie das zum ersten Mal tat. Und auch nicht, dass sie zum ersten Mal echten Champagner trank.

»Vor allen Dingen jetzt«, fuhr er fort. »Die Einzimmerwohnung mit Küchenecke, in der ich momentan übergangsweise hause, ist wirklich kein Spaß. Da war das hier genau, was ich brauchte. Und nun habe ich auch noch dich gefunden.«

Er küsste sie auf den Mund und prostete ihr zu.

Lena wagte kaum daran zu denken, was ihre Eltern sagen würden, wenn sie wüssten, dass sie mit einem Mann, den sie kaum kannte, in einem Hotelbett Rinderfilet aß und Champagner trank. Aber was spielte das schon für eine Rolle? Was hatten andere mit ihrem Leben zu schaffen? Für einen einzigen Abend konnte sie ja wohl mal alles vergessen. Steve hatte recht. Es könnte jeden Moment vorbei sein.

»Hast du nicht Lust, nächstes Mal mit mir nach Italien zu fahren? Im Mai werde ich runterfahren, und du ahnst nicht, wie schön es da ist, wenn alles blüht. Das ist, als würde man durch einen Blumenladen wandern.«

In ihrem Kopf fuhr alles Karussell. Italien, Champagner, Steve und sein herrlicher Körper. Ausnahmsweise ließ Lena die Decke fallen, ohne sich darum zu scheren, wie sie aussah.

»Das würde ich sehr gerne«, erwiderte sie.

Kapitel 41

Ingrid sammelte den Haufen mit schmutziger Bettwäsche zusammen und warf ihn in den Wäschesack auf dem Putzwagen. Dann zog sie den Staubsauger hinter sich her ins Zimmer und schaltete ihn an.

Als sie fertig war und die Tür hinter sich abgeschlossen hatte, traf sie Tanja auf dem Flur.

»Darf ich dich was fragen?«, sagte Ingrid und holte das Foto, das sie in Lenas Brieftasche gefunden hatte, aus ihrer Kitteltasche. »Kennst du den Mann hier?«

Tanja legte den Lappen, den sie in der Hand hielt, beiseite und nahm das Bild entgegen.

»Nein«, sagte sie, nachdem sie es kurz angesehen hatte. »Sollte ich? Wer ist das?«

Tanja drehte das Bild um, als würde die Antwort auf der Rückseite zu finden sein, dann gab sie das Foto zurück.

»Ich weiß es tatsächlich nicht«, sagte Ingrid. »Aber ich habe jemandem versprochen herauszufinden, ob er hier gewohnt hat.«

»Und du weißt nicht, wer das ist?«

Tanja sah leicht genervt aus.

»Nein, genau«, sagte Ingrid und schaute auf die Uhr.

Sie wusste, dass Tanja gekränkt war, weil sie nie etwas mit ihr zusammen machen oder irgendetwas Persönliches teilen wollte, aber so war es nun mal. Ingrid wagte nicht, jemanden in ihr Leben zu lassen.

Mitten am Tag, zwischen dem Auschecken am Vormittag und dem Einchecken am Nachmittag, war es an der Rezeption meistens so ruhig, dass Hotelchef Östberg sich dem Papierkram in seinem Büro widmete.

Obwohl Ingrid noch eine ganze Reihe Zimmer zu putzen hatte, nahm sie einen Staubsauger und begann ihn an einem Ende der Rezeption vor- und zurückzuschieben, während sie den Tresen im Blick hatte, wo noch zwei Männer darauf warteten, auschecken zu können.

Als sie verschwunden waren, dauerte es tatsächlich nicht lange, bis sich Östberg sich ins Büro zurückzog.

In der Lobby war es still. Ein Ventilator surrte leise an der Decke. Ingrid wartete noch einen Moment, dann holte sie einen Staublappen und eine Flasche Putzmittel und ging zum Tresen. Ein Auge auf die Bürotür gerichtet, holte sie einen Zettel hervor, auf dem sie die Daten aus Lenas Kalender notiert hatte, und begann im Auftragsbuch zu blättern. Am ersten Datum gab es drei mögliche Namen, die mit S begannen: ein Sven Lundquist, ein Vilhelm Ström und ein Sture Karlsson.

Nach einem raschen Blick zur Bürotür blätterte sie zum nächsten Datum vor. Sie fand keinen der ersten zwei Namen, hingegen einen Steve Karlsson. Steve oder Sture? Konnte das dieselbe Person sein? Sowohl Sture als auch Steve hatten im Zimmer mit der Nummer 107 gewohnt, der Suite mit Ausblick aufs Gerichtsgebäude. Keiner von beiden hatte eine Adresse angegeben.

Aus dem Büro hörte sie, wie ein Schreibtischstuhl über den Boden schurrte.

Rasch schlug Ingrid das Auftragsbuch zu, nahm Staubtuch und die Flasche mit dem Poliermittel und begann sehr konzenriert den Tresen abzuwischen.

Als Östberg auftauchte, blickte er durch sie hindurch, als wäre sie gar nicht da.

Steve oder Sture Karlsson? War einer der Namen einfach falsch geschrieben worden?

Nach ihrer Schicht würde sie zum Wasa Källaren fahren. Dort wussten sie vielleicht mehr.

Kapitel 42

Kjell hatte schon zu Hause seinen Trainingsanzug angezogen. Nie im Leben würde er sich mit den anderen Krüppeln den Umkleideraum teilen. Er vermied sorgfältig, irgendjemanden auf dem Weg ins Rehastudio anzusehen, nicht den Alten mit Krücken und auch nicht die Tante mit dem Stützkragen. Einfach geradeaus. Den Kopf in den Nacken.

Die Physiotherapeutin – laut Namensschild Ann-Kristin, aber für ihn Anki – hatte wie üblich rosige Wangen und die Haare zu einem glänzenden Pferdeschwanz gebunden. Hier wurden sicher täglich acht Scheiben Knäckebrot gegessen, ganz wie das Gesundheitsamt es empfahl.

Es passierte immer häufiger, dass er Phantasien hatte, in denen sie vorkam.

»Ich denke, wir sollten heute gerades Gehen und Gleichgewicht üben«, sagte sie mit einem Lächeln.

Neben das Geländer an der Wand hatte sie eine zwanzig Zentimeter hohe Kiste gestellt, auf die er steigen sollte. Wieder und wieder. Kjell hängte den Stock ans Geländer und betrachtete die Kiste mit Widerwillen.

»Wie lange wird es dauern, bis ich wiederhergestellt bin?«, fragte er und schielte zu dem Alten mit Krücken, der auf einem Stuhl saß und mit dem Fuß ein Sandsäckchen hochhob.

Über dieses Stadium war er immerhin schon hinaus.

»Das kommt drauf an, was Sie damit meinen«, sagte Anki.

»Ohne Stock gehen, joggen, eine ganze Nacht schlafen.«

»Ich glaube, dass Sie das alles irgendwann wieder können werden«, sagte sie. »Aber wie lange das dauert, ist schwer zu sagen.«

Ich glaube. Sie war sich also nicht sicher, ob er überhaupt je wieder joggen könnte. Ihre Zweifel triggerten etwas in ihm. Er würde ihr, verdammt noch mal, zeigen, wozu er imstande war. Sie würde ihn und seine einzigartige Leistungsfähigkeit niemals vergessen.

»Sollen wir anfangen?«, fragte sie.

»Vor drei Jahren habe ich hundertfünfzig Kilo gestemmt«, sagte er und stellte sich vor die Kiste.

»Rehabilitierung ist alles andere als lustig. Ich verstehe das. Aber es ist gut, wenn man sich beim Training ein Ziel setzt. Am besten mehrere Teilziele. Haben Sie die?«

Ich würde gerne mit dem Auto bis nach Dalarna fahren, ohne von Schmerztabletten betäubt zu sein, dachte er. Eine Treppe raufrennen, wenn es nötig wäre.

»Nach Mora fahren«, sagte er und produzierte ein Lächeln auf sein Gesicht, sodass die Augen blitzten.

»Sie denken an den Wasalauf? Ja, es ist gut, ein langfristiges Ziel zu haben.«

Ihr Lächeln war entschieden steifer als seines.

Wer schert sich schon um den Wasalauf, dachte er und machte den ersten Schritt auf die Kiste. Es schmerzte im Bein, und obwohl er wirklich versuchte, das Gleichgewicht zu halten, musste er sich doch am Geländer festhalten, um nicht umzufallen.

»Sehr gut«, rief Anki, als er einen gewissen Rhythmus gefunden hatte. »Gute Arbeit.«

Jeden Schritt auf die Kiste spürte er schmerzlich, aber er weigerte sich, nach außen zu zeigen, wie sehr es wehtat. Er würde nicht aufgeben.

Kapitel 43

Sechs Monate zuvor

Der Frühling kam mit Tauwetter, tropfenden Regenrinnen und von Schmelzwasser nassen Straßen. Plötzlich war es viel leichter zu atmen, leichter aufzustehen, leichter, die Kunden an der Kasse anzulächeln. Lenas Geduld war plötzlich unendlich.

Weil Kicki krank zu Hause lag, hatte Lena in der letzten Woche eine Menge Überstunden machen müssen, doch nicht einmal das war anstrengend gewesen. Es fühlte sich an, als könnte sie unendlich viel arbeiten, ohne müde zu werden, und das, obwohl sie nachts stundenlang mit Steve telefonierte.

An einem sonnigen Nachmittag ragte ein großes Päckchen aus dem Briefkasten. An der Handschrift konnte sie schon den Absender erkennen. Lena ging mit dem Päckchen an die Brust gedrückt ins Haus und öffnete es so vorsichtig, wie sie konnte, um das schöne Umschlagpapier nicht zu zerreißen. Richtig schönes Papier hob sie immer auf und benutzte es noch einmal. Und das hier war so eins.

Nochmals umwickelt von dünnem Papier lag darin eine Seidenbluse mit Volants und überzogenen Knöpfen, die aussahen wie kleine Schmuckstücke. Die musste ein halbes Vermögen gekostet haben.

Lena sah sofort, dass sie viel zu weit ausgeschnitten war, als dass sie sie tragen konnte. Als sie die Bluse hochhob, um sie näher zu betrachten, fiel eine geblümte Karte auf den Tisch.

Zeig der Welt, wie schön du bist! Dein Steve, stand auf der Rückseite. Obwohl Ferngespräche um diese Uhrzeit teuer waren, rief sie ihn an.

»Vielen Dank für die Bluse«, sagte sie, als er abhob. »Die ist so schön.«

»Gefällt sie dir?«, fragte Steve.

»Ja, wirklich sehr.«

»Ich dachte mir, dass sie passen würde.«

»So eine Überraschung«, sagte sie. »Wie war dein Tag?«

»Ja, es war spannend. Ich habe Räume für einen neuen Laden in Södertälje angeschaut.«

»Södertälje? Ich wusste gar nicht, dass du da was Neues aufmachen wolltest.«

»Nein, das war auch einfach nur so eine Idee. Ich habe ziemlich lange darüber nachgedacht, einen dritten Laden in Pendelnähe zu Stockholm aufzumachen, und dann habe ich plötzlich diese Annonce gesehen.«

Lena war enttäuscht. Wenn er da unten ein weiteres Geschäft aufmachte, dann würde es noch schwieriger für sie werden, sich zu sehen.

»Was denkst du, wann wir uns das nächste Mal sehen können?«, fragte sie.

»Ich hoffe, bald. Ich habe solche Sehnsucht nach dir.«

»Ich könnte auch zu dir kommen«, schlug Lena unvermittelt vor. »Es ist lange her, seit ich das letzte Mal in Stockholm war.«

Zehn Jahre, um genau zu sein.

»Das wäre ganz wunderbar, aber im Moment passt es nicht so gut. Ich habe so viel zu tun, und wenn du hierherkommst, dann möchte ich mich auch wirklich um dich kümmern können. Verstehst du das?«

»Doch«, sagt Lena. »Ist doch klar.«

»Aber ich verspreche, dass wir uns bald sehen. Ich bin nämlich schon ganz verrückt vor Sehnsucht.«

Kapitel 44

Hast du gestern den Spielfilm gesehen?«, fragte Kenneth und arbeitete sich mit der geriffelten Seite der Gabel durch eine Grillwurst.

Der Regen pladderte hart auf die Windschutzscheibe.

»Nein, daraus ist nichts geworden, ich musste die Sommerhütte winterklar machen. Der Nachtfrost ist so plötzlich gekommen.«

»Ja, pfui Teufel.«

Benny hatte niemandem erzählt, dass Ingrid da draußen wohnte, nicht einmal Kenneth.

»Du hast nichts verpasst. War ziemlich kitschig.«

Benny schob sich Kartoffelbrei und Gurkenmayonnaise auf die Gabel und schob sie in den Mund. Als die Scheiben von innen beschlugen, startete Kenneth den Wagen und schaltete die Lüftung ein.

»Du hast es gut, dass du bald dieses verdammte Wetter los bist«, sagte er.

»Ja, das wird schön werden«, erwiderte Benny.

Kenneth betrachtete ihn über seine Kartoffelbreipappe hinweg.

»Du klingst ja nicht sonderlich begeistert. Stimmt irgendwas nicht?«

»Nein, alles gut. Wenn wir endlich mal loskommen, aber vorher gibt's noch so viel zu machen. Es muss gepackt und alles Mögliche geregelt werden, und Reiseschecks müssen bestellt werden und all der Kram.«

Kenneth kaute schweigend.

»Sag mal, Lena, du weißt schon, die sich vorige Woche da auf Sollerön aufgehängt hat«, begann Benny, um das Gesprächsthema zu wechseln.

»Hast du das noch nicht losgelassen? Wir haben da keinen Fehler gemacht.«

»Schon klar. Aber was ist denn eigentlich damals passiert, als ihr Mann gestorben ist? Ich habe Gerüchte gehört, dass sein Bruder Assar wegen Misshandlung unter Verdacht stand. Du warst doch bei dem Fall dabei, wenn ich mich richtig erinnere.«

Benny drehte am Knopf der Lüftung, und es wurde wärmer.

»Ja, das stimmt«, erwiderte Kenneth. »Ich meine, da wäre auch möglicher Totschlag im Gespräch gewesen.«

»Was ist denn passiert?«

»Eskil und Assar waren draußen auf einem abgeholzten Berg am Ende der Welt und haben gepflanzt. Nur die beiden waren da, und es war heiß wie Hölle. Über dreißig Grad. Ein paar Tage vorher hatten sie gestritten, und aus irgendeinem Grund hatte Lena die Idee, dass sie angefangen hätten, miteinander zu kämpfen, und das Assar seinen kleinen Bruder erschlagen hätte. Vielleicht versehentlich, vielleicht auch mit Absicht.«

Kenneth sägte ein Stück von seiner Wurst ab und steckte es sich in den Mund.

»Gab es irgendetwas, was in diese Richtung wies?«

»Nein, es gab keinerlei Verletzungen in der Art. Aber sie war völlig außer sich, die Arme. Sie meinte, dass Eskil immer Angst vor seinem großen Bruder gehabt hätte und dass Assar ihn seine ganze Jugend über schikaniert und geschlagen hätte. Aber welche Brüder streiten nicht? Assar wurde zur Vernehmung geholt, doch das Ganze ist aus Mangel an Beweisen eingestellt worden. So ein Herz kann einfach jederzeit aufhören zu schlagen.«

»Furchtbar«, sagte Benny und schüttelte seine Kakaoflasche. »Da will man ja gar nicht dran denken.«

Benny hatte ansonsten nichts über die vier Brüder gefunden, als er gegen alle Vorschriften im Register nach ihnen gesucht hatte. Sie schienen sämtlich ein rechtschaffenes Leben zu führen.

Und wenn es Konflikte gab, dann würde man sicherlich nicht so schnell die Polizei hinzuziehen, zumal sie alle auf demselben Hof wohnten.

Kapitel 45

Ingrid war noch nie im Wasa Källaren gewesen, kannte das Lokal aber, weil es immer den besten Anzeigenplatz in der Lokalzeitung hatte. *»Das beste Lokal in Mora«*, das Schweizer Schnitzel, Tournedos de Wasa und Minutensteak servierte. Aber um diese Uhrzeit am Montagnachmittag war es ruhig. Der einzige Kellner, der zu sehen war, unterbrach das Abwischen der Tische, als sie hereinkam.

»Hallo, womit kann ich Ihnen dienen?«, fragte er. »Möchten Sie etwas essen?«

Sein dünnes Haar war ordentlich zurückgekämmt, auf der Nase hatte er eine Brille mit Horngestell und eine Schürze über dem runden Bauch. Vermutlich war er aber jünger, als er aussah.

»Nein danke, heute nicht«, sagte sie. »Aber ich wollte Sie fragen, ob Sie vielleicht diesen Mann kennen.«

Ingrid holte die Fotografie heraus und hielt sie ihm hin.

»Warum fragen Sie? Sind Sie Polizistin?«

»Privatdetektivin«, erwiderte Ingrid.

»Ich dachte, die gäbe es nur im Fernsehen.«

»Das glauben viele. Aber nun bin ich hier.«

Der Kellner schaute etwas zu lange auf ihre Haare, als dass es normal wäre, aber sie bewahrte Haltung.

»Und was für ein Verdacht besteht gegen diesen Mann?«

»Überhaupt keiner. Ich muss ihn nur erreichen, um ihm eine Todesnachricht zu überbringen.«

Er sah sie weiterhin skeptisch an, griff dann aber nach dem Bild.

»Er sieht irgendwie bekannt aus«, sagte er. »Aber es ist kein Stammgast, so viel kann ich sagen. Wenn ich ihn jemals bedient habe, dann hat er keinen nachhaltigen Eindruck hinterlassen.«

»Also keine größeren Trinkgelder oder so?«, fragte Ingrid und lächelte.

Der Kellner reagierte nicht auf ihren Versuch, die Stimmung aufzulockern, sondern reichte ihr das Foto kommentarlos zurück.

»Er soll hier am Donnerstag, dem vierundzwanzigsten Februar, einen Tisch reserviert haben«, fuhr Ingrid fort. Dass er einen Tisch reserviert hatte, war ein Schuss ins Blaue. Aber einen Versuch war es wert. Mit etwas Glück hatte er das wirklich getan.

»Könnten Sie vielleicht nachsehen, ob es irgendwelche Kontaktinformationen gibt? Name und Telefonnummer?«

»Sie wissen nicht mal, wie er heißt?«

»Für so was hat man eine Privatdetektivin«, entgegnete Ingrid. »Aber wenn ich die Sache richtig verstanden habe, dann heißt er Steve oder Sture Karlsson.«

Der Kellner sah hin- und hergerissen aus.

»Ich werde natürlich nicht verraten, woher ich diese Informationen habe«, fügte Ingrid hinzu. »Aber Sie würden einen wichtigen Beitrag leisten, wenn Sie mir helfen.«

Der Kellner zögerte noch kurz, dann ging er zum Auftragsbuch und begann zu blättern. Es dauerte eine Weile, bis er den richtigen Tag fand.

Zu der Zeit habe ich immer noch im Gefängnis gesessen, dachte Ingrid. Obwohl es erst knapp vier Monate her war, seit sie frei war, fühlte es sich doch seltsam an. Jeden Morgen um sieben Uhr aufstehen, im Akkord Arbeitskleidung für das staatliche Telefonunternehmen schneidern. Ab zwanzig Uhr jeden Abend in der Zelle eingesperrt.

»Tatsächlich«, sagte der Kellner und riss Ingrid zurück in die Wirklichkeit. »Hier habe ich einen Steve Karlsson.«

»Herrlich«, sagte Ingrid. »Für wie viele Personen war die Reservierung?«

»Für zwei.«

Dann gab es keinen Zweifel, dass es sich um die richtige Person handelte.

»Haben Sie möglicherweise eine Telefonnummer?«

»Durchaus«, erwiderte der Kellner und las fünf Zahlen vor. »Aber warten Sie«, sagte er, »diese Nummer ist vom Mora Hotel, das weiß ich.«

Ingrid fluchte leise.

»Haben Sie an dem Abend gearbeitet?«

»Ganz sicher. Ich arbeite fast immer.«

»Erinnern Sie sich, wen er bei sich hatte?«

»Das ist ein halbes Jahr her, und ich erinnere mich ja wie gesagt gar nicht an ihn.«

»Haben Sie trotzdem vielen Dank. Dann muss ich weitersuchen.«

Ingrid sprang ins Auto, das sie vor dem Restaurant geparkt hatte. Das Wochenende mit Anna rückte näher, und bevor sie nach Sollerön hinausfuhr, musste sie eine Runde nach Kumbelnäs drehen, den Anrufbeantworter abhören, sich versichern, dass es keine anderen Pläne gab, und dann Berit vom Jugendamt anrufen und sich mit ihr über die Details verständigen.

Obwohl es regnete, klappte sie den Sonnenschutz herunter, als sie sich dem Ort näherte. Bevor sie auf den Hof einbog, schaute sie sich wie gewöhnlich gründlich um, doch da war weder ein Mensch noch ein Auto zu sehen. Es gab auch keine anderen Anzeichen dafür, dass jemand da gewesen wäre.

Als sie das Haus betrat, blinkte ihr schon der Anrufbeantworter im Saal entgegen.

Ingrid setzt sich mit dem Brennballschläger auf dem Schoß auf einen Hocker und drückte auf den Knopf.

»Hallo, ich bin es.«

Kjells samtweiche Stimme ließ sie erschaudern.

»Du hast mich nicht zurückgerufen, und es bekümmert mich, dass du anscheinend nicht zusammenarbeiten willst, was wir aber doch müssen, wenn das hier funktionieren soll. Weil du Anna am Wochenende triffst, dachte ich, wir könnten vielleicht die Gelegenheit nutzen und uns sehen und reden. Du bist dann ja sowieso in der Stadt, denke ich.«

Den Rest der Nachricht hörte sie kaum, seine Stimme klang wie aus der Ferne. Woher wusste Kjell, dass sie Anna am Wochenende treffen würde? Wer hatte ihm das erzählt? Er würde sie finden. Er würde irgendwo auf sie warten. Es war nur eine Frage der Zeit. Er liebte dieses Spiel. Sie anzustoßen, aus dem Gleichgewicht zu bringen, und wenn sie dann reagierte – seiner Ansicht nach viel zu heftig und unberechtigt –, dann hatte er den Grund, den er brauchte, um richtig zornig zu werden.

Obwohl die Nachricht längst nicht für eine Anzeige ausreichen würde, holte Ingrid die Kassette aus dem Anrufbeantworter und legte eine neue ein. Warum konnte er nicht geradeheraus sagen, dass er vorhatte, sie totzuschlagen, wenn er die Chance bekäme? Hiermit würde sie nie weiterkommen.

Sie musste Berit anrufen.

Mit zittrigen Fingern wählte sie die lange Nummer und holte ein paarmal tief Luft. Zum Glück ging Berit direkt ans Telefon. Ingrid nannte, so gefasst, wie sie konnte, ihren Namen und sprach dann in ruhigem Ton weiter, was ihr viel abverlangte.

»Niemand von Ihnen darf Kjell erzählen, wann ich Anna treffe.«

»Ich habe es ihm natürlich nicht erzählt«, sagte Berit. »Das dürfen sie nicht glauben. Aber ich habe mitbekommen, dass Anna selbst etwas darüber gesagt hat.«

»Oh nein«, flüsterte Ingrid. »Nein, nein, nein. Kjell ist auf Rache aus, und wenn er nur die geringste Chance hat, mich zu finden, dann wird er sie nutzen. Man kann von Anna nicht verlangen, dass sie das verschweigt, aber die Erwachsenen müssen unsere Treffen, so lange es nur geht, vor ihm geheim halten.«

»Ich glaube nicht, dass sie noch Angst vor Kjell haben müssen«, erwiderte Berit. »Er macht einen sehr gefassten Eindruck, und mit Anna ist er phantastisch. Er sagt, dass alles, was passiert ist, ihm einen neuen Blick auf das Leben gegeben hat.«

Ingrid umklammerte den Hörer, die andere Hand ballte sie so fest zusammen, dass sich die Fingernägel in die Haut bohrten. Einen neuen Blick auf das Leben. Ja, das klang wie eine Sache, die Kjell sagen würde, wenn es ihm passte.

»Er sagt immer genau das, was die Leute hören wollen«, gab sie zu bedenken. »Sie wissen nicht, wozu er imstande ist, aber ich weiß das. Ich möchte, dass Sie Anna in Sigtuna abholen und mit ihr zum Naturhistorischen Museum fahren. Da werde ich Sie auf dem Parkplatz erwarten. Sie müssen sich auf der Fahrt immer vergewissern, dass niemand Ihnen folgt, und Sie dürfen den anderen nicht sagen, wohin Sie fahren.«

»Wenn Sie das möchten, dann tue ich es«, sagte Berit.

»Es ist lebenswichtig. Bitte verstehen Sie mich nicht falsch. Ich weiß wirklich, wie gut er darin ist, genau das Richtige zu sagen, um jemanden zu manipulieren.«

Durch den Hörer war das Klicken eines Feuerzeugs zu hören.

»Ich weiß, wie charmant er sein kann«, fuhr Ingrid fort. »Versuchen Sie seinem Blick zu widerstehen.«

Berit kommentierte das nicht, was Ingrid auch nicht erwartet hatte. Er hatte sie mit seinem intensiven Blick bestimmt schon hypnotisiert.

»Dann um zwölf auf dem Parkplatz«, sagte Berit.

»Danke, vielen Dank. Und versprechen Sie mir, darauf zu achten, dass Sie nicht verfolgt werden.«

Als sie das Gespräch beendet hatten, sah Ingrid, dass sie tiefe Spuren der Fingernägel in der Handfläche hatte. Sie rieb sich kurz die Hände und holte ihr Adressbuch aus der Handtasche.

Lotta war eine der wenigen im Hinseberg-Gefängnis gewesen, die überhaupt mit ihr hatte reden wollen, und gemeinsam hatten sie im Akkord an den Nähmaschinen geschuftet. Ingrid wusste, dass die anderen, die lieber ihre Tage darauf verwendeten, zu quatschen und Karten zu spielen, über sie tratschten. Aber Lotta fand genau wie Ingrid, wenn man schon einsaß, konnte man auch wenigstens versuchen, dabei ein bisschen Geld zu verdienen. Im Leben war nichts umsonst, wie Lotta oft sehr richtig bemerkte.

»Mach dich niemals von irgendeinem Mann abhängig«, hatte sie gesagt. »Vergiss das nicht.«

Dass Lotta sich von den Männern bezahlen ließ, hatte sie nie groß erzählt.

»Aber eines sage ich dir«, verkündete sie gern, »über mich bestimmt keiner. Keiner. Es ist mein Geld und mein Körper.«

Lottas Telefonnummer war eine der letzten, die Ingrid in ihr Adressbuch geschrieben hatte, und zwar an dem Abend, bevor Lotta freikam. Wenn sie Glück hatte, war sie immer noch gültig.

Ingrid wartete lange, dass jemand abnahm, und sie wollte grade schon auflegen, als am anderen Ende der Hörer abgehoben wurde und ein Husten zu hören war.

»Ja?«

»Spreche ich mit Lotta?«

»Wer fragt?«

»Ingrid. Aus Hinseberg.«

»Verdammt noch mal, Ingrid!«, rief Lotta fröhlich. »Lange nicht gehört. Wie geht es dir?«

»Na ja, geht so, könnte man sagen. Sie haben mich im Sommer rausgelassen, und jetzt verstecke ich mich an einem geheimen Ort.«

»Ist dieser Teufel noch hinter dir her?«

»Ich fürchte, ja. Und wie geht es dir?«

»Na, danke der Nachfrage«, antwortete Lotta. »Das Geld kommt rein, und man hat ein Dach über dem Kopf. Was will man mehr?«

Am anderen Ende klapperte es, und ein Wasserhahn wurde aufgedreht.

»Ich mache mir nur mal eben einen Morgenkaffee.«

Ingrid warf einen Blick auf die Uhr. Viertel nach drei. Als es bei Lotta wieder ruhig wurde, sagte Ingrid:

»Also, es ist so, ich bräuchte eine Pistole.«

»Eine Pistole?«, fragte Lotta. »Ich dachte, du hättest aufgehört, auf Leute zu schießen.«

»Nur sicherheitshalber. Ich dachte, dass du vielleicht Kontakte hast. Ich bezahle gut.«

Lotta lachte ihr heiseres Lachen, das von tief aus der Lunge gerasselt kam, und Ingrid merkte, wie sie das vermisst hatte.

»Jetzt stell sich mal einer vor, dass mich eine, die mal bei den Bullen war, bittet, ihr eine Knarre aus dem Ärmel zu schütteln. Man erlebt ja so einiges. Ich kann nichts versprechen, aber ich werde sehen, was ich tun kann. Melde dich in ein paar Tagen noch mal.«

»Du bist ein Engel«, sagte Ingrid.

Lotta lachte heiser.

»Die Götter wissen, dass ich das nicht bin. Und du auch nicht.«

Ingrid legte auf und blieb am Telefon sitzen. Sie fühlte sich so kraftlos, dass sie nicht wusste, wie sie aufstehen sollte. Sie schaute sich im Saal um. Der Esstisch, auf dem sie am ersten Abend in Freiheit ihr kleines Festmahl aufgedeckt hatte. Der Plattenspieler, auf dem sie wieder und wieder David Bowies neues Album gespielt hatte. Das Sofa, auf dem sie gesessen und bis spät in die hellen Sommernächte hinein ferngesehen hatte. Sie vermisste das alles so sehr, dass es ihr wehtat. Die Sonne, die durch die großen Fenster hereinfiel, die Pferde, die gegenüber auf der Wiese wieherten.

Aber vor allem vermisste sie die Freiheit, den Glauben an eine Zukunft, die auf sie wartete, an ein neues Leben mit Anna.

Verdammter Kjell, der immer wieder versuchte, alles zu zerstören. Als sie merkte, wie Tränen des Zorns in ihr hochkamen, stand sie auf, warf das Adressbuch in ihre Tasche und eilte zum Auto hinaus.

Sich beschäftigt halten, arbeiten, so überlebte man. Lenas Eltern brauchten sie. Im Moment musste das genügen.

Kapitel 46

Fünf Monate zuvor

Lena sang laut vor sich hin, während sie in der Küche klapperte. Es war fast zweiundzwanzig Uhr, und gleich kam der Höhepunkt der Woche: *Falcon Crest*. Während der Sportnachrichten machte sie sich eine Tasse Tee, dann kroch sie aufs Sofa.

Als gerade der Vorspann lief, hörte sie schwere Schritte in der Diele, dann einen Schlag und ein Fluchen. Lena seufzte.

»Störe ich?«, murmelte Assar, der nun auf der Schwelle stand.

»Ja, das tust du«, sagte Lena, ohne den Blick vom Fernseher abzuwenden. Er wartete keine Einladung ab, sondern setzte sich neben sie aufs Sofa.

»Du weißt, dass ich es nicht mag, wenn du betrunken hierherkommst.«

»So schlimm ist es doch gar nicht.«

Lena ignorierte ihn und gab sich Mühe zu verfolgen, was auf dem Bildschirm passierte. Er stank nach Branntwein.

»Sei nicht böse auf mich, bitte, Lena.«

Er legte eine große Hand auf ihren Oberschenkel.

»Hör auf«, sagte sie, schob die Hand weg und kroch noch weiter in ihre Sofaecke.

»Ich hätte ihn an dem Tag nicht zwingen sollen mitzukommen. Ja, ich weiß, dass er gesagt hat, er würde sich nicht gut fühlen, aber woher sollte ich wissen, wie schlecht es ihm ging? Ich bin doch kein Hellseher.«

Diese Leier hatte Lena im Laufe der letzten Jahre schon viele Male gehört. Stets vorgetragen in verschiedenen Graden der Trunkenheit. Erst Reue, und dann drehte er alles wieder dahin, dass es nicht seine Schuld gewesen sei. Und dann noch mal von vorn. Und noch mal.

»Ich hätte mich nicht lustig machen und nicht sagen sollen, dass er faul ist. Aber so waren wir immer miteinander, schon als Kinder.«

Lena wollte absolut nicht über diese Sache reden. Sie starrte weiter auf den Fernseher, auch wenn es eigentlich unmöglich war, sich zu konzentrieren. Im Augenwinkel sah sie, wie Assar einen Flachmann aus der Innentasche seiner Jacke holte, die er immer noch anhatte.

»Eva ist schwanger«, sagte er und schraubte den Deckel ab.

Zum ersten Mal seit Assar sich aufs Sofa gepflanzt hatte, wandte sie den Kopf und sah ihn von der Seite an.

»Oha«, sagte sie.

»Ja, das kann man, verdammt noch mal, sagen. Und meins ist es nicht.«

Er nahm zwei Schluck und schraubte den Deckel mit großer Konzentration wieder auf die Flasche.

Lena hatte versucht, das Bild von Eva und Finn in der Werkstatt zu verdrängen, aber jetzt kam es ganz klar und deutlich zurück.

»Seit Ewigkeiten hat Eva keine Lust zu ficken«, nuschelte Assar, »und dann plötzlich hat sie mich verführt, hat mich quasi im Bett überfallen.«

»Assar, hör auf«, sagte Lena. »Ich will das nicht hören.«

Aber ihr Schwager redete weiter.

»An dem Wochenende hatte sie was mit dem Magen, aber trotzdem hat sie sich auf mich gestürzt. Einfach so. Zum ersten Mal seit ich weiß nicht wie lange.«

»Wie, was mit dem Magen?«, fragte Lena.

»Sie hat mehrmals gespuckt, und na klar wusste sie da schon, dass sie schwanger ist. Und dann hat sie kapiert, dass sie mich wohl mal ins Bett zwingen musste, damit ich glaube, es sei meins. Thero…, also theoretisch.«

Der Flachmann kam wieder raus. Im selben Moment klingelte das Telefon. Lena zögerte. Sie war sich unsicher, ob sie Assar einfach so auf dem Sofa sitzen lassen konnte, ging aber trotzdem in die Küche und nahm den Hörer ab.

»Hallo, mein Augenstern«, sagte Steve.

»Hallo«, flüsterte Lena. »Ich hab Besuch, ich kann also grad nicht reden. Kann ich dich später anrufen?«

»Ja klar. Mach das.«

Sie legte auf und holte tief Luft. Wenn sie doch nur Assar dazu bringen könnte, nach Hause zu gehen. Sie wollte kein weiteres Wort über diese Sache hören. Doch Assar hatte sich nicht bewegt, als sie ins Wohnzimmer zurückkam.

»Mit wem tuschelst du denn da?«, fragte er.

»Da hatte sich jemand verwählt.«

»Du hast aber geflüstert.«

»Hab ich?«, erwiderte Lena. »Das habe ich gar nicht gemerkt.«

»Sind die Buschtrommeln schon in Gang?«, fragte er.

Als Assar sich endlich trollte, war es schon fast elf, aber Lena beschloss, Steve trotzdem zurückzurufen. Nachdem es siebenmal geklingelt hatte und sie gerade schon auflegen wollte, ging er ran.

»Haaallo«, sagte sie. »Hast du schon geschlafen?«

»Entschuldigung, mit wem spreche ich?«, fragte er in einem Ton, den sie noch nie von ihm gehört hatte.

»Ich bin es, Lena.«

»Ach, entschuldige, meine Liebe«, sagte er. »Ich glaube, ich bin hier auf dem Sofa eingenickt und wusste nicht mehr richtig, wo ich bin.«

Sofort hatte Lena ein schlechtes Gewissen.

»Ich muss mich entschuldigen, wo ich so spät anrufe. Aber ich dachte …«

»Natürlich solltest du mich anrufen. Ich habe doch gewartet.«

Lena bat noch einmal um Entschuldigung, weil es so lange gedauert hatte mit ihrem Rückruf.

Eigentlich hatte sie von Assar und von Eva erzählen wollen, die ein Kind haben würden, das vielleicht nicht seins war, aber Steve klang abwesend. Also ließ sie es bleiben.

»Wie geht es dir?«, erkundigte sie sich. »Du klingst müde.«

»Ja, das kann man wohl sagen«, antwortete er träge. »Ich war noch mal in Södertälje und habe mir die Räume angeschaut. Das ist wirklich perfekt da. Im Moment ist ein Glasladen drin, und alles ist in gutem Zustand, also wird man nicht viel renovieren müssen.«

»Das klingt gut«, sagte Lena, auch wenn sie es immer noch schade fand, dass er weniger in ihrer Gegend zu tun hatte.

»Der Vermieter muss mich aber erst noch gut finden, mal sehen, wie das wird.«

»Aber du klingst traurig«, sagte sie. »Ist irgendwas passiert?«

»Ich will dich nicht mit meinen Sorgen belasten.«

»Du hörst dir doch auch meine Sorgen an, natürlich will ich dann auch von deinen wissen. Ich verstehe ja nicht so viel von deinen Geschäften, aber trotzdem. Erzähl mir, was passiert ist.«

Steve seufzte tief.

»Ich habe eine größere Bestellung bei der Fabrik in Italien in Auftrag gegeben, aber jetzt stellt sich heraus, dass sie das Geld vorab wollen. Ich warte selbst auf eine Zahlung von jemand anderem, die aber verspätet ist. Ich kriege das Geld also erst nächsten Monat, aber die Italiener wollen jetzt bezahlt werden. Da ist einfach eine Lücke in den Finanzen, und weiß der Teufel, wie ich das lösen soll.«

»Kann ich dir irgendwie helfen?«

»Das glaube ich nicht«, erklärte Steve. »Es geht um eine ganz schön große Summe, und ich will dich da nicht mit reinziehen.«

»Wie viel ist es denn?«

»Es fehlen knapp fünftausend Kronen.«

»Oh«, sagte Lena. Das war mehr als ein Monatslohn für sie, nach den Steuern.

»Ja, genau: oh. Und es ist nichts, womit ich dich belasten will, das musst du verstehen.«

Er seufzte wieder.

»Wenn ich nur wüsste, was ich tun soll.«

Lena hatte noch ihr Sparbuch.

»Ich habe einiges Geld auf der Bank«, sagte sie. »Du könntest dir, bis du das Geld nächsten Monat bekommst, ausleihen, was du brauchst.«

»Nein, nein, Lena. Das ist viel zu viel. Das kann ich nicht annehmen.«

»Aber es ist doch nur geliehen. Und du bezahlst es mir zurück, sobald du kannst.«

»Nein«, sagte Steve. »Das spielt keine Rolle. Ich will dich nicht ausnutzen.«

»Du nutzt mich nicht aus. Es fühlt sich gut an, wenn ich dir auf diese Weise helfen kann.«

Es wurde einen Moment still.

»Meinst du das ernst?«, fragte Steve dann.

»Ja natürlich. Sonst würde ich es nicht vorschlagen.«

Lena hörte ihn atmen.

»Ich bin sprachlos«, sagte er. »Das ist wirklich das Netteste, was jemals jemand für mich getan hat.«

»Ich gehe morgen zur Bank, sobald sie aufmacht, und dann schicke ich das Geld per Postorder.«

»Jetzt muss ich fast weinen, Lena. Du bist ein Engel, weißt du das?«

Steves Stimme brach, und er bekam fast kein Wort mehr heraus.

»Und wenn wir uns nächstes Mal sehen, bekommst du jede einzelne Öre zurück«, versicherte er und räusperte sich.

»Was meinst du, wann das sein wird?«, fragte sie.

Es war schon mehr als einen Monat her, seit er in Mora gewesen war.

»Ich hoffe, bald. Ganz bald.«

Kapitel 47

Es war immer noch hell, aber die Sonne war bereits hinter den Bäumen untergegangen, als Ingrid am Montagnachmittag zu Lenas Haus fuhr. Nachdem sie das Auto geparkt hatte, ging sie auf den Rasen und pflückte einen Apfel von einem der Bäume. Auf dem Hof war niemand zu sehen, aber die Scheunentür stand offen, und die Fenster waren erleuchtet.

Kjells Nachricht auf dem Anrufbeantworter ließ ihr keine Ruhe. Sie biss von dem Apfel ab und versuchte sich auf den Geschmack zu konzentrieren, auf das Hier und Jetzt. Und auf ihren Auftrag.

Steve Karlsson. Wer war das? Ingrid beschloss, die Stockholmer Nummer anzurufen, die sie in Lenas Brieftasche gefunden hatte.

Als sie auf dem Weg ins Haus war, kam Jesper mit dem Schulrucksack auf dem Rücken auf einem Moped angefahren. Ingrid hob die Hand zum Gruß, doch er sah sie nicht. Als er vor dem Hauptgebäude hielt, ging sie zu ihm.

»Hallo!, rief sie.

Jesper fuhr zusammen und sah sie erstaunt über die Schulter hinweg an.

»Entschuldige, wenn ich dich erschreckt habe«, sagte sie. »Das wollte ich nicht.«

Er fuhr sich mit den Fingern durch das platt gedrückte Haar und schüttelte den Kopf.

»Ich hätte ein Foto, dass ich dir gerne zeigen würde, wenn du Zeit hast.«

»Ja, klar.«

Jesper stieg vom Moped, bockte es auf und hängte sich den Helm über den Arm.

Ingrid holte das Foto heraus.

»Könnte das hier der Mann gewesen sein, den du an dem Montag vor Lenas Haus gesehen hast?«

Jesper nahm das Bild und betrachtete es. Dann nickte er nachdenklich.

»Könnte sein«, sagte er. »Aber wie gesagt es war dunkel, deshalb ist es schwer zu sagen.«

Plötzlich erstarrte er und gab ihr das Foto schnell zurück, als hätte er sich daran verbrannt.

Als Ingrid sich umdrehte und Jespers Blick folgte, entdeckte sie Assar, der von einem der Schuppen kam.

»Sie schnüffeln hier also weiter rum?«, sagte er. Diesmal war er ruhiger und schien nüchtern, doch seine Augen funkelten. »Wir wollen Sie hier nicht haben«, fuhr er fort. »Haben Sie das nicht kapiert?«

Jespers Blick flackerte, und er verschwand eilig hinter der Ecke zur Hintertür.

»Wir unterhalten uns nur«, sagte Ingrid.

»Das hier ist privates Gelände«, entgegnete Assar. »Wenn wir, die wir hier wohnen, Sie nicht hier haben wollen, dann müssen Sie das respektieren. Wenn ich Sie noch einmal sehe, dann rufe ich die Polizei, ist das klar?«

»Lenas Eltern …«, begann Ingrid, doch Assar unterbrach sie sofort.

»Ich scheiße ganz hochachtungsvoll auf Lenas Eltern. Sie bleiben gefälligst auf Lenas Seite vom Hof, aber auf unserem Grundstück sind Sie nicht willkommen.«

»Auch wenn Sie nicht mit mir reden wollen, steht es mir doch frei, die anderen, die hier wohnen, zu besuchen. Darüber können Sie ja wohl kaum bestimmen.«

»Schon mal was von Hausfriedensbruch gehört?«, erwiderte Assar. »Hauen Sie ab«, schob er hinterher und zeigte auf Lenas Haus.

Ingrid warf ihm einen langen Blick zu, dann zog sie sich widerwillig zurück.

Wieder lag ein Stapel mit Post auf dem Küchentisch. Ingrid ärgerte sich darüber. Hatte Lena denn keine Tür hinter sich zumachen können? Konnte jeder auf dem Hof einfach in das Haus gehen, wie er wollte?

Sie fühlte sich in die Zelle auf Hinseberg zurückversetzt, wo jederzeit eine der Wachen die Tür aufreißen und alles auf den Kopf stellen konnte. Dieses Haus war zwar keine Zelle, aber Lena musste sich hier doch gefangen vorgekommen sein. Von allen Seiten einsehbar und dann eine Tür, die jederzeit aufgehen konnte. Wenn Lena ein geheimes Tagebuch gehabt hatte und Briefe bekam, von denen sie niemandem etwas erzählen wollte, dann hatte sie die bestimmt an einem unerwarteten Ort aufbewahrt, und das war nicht die Kommode im Schlafzimmer.

Bevor Ingrid zu suchen begann, entschied sie sich, die Stockholmer Nummer anzurufen. Es konnte durchaus sein, dass es die von Steve war. Es klingelte dreimal, dann ging der Anrufbeantworter ran.

»Willkommen beim Schuhgeschäft Karlsson und Söhne. Wir haben gerade viel zu tun und können Ihren Anruf nicht annehmen, aber hinterlassen Sie gerne eine Nachricht, dann rufen wir Sie baldmöglich zurück. Auf Wiederhören.«

Karlsson und Söhne? Das war dann sicher sein Familienunternehmen. Sie beschloss, am nächsten Tag noch einmal anzurufen, wenn hoffentlich jemand ranging. Aber vielleicht wäre es auch besser, ohne Vorwarnung dort aufzutauchen und nach ihm zu fragen, dadurch bekam man einen anderen Eindruck von den Leuten als am Telefon.

Ingrid rief die Auskunft an, um die Adresse zu der Telefonnummer zu bekommen. Wie sich herausstellte, war sie in der Straße Upplandsgatan. In ihren Jahren bei der Citypolizei hatte sie sich ziemlich viel in der Gegend bewegt, konnte sich aber an kein Schuhgeschäft erinnern. Allerdings war das auch schon eine Weile her. Die Stadt veränderte sich ja ständig.

Aber wo könnten die Briefe und das Tagebuch sein?

Sie hatte Erfahrung in Sachen Hausdurchsuchungen. Hatte gestohlenen Schmuck in Marmeladengläsern im Kühlschrank gefunden, Drogen in Büchern mit ausgeschnittenen Seiten, Pistolen in Cornflakestüten, Geldscheine in Fischstäbchenpackungen in der Tiefkühltruhe. Die Leute konnten ungeheuer erfinderisch sein.

Trotzdem beschloss Ingrid, im Schlafzimmer anzufangen. Wahrscheinlich wollte Lena die Briefe in ihrer Nähe haben, wenn sie so wichtig für sie waren. Ein Buch nach dem anderen blätterte sie durch, doch keines barg irgendwelche geheimen Verstecke. Sie schaute hinter dem Bild über dem Bett, probierte jede Tasche in allen Kleidungsstücken in der Garderobe, doch ohne Erfolg. Dann ging sie ins Wohnzimmer. Sie öffnete einen Eckschrank mit Dalarna-Malerei auf der Tür, doch der enthielt nur altes Porzellangeschirr, das wahrscheinlich auch nicht mehr benutzt worden war. Als sie ein paar mit Hühnern bemalte Eierbecher beiseiteschieben wollte, fiel einer davon auf den Boden und rollte unter den Fernsehschrank.

Sie ging auf alle viere und streckte die Hand zwischen den Rollen des Schranks hindurch. Das Erste, was sie zu greifen bekam, war nicht der Eierbecher, sondern eine Wollsocke.

Wie war die hier gelandet?

Ingrid erhob sich mit der Socke in der Hand und betrachtete sie eingehend. War das nicht genau so eine, wie die, die sie auf dem Fußboden im Schlafzimmer gefunden hatte?

Sie ging ins Schlafzimmer und fand die andere Socke mit identischen Streifen auf dem Stuhl neben dem Bett.

Als Lena am Seil gehangen hatte, war sie barfuß gewesen.

Wenn die Leiche durchs Wohnzimmer gezerrt worden war, dann konnte die Socke sehr gut verloren gegangen sein. Und wenn es außerdem noch eine Art Kampf gegeben hatte, dann hätte sie auch unter dem Fernsehschrank landen können.

War das ein sinnvoller Gedanke, oder analysierte sie hier zu viel?

Es klopfte an der Haustür, und Ingrid fuhr zusammen.

»Ja?«, fragte sie und legte die Socke weg.

Finn steckte den Kopf herein.

»Kann ich einen Moment reinkommen?«

»Nur zu«, sagte Ingrid.

»Ich habe gehört, dass Sie vorhin von Assar beschimpft worden sind«, sagte Finn. »Polizei anrufen hier, Polizei anrufen da. Wenn er Ihnen irgendwelche Schwierigkeiten macht, dann sagen Sie ihm einfach, dass Sie mich treffen wollen und dass ich Ihnen die Erlaubnis erteilt habe, sich auf dem Hof zu bewegen. Ist doch klar, dass Sie Ihrem Auftrag nachkommen müssen.«

»Danke«, sagte Ingrid und holte das Foto heraus.

»Kennen Sie diesen Mann hier?«

Finn sah das Bild mit zusammengekniffenen Augen an.

»Nein. Den habe ich noch nie gesehen, soweit ich weiß.«

»Sind Sie ganz sicher?«

»So gut wie.«

»Ich müsste die anderen hier auf dem Hof auch noch fragen.«

»Kommen Sie«, sagte er. »Ich begleite Sie.«

Kapitel 48

An diesem Abend schmerzte das Bein so schlimm wie lange nicht mehr. Könnte das Wetter umschlagen? Oder hatte er sich bei der Physiotherapie übernommen?

Kjell griff nach den Hanteln, die er immer auf dem Fußboden neben dem Fernsehsessel liegen hatte. Die Anstrengung zwang ihn, sich auf etwas anderes zu konzentrieren.

Als die Milchsäure schön pumpte, spannte er den Bizeps an und spürte, wie fest der war. Dann machte er mit dem neuen Handtrainer weiter. Auch wenn das Bein ihn im Stich ließ, war er in den Armen doch stärker denn je. Eines schönen Tages würde er seine Hand auf Ingrids Gesicht drücken und jeden einzelnen Knochen darin brechen.

Am Freitag würde sie in die Stadt kommen.

Kjell griff sich das Telefon, stellte es auf seinen Schoß und wählte die Nummer von Annas Pflegefamilie. Die Pflegemutter ging ran, zum Glück.

»Entschuldigen Sie bitte, dass ich so spät am Abend störe, aber ich habe solche Sehnsucht nach Anna. Wenn sie nicht reden möchte, dann muss sie das natürlich nicht.«

»Anna war so glücklich, als sie nach Ihrem Treffen nach Hause kam«, erwiderte die Frau. »Und was für ein Geschenk. Sie läuft die ganze Zeit mit dem Walkman rum und hört Musik. Man kann kaum mehr Kontakt zu ihr bekommen.«

»Vielleicht sollte man nicht so teure Geschenke machen, aber wenn man nicht zusammen spielen kann, wie man möchte, dann tut man halt, was möglich ist.«

Die Pflegemutter rief nach Anna, die tatsächlich ans Telefon kam.

»Hallo, Anna, Liebes«, sagte Kjell. »Hier ist der Papa.«

»Hallo.«

»Wie geht es dir?«

»Gut.«

»Was machst du?«

»Nichts.«

»Hast du Schulaufgaben?«

»Nein.«

Konnte sie sich nicht mal ein bisschen anstrengen, wenn ihr Vater anrief?

»Ich habe vor, dein altes Zimmer hier neu zu streichen«, sagte er. »Du bist ja jetzt schon groß und willst vielleicht keine Bärchen mehr auf der Tapete.«

Keine Antwort.

»Was ist denn deine Lieblingsfarbe?«

»Hellblau.«

»Hellblau. Aha. Ich dachte, das sei eine Jungsfarbe, aber wenn dir Blau am besten gefällt, dann soll es so werden.«

Er lachte auf eine Art und Weise, von der er hoffte, dass sie entspannt klang.

»Wie schade, dass wir uns am Freitag nicht sehen können«, sagte er, »aber du wirst ja Mama treffen, und das wird sicher supernett.«

»Ja.«

»Was habt ihr denn vor?«

»Ins Museum gehen.«

»Ach so. Schaut ihr euch Bilder an?«

»Nein, Tiere und Skelette und so was.«

»Oh, das Naturhistorische Museum«, sagte er und ballte die Faust in einer Siegergeste.

»Weiß nicht.«

»Das wird bestimmt nett. Viel netter, als Bilder anzuschauen. Die haben doch sogar ein Dinosaurierskelett da.«

»Ja.«

»Na, du hast bestimmt anderes zu tun, als mit deinem alten Vater zu sprechen. Mach's gut, Anna, wir sehen uns bald, und grüß Mama Ingrid, wenn du sie siehst.«

Kapitel 49

»Nein, den kenne ich nicht«, sagte Hillevi und wischte sich die Hände an einem Geschirrtuch ab. Sie nahm das Foto aus Ingrids Hand, um es näher zu betrachten, schüttelte aber bald den Kopf.

»Hast du den schon mal gesehen?«, fragte sie und reichte Rune, der am Küchentisch saß, das Bild.

Rune betrachtete es eingehend.

»Er erinnert mich an jemanden, aber ich komme nicht drauf, wer es sein könnte.«

Finn war vor Ingrid über den Hof gegangen und dann mit ihr in die Küche.

»Fragen Sie doch mal die Jungs, die sitzen nebenan und gucken Sport. Irgendeine neue Sendung.«

Wieder ging Finn voraus. Ingrid folgte ihm ins Wohnzimmer. Jesper kauerte in einem Sessel und schaute konzentriert auf den Fernseher. Johannes lag unter einer Decke auf dem Sofa.

»Ah, du bist auch zu Hause«, sagte Finn zu Johannes. »Solltest du nicht in der Schule sein?«

»Er hat Fieber«, erklärte Hillevi. »Ist aber schon auf dem Weg der Besserung.«

Auf dem Couchtisch herrschte ein buntes Durcheinander aus Zimtschneckenpapieren, Saftgläsern mit Strohhalmen und eine leer gegessene Eispackung, die Hillevi jetzt wegräumte.

»Sieht nicht so aus, als müsstest du darben.«

Johannes lächelte matt.

»Das hier ist Ingrid«, sagte Finn. »Die Privatdetektivin.«

Ingrid ging zum Sofa.

»Hallo«, sagte sie. »Vielleicht geben wir uns besser nicht die Hand, wenn du krank bist. Aber du hast sicherlich gehört, dass ich versuche, etwas über Lenas Tod herauszufinden. Ich wollte dich fragen, ob du diesen Mann kennst.«

Johannes schob eine Hand unter der Decke raus und nahm das Foto entgegen, dann betrachtete er es lange.

»Sieht aus wie der von der Texaco«, sagte er.

»Du meinst Kubiken?«, fragte Rune, der auch ins Zimmer gekommen war, ohne dass Ingrid es bemerkt hatte.

»Ja, oder, ich weiß nicht, wie er heißt.«

»Nein, der ist es nicht«, sagte Rune.

»Dann weiß ich es nicht, aber er sieht ihm ähnlich.«

»Ist das jemand, den du vielleicht schon mal hier auf dem Hof gesehen hast?«

»Nein, das glaube ich nicht.« Johannes gab Ingrid das Foto zurück und sank wieder in die Kissen.

»Vielen Dank trotzdem«, sagte sie. »Und gute Besserung.«

Finn begleitete Ingrid hinaus auf den Hof.

»Es ist sehr nett von Ihnen, dass Sie mitkommen«, sagte sie und schaute zu Assars Küchenfenster. Es war erleuchtet, doch niemand war zu sehen.

»Keine Ursache.«

Finn fuhr sich mit der Hand durchs Haar und machte keine Anstalten, sich zu beeilen.

»Ich hätte nicht gedacht, dass ich hier einen Beschützer brauche«, sagte sie und zitterte ein wenig. Die Temperaturen waren nach Sonnenuntergang schnell gesunken.

»Sagen Sie nur Bescheid, wenn Sie mit irgendetwas Hilfe brauchen. Ich bin hier.«

»Danke«, erwiderte sie. »Das ist gut zu wissen. Aber jetzt will ich mal nach Hause, es gibt nicht mehr viel, was ich hier heute Abend noch machen kann.«

»Fahren Sie vorsichtig«, sagte Finn und bog zu seiner Tür ab. »Auf den Straßen sind viele Tiere unterwegs.«

»Mache ich«, erwiderte Ingrid.

Als sie vom Hof fuhr, stand er am Fenster und sah ihr nach. Sie blendete kurz auf, und er hob die Hand, um den Gruß zu erwidern.

Als sie den Hof im Rückspiegel betrachtete, schauderte es sie. Sie wusste nicht genau, ob es an der Kälte lag oder an irgendetwas anderem. Aber jetzt wollte sie nur noch nach Hause.

Kapitel 50

Fünf Monate zuvor

Lena zog Schuhe und Mantel an und nahm die noch lauwarme Auflaufform mit Janssons Frestelse von der Arbeitsfläche. Bis zum Schluss hatte sie gehofft, dass sie Steve über Ostern sehen würde, aber er hatte jede Menge zu tun, musste mit Hilfe des Geldes, dass sie ihm geliehen hatte, die Finanzen regeln und versuchen, einen Mietvertrag für den Laden in Södertälje zu bekommen.

Er hatte froh und hoffnungsvoll geklungen, als sie Anfang der Woche miteinander telefoniert hatten, doch jetzt hatte sie schon ein paar Tage nichts von ihm gehört. Heute würde er zum Mittagessen zu seinem Vater nach Västerås fahren.

Lena ging mit zusammengekniffenen Augen gegen die Sonne über den Hof, immer bemüht, nicht in eine Pfütze aus geschmolzenem Schnee zu treten.

»Hallo, hallo und frohe Ostern!«, rief sie, als sie die Tür öffnete. Eva kam in einer mit Hühnern bedruckten Schürze in die Diele und nahm die Form entgegen.

»Was meinst du, muss das noch ein bisschen in den Ofen?«, fragte sie.

»Ein paar Minuten vielleicht«, sagte Lena und hängte den Mantel auf. »Aber ich habe es vorhin erst rausgeholt.«

Die anderen schienen schon da zu sein. Sie hörte Runes und Finns gedämpfte Stimmen und Klappern aus der Küche.

»Hallo, hallo«, sagte Hillevi fröhlich von der Spüle her.

Sie war dabei, die gekochten Kartoffeln abzugießen.

Rune und Finn saßen jeder auf einer Seite des Küchentischs. Assar war nirgends zu sehen.

»Kann ich noch was helfen?«, fragte Lena und blieb in der Küche stehen.

Die Stimmung wirkte seltsam.

»Nein, es ist schon alles aufgedeckt und fertig«, antwortete Hillevi unvermindert fröhlich. »Aber nimm doch das Brot mit rein.«

Lena nahm den Brotkorb und ging ins Esszimmer. Eva hatte wie üblich geschmückt: Ostergardinen, gestickte Wandbehänge mit diversen Ostermotiven, mit Federn besteckte Zweige in der Bodenvase vor dem offenen Kamin. Auf dem Esstisch lag wie üblich die knallgelbe Decke.

Auf dem Sofa vor dem abgeschalteten Fernsehapparat saßen Johannes und Jesper in Jeans und frisch gebügelten Hemden.

»Frohe Ostern«, sagte Lena und holte für jeden ein Osterei aus der Tasche. Sie blieb dieser Tradition treu, auch wenn die beiden mittlerweile groß waren und es viele Jahre her war, dass sie sich mit zu großen Hüten und schwarz aufgemalten Schnurrbärten als Osterkerle verkleidet hatten. Ein paar Süßigkeiten und einen kleinen Schein sollten alle Kinder bekommen. Die Jungs bedankten sich artig.

»Wo ist Susanne?«, fragte Lena, die noch ein weiteres Ei in der Hand hielt.

Johannes zuckte mit den Schultern.

»Es gab ein bisschen Drama«, sagte er.

»Was für Drama?«

Noch ehe einer der Jungs antworten konnte, kam Eva ins Zimmer. Sie hatte die Schürze abgenommen und lächelte sie an.

»Bitte schön, alle zusammen«, sagte sie. »Kommt und nehmt euch.«

Lena warf Johannes auf dem Weg in die Küche einen fragenden Blick zu, bekam aber keine Antwort. Assar war mittlerweile auch erschienen und stand als Erster am Büfett, ohne sich um Evas wütenden Blick zu scheren, der unzweifelhaft bedeutete: »Erst die Gäste«. Als er sich genommen hatte, setzte er sich im Wohnzimmer an den Esstisch und begann schweigend zu essen.

»Wo ist Susanne?«, fragte Lena noch einmal.

Von Eva bekam sie keine Antwort, aber Hillevi sagte:

»Sie ist vorhin mit dem Fahrrad weggefahren.«

Lena wartete, bis nur noch Eva da war, bevor sie sich etwas nahm. Assar hatte schon fast aufgegessen, als sie sich zwischen Jesper und Finn am Tisch niederließ. Susannes Platz blieb leer.

»Ja, wenn der Gastgeber nicht einschenkt, dann tue ich es eben«, sagte Rune und schaute Assar wütend an. Er ging um den Tisch und schenkte jedem, der es wollte, einen Schnaps ein. Als er zu Eva kam, legt sie die Hand auf ihr Glas.

Lena nickte, fürchtete aber, dass nicht mal Schnaps diese seltsame Stimmung auflösen konnte, die hier herrschte.

Als alle etwas bekommen hatten und Rune wieder an seinem Platz saß, schlug Eva an ihr Saftglas. Alle außer Assar legten ihr Besteck hin.

»Kannst du bitte auch …«, sagte sie und sah ihn flehend an.

Als er endlich aufhörte zu essen, sprach sie weiter.

»Ihr könnt gleich alle weiter essen, aber zuerst wollen Assar und ich noch etwas sagen. Es ist nämlich so, dass wir ein weiteres Kind bekommen werden.«

»Oha«, sagte Hillevi und strahlte. »Herzlichen Glückwunsch!«

»Wie schön, das sind ja wunderbare Neuigkeiten«, schob Lena ein, ohne dabei Assar oder Finn anzusehen.

Noch mehr »Oha, oha« und »Glückwunsch« brummten um den Tisch.

»Habt vielen Dank«, sagte Eva. »Wie ihr euch wahrscheinlich denken könnt, hatten wir die Hoffnung, mehr Kinder zu bekommen, schon aufgegeben, das kam also ein bisschen unerwartet, könnte man sagen.«

Johannes und Jesper zogen diskrete Grimassen und platzten fast vor unterdrücktem Lachen.

»Irgendwie haben wir uns noch nicht richtig an den Gedanken gewöhnt«, sagte Eva. »Aber nun ist es so. Und ihr wisst es nun auch.«

»Ja, jetzt wisst ihr, wie viel Spaß wir hier so haben«, sagte Assar und leerte sein Schnapsglas in einem Zug.

Dann knallte er das Glas auf den Tisch und griff nach der Flasche, um sich nachzuschenken.

»Prost allesamt«, sagte Rune und wandte sich an alle außer Assar am Tisch. »Frohe Ostern!«

Als Lena nach dem Essen nach Hause kam, war sie völlig durcheinander. Susanne war den ganzen Nachmittag nicht aufgetaucht, und Assar hatte, sowie er fertig war, den Tisch verlassen und sich im Schlafzimmer verbarrikadiert. Beim Nachtisch hatte Eva die Maske nicht länger aufrechterhalten können und war in Tränen ausgebrochen. Hillevi hatte sie, so gut es ging, getröstet. Finn, der sonst immer gern das Wort führte, hatte nicht viel beizutragen gehabt, sondern nur stocksteif dagesessen und in Lenas Richtung geschielt.

Lena stellte die leere Auflaufform auf die Spüle und ließ sich an den Küchentisch sinken. Sie griff nach dem Telefon und wählte die Nummer von Steve. Eigentlich rechnete sie nicht damit, dass er rangehen würde, bestimmt war er noch nicht aus Västerås zurück, aber überraschenderweise wurde abgenommen.

»Ja, hier bei Karlsson und Söhne.«

Als sie seine Stimme hörte, wurde sie schon ruhiger.

»Hallo, hier ist Lena.«

»Hallo, mein kleines Osterküken«, erwiderte er, und auch wenn das sicherlich fröhlich gemeint war, klang er nicht sonderlich froh.

»Du bist ja schon wieder aus Västerås zurück«, sagte sie.

»Ja, doch, ich war nicht so lange da. Wie ist es dir ergangen?«

Draußen auf dem Hof kam Susanne mit dem Fahrrad vorbei, nun also doch auf dem Weg nach Hause.

»Es war schrecklich«, sagte Lena und erzählte, was passiert war.

»Uiuiui, ja, das kann man wohl sagen. Das ist ja fast wie im Film.«

Susanne stieg vom Fahrrad und ging mit hängendem Kopf zum Haus.

»Ich habe für nächstes Wochenende einen Zug nach Mora gebucht«, sagte Steve. »Hast du Zeit? Bitte sag, dass du Zeit hast, denn ich bin schon völlig außer mir vor Sehnsucht nach dir.«

Jubel stieg in Lena auf. Auch wenn eine Woche noch lange hin war.

»Also, sonst könnte ich auch schon früher in der Woche mit dem Zug zu dir kommen«, schlug sie vor. »Ich habe einige Überstunden, die ich nehmen kann. Du musst doch nicht kreuz und quer durch die Gegend reisen, damit wir uns sehen können. Es wäre auch schön, mal nach Stockholm zu kommen.«

»Natürlich muss du unbedingt mal herkommen, aber die Bude, in der ich momentan wohne, ist wirklich nicht vorzeigbar.«

»Das macht mir überhaupt nichts aus.«

»Sobald die das mit der Elektrik geregelt haben, bist du herzlich willkommen«, erwiderte Steve, »aber du weißt ja, in der letzten Zeit habe ich viel zu viel gearbeitet, und im Moment will ich einfach nur weg hier. Ich bin völlig fertig.«

»Ja, ich höre das, du klingst müde. Wie ist es denn mit dem Geschäft in Södertälje?«

»Der Besitzer des Hauses würde mich gern als Mieter haben, und ich kann die Räume im Sommer übernehmen.«

»Wie schön, Steve! Herzlichen Glückwunsch.«

Sie hatte sich langsam an den Gedanken gewöhnt. Wenn Steve glücklich war, dann war sie das auch.

»Die wollen direkt nach den Osterferien einen Mietvertrag aufsetzen, aber ich muss drei Monatsmieten im Voraus zahlen«, sagte Steve.

»Oje! So viel?«

»Das ist üblich. Nur habe ich dummerweise immer noch nicht das Geld bekommen, auf das ich warte.«

»Ich verstehe«, sagte Lena.

»Es widerstrebt mir wirklich zu fragen, aber könnte ich mir noch etwas von dir leihen?«

Obwohl es beim ersten Mal ihre Idee gewesen war, ihm das Geld zu leihen, hatte es sich dennoch nicht gut angefühlt, mehrere Tausend Kronen auf einmal vom Sparkonto zu holen. Sie hatte es gern, wenn das Geld da war und mehr wurde, und nicht weniger.

»Wie viel ist es denn?«, fragte sie zögerlich.

»Ungefähr achttausend.«

Lena schluckte. Achttausend. Auch wenn sie Steve vertraute und ihm nur das Beste wünschte, fühlte es sich nicht gut an, das Konto völlig leer zu räumen. Es war ihre einzige Sicherheit für den Fall, dass mal was passierte, und eine Urlaubsreise würde es dann auch nicht geben können.

»Es gibt noch ein anderes Unternehmen, das sich für die Räume interessiert, also geht es darum, schnell zuzuschlagen, damit mir das Angebot nicht durch die Lappen geht«, sagte Steve. »Aber das wird sich schon irgendwie lösen lassen. Du hast schon mehr für mich getan als irgendjemand sonst. Es war wirklich dumm von mir zu fragen.«

»Ich kümmere mich darum.«

Sie begriff selbst nicht, wie die Worte so schnell aus ihrem Mund gekommen waren.

»Was sagst du?«

»Du kannst das Geld von mir leihen«, sagte Lena und schluckte, »aber ich brauche es so schnell wie möglich zurück.«

»Ist das wahr? Du bist wirklich mein Fels in der Brandung, liebste Lena.«

Lena versuchte nicht nachzudenken, sondern ihr Unbehagen von Steves Freude wegspülen zu lassen, auch wenn es ihr schwerfiel.

»Soll ich es so machen wie letztes Mal?«, fragte sie.

Ihr Mund war vollkommen ausgetrocknet.

»Nein, weißt du, ich kann das Geld doch mitnehmen, wenn wir uns am Samstag sehen.«

»Aber hast du nicht gesagt, dass es eilig ist? Musst du nicht diese Woche schon den Vertrag unterschreiben?«

»Doch, aber so wahnsinnig eilig ist es auch wieder nicht, du kannst dir nicht vorstellen, wie erleichtert ich bin. Das werden wir auf jeden Fall feiern, wenn wir uns nächstes Mal sehen! Ich habe auch wieder im Mora Hotel gebucht, dasselbe Zimmer wie letztes Mal. Ich habe solch unendliche Sehnsucht nach dir.«

Kapitel 51

»Was hältst du denn von dieser Sache mit dem Tomteland?«, fragte Kenneth, als sie auf dem Weg von Gesundaberget zurück waren, wo sie einen Einbruch im Schuppen einer Skianlage aufgenommen hatten.

»Du meinst das *Christmas Land*?«, fragte Benny im breitesten Amerikanisch, das er hinkriegen konnte, sodass sogar J. R. Ewing blass geworden wäre.

Die Pläne, in Gesunda mit einer Art weihnachtlichem Disneyland Touristen anzulocken, gab es schon einige Jahre, aber mittlerweile hatte ein Unternehmen sehr viel Geld in die Sache gesteckt, die laut Berechnungen zwanzig neue Jobs schaffen würde.

»Schauen wir mal, ob da was draus wird«, sagte Kenneth. »Aber wenn ich fünfzehn Millionen übrig hätte, dann würde ich sie für was anderes ausgeben.«

Als sie auf die Landstraße kamen, meldete sich der Funk.

»Ist einer von euch in der Nähe von Mora?«

»Wir könnten in zehn Minuten dort sein«, sagte Benny.

»Wir haben da einen Streit in einem Treppenhaus auf der Millåkersgatan 20. Ein junger Mann steht vor einer Wohnungstür und weigert sich wegzugehen.«

»Verstanden«, sagte Benny, »wir übernehmen.«

»Ist ja kein Umweg«, sagte Kenneth. Die Millåkersgatan war dieselbe Straße, in der das Polizeirevier lag, und die Nummer 20 war eines von mehreren identischen dreistöckigen Häusern.

Kenneth bog in den Hof ein und parkte direkt vorm Eingang. Als sie das Haus betraten, hörten sie schon das Trommeln von Fäusten und Flüche aus dem zweiten Stock. Benny nahm zwei Stufen auf einmal, und als er sah, wer da stand, drehte er sich nur um und sah Kenneth an.

Hasse Persson.

»Was ist denn hier los?«, fragte Benny.

Hasse, wie gewöhnlich in schwarzer Lederjacke und Jeans mit einer sich ausbeulenden Snus-Dose in der Gesäßtasche, trat von der Tür zurück, als er der Polizisten ansichtig wurde.

»Ich hab nichts gemacht, verdammt noch mal, ich will nur mit ihr reden, sie ist da drin, ich weiß es.«

Auf dem Briefkasten stand »K. Magnusson«.

»Und wer ist sie?«, fragte Kenneth.

»Kicki.«

»Sieht ganz so aus, als möchte Kicki nicht mit Ihnen reden. Jetzt kommen Sie mal mit.«

»Das ist total idiotisch. Ich habe nichts getan, sag ich doch.«

Hasse wich zurück und zog seinen Arm weg, als Kenneth ihn packen wollte.

»Sie machen den Leuten Angst«, erklärte Kenneth. »Und außerdem ist es keine gute Idee, hier so einen Lärm zu veranstalten, wenn man gerade aus dem Knast gekommen ist.«

Nachdem Kenneth ihn nach draußen abgeführt hatte, öffnete eine junge Frau die Tür. Geschminkte Augen, hoch toupiertes Haar, rosa Pullover und ebenso rosafarbene Lippen. Benny wusste, dass er sie schon einmal gesehen hatte, konnte sie aber nicht richtig einordnen.

»Er hat gesagt, er bringt mich um«, sagte sie. »Ich war ganz sicher, dass er die Tür einschlägt.«

»Lassen Sie uns mal reingehen und reden«, sagte Benny und folgte ihr in die Wohnung.

Kicki Magnusson? Er grübelte.

Sie ging voraus in eine kleine Küche mit rosa Raffgardinen, weißem Tisch und weißen Stühlen.

»Erzählen Sie mir, was passiert ist«, sagte er und holte den Notizblock heraus. »Fangen wir mal mit Ihrem Namen an.«

»Kristina Magnusson«, sagte sie »aber alle nennen mich Kicki.«

»Wir haben uns doch schon mal gesehen, oder?«, fragte Benny.

»Ja, ich glaube, sie haben mich verhört, nach dem Einbruch im Supermarkt auf Sollerön im letzten Winter. Da habe ich früher gearbeitet.«

Jetzt fiel der Groschen.

»Woher kennen Sie Hasse Persson?«

»Wir waren damals zusammen, aber ich habe Schluss gemacht, als er wegen des Diebstahls festgenommen worden ist. Mit solchen wie ihm wollte ich nichts zu tun haben.«

»Das ist sicher klug«, sagte er. »Wie lange hat er jetzt hier draußen gestanden und Theater gemacht?«

»Bestimmt eine halbe Stunde. Mein Gott, ich hatte solche Angst. Ich war ganz sicher, dass er die Tür aufbrechen würden. Gucken Sie mal, wie ich zittere.«

Sie hielt eine Hand vor sich hin. Dann kam auch Kenneth in die Küche und setzte sich an den Tisch.

»Jetzt wird er Ihnen keine Sorgen mehr machen«, erklärte er. »Wenn ihm wider Erwarten einfällt, noch mal zurückzukommen, dann rufen Sie uns sofort an.«

»Okay«, sagte Kicki, die trotzdem nicht sonderlich erleichtert aussah. »Ich wusste nicht, dass er schon wieder draußen ist.«

Auf dem Tisch lagen ein paar Wochenzeitschriften und die Post, ganz oben auf lag ein Zettel mit einer Handschrift, die Benny kannte. Ingrid. Sein Blick fuhr über das, was sie geschrieben hatte, und er schnappte ein paar Wörter auf. *Lena Hedström … Fragezeichen wegen ihres Todes … Möglichkeit zu reden … Privatermittlerin … rufen Sie mich an.*

»Sie kannten Lena Hedström?«, fragte er.

»Ja, wir waren Kolleginnen, bis ich da draußen gekündigt habe.«

»Haben Sie mit Ingrid gesprochen?«, fragte er und zeigte auf den Zettel.

»Nein«, erwiderte sie. »Das kam mir irgendwie komisch vor. Ein handgeschriebener Zettel in der Post, und was heißt denn Privatermittlerin?«

»Das ist nicht komisch, ich kenne sie, und sie ist sehr seriös.«

Kenneth beugte sich vor und las ebenfalls, was auf dem Zettel stand.

»Okay«, sagte Kicki. »Mal sehen.«

»Möchten Sie Anzeige wegen Hausfriedensbruch erstatten?«, fragte Benny.

»Nein. Das packe ich irgendwie nicht.«

»Sind Sie sicher? Das ist aber wichtig für den Fall, dass er das noch mal macht.«

Kicki schüttelte noch heftiger den Kopf, aber so viel sie sich auch bewegte, ihre mit Haarspray fixierte Frisur blieb unverändert.

»Vielleicht hat er jetzt was gelernt.«

»Hoffen wir mal«, sagte Benny.

Er sah sie einen Moment an, um ihr die Zeit zu geben, es sich anders zu überlegen, dann steckte er den Notizblock zurück in die Tasche.

Kicki schloss die Tür hinter ihnen ab.

»Wusstest du, dass Ingrid angefangen hat, in diesem Selbstmordfall herumzugraben?«, fragte Kenneth auf dem Weg zum Auto.

»Ja, sie hat es erzählt.«

»Hast du nicht gesagt, sie sei weggezogen?«

»Das ist eine lange und komplizierte Geschichte«, sagte Benny.

»Ihr trefft euch also noch?«

»Treffen ist ein bisschen viel gesagt, aber … Wirklich ganz unter uns, sie wohnt in meiner Sommerhütte. Ihr Leben ist momentan sehr schwierig.«

»Weiß Ulrika davon?«

»Na klar, wieso sollte sie nicht? Ingrid hat ihr Detektivbüro aufgegeben, aber Lenas Eltern haben Hilfe gesucht, und da hat sie sich bereit erklärt.«

Kenneth schwieg einen Moment.

»Aber wir haben doch keinen Fehler gemacht, oder?«, fragte er.

»Nein. Zumindest dachte ich das nicht, aber in den letzten Tagen habe ich angefangen darüber nachzudenken, ob wir nicht doch was übersehen haben.«

Kapitel 52

»Wie gut, dass du kommen konntest«, sagte Kjell und trat beiseite, sodass Conny Platz in der Diele hatte.

»Kein Problem«, erwiderte Conny.

Es hatte Kjell widerstrebt, Conny um Hilfe beim Streichen der Wände zu bitten, aber nach einigem Hin und Her hatte er es doch getan. Auf die Leiter zu steigen und das Gleichgewicht mit der Farbrolle in der Hand zu halten, war unmöglich gewesen, wie oft er es auch versucht hatte. Conny hatte erst nicht geantwortet, aber als Kjell mit Bier und Essen vom Chinesen an der Ecke gelockt hatte, versprach er zu kommen.

»Es ist gar nicht mehr so viel«, sagte Kjell und ging vor ihm ins Kinderzimmer, wo etwas mehr als die Hälfte der Wände in einem hellblauen Farbton gestrichen waren. Den Fußboden hatte er, so gut es ging, mit Pappe ausgelegt.

»Hast du aber doch gut gemacht«, sagte Conny und packte die Rolle, die auf dem Abtropfgitter bereit lag.

Kjell wusste nicht recht, was er jetzt tun sollte.

»Sie soll also hier wohnen?«, fragte Conny, tauchte die Rolle in die Farbe und kletterte dann schnell wie eine Katze die Leiter rauf.

Kjell lehnte am Türrahmen.

»Das weiß ich nicht«, sagte er. »Aber der Plan ist, dass sie auf jeden Fall zu Besuch kommt.«

»Okay.«

Conny drehte ihm den Rücken zu und begann mit gleichmäßigen Bewegungen zu streichen.

»Ich musste noch mal dran denken, was du erzählt hast. Dass Ingrid in Mora wohnt«, sagte er. »Im Frühjahr habe ich auf der Gewerkschaftskonferenz Benny Jörgensen getroffen. Er wohnt auch dort.«

»Was, zum Teufel, sagst du da?«

Zum Glück stand Kjell an den Türrahmen gelehnt, sonst hätte er das Gleichgewicht verloren.

»Ja, ich glaube, der ist zu seiner Flamme gezogen, die war doch von dort.«

»Der arbeitet immer noch als Streifenpolizist?«

»Ja«, sagte Conny. »Wie spannend das nun da in der Wildnis auch sein kann.«

In Kjells Kopf rauschte es. Es konnte kein Zufall sein, dass Ingrid ausgerechnet dorthin gezogen war. Er hatte es doch die ganze Zeit gewusst, dass Ingrid sich all die Jahre hinter seinem Rücken mit Benny getroffen hatte. Sie hatte es abgestritten und ihn beschuldigt, ohne Grund eifersüchtig zu sein, aber er wusste, dass er recht gehabt hatte. So was spürte man einfach. Diese verlogene verdammte Hure.

Und dann fragte sie sich, warum ihm manchmal der Geduldsfaden riss. Wem ginge das nicht so, wenn einem, ohne mit der Wimper zu zucken, direkt ins Gesicht gelogen würde?

Das Erste, was sie getan hatte, als sie aus dem Gefängnis kam, war also, nach Dalarna raufzufahren und sich in Bennys Arme zu werfen. Ganz sicher war er auch der Grund, weshalb sie beschlossen hatte, ihn ohne Vorwarnung und ohne ein einziges Wort zu verlassen.

»Was ist los mit dir?«, fragte Conny und sah von der Leiter auf ihn herunter.

»Willst du ein Bier?«

»Ja, gerne.«

Kjell humpelte in die Küche und holte zwei kalte Bierdosen aus dem Kühlschrank. Als er die Tür schließen wollte, konnte er sich nicht mehr beherrschen und knallte sie so gewaltsam zu, dass etwas darin umfiel. Verdammte verfickte blöde Fotze.

Kjell riss die Tür wieder auf, um zu sehen, was passiert war. Als er sah, wie die Milch zwischen die Schubladen lief, riss er das Milchpaket raus und schleuderte es in die Spüle.

Woche um Woche hatte sie ihn angelogen, und jetzt schlief sie da jede einzelne Nacht mit ihm.

Kjell knallte mit voller Kraft die Faust auf den Küchentisch.

»Was ist denn los?«, rief Conny.

Kjell antwortete nicht. Er spülte mit ein paar Schluck Bier eine Schmerztablette runter und hinkte zurück ins Kinderzimmer.

»Was machst du denn?«, fragte Conny und kletterte von der Leiter.

Statt zu antworten, reichte Kjell ihm eine Dose Bier.

»Sie hat den die ganze Zeit hinter meinem Rücken gefickt«, sagte Kjell. »Das macht mich verdammt wütend, wenn ich daran denke.«

»Nein, glaubst du das?«

Conny öffnete die Dose und sah ihn fragend an. Die ganze lange Wand war fertig gestrichen. Er hatte schnell gearbeitet. Wollte wahrscheinlich nicht länger als nötig hier sein, dachte Kjell.

»Ich bin total sicher. Hundert Prozent. Was glaubst du sonst, warum sie da hingezogen ist? Die haben die ganzen Jahre ein Verhältnis gehabt.«

»Das glaube ich nicht«, sagte Conny. »Benny hat mir erzählt, dass er im Juni heiraten würde, da täuschst du dich also.«

Kjell nahm noch ein paar Schluck, ohne sich um Connys Blick zu scheren.

»Glaubst du, ich merke nicht, wenn ich angelogen werde?«, fragte er.

Conny trank von seinem Bier, dann stellte er die Dose auf den Boden und kletterte wieder auf die Leiter.

Kjell setzte sich auf Annas kleines Bett, das er ein Stück von der Wand abgerückt hatte, und trank weiter. Der Schmerz in seinem Bein begann abzuebben, doch die Wut war noch da, wenn auch die Wirklichkeit schon etwas sanfter wirkte.

»Verdammt noch mal, ich werde die töten.«

»Was sagst du da?«

»Ich würde die beiden am liebsten umbringen.«

Conny hielt inne, sah ihn aber nicht an.

»Und was würde das deiner Meinung nach bringen? Dass du für den Rest deines Lebens im Knast sitzen kannst?«

»Ist mir egal.«

Kjell sah Ingrid und Benny vor sich in irgendeinem verdammten ochsenblutroten Haus mit weißen Ecken. Davor ein Haufen Kinder, die sich im Schnee tummelten. Was sie in dem gleißenden Schnee machten, war unklar, aber sie lachten alle. Über ihn. Sie zeigten auf ihn und flüsterten, und dann kicherten sie hinter hervorgehaltenen Händen. *Man darf nicht über alte Männer mit Stock lachen. Die können doch nichts dafür, dass sie nicht laufen können. Kommt jetzt alle rein.* Kjell umklammerte fest den Stock und zielte damit auf eines der rotznasigen Kinder, das Benny am ähnlichsten sah.

Und plötzlich wusste er, wie er sich so an Ingrid rächen konnte, dass sie es nie vergessen würde. Er würde etwas tun, was viel wirkungsvoller war, als sie selbst zu töten.

Kapitel 53

Mit klappernden Zähnen lief Ingrid vom Steg hinein in die Wärme der Hütte. Das Wasser war binnen weniger Tage entschieden kälter geworden, und wahrscheinlich musste sie die Idee aufgeben, sich im See zu waschen. Ein rasches Untertauchen musste reichen.

Als sie sich wieder angezogen und die Haare einigermaßen getrocknet hatte, schaltete sie den Fernseher ein. Im ersten Programm lief eine Sendung über vier westschwedische Naturmaler. Ihr war alles recht, um auf andere Gedanken zu kommen und die Stille nicht ertragen zu müssen.

Die Nachrichten hatten gerade angefangen, da hupte Benny vor der Tür.

»Ich bringe dir Post«, sagte er und legte einen Stapel auf den Tisch. »Auf dem Anrufbeantworter war nichts.«

»Danke«, sagte Ingrid und blätterte den Stapel durch, ohne etwas Dringendes zu finden.

»Warst du baden?« Benny schaute zu dem Handtuch, das vor dem Kamin zum Trocknen hing.

»Ja.«

»Wie geht es dir?«, fragte Benny und setzte sich aufs Sofa.

»Nicht so gut, wenn ich ehrlich sein soll.«

»Möchtest du darüber reden?«

»Kjell weiß, dass ich am Freitag nach Stockholm fahren und Anna treffen werde.«

»Verdammt noch mal, wie kann er das wissen?«

»Er ist so verschlagen, dass er Anna dazu gebracht hat, es ihm zu erzählen. Und jetzt habe ich furchtbare Angst. Wir werden bei Thomas wohnen, und man muss nicht gerade Einstein sein, um sich das auszurechnen. Ich habe der Frau vom Jugendamt gesagt, sie muss dafür sorgen, dass ihr keiner folgt, wenn sie Anna holt.«

»Und was hat sie gesagt?«

»Sie begreift überhaupt nicht, wie gefährlich Kjell ist und wie sehr er mich hasst. So wie ich ihn kenne, hat er sie um den kleinen Finger gewickelt. Aber jetzt will ich nicht mehr daran denken. Lass uns lieber über etwas anderes reden. Wie geht es dir denn?«

»Wie es mir geht?«

Benny zog die Augenbrauen hoch, als wäre die Frage völlig absurd.

»Ja«, sagte Ingrid. »Immer reden wir nur von mir und meinen Sorgen. Aber wie geht es dir denn?«

Benny sah immer noch etwas verwirrt aus, doch dann sagte er:

»Doch, mir geht's gut. Absolut. Aber ich bin hergekommen, weil ich dir was erzählen wollte. Kicki Magnusson …«

»Du meinst Lenas Arbeitskollegin? Ich habe versucht, sie zu erreichen.«

»Ich weiß«, sagte Benny. »Wir mussten heute zu ihrer Wohnung ausrücken. Ihr Ex stand vor der Tür und hat Theater gemacht.«

Ingrid ging zum Fernseher und drehte ihn leiser.

»Der hat gerade eine kürzere Gefängnisstrafe wegen Einbruchs abgesessen«, fuhr Benny fort. »Als er eingefahren ist, hat Kicki mit ihm Schluss gemacht. Tatsache ist, dass er unter anderem Tabak und Zigaretten aus dem Laden gestohlen hat, wo Kicki und Lena gearbeitet haben, und es war Lenas Zeugenaussage, die ihn in den Knast gebracht hat.«

»Wie das denn?«, fragte Ingrid und schob einen großen Holzkloben in den Ofen.

»Sie hatte sein Auto in der Nacht erkannt, mit Nummer und allem.

Also konnten wir direkt zu ihm nach Hause fahren und die gestohlenen Sachen abholen. Er ist schon seit einiger Zeit polizeibekannt, ein richtiger kleiner Hehler. Offiziell ist er Autohändler, doch das meiste, was er macht, sind zwielichtige Geschäfte. Übrigens heißt er Hasse. Drei Tage bevor Lena gefunden wurde, ist er entlassen worden.«

»Oh, interessant«, sagte Ingrid. »Du glaubst also, er könnte etwas mit ihrem Tod zu tun haben?«

»Nein, so weit würde ich vielleicht nicht gehen. Aber ich wollte es dir einfach erzählen, damit du weißt, wie das zusammenhängt.«

»Aber hätte Hasse sie denn umbringen können?«

»Wenn ich er wäre, dann würde ich nicht direkt nachdem ich aus dem Gefängnis entlassen werde jemanden umbringen«, sagte Benny. »Aber Hasse ist nicht gerade der Schlauste und außerdem ziemlich temperamentvoll. Er ist zweimal wegen Gewalttätigkeit verurteilt worden.«

»Nehmen wir mal an, er ist aus dem Gefängnis gekommen und dann direkt zu Kicki gefahren, um sie anzubaggern, und als sie ihn abgelehnt hat, wurde er wütend und brauchte einen Sündenbock«, gab Ingrid zu bedenken. »Er könnte durchaus glauben, dass es Lena war, die sein Leben ruiniert hat. Manche Menschen haben die Tendenz, die Schuld immer bei anderen zu suchen.«

Benny nickte nachdenklich.

»Wäre so ein Szenario ein mögliches Motiv?«, fragte sie. »Mal rein hypothetisch?«

»Wenn es so wäre, dass Lena sich nicht selbst umgebracht hat, dann durchaus«, sagte Benny. »Unmöglich ist es nicht.«

Kapitel 54

Fünf Monate zuvor

Lena zog die neue Seidenbluse an und betrachtete sich prüfend im Schlafzimmerspiegel. Die Brandnarbe auf ihrer Haut ärgerte sie, obwohl Steve gesagt hatte, dass sie dadurch nur spannender werde. Lena wollte nicht spannend sein, sondern schön. Aber da er vielleicht beleidigt wäre, wenn sie die teure Bluse nicht anzog, suchte sie nach einer Kette, mit der sie ihr nacktes Dekolleté zumindest ein wenig verdecken konnte.

Tags zuvor war sie bei der Bank gewesen und hatte das Geld abgehoben, das er brauchte. Es schmerzte sie zu sehen, wie die Summe auf ihrem Sparbuch immer kleiner wurde, aber sie schob das Gefühl, so gut es ging, beiseite. Es war ja nur geliehen. Schon nächsten Monat würde sie jede einzelne Krone zurück auf ihrem Konto haben.

Die Minuten schlichen dahin. Die ganze Woche über hatte die Zeit quasi still gestanden, die Arbeitstage waren ihr unendlich lang vorgekommen. Aber in ein paar Stunden würde sie Steve endlich wiedersehen. Um siebzehn Uhr erwartete er sie in der Lobby des Mora Hotel. Ihr Körper bebte vor freudiger Erwartung.

Lena schminkte sich sorgfältig, föhnte das Haar und bemalte ihre Fingernägel im Farbton der neuen Unterwäsche, die sie im Katalog bestellt hatte. Obwohl sie versuchte, alles so langsam wie möglich zu machen, um die Zeit auszufüllen, war sie eine ganze Stunde zu früh fertig.

Weil sie keine Ruhe hatte, zu Hause zu warten, nahm sie das Auto nach Mora, wo sie aufs Geratewohl herumfuhr, während sie darauf wartete, dass es endlich fünf schlug. Nach einer Tour um das Zentrum und den Fridhemsplan fuhr sie die ganze Strecke nach Selja rauf und dann nach Östnor und Öna, schließlich wieder zurück nach Mora.

Fünf Minuten vor der verabredeten Zeit parkte sie vor dem Hotel und schaute zum Fenster im zweiten Stockwerk hoch, wo Steve beim letzten Mal gewohnt hatte. Ihre Beine fühlten sich vor Nervosität an wie Gelee, als sie aus dem Auto stieg und abschloss.

Punkt fünf Uhr betrat sie das Foyer, und da stand er, genau wie er gesagt hatte, in Hemd und Cordjackett. Beim Friseur war er auch gewesen.

Er sah so gut aus, dass sie rot wurde.

Als er sie entdeckte, kam er ihr entgegen.

»Ich hatte solche Sehnsucht nach dir«, flüsterte er und küsste sie.

Ohne ein Wort zu verlieren, liefen sie Hand in Hand die Treppe hinauf.

»Du machst mich ganz verrückt, weißt du das?«, sagte er und fummelte mit dem Schlüssel herum, ließ ihn zweimal fallen, ehe er die Tür aufkriegte.

Lenas Mantel landete als Haufen auf dem Fußboden, die Stiefel zog ihr Steve einen nach dem anderen aus, als sie schon rücklings auf dem Bett lag.

»Wie schön du in dieser Bluse bist«, sagte er. »Sie steht dir wirklich.«

Lena antwortete nicht, knöpfte stattdessen sein Hemd auf und zog es ihm aus.

Danach blieben sie quer über dem Bett liegen.

»Komm«, sagte Steve.

Er zog den Überwurf beiseite, kroch unter die Decke und streckte die Arme aus, damit Lena sich eng an ihn schmiegen konnte.

Lena erwachte zuerst. Im Zimmer war es fast dunkel, und erst dachte sie, es sei bereits Nacht. Sie hob den Kopf und sah auf dem selbst leuchtenden Zifferblatt von Steves Armbanduhr, dass es erst halb acht war.

»Liegst du hier und beobachtest mich?«, fragte Steve, der von ihrer Bewegung aufgewacht sein musste.

Lena legte wieder den Kopf auf seinen Arm und seufzte zufrieden.

»Wenn man es doch immer so haben könnte«, sagte sie.

»Ich habe um acht unten im Restaurant einen Tisch für uns reserviert«, sagte Steve. »Komm!«

Kichernd suchten sie ihre Kleider zusammen, die um das Bett herum verstreut lagen, und taten ihr Bestes, um einigermaßen vorzeigbar auszusehen.

»Ach ja«, sagte Steve. »Wo ich gerade dran denke. Hast du das Geld dabei? Vielleicht ist es am besten, wenn ich es hier im Tresor verwahre, damit es nicht gestohlen wird.«

Lena holte das Kuvert mit dem Bündel Scheine aus der Tasche und reichte es Steve, der noch einmal gründlich zählte, ehe er das Geld im Schrank platzierte.

»Du bist ein Engel, Lena«, sagte er und küsste sie auf den Mund.

»Du weißt schon, dass ich das Geld nächsten Monat zurückhaben muss, oder?«

»Selbstverständlich«, sagte er auf dem Weg aus der Tür. »Du musst dir keine Sorgen machen, ich verspreche es.«

In dem großen Restaurant war nur die Hälfte der Tische besetzt, es war also kein Problem, einen Fensterplatz mit Blick über den Siljan zu bekommen. Die Dämmerung hatte sich über den See gesenkt, aber noch war ein Streifen Licht am Himmel zu erkennen. Der Frühling war auf dem Weg.

»Wie sieht es aus mit unserer Reise nach Italien?«, fragte Lena.

»Ich fürchte fast, dass wir die in den Herbst verschieben müssen. Es ist gerade so viel anderes.«

»Wie schade.«

»Sei nicht traurig«, sagte er. »Ich tue mein Bestes, damit wir es guthaben.«

»Ich weiß doch. Aber ich hatte mich so darauf gefreut. Die Blumen, von denen du erzählt hast.«

Er strich ihr über die Wange.

»Ich verspreche dir, dass wir fahren werden«, sagte er. »Sobald es geht.«

Nachdem der Wein serviert wurde, holte Steve ein viereckiges Päckchen aus der Innentasche seines Jacketts. Lena sah von dem Päckchen zu ihm und wieder zurück. Schmuck, ohne Zweifel.

Steve nickte ihr zu, damit sie es öffnete.

Das Umschlagpapier war ebenso schön wie das letzte, aber zu klein, um es aufzuheben. Sie warf Steve noch einen Blick zu, ehe sie den Deckel der kleinen Schachtel aufklappte.

Auf rotem Samt lag ein goldenes Herz an einer Halskette.

Lena traute ihren Augen nicht.

»Oh, Steve«, sagte sie. »Was ist das?«

»Es hat meiner Mutter gehört. Du bedeutest alles für mich, und ich will, dass du das wirklich weißt. Niemand war jemals so nett zu mir wie du.«

Er erhob sich vom Stuhl, ging um den Tisch und zog die Kette aus der Schachtel.

»Heb mal die Haare hoch«, sagte er und legte ihr die Kette um den Hals.

Dann küsste er sie sanft auf den Nacken. Die Berührung machte ihr eine Gänsehaut.

»Danke, Liebster«, sagte sie. »Ich weiß gar nicht, was ich sagen soll.«

Steve ließ sich wieder auf seinen Platz sinken, erhob sein Weinglas und lächelte.

Lena nahm einen Schluck und befühlte das schwere Goldherz. Von seiner Mutter.

»Es ist das erste Mal, dass ich überhaupt auf die Idee gekommen bin, es jemandem zu schenken«, sagte er. »Aber jetzt fühlt es sich ganz richtig an.«

Obwohl Lena den ganzen Tag noch nichts runtergekriegt hatte, verspürte sie keinen Hunger, als die Bedienung auftauchte. Sie ließ Steve für sie beide bestellen und hörte dabei nur mit halbem Ohr hin.

»Ich bin so froh, dich treffen zu können«, sagte Steve. »Ich hatte solche Sehnsucht. Aber das ist einfach der Nachteil daran, selbstständig zu sein. Manchmal muss man rund um die Uhr arbeiten, und alles andere kommt zu kurz, auch wenn man das nicht möchte.«

»Das verstehe ich«, sagte Lena. »Aber es muss doch auch Spaß machen, etwas aufzubauen.«

»So ist es. Ganz genau. Hast du noch nie das Verlangen gehabt, dich selbst herauszufordern und was anderes zu machen? Ich meine, es ist ja nichts falsch an deinem Job im Supermarkt, aber ich habe so das Gefühl, als würdest du so viel mehr wollen und können.«

»Das wäre dann, in einer Buchhandlung zu arbeiten.«

»Warum machst du nicht eine auf? Du bist klüger als die meisten, Lena, das habe ich direkt gemerkt.«

Er sah sie mit sanftem Blick an.

In der Schule war sie gut gewesen, und es war ihr leichtgefallen zu lernen, aber in ihrer Verwandtschaft hatte es nie viel Geld gegeben und niemanden, der ein eigenes Unternehmen besaß. Wo sie herkam, da machte man so was nicht.

»Das ist zu riskant«, sagte sie.

Sie wusste nicht, ob das ihre eigene Meinung war oder die von jemand anderem.

Sie wurden unterbrochen, als die Bedienung mit dem Essen kam. Saibling mit Kartoffeln und zerlassener Butter. Steve aß mit gutem Appetit, und auch Lena nahm ein paar Bissen. Sie war doch hungriger, als sie selbst gemerkt hatte.

»Weißt du, was?«, sagte Steve nach einer Weile. »Ich habe eine

Idee. Wie wäre es denn, wenn du Teilhaberin meines Unternehmens würdest?«

»Teilhaberin? Ich habe keine Ahnung vom Schuheverkaufen. Und davon, wie man ein Unternehmen führt, schon gar nicht.«

»Du würdest die Ladenchefin werden und für einen oder alle unserer eigenen Läden verantwortlich sein.«

»Aber …«, stammelte sie.

»Wir helfen uns gegenseitig, und so lernst du dann alles. Außerdem hast du ja schon viele Jahre im Verkauf gearbeitet.«

»Aber das ist eine ganz andere Sache.«

Lena versuchte sich selbst in einem Schuhladen vorzustellen, als Chefin in einem Büro voller Ordner und Quittungen, doch das funktionierte nicht. Das Einzige, was sie vor sich sah, war Rolfs kleines Büro, und der Gedanke ließ sie nach Luft ringen.

»Und wer kümmert sich dann um die Kinder, wenn wir welche haben?«

Das war es, was sie wollte. Sie wollte Mutter sein, eine große Familie haben.

»Das löst sich schon«, versicherte Steve. »Wenn man selbstständig ist, dann kann man das meiste hinkriegen.«

Er nahm einen Schluck von dem Wein, ehe er fortfuhr:

»Nein, ich weiß schon, was du meinst, und vielleicht bin ich ein bisschen zu forsch in meinen Phantasien über die Zukunft. Aber ich denke einfach, dass es so schön wäre, das mit dir zu teilen, alles zusammen zu besitzen und einen richtig schönen Familienbetrieb aufzubauen, den dann die nächste Generation erben kann.«

Er nahm ihre Hand.

»Nenn mich ruhig romantisch, aber darum geht es doch. Dass du und ich etwas zusammen aufbauen. Ich will mit dir leben, Lena.«

Neue, schöne Bilder tauchten in Lenas Kopf auf. Sie sah gemeinsame Abendessen um einen Esstisch, bei denen die Kinder erst klein waren, dann größer, und im Laufe der Jahre wurden es mehr und mehr. Schwiegertöchter und Schwiegersöhne kamen dazu, ein Haufen Enkelkinder, die einander um einen großen Weihnachtsbaum jagten.

»Aber wie soll das denn gehen?«, fragte sie. »Um wie viel Geld handelt es sich überhaupt?«

»Zwanzigtausend.«

»Zwanzigtausend? Mein Gott, so viel Geld habe ich nicht.«

»Das ist viel Geld, aber es ist auch eine Investition. Durch ein eigenes Unternehmen kann man reich werden, und so kann man seinen Kindern und Enkelkindern Sicherheit im Leben geben. Bei einer normalen Lohnarbeit zu schuften und dann sein sauer verdientes Geld auf die Bank zu tun, das bringt nicht so viel.«

»Aber es ist doch ein großes Risiko«, gab Lena zu bedenken.

»Das stimmt. Aber in dieser Welt würde nicht viel passieren, wenn niemand bereit wäre, ein paar Risiken einzugehen. Kolumbus hätte Amerika nicht entdeckt, und kein Mensch wäre auf dem Mond gelandet.«

Lena drehte ihr Weinglas.

»Entschuldige bitte, Steve. Aber ich kann nicht. Ich bin einfach nicht so ein Mensch. Aber ich verspreche dir, dich in jeder anderen Weise zu unterstützen.«

Sie hatte erwartet, dass er niedergeschlagen wäre, doch sein Blick war genauso warmherzig wie zuvor.

»Das ist auch eine große Sache und nichts, was man so nebenbei entscheiden kann«, sagte er.

Dann erhob er sein Glas und sah sie lange an.

»Ich liebe dich, Lena, und ich will alles mit dir teilen.«

Kapitel 55

Benny zog das Blatt Papier aus der Schreibmaschine. Der Bericht über einen Wildunfall in Venja war fertig.

»Benny«, hörte er vom Empfang, »Telefon für dich.«

»Okay. Ich nehme es hier drinnen an.«

Während das Gespräch durchgestellt wurde, legte er den Bericht in den Ausgangskorb, und dann hob er den Hörer ab.

»Benny Jörgensen.«

»Hey, Benny. Hier ist Conny Ullgren.«

Die Stimme mit dem südlichen Dialekt kam ihm bekannt vor, trotzdem dauerte es ein paar Sekunden, ehe Benny begriff, um wen es sich handelte.

»Ja, hallöchen«, sagte er. »Du bist das. Das ist ja eine Überraschung.«

»Das glaub ich dir. Wie läuft's da oben?«

»Doch, danke, alles prima.«

»Hat sie ja gesagt?«

Noch einmal dauerte es einen Moment, bis der Groschen bei Benny fiel.

»Ach, du meinst die Hochzeit? Ja, das hat sie.«

»Dann darf ich wohl gratulieren«, sagte Conny. »Aber deshalb rufe ich nicht an. Es geht um Ingrid. Ingrid Wolt.«

»Ach so?«, sagte Benny zögerlich. »Was ist mit Ingrid?«

»Es gibt Gerüchte, dass sie in eure Gegend gezogen ist.«

»Das ist mehr, als ich weiß. Was für Gerüchte?«

Die Warnglocken begannen laut und intensiv zu schrillen. Conny und Kjell waren im Einsatz wie Zwillinge gewesen, das war auf dem Polizeirevier allgemein bekannt. Nie im Leben würde er ihm verraten, wo sich Ingrid befand.

»Okay, ich verstehe schon, dass du nicht erzählen willst, falls ihr in Kontakt steht«, sagte Conny. »Aber als ich kürzlich mit Kjell gesprochen habe, habe ich angefangen, mir Sorgen zu machen. Er hat total finstere Gedanken und ist extrem rachsüchtig. Und er hat eine Menge darüber geredet, dass er euch beide umbringen will.«

»Uns?«

»Ja, ich habe versehentlich erzählt, dass wir uns im Frühjahr gesehen haben und dass du jetzt in Mora wohnst. Die Information hat ihn völlig durchknallen lassen, und er hat jetzt den Eindruck, als hättet ihr zwei es all die Jahre hinter seinem Rücken getrieben.«

Benny lachte laut los.

»Verdammt, der ist ja noch kränker im Kopf, als ich dachte.«

»Ja, er ist wirklich krank«, erwiderte Conny. »Das fürchte ich auch. Aber ich glaube, dass er gefährlich sein kann.«

Es klang, als würde Conny das ernst meinen, was er da sagte, aber Benny konnte das nur schwer beurteilen. Es könnte genauso gut eine Falle sein.

»Warum zeigst du ihn nicht an, wenn er so was redet?«, fragte Benny.

»Ach, du weißt doch, wie das ist. Ich habe keinen Beweis dafür, dass er das gesagt hat, und es würde sowieso nichts bringen. Er würde es einfach leugnen und sagen, dass ich ihn falsch verstanden habe oder mir etwas ausdenken würde, um ihn zu schikanieren.«

»Aber du warst es doch, der ihn vor Gericht verteidigt hat, oder?«, fragte Benny. »Hast du nicht gesagt, dass Kjell ein zuverlässiger Kollege sei und dass du noch nie das Gefühl gehabt hättest, er würde sich zu Hause gewalttätig benehmen?«

»Genau. Damals dachte ich nicht, dass es irgendeinen Grund gäbe, daran zu zweifeln. Aber jetzt mache ich mir Sorgen, weil er auf Rache aus ist.«

»Okay. Also, wie gesagt, ich weiß nicht, wo sich Ingrid aufhält, aber wenn sie mir begegnet, dann werde ich ihr das sagen.«

»Tu das«, sagte Conny. »Ich wollte einfach nur warnen.«

Kapitel 56

Nach ihrer Schicht im Hotel entschied Ingrid, bei Hasse vorbeizufahren, um zu sehen, ob dort ein dunkler Ford stand, wie Jesper ihn an dem Abend vor Lenas Haus gesehen hatte.

Långlet, der Ort, in dem Hasse wohnte, lag laut Karte im Telefonbuch knappe zehn Kilometer westlich von Mora, eine Ecke, in der sie noch nie zuvor gewesen war. Sie hatte sich sicherheitshalber eine Wegbeschreibung notiert.

Die schmale Landstraße schlängelte sich zu Anfang durch hohe Kiefernwälder, doch bald schon öffnete sich die Landschaft, und sie näherte sich einem Dorf mit der ihr inzwischen vertrauten Dalarna-Bebauung, mit ochsenblutroten Häusern und langen Scheunen, die dicht an der Straße standen. Ingrid fuhr langsamer und holte ihren Zettel heraus.

Der Källarvägen, an dem Kickis Exfreund wohnte, bog nach links ab, direkt hinter einer langen Scheune. Als Autohändler, der er nun mal war, hatte Hasse ungefähr zehn Fahrzeuge auf dem Hof stehen, Personenwagen wie Kastenwagen und einen Traktor. Ingrid fuhr im Schritttempo vorbei, aber ein Holzzaun zum Weg hin machte es schwer, den Hof richtig einzusehen. Um herauszufinden, welche Autos genau da standen, würde sie auf das Grundstück fahren müssen.

Nach Bennys Beschreibung war Ingrid nicht sonderlich scharf darauf, ihm zu begegnen, aber nun war es mal so. Sie warf einen prüfenden Blick in den Spiegel, kämmte die Perücke zurecht und setzte die Brille auf. Dann fuhr sie wieder zurück und bog in die Einfahrt.

Ganz hinten auf dem Grundstück, mit der Schnauze zu einem gezimmerten Vorratshaus, stand ein schwarzer Ford.

Ingrid drehte den Wagen und parkte so, dass sie zur Not schnell vorwärts den Hof verlassen konnte. Sie ließ den Zündschlüssel stecken.

Als sie aus dem Auto gestiegen war, hörte sie im Haus einen Hund bellen. Sie bemerkte das Schild mit der Aufschrift »Warnung vor dem Hund«, auf dem ein Schäferhund seine Zähne fletschte. Als Ingrid klingelte, bellte er noch lauter.

»Still!«, brüllte jemand auf der anderen Seite der Tür. »Sitz!«

Als es etwas ruhiger wurde, ging die Tür auf. Hasse starrte sie an, als stünde er seinem schlimmsten Feind gegenüber. Der harte Gesichtsausdruck wurde etwas sanfter, als er sie sah, und verwandelte sich in ein großes Fragezeichen.

»Ja?«, fragte er und betrachtete sie von Kopf bis Fuß. Er trug Jeans und einen neu aussehenden Pullover. Der Schäferhund hockte gehorsam in einer dunklen Ecke hinter ihm.

»Hallo«, sagte sie. »Ich heiße Ingrid und bin auf der Suche nach einem gebrauchten Auto zu einem vernünftigen Preis. Ich habe gehört, dass Sie manchmal welche auf Lager haben.«

Hasse starrte sie weiter an.

»Suchen Sie was Bestimmtes?«, fragte er dann.

Offensichtlich hatte sie die Überprüfung bestanden.

»Was Zuverlässiges, das auch mit dem Winter klarkommt. Die Marke spielt keine Rolle, aber gerne mit einem anständigen Kofferraum.«

Hasse schnürte sich ein Paar Stiefel und zog einen Helly-Hansen-Pullover über den Kopf.

»Komme gleich wieder«, sagte er zu dem Hund und schloss die Tür hinter sich. »Ich habe hier einen Saab, aber der hat keinen sonderlich großen Kofferraum.«

Er zeigte auf ein grünes Auto, dessen Heck voller Rostflecken war.

»Und dann hier den Opel.«

Ingrid ging zu den Autos und begann sie zu mustern, wobei sie so tat, als würde sich am meisten für den Opel interessieren. Sie fragte nach dem Baujahr, dem Kilometerstand und ob er TÜV habe.

»Wie haben Sie mich gefunden?«, fragte Hasse, nachdem er ihre Fragen beantwortet hatte. »Wir kennen uns doch nicht, oder?«

»Hedströms draußen auf Sollerön haben mir den Tipp gegeben.«

Wenn sie schon mal da war, dann konnte sie ihm auch gleich ein bisschen auf den Zahn fühlen.

Hasse sah nachdenklich aus.

»Finn, oder?«

»Ja, genau. Die sind da draußen total schockiert von dem Selbstmord. Sie haben ja wahrscheinlich davon gehört, oder?«

»Nein, ich glaube nicht«, sagte er ein wenig zu schnell, um glaubwürdig zu sein.

»Lena, die mit dem jüngsten Bruder von den Hedströms verheiratet war, hat sich vorige Woche aufgehängt. Unfassbar tragisch.«

Ehe er nach ihrer Verbindung zu den Hedströms oder nach irgendetwas anderem fragen konnte, auf das sie nicht vorbereitet war, schlenderte Ingrid zu dem schwarzen Ford.

»Der hier ist aber nicht zu verkaufen, oder?«, fragte sie.

»Nein, tut mir leid.«

»Wie schade.«

Sie schaute durch die Heckscheibe. Der Rücksitz lag voller Plastiktüten, und auf dem Boden hinter dem Beifahrersitz stand ein Pappkarton.

»Wie gesagt, der steht nicht zum Verkauf«, sagte Hasse in schärferem Ton.

»Was soll der Opel kosten?«, fragte sie.

»Elftausend.«

»Okay. Das ist mehr, als ich erwartet habe. Ich hätte lieber den Ford gekauft, aber …«

Weiter kam sie nicht, da bog ein Bulli aufs Grundstück und blieb mitten auf dem Hof stehen. Ein Mann Mitte zwanzig, der Ingrid bekannt vorkam, sprang aus dem Wagen.

»Hallo, Hasse!«, rief er, um den Schäferhund zu übertönen, der wieder angefangen hatte zu bellen. »Aha, du hast Damenbesuch.«

Er nickte Ingrid neckisch zu.

»Sucht ein Auto«, erklärte Hasse und schrie dann dem Hund zu, dass er still sein solle, was nichts nutzte.

»Kaufen Sie bloß kein Auto von dem«, sagte der Gast und grinste Ingrid an. »Der versucht nur, Ihnen irgendwelchen Schrott aufzuschwatzen.«

»Komm, hör schon auf«, erwiderte Hasse grinsend. »Eine Dame würde ich doch nie reinlegen. CLINTAN, HALT DIE SCHNAUZE!«

Plötzlich fiel Ingrid ein, wer der Mann war. Vorigen Sommer war er ihr begegnet, als sie nach Mattias Holm gesucht hatte. Er war der große Bruder von Pelle, dem Freund von Mattias, aber ihr war völlig entfallen, wie er hieß. Jetzt sah er sie mit fragendem Blick an.

»Haben wir uns nicht schon mal gesehen?«

»Ich glaube nicht«, erwiderte Ingrid.

»Doch, Moment mal. Ich kenne Sie.«

»Wahrscheinlich verwechseln Sie mich«, sagte sie und versuchte zu lächeln, doch ihr Gesicht fühlte sich erstarrt an.

Sie wandte sich an Hasse.

»Elftausend, sagen Sie?«

»Sie kriegen ihn für zehn fünf.«

»Hm, ich muss mal drüber nachdenken. Wegen der Sache mit dem Kofferraum«, sagte sie und ging zu ihrem Auto. »Aber danke trotzdem.«

»Gerne«, erwiderte Hasse.

»Jetzt weiß ich's!«, rief Pelles Bruder. »Sie sind die Privatdetektivin. Wusste ich doch, dass ich Sie schon mal gesehen habe. Aber Sie haben eine andere Frisur als letzten Sommer. Ingrid, oder?«

»Wie, Privatdetektivin?«, fragte Hasse und sah von Pelles Bruder zu Ingrid.

»Was hast du denn ausgefressen, dass sie bei dir rumschnüffelt?«, fragte Pelles Bruder und lachte.

Hasse jagte hinter Ingrid her und packte sie am Arm.

»Sind Sie Detektivin? Was, zum Teufel, wollen Sie hier?«

»Ich will ein Auto kaufen«, sagte sie. »Sonst nichts. Lassen Sie mich los.«

»Das ist doch gelogen. Glauben Sie, ich sehe das nicht? Was soll das hier?«

Als Hasse nicht losließ, reagierte Ingrid instinktiv. In schneller Abfolge drehte sie Hasses Arm auf seinen Rücken und warf ihn zu Boden. Obwohl es mehr als drei Jahre her war, seit sie diesen Griff das letzte Mal angewandt hatte, steckte die Bewegung doch noch in ihr drin. Sie war fast ebenso erstaunt wie Hasse, als sie auf seinem Rücken kniete.

»Aua, was, zum Teufel, soll das?«

»Ich habe gesagt, dass Sie mich loslassen sollen«, sagte sie mit klarer Stimme. »Fassen Sie mich nicht an, ist das klar?«

Sie übte noch ein bisschen zusätzlichen Druck aus, ehe sie losließ.

»Jetzt hast du es aber gekriegt«, sagte Pelles Bruder und lachte wieder.

»Halt die Schnauze.« Hasse guckte wütend und kam mit einiger Mühe wieder auf die Füße.

Ingrid lief zum Auto und stieg schnell ein. Durch die Scheibe sah sie, wie Pelles Bruder lachte und Hasse angerannt kam. Schnell drückte sie den Türknopf runter. Hasse fluchte und rannte auf die andere Seite des Wagens. Im letzten Moment schaffte sie es, auch auf der Beifahrerseite abzuschließen, was ihn nicht daran hinderte, am Türgriff zu zerren.

Als sie das Gaspedal runterdrückte, musste er loslassen, und Pelles Bruder musste zur Seite springen, um nicht überfahren zu werden.

Im Rückspiegel sah sie, wie Hasse in den schwarzen Ford sprang. Verdammt noch mal.

Sie kannte sich in der Gegend überhaupt nicht aus und konnte nichts anderes tun, als dorthin zu fahren, wo sie hergekommen war, raus auf die Landstraße. Ungeachtet jeder Geschwindigkeitsbegrenzung trat sie aufs Gaspedal, fuhr viel zu schnell, immer mit dem Blick im Rückspiegel. Noch war der Ford nicht hinter ihr aufgetaucht, als sie plötzlich hinter einem Birkenwäldchen eine Straße links abgehen sah, die in einen Ort führte. Sie riss das Steuer herum und bog ab. Wohin die Straße weiter führte, wusste sie nicht, fuhr aber trotzdem weiter in den Ort. Nach ein paar Hundert Metern kam sie an eine T-Kreuzung. Wenn sie nach rechts abbog, würde sie wahrscheinlich wieder auf die Landstraße kommen, und das wagte sie nicht. Die Straße nach links sah aus, als würde sie durch den Wald führen. Nach kurzem Überlegen entschied sie sich für die linke Seite. Doch die Straße endete bald abrupt.

»Mist«, sagte Ingrid und schaute besorgt in den Rückspiegel, ehe sie auf der Wendeplatte drehte. Vor einem der Häuser sammelte ein alter Mann Fallobst. Wenn Hasse ihr hierher folgte und die Straße blockierte, dann würde es zumindest einen Zeugen geben. Ingrid wartete, während ihr das Herz bis zum Hals schlug. Nach einer Weile schaute sie sich in alle Richtungen um und fuhr zurück. Als sie wieder auf der Landstraße war, trat sie aufs Gaspedal und fuhr Richtung Mora, immer darauf gefasst, dass Hasse jeden Moment hinter ihr auftauchte, falls er irgendwo wartete und sie abpasste. Erst als sie ein paar zusätzliche Runden durchs Stadtzentrum von Mora gedreht hatte, atmete sie durch.

So einer war Hasse also. Ingrid zweifelte keine Sekunde, dass er Lena hätte töten können, wenn er gewollt hätte. Mit dieser Sorte Mensch kannte sie sich aus.

Kapitel 57

Fünf Monate zuvor

Lena hätte sich am liebsten an Steve festgeklammert und die Zeit angehalten. Wie konnte es sein, dass zwischen ihren Treffen die Zeit stillzustehen schien, um dann plötzlich, so wie jetzt, wenn sie sich sahen, in wilder Eile davonzugaloppieren? Es gab so viel, was sie noch sagen, tun, ihm zeigen und ansprechen wollte, doch die ihnen bemessene Zeit war viel zu kurz.

Aber noch lagen sie zusammen im Bett, und sein Zug würde erst in drei Stunden gehen. Das goldene Herz von Steves Mutter ruhte schwer auf ihrem Brustkorb, rollte hin und her, während sie atmete.

»Ich kann mir nicht vorstellen, so mit der Verwandtschaft zusammenzuwohnen«, sagte Steve.

»Stimmt, es ist schon ein bisschen speziell«, gab Lena zu. »Finn hatte vor einiger Zeit eine Freundin, aber die hat sich innerhalb von ein paar Wochen mit Hillevi und Eva überworfen und Rune beschuldigt, er würde ihr nachstellen, wenn sie im Bikini auf der Wiese lag und sich sonnte. Danach hat Finn keine Frau mehr auf den Hof mitgebracht. Nicht alle halten das aus, so unter Beobachtung zu sein.«

»Das sind so viele Namen«, sagte Steve. »Namen ohne Gesichter für mich. Es ist schwer, sie zuzuordnen. Entschuldige bitte.«

»Ich rede einfach zu viel«, sagte sie. Eskil hatte auch oft den Faden verloren, wenn sie über Menschen redete, die er nie getroffen hatte.

»Das tust du überhaupt nicht«, sagte Steve. »Ich will alles über deine Welt wissen, alles, woran du denkst. Aber ich befürchte, dass du mir einen Familienstammbaum malen musst, damit ich begreife, wie das alles zusammenhängt.« Er küsste sie auf die Stirn.

»Kannst du mich nicht bald mal auf dem Hof besuchen kommen? Dann stelle ich dich allen vor«, sagte sie.

»Na klar. Das machen wir nächstes Mal. Versprochen.«

Lena freute sich auf Evas Miene, wenn sie Steve zum ersten Mal sah. Einen schickeren Kerl musste man lange suchen.

»Aber ich werde nicht da wohnen können«, sagte er. »So gerne ich auch mit dir zusammenleben will. Ich hoffe, das verstehst du.«

Nein, das würde niemals funktionieren. Einerseits wegen Steves Geschäft, andererseits wegen der Umstände auf dem Hof. Dass sie als Eskils Witwe noch dort wohnte, war für alle nachvollziehbar, aber es wäre etwas anderes, wenn sie wieder heiraten würde.

»Wir müssen versuchen, es irgendwie anders hinzukriegen«, sagte er. »Vielleicht können wir ein Haus in Stockholm kaufen, ein Stück außerhalb der Stadt. Dann kommst du und besuchst mich und probierst mal aus, wie sich das anfühlt.«

»Das würde ich sehr gerne.«

»Wie funktioniert dieser Hof eigentlich?«, fragte Steve. »Besitzen ihn alle Brüder zusammen?«

»Ja. So ist es.«

»Mit anderen Worten besitzt du das Viertel, das du von Eskil geerbt hast, oder? Du wohnst also nicht als Mieterin in deinem Haus?«

»Ja, so wird es wohl sein. Oder … Ich weiß es nicht.«

»Du weißt nicht, ob dir das Haus gehört?« Steve sah sie erstaunt und belustigt zugleich an.

»Doch, vielleicht gehört es mir. Obwohl, nein, ich weiß es nicht. Wir haben nicht richtig darüber geredet.«

Und genauso war es auch. Sie hatte keine Ahnung, was in den Papieren stand, ob Eskil das Haus gemietet oder ob es ihm gehört hatte.

»Das musst du aber mal rauskriegen«, sagte Steve. »Du könntest es doch verkaufen und dann Geld bekommen, um ein anderes Haus zu kaufen.«

»Aber das Haus gehört zum Hof. Das kann ich nicht an irgendjemanden verkaufen.«

Steve zuckte mit den Schultern.

»Das kommt drauf an, wie die Dinge liegen. Aber auf jeden Fall besitzt du ein Viertel des ganzen Hofes, und deshalb könntest du verlangen, ausgezahlt zu werden.«

War das möglich? Konnte man das so machen?

»Du musst mal rauskriegen, was in den Papieren steht«, sagte Steve. »Du kannst ja nicht wie auf dem Altenteil da sitzen, ohne zu wissen, was Sache ist.«

Lena befühlte das Goldherz und sah Steve von der Seite an, der weitersprach:

»Hol dir mal einen Gutachter, der herausbekommen kann, was das Ding wert ist, und dann teilst du die Summe durch vier. So viel gehört dir.«

»Aber die könnten sich das niemals leisten, mich auszubezahlen. Die Landwirtschaft läuft nicht mehr so gut, und den Wald kann man immer erst verarbeiten, wenn er so weit ist.«

»Aber die können doch einen Kredit aufnehmen. Viele Leute müssen das bei einem Erbe machen«, sagte Steve. »Eskil und du, ihr wart verheiratet, und dein Erbrecht kann dir niemand nehmen.«

Lena dachte nach.

»Du bist viel zu nett«, sagte Steve. »Und auch ein wenig gutgläubig.«

»Vielleicht.«

»Das ist eine schöne Eigenschaft, aber du darfst nicht zulassen, dass die anderen dich ausnutzen. Du hast dein eigenes Leben und deine eigenen Träume, die genauso viel wert sind wie die von denen.«

Natürlich war Lenas Leben etwas wert, aber selbst wenn sie auf dem Papier das Recht besaß, wollte sie den anderen auf dem Hof trotzdem nicht das Leben schwer machen.

»Aber du glaubst doch an mich, oder?«, fragte Steve und verschränkte seine Finger in ihren.

»Wie meinst du das?«

»An mich und an mein Unternehmen. An uns und unsere Zukunft.«

»Natürlich tue ich das. Daran darfst du nicht zweifeln.«

Kapitel 58

Ingrid sprühte Putzmittel auf das Regal über dem Waschbecken und rieb es mit dem Lappen sauber. Dann stellte sie die Toilettenartikel in perfekter Ordnung wieder zurück. Der Bewohner von Zimmer 116 war ein Stammgast, der immer ungefähr zwei oder drei Nächte blieb.

Nach den gut gebügelten Kleidern im Schrank – Popelinehosen, karierte Hemden und ungewöhnliche Jacketts – zu schließen, war er um die sechzig und verheiratet. Vielleicht war er Berater bei FM Mattsson, Wibe oder einer der anderen großen Firmen in der Gegend. Geschäftsführer vielleicht oder Ingenieur. Möglicherweise hatte er einen kleinen Bierbauch. Der Papierkorb war voller glitzernder Bonbonpapiere, eine leere Karamelltüte war auch dabei und eine sauber gekratzte Kartoffelbreipappe mit eingetrockneter Gurkenmayonnaise.

Aber er warf wenigstens alles in den Papierkorb, wo es hingehörte.

Ingrid gähnte, als sie die Mülltüte zusammenknotete und eine neue einsetzte. Nach der Verfolgungsjagd in Långlet hatte sie schlecht geschlafen und war von Albträumen aufgewacht. Aber in den Träumen hatte nicht Hasse hinter dem Steuer gesessen, sondern Kjell. Anna hatte vor Angst auf dem Rücksitz geschrien und war in den Kurven hin und her geworfen worden. Ingrid hatte mehrere Minuten gebraucht, um sich wieder zu beruhigen, und gegen vier Uhr früh hatte sie die Hoffnung schließlich aufgegeben, noch einmal einschlafen zu können. Stattdessen war sie aufgestanden und hatte Kaffee aufgesetzt.

Jetzt machte sie das Bett im Hotelzimmer, schüttelte die Kissen auf und legte die Tagesdecke darüber.

Wie lange würde sie noch so leben und sich verstecken müssen – nicht nur vor Kjell, sondern vor allen? Marianne an der Rezeption hatte mehrere Male versucht, mit ihr ins Gespräch zu kommen, und in einer anderen Welt hätte Ingrid nur zu gerne ein bisschen mit ihr geredet. Das wenige, was sie bisher über die Rezeptionistin wusste, gefiel ihr sehr, aber sie traute sich nicht.

Als Ingrid das frisch gemachte Bett betrachtete, überkam sie plötzlich eine schreckliche Müdigkeit, und sie wollte sich einfach hinlegen und aufgeben.

Nein, sagte sie zu sich selbst. Drei Zimmer noch. Jetzt reiß dich zusammen. Und am Freitag siehst du Anna.

Kapitel 59

Als Benny am Abend von der Arbeit nach Hause kam, war die Tür abgeschlossen und die Wohnung still. Ulrikas Jacke und ihre Schuhe waren nicht da. Auf dem Küchentisch lag ein Zettel: *Hallo, Liebling, heute Abend arbeite ich länger, hatte ich ja gesagt. Elternabend bis neun. Im Ofen steht Essen. Kuss!*

Den Elternabend hatte er völlig vergessen. Hatte sie davon überhaupt erzählt, oder hatte er nicht richtig zugehört?

Benny schaute in den Ofen, wo abgedeckt mit Aluminiumfolie ein Kartoffelgratin mit Kassler stand. Er befühlte die Form, sie war noch warm genug.

Er nahm sich einen Teller vom Abtropfgestell und tat sich eine Portion auf, die er schnell verschlang. Dann ging er raus zum Auto. Am liebsten wollte er es wieder zurück nach Hause schaffen, ehe Ulrika von der Arbeit kam.

Da er wusste, dass an diesem Abend keine Geschwindigkeitskontrollen geplant waren, drückte er aufs Gas. Nur als er durch Vika und Siljansfors fuhr, machte er etwas langsamer.

Ingrids Auto stand auf dem Grundstück, als er ankam, und in der Hütte leuchtete es gemütlich. Um sie vorzuwarnen, trampelte Benny extra laut, als er die Treppe hinaufging, und winkte, als sie aus dem Fenster schaute.

»Schönen Abend in der guten Stube«, sagte er.

Ingrid schlug das Notizbuch zu, mit dem sie am Tisch saß, und legte es weg.

»Ja, hallo«, sagte sie. »Kommt da der Poltergeist?«

Sie sah kaum erstaunt aus.

Benny zog die Schuhe aus, bereute es aber sofort, als er auf dem kalten Boden stand.

»Hast du vielleicht Wollsocken, die mir passen könnten?«, fragte er und begann in einem Spankorb in der Diele zu suchen.

Er fand ein Paar aus grauer Wolle, die seinem Großvater gehört haben mussten. Als er sie angezogen hatte, setzte er sich Ingrid gegenüber an den Küchentisch.

»Du hast nicht zufällig die Bowie-Kassette dabei?«, fragte sie.

»Verdammt noch mal«, sagte Benny und schlug sich mit der Hand vor die Stirn. »Das hab ich ganz vergessen. Bin ich jetzt schon senil, oder was?«

»Kein Problem. Ich hatte nur gehofft, dass ich ein bisschen coole Musik im Auto haben könnte, wenn ich Freitag nach Stockholm fahre.

»Ich habe morgen frei, dann erledige ich das.«

Ingrid sah ihn fragend an. Sie wollte wissen, warum er gekommen war.

»Conny hat mich angerufen«, sagte Benny.

»*Der* Conny? Was wollte er?«

»Er hat nach dir gefragt und gesagt, Kjell hätte ihm erzählt, dass er sich an uns beiden rächen will.«

»An dir auch? Jetzt kapiere ich gar nichts mehr.«

Benny erzählte, wie er Conny im Frühjahr auf der Konferenz getroffen hatte und wie Kjell jetzt meinte, eins und eins zusammenzählen zu müssen.

»Laut Conny geht Kjell davon aus, dass wir zwei ein Verhältnis haben«, sagte er. »Aber ich habe so getan, als hätte ich keine Ahnung, wo du dich befindest.«

Ingrid lehnte sich zurück und schloss die Augen.

»Ich kann nicht mehr«, sagte sie.

Als sie wieder aufsah, liefen die Tränen. Verärgert wischte sie sich mit dem Ärmel die Augen, aber sie musste immer noch weinen.

»Ich begreife nicht, wie …«, sagte sie mit erstickter Stimme, dann überwältigte sie alles. Ihr Gesicht verzog sich zu einer Grimasse, und um sich vor seinem Blick zu schützen, sank sie über den Tisch.

Benny gab ihr Zeit. Erst als ihr Schluchzen etwas abgeebbt war, streckte er die Hand aus und streichelte ihren Arm. Ingrid nahm seine Hand in ihre Hände und lehnte die Wange dagegen.

»Benny«, flüsterte sie. »Wie soll ich das hier schaffen?«

»Komm«, sagte er und führte sie, ohne loszulassen, um den Tisch herum. Sie setzte sich auf seinen Schoß und kauerte sich wie ein Kind zusammen. Er umarmte sie, hielt sie fest und wiegte sie langsam. Ingrid weinte, mal leise und mal laut, aber am Ende wurde sie still.

Ihr Kopf ruhte auf seiner Schulter, fast als würde sie schlafen.

»Warum kann er nicht sterben?«, flüsterte sie. »Einfach verschwinden.«

»Ja …«

Sie wischte sich wieder mit dem Pulloverärmel übers Gesicht.

»Warum sind nicht alle so nett wie du?«, fragte sie und sah ihm tief in die Augen.

Lange. Zu lange. Im Holzofen knackte es.

Vorsichtig streichelte sie ihm die Wange.

Benny schluckte. Rührte sich nicht vom Fleck.

»Nein, das hier geht nicht«, sagte sie und stand abrupt auf.

»Nein. Das stimmt.«

»Entschuldige«, sagte sie und rückte ganz ans äußerste Ende der Küchenbank. »Ich bin nicht richtig im Gleichgewicht.« Ingrid schob ihre Hände zwischen die Oberschenkel und starrte lange auf den Fußboden.

Benny musste all seine Willenskraft aufbringen, um nicht zu ihr zu gehen und sie wieder in den Arm zu nehmen und da weiterzumachen, wo sie aufgehört hatten.

Aber sie hatte recht. Das ging nicht.

»Wie klang Conny denn, als er anrief?«

Sie hatte immer noch rote und geschwollene Augen.

»Du kennst ihn besser als ich«, sagte Benny, »aber ich fand, er klang glaubwürdig.«

»Stell dir vor, wenn er gegen Kjell aussagen könnte. Dann gäbe es vielleicht Hoffnung.«

»Ja, vor allem zusammen mit deinen aufgezeichneten Nachrichten.«

»Aber da muss erst noch Einiges passieren.«

»Ich finde, wir sollten versuchen, das Positive darin zu sehen, dass er überhaupt angerufen hat. Aber du musst mir versprechen, in Stockholm vorsichtig zu sein.«

»Versprochen.«

Ingrid saß immer noch am Rand der Bank. Sie sah aus, als würde sie nach Worten suchen.

»Gestern bin ich bei diesem Hasse vorbeigefahren«, sagte sie. »Wollte checken, ob er ein Auto hat, das mit dem übereinstimmt, das vor Lenas Haus gesehen worden ist. Und das hat er. Er war ziemlich aufgebracht, als er kapierte, dass ich Privatdetektivin bin.«

»Bist du alleine dahin und hast angefangen, Fragen zu stellen?«

Benny traute seinen Ohren nicht.

»Nein, so war es nicht. Ich hab so getan, als wollte ich ein Auto kaufen, aber jemand anderes, der dazu kam, hat mich erkannt. Hasse wurde ziemlich gewalttätig, als ihm klar wurde, was ich eigentlich wollte, und er ist mir mit dem Auto hinterhergefahren.«

»Mein Gott, Ingrid.«

»Diese Verfolgungsjagd hat mich aus dem Gleichgewicht gebracht, und dann noch das hier mit Kjells Plänen obendrauf. Ich bin einfach nicht ich selbst gerade.«

Sie sah ihn mit Tränen in den Augen an.

»Ich denke, ihr solltet mal mit Hasse reden und einen Blick in sein Auto werfen.«

Kapitel 60

Nachdem Ingrid noch einmal versucht hatte, Kicki anzurufen, die wieder nicht ranging, legte sie auf und blieb an Lenas Küchentisch sitzen.

Draußen fuhr Jesper mit wehenden Haaren und Schultasche auf dem Rücken auf seinem Moped vorbei. Kurz danach kam Rune mit einem Eimer in der Hand aus der Scheune. Das Leben auf dem Hof ging seinen gewohnten Gang.

Ingrid wurde die Gedanken an den Abend zuvor nicht los, wie sie auf Bennys Schoß gesessen und geheult hatte. Und dass ausgerechnet Conny angerufen und vor Kjell gewarnt hatte.

Am liebsten hätte sie ihn selbst angerufen und gefragt, ob er ihr helfen könne, doch das wäre unter Umständen auch gefährlich, so viel war ihr klar. Wenn Conny in Wirklichkeit auf Kjells Seite war und einfach nur herausfinden wollte, wo sie sich befand, würde das auch Benny in Gefahr bringen. Wenn die beiden kapierten, dass Benny mit ihr in Kontakt stand, dann könnte das schlimm für ihn ausgehen, und das durfte nicht passieren.

Nach dem, was Conny erzählt hatte, fühlte es sich überhaupt nicht gut an, nur mit einem Brennballschläger bewaffnet nach Stockholm zu fahren.

Ingrid nahm ihr Adressbuch aus der Handtasche und schlug die Nummer von Lotta nach. Draußen fuhr Jesper auf seinem Moped vorbei, diesmal in umgekehrter Richtung und ohne Schultasche.

Nach unendlichem langem Klingeln nah sie endlich ab.

»Ja?«

Derselbe misstrauische Ton wie zuvor.

»Hallo, hier ist Ingrid.«

»Hallo«, erwiderte Lotta und hustete.

»Wie geht es dir? Du klingst irgendwie krank.«

»Nein, Teufel noch mal, alles okay mit mir.«

»Dann ist ja gut. Kannst du reden, oder hast du Besuch?«

»Ich bin alleine, kein Problem.«

»Ich komme morgen nach Stockholm und wollte fragen, ob du vielleicht schon Gelegenheit hattest, was für mich zu besorgen.«

»Ja klar, liegt hier schön und wartet.«

»Ehrlich?«, fragte Ingrid.

»Jaja, natürlich. Auf Lotta ist Verlass.«

Ein heiseres Lachen rasselte am anderen Ende der Leitung.

»Was willst du dafür haben?«

»Viertausend.«

Das war bedeutend mehr, als Ingrid sich vorgestellt hatte.

»Dreitausend?«, versuchte sie.

»Viertausend. Keine Öre weniger. Irgendwas will ich ja auch haben für die Mühe.«

Ingrid seufzte leise. Ein ganzer Monatslohn würde dabei draufgehen, aber das konnte sie jetzt nicht ändern.

»Dann machen wir es so«, erwiderte sie, »ich komme morgen Vormittag vorbei und hole es ab. Bist du zu Hause?«

»Na klar. Ruf eine Stunde vorher an, dann bin ich auf.«

Ingrid legte auf und atmete aus. Mit einer Pistole in der Tasche würde es sich ein bisschen besser anfühlen.

Die Wanduhr in Lenas Wohnzimmer tickte.

Ingrid stand auf und wanderte von Zimmer zu Zimmer, wie sie es immer machte, wenn sie versuchte nachzudenken. Sie war noch nie sonderlich gut darin gewesen, still zu sitzen, und deswegen hatte sie das Jurastudium auch irgendwann geschmissen und war zur Polizei gegangen.

Was war der nächste Schritt? In der Sache mit Hasse konnte sie allein nicht viel mehr tun. Wenn sie ein Foto von ihm hätte, könnte sie es Jesper zeigen, doch das hatte sie nicht.

Gedankenverloren fühlte sie, ob die Pflanzen Wasser brauchten, suchte nach der Gießkanne und begann sie zu versorgen. Hasse könnte durchaus die schwere Deckenleuchte abgenommen haben. Vielleicht waren darauf Fingerabdrücke zu finden.

Ingrid zupfte ein paar verwelkte Blätter ab und drehte die Pflanzen, damit sie mehr Tageslicht bekamen. Plötzlich fiel ihr ein Farn aus der Hand. Der Plastiktopf ging nicht kaputt, aber auf dem ganzen Teppich lag trockene Erde verstreut.

»Wie ungeschickt«, murmelte sie und holte den Staubsauger.

Als sie auf den Startknopf drücken wollte, hielt sie inne.

Wenn Lena ermordet worden war und der oder die Täter es wie einen Selbstmord aussehen lassen wollten, war es nicht unwahrscheinlich, dass der Staubsauger benutzt worden war, um mögliche Spuren zu beseitigen. Ingrid holte den Staubsaugerbeutel aus dem Gerät und schüttete den Inhalt auf eine alte Zeitung. Dass sie daran nicht schon vorher gedacht hatte.

Zwischen Staub, Schmutz, Haaren und eingetrockneten Essensresten fand sie etwas Glänzendes. Ein goldenes Kreuz. Sie nahm das Schmuckstück auf und hielt es gegen das Licht. Wem könnte das gehören? Hasse vielleicht? Spontan kam ihr das unwahrscheinlich vor, aber wenn sie darüber nachdachte, wäre es doch ein perfektes Schmuckstück für einen Betrüger, der einen guten Eindruck machen und glaubwürdig wirken wollte.

Ingrid machte ein paar Fotos von dem Schmuck und dem Staubsaugerbeutel.

Oder gehörte das Kreuz Lena?

Aber hatte im Schmuckkasten nicht auch ein goldenes Kreuz gelegen? Sie ging ins Schlafzimmer, um nachzusehen. Ja, da lag es noch. Natürlich konnte sie auch einfach mehrere besessen haben.

Ingrid beschloss, Lenas Eltern anzurufen und nachzufragen. Elsa ging sofort ran, als hätte sie neben dem Telefon gesessen und darauf gewartet, dass es klingelte.

»Wie kommen Sie voran?«, fragte sie.

»Schwer zu sagen«, antwortete Ingrid. »Ich versuche ein paar verschiedene Spuren zu verfolgen, weiß aber noch nicht, ob sie irgendwo hinführen.«

»Was für Spuren?«

»Ein paar Tage vor Lenas Tod wurde ein Mann aus dem Gefängnis entlassen, der in den Laden, wo Lena gearbeitet hat, eingebrochen war. Nach dem, was ich gehört habe, ist er aufgrund einer Zeugenaussage von Lena ins Gefängnis gekommen.«

»Ja, daran erinnere ich mich«, sagte Elsa. »Das war irgendwann im Winter, oder? Glauben Sie, dass er sich rächen wollte?«

»Vielleicht. Aber bisher ist das nur sehr vage.«

»Haben Sie diesen Mann namens S. gefunden?«

»Nein, ich habe noch nicht mit ihm gesprochen, aber herausgefunden, dass er Steve heißt und in Stockholm Schuhe verkauft. Am Wochenende werde ich versuchen, ihn ausfindig zu machen.«

»Steve«, sagte Elsa prüfend. »Das ist ein ungewöhnlicher Name.«

»Aber eigentlich rufe ich an, um mich zu erkundigen, ob Lena je ein Goldkreuz um den Hals getragen hat.«

»Das glaube ich kaum. Sie ist zwar konfirmiert, aber sie war überhaupt nicht religiös. Warum fragen Sie?«

»Ich habe im Staubsaugerbeutel so eins gefunden, irgendjemand muss es hier verloren haben.«

»Also, ich habe sie noch nie mit so etwas und den Hals gesehen«, beteuerte Elsa noch einmal.

»Okay. In dem Fall muss es jemand anderes verloren haben. Einen schönen Abend noch.«

»Danke, meine Liebe. Danke, dass Sie das alles für uns tun. Es bedeutet uns sehr viel.«

Ingrid nahm das Kreuz wieder in die Hand und betrachte es gründlich. Wenn es auf dem Fußboden gelandet war, dann war vermutlich die Kette kaputt gewesen. Lag die hier auch irgendwo? Und hatte das kaputte Schmuckstück irgendetwas mit Lenas Tod zu tun? Das war alles andere als sicher.

Ingrid holte trotzdem die Taschenlampe, die an einem Haken in der Diele hing, und leuchtete über den Wohnzimmerfußboden. Sie ging auf alle viere, um in die Richtung des Lichtkegels zu schauen, fand aber nichts weiter als Staub und Haare. Dann begann sie methodisch zu arbeiten, suchte jede Fußbodenspalte Zentimeter für Zentimeter ab. Nachdem sie eine halbe Stunde gesucht hatte und ihr die Knie vom harten Boden schon wehtaten, schob sie den Teppich zwischen Couchtisch und Fernseher zur Seite, und da, zwischen den Fußbodendielen eingeklemmt, steckte etwas Glitzerndes.

Mit Hilfe einer Sicherheitsnadel gelang es Ingrid, den Gegenstand herauszuholen: eine gerissene Goldkette.

Sie hielt sie in voller Länge hoch und betrachtete sie eingehend.

Vor ihrem inneren Auge sah sie den Tumult im Wohnzimmer, wie Lena versucht hatte, sich zu verteidigen, es ihr aber nicht gelungen war. Sie war über den Teppich gezerrt worden und hatte beide Socken verloren, als sie in Notwehr um sich trat. Der Teppich hatte sich zusammengeschoben, und die eine Socke war unter dem Fernseher verschwunden. Als die Ordnung wieder hergestellt und mögliche Spuren aufgesaugt werden sollten, war Eile geboten. Vermutlich hatte der Täter den Schmuck erst vermisst, als es schon zu spät war.

War es so vor sich gegangen? Vielleicht. Vielleicht auch nicht.

Wem gehörte das Kreuz?

Kapitel 61

Was hast du heute vor?«, fragte Ulrika mit einem Blick auf die Küchenuhr, wischte die Krümel vom Tisch in ihre Hand und ließ sie dann in die leere Teetasse fallen.

»Wenn es aufhört zu regnen, gehe ich eine Runde joggen«, sagte Benny. »Das habe ich ewig nicht gemacht.«

Ulrika verschwand im Badezimmer und kam mit der Zahnbürste im Mund zurück.

»Könntest du auch unsere Koffer vom Dachboden holen?«, fragte sie.

»Jetzt schon?«

Ulrika konnte nicht antworten, sondern rannte schnell zurück ins Badezimmer.

»Ja, ich wollte mal Probe packen«, rief sie. »Das ist doch das halbe Vergnügen am Reisen.«

Der Wasserhahn lief, und es klapperte im Badezimmerschrank.

»Meine Güte, ich freu mich so darauf wegzukommen«, sagte sie und zog die Jacke über.

Sie warf einen Blick auf die Wanduhr, ging mit Schuhen einmal quer durch die Küche und gab ihm einen Kuss auf den Mund. Dann verschwand sie in einer Duftwolke aus Oscar de la Renta.

Benny schenkte sich noch einmal warmen Kaffee nach und ging ins Wohnzimmer. Der Schichtdienst hatte durchaus auch Vorteile. Freie Tage mitten in der Woche gehörten dazu.

Ingrids Bowie-LP lag auf der Stereoanlage und machte ihm ein schlechtes Gewissen, aber jetzt hatte er endlich Zeit, sie zu überspielen. Benny steckte eine neue Neunzig-Minuten-Kassette in den Recorder, nahm die LP vorsichtig aus der Hülle und legte sie auf. Als alles in Gang war, setzte er sich in den Sessel und las die englischen Texte durch, während er den restlichen Kaffee trank.

Die Erinnerung an den Abend zuvor tauchte auf. Ingrid, die auf seinem Schoß zusammengekauert geweint hatte. Wenn das hier gut ausgehen sollte, musste er die Besuche bei ihr in der Hütte auf ein absolutes Minimum beschränken. Dann würde das sicher bald vorübergehen.

In ein paar Wochen würden Ulrika und er Hand in Hand über die Strände von Maspalomas schlendern, und alles würde gut sein.

Aber er hatte Ingrid versprochen, die Platte zu überspielen, und das würde er auch tun. Er hatte vor, mit der fertigen Kassette sofort zur Hütte zu fahren, ehe sie von der Arbeit im Hotel zurückkam. Um etwas zu tun zu haben, während der Apparat lief, begann er in winzigen Buchstaben die Titel der Songs auf das Inlet der Kassette zu schreiben.

Als beide Seiten des Albums aufgenommen waren, blieb immer noch viel Platz auf dem Band. Den leer zu lassen, wäre doch dumm. Dann würde sie jedes Mal zurückspulen müssen, wenn sie die Kassette umdrehte. Benny ging seine Schallplattensammlung durch, um etwas Passendes zu finden, womit er das Band auffüllen könnte.

Queens neuestes Album *Hot Space*, kürzlich von Ulrika gekauft, hatte Ingrid sicher noch nicht gehört. Die Platte war ziemlich gut, fand er selbst, vor allem »Put out the Fire« und »Under Pressure«. Er hatte sich schon für ein paar Songs von der Platte entschieden, als ihm noch eine andere Idee kam.

Ganz hinten in der Schallplattenkiste stand eine LP, die er nicht mehr hörte, aber trotzdem nicht weggeben mochte. Schon der Anblick des Covers versetzte ihm einen Stich, aber er holte sie trotzdem aus der Hülle und pustete sie gründlich ab, ehe er sie auflegte.

Behutsam ließ er die Nadel auf der zehnten Rille landen.

Kapitel 62

Fünf Monate zuvor

Steve hing aus dem Zugfenster und winkte, bis sie einander nicht mehr sehen konnten. Als der Zug hinter einer Kurve verschwand, blieb Lena allein auf dem Bahnsteig stehen.

Dann war es für dieses Mal wieder vorbei, und die Zeit tickte erneut in ihrem gewöhnlichen langsamen Takt.

Auf unsicheren Beinen bewegte sie sich zurück zum Auto. Vor Schlafmangel und Liebe fühlte sich ihr Körper fast aufgelöst an. Sie hatte keine Ahnung, wie spät oder was für ein Tag es war.

Die Tage mit Steve waren wie ein Traum außerhalb jeder Wirklichkeit gewesen. Als sie auf dem Weg nach Hause nach Sollerön durch Mora fuhr, sah alles anders aus, fast fremd. Als ob sie die Gegend schon verlassen hätte und nach Jahren woanders wieder zu Besuch käme.

In Gedanken war sie bereits in der Zukunft mit Steve, in ihrem Haus mit den Kindern. Ein Garten. Ein Spielplatz. Steve, der von der Arbeit nach Hause kam, erschöpft, aber glücklich. Manchmal ins Theater. Vielleicht sogar ins Dramaten.

Als Lena nach Hause auf den Hof kam, schaute sie sich mit neuen Augen um – sah den lehmigen Hügel mit den Pferdeställen und die Felder, auf denen immer noch Schnee lag –, und sie fragte sich, wer hier eigentlich wohnte. Der Geruch von Dünger schlug ihr auf eine ganz neue Weise entgegen, als sie aus dem Auto stieg.

Hatte Steve recht damit, dass ein Viertel von alldem ihr gehörte?

Sie hatte keine Ahnung, was der Hof wert war, aber wenn es nun stimmte, dann ließ sie das Gefühl doch etwas aufrechter die Treppe zu ihrem Haus hinaufgehen.

»Du hast ein Recht auf dein Leben«, hatte er gesagt.

»Ja, Lena«, sagte sie zu sich selbst. »Das hast du.«

Kapitel 63

Ingrid startete noch vor Sonnenaufgang Richtung Stockholm, ausgerüstet mit einer Thermoskanne Kaffee, ein paar Butterbroten und der Kassette, die Benny für sie aufgenommen hatte. Die kleine Wiese vor ihrer Hütte war von Raureif überzogen, als sie auf die Schotterstraße hinausrollte.

Auch wenn es ihr schwerfiel, versuchte sie die Gedanken an Kjell wegzuschieben und sich auf Anna und ihren gemeinsamen Tag zu konzentrieren. Erst das Museum, dann ein langer Nachmittag und dann der Abend allein bei Thomas. Sie würde kochen, und sie würden zusammen spielen und das Kinderprogramm ansehen. Endlich würde sie sich Annas Welt richtig nähern können.

Obwohl sie den Anblick der Gegend hier oben inzwischen gewohnt sein sollte, war sie doch wieder sprachlos angesichts der Schönheit der Landschaft, als sie durch Siljansnäs fuhr, von wo aus sich der Blick über Wiesen und den See eröffnete, auf dem immer noch der Morgennebel hing.

Als sie Leksand erreichte, schob sie die Kassette ein, die sie von Benny bekommen hatte. Sie kannte jede Textzeile der Bowie-Songs auswendig und sang laut und falsch mit. Als die erste Seite vorbei war, drehte sie die Kassette um und steckte sie erneut ein.

Irgendwann klang der letzte Bowie-Song aus, und Ingrid war völlig unvorbereitet auf die Gitarrenakkorde, die plötzlich ertönten.

»Verdammt noch mal, Benny«, sagte sie, als »Sailing« von Rod Stewart durch das Auto klang.

Ihr gemeinsamer Song. Sie blinzelte die Tränen weg und tat ihr Bestes, um auf der richtigen Straßenseite zu bleiben.

Warum machte er das?

Als der Song zu Ende war, hörte sie Bennys Stimme.

»Willkommen zur Hitparade«, sagte er mit einer ziemlich schlechten Imitation von Claes af Geijerstam. »Wir werden den Abend mit noch einem Goldstäubchen aus den allerfinstersten Ecken der Vergangenheit fortsetzen.«

Dann folgte »Zigaretten, Whiskey und wilde Frauen«, »Es fällt mir schwer, nein zu sagen« und »Zeig mir, wie man nach Hause geht«.

Hatte er womöglich immer noch diese alten LPs, die sie damals aus Spaß angehört hatten? Und sie kannte immer noch die ganzen alten Texte? Das war fast noch komischer. Aber die Musik machte ihr gute Laune, und als sie nach Enköping kam und anhielt, um Lotta anzurufen, hatte sie so viel gesungen, dass sie ganz heiser war.

»Hallo?«

Lotta klang schlaftrunken.

»Ich bin es, Ingrid.«

»Wie spät ist es?«

»Neun«, sagte Ingrid. »Habe ich dich geweckt?«

Keine Antwort.

»Hallo?«

War sie wieder eingeschlafen?

Doch dann war das Klicken eines Feuerzeugs zu hören und wie Lotta einen tiefen Zug nahm.

»Was sagst du?«, fragte sie.

Ein rasselndes Husten und ein Stöhnen, das aber nicht von Lotta kam.

»Ich bin jetzt in Enköping und denke, ich werde in einer Stunde bei dir sein? Gibt es einen Türcode?«

»Nein, nein«, sagte Lotta. »Die Eingangstür ist nicht abgeschlossen. Ich wohne im Erdgeschoss.«

»Dann bis gleich«, sagte Ingrid und legte auf.

Wenn Benny oder ein anderer aus ihrem alten Leben wüsste, was sie da machte. Ingrid lächelte traurig. Irgendwann konnte man sich nur noch auf sich selbst verlassen, wie Lotta immer sagte.

Kapitel 64

Obwohl Kjell die ganze Nacht kaum ein Auge zugetan hatte, fühlte er sich klarer im Kopf denn je.

Er nahm eine schnelle kalte Dusche und rief dann bei der Arbeit an, um sich krankzumelden. Heute hatte er Wichtigeres zu tun, als im Büro Akten hin und her zu schieben.

Kjell wusste, dass er keine Seelenruhe finden würde, ehe Ingrid tot war. Das Wissen, dass sie mit einem funktionierenden Körper weiterlebte, fraß ihn innerlich auf. Obwohl sie ihre Jahre im Gefängnis gehabt hatte, war ihr Tratsch über ihn im Gerichtssaal doch rausgedrungen und hatte sich in der Polizeizentrale verbreitet. Kjell wusste nicht, was schlimmer war, das Mitleid der Kollegen oder ihr Misstrauen, dass womöglich etwas davon stimmen könnte, was Ingrid gesagt hatte.

Alles hatte sie ihm genommen. Seinen Körper, seine Arbeit, seine Ehre.

Wenn er entgegen allen Erwartungen wegen Mordes einfahren würde, dann sollte es eben so sein. Es spielte keine große Rolle, ob er in einer Zelle im Gefängnis saß oder in einer Zelle draußen.

Kjell spülte das Frühstücksgeschirr, machte das Bett und packte das Wichtigste in einen Rucksack. Die Pistole, den Pass, die Reiseschecks, Kleidung zum Wechseln und die Dose mit den Schmerztabletten.

Als alles gepackt war, schloss er die Eingangstür ab und hinkte die Treppe hinunter, ohne sich umzusehen.

Kapitel 65

Bist du schon da?«, fragte Lotta, als sie die Wohnungstür öffnete. »Verdammt, du bist ganz schön gerast, was?«

Sie spähte über Ingrids Schulter ins Treppenhaus und zog an ihrer Zigarette.

Lotta hatte sich verändert seit dem Knast. Blauer Lidschatten, rote Fingernägel und frisch gefärbtes Haar. Wenn man es nicht besser wüsste, hätte man sie für eine ganz gewöhnliche Hausfrau halten können.

»Du musst in einer Stunde noch mal wiederkommen«, fuhr sie fort. »Ich erwarte jeden Moment einen Typen.«

Als Ingrid ansetzte zu protestieren, machte Lotta eine abwehrende Geste mit der freien Hand.

»Eine Stunde.«

Die Wohnungstür knallte wieder zu.

Vor der Tür begegnete Ingrid einem Mann um die fünfzig mit dünnem Haar in Trainingsanzug und mit Ehering. Ingrid hörte, wie die Haustür zufiel, kurz darauf das Schrillen von Lottas Klingel.

Sie beschloss, einen Spaziergang im Sonnenschein zu unternehmen, um die Zeit totzuschlagen. Blackeberg sah noch aus wie immer mit seinen niedrigen Mietshäusern und kleinen Wäldchen, und dann der Marktplatz. Die Gemüseverkäufer waren dabei, ihre Stände aufzubauen, und auf einer Bank vor dem Alkoholgeschäft saßen zwei Alte und bramarbasierten über irgendwas. Der typische Stockholmdialekt ließ in ihr ein nostalgisches Gefühl aufkommen.

Ingrid war so damit beschäftigt, sich umzusehen, dass sie den

Streifenwagen erst gar nicht sah, der über den Parkplatz direkt vor ihr fuhr. Der Wagen fuhr erst geradeaus weiter, machte dann aber plötzlich einen U-Turn und kam zurück.

Sie trat ein Stück zurück und beobachtete im Schutz eines Springbrunnens das Auto. Als es sich wieder näherte, sah sie, dass es Bosse und Roland waren. Der üppige Bart von Roland war nicht zu übersehen.

Hatten die beiden sie erkannt? Würden sie jetzt geradewegs zum Revier fahren und Kjell Bescheid geben?

Immer mit der Ruhe, versuchte sie sich einzureden. Das hier waren nur die alten Kollegen aus dem Bezirk Norrmalm. Die Leute waren sicherlich genug mit ihrem eigenen Leben beschäftigt und hatten sie bestimmt längst vergessen.

Sie war schweißnass auf dem Rücken, als sie wieder vor Lottas Wohnungstür stand.

»Komm rein«, sagte Lotta und winkte ihr mit einer frisch angezündeten Zigarette in der Hand.

Es war nicht zu merken, dass draußen ein schöner Herbsttag war, denn in der kleinen Wohnung waren alle Rollos runtergezogen, und die Luft war schwer von Zigarettenrauch.

Lotta führte Ingrid in ein dunkles Wohnzimmer und sank auf ein Cordsofa. Die langen Beine zog sie unter den Morgenmantel, als würde sie frieren.

»Aha«, sagte sie. »Nun bist du also draußen.«

»Ja. Ich kann es noch kaum glauben.«

Plötzlich stand Lotta auf, verschwand hinter einem rasselnden Perlenvorhang und kam mit einer Plastiktüte zurück, die sie auf dem Couchtisch platzierte. Sie holte ein kariertes Küchenhandtuch heraus, mit dem etwas umwickelt worden war. Vorsichtig, als fürchtete sie, den Inhalt kaputt zu machen, faltete sie das Handtuch auf.

»Bitte schön«, sagte sie und legte die Pistole in Ingrids Hände.

Eine alte, ehrliche Walther. Schwarz, abgenutzt.

Ingrid nahm sie geübt in die Hand und wog sie. Als Polizistin hatte sie genau so eine gehabt. Und mit so einer hatte sie auch auf Kjell geschossen. Sie hoffte, dass sie nicht würde abdrücken müssen, wenn sie gezwungen war, damit auf ihn zu zielen.

»Die ist perfekt«, sagte sie. »Gute Arbeit.«

»Ich habe auch eine Schachtel Patronen dazubekommen«, sagte Lotta und griff in die Tüte.

Ingrid holte ihre Brieftasche heraus. Sie zählte die Scheine und legte einen nach dem anderen in einem Stapel auf den Tisch. Lotta nickte anerkennend.

»Danke für die Hilfe«, sagte Ingrid und steckte die Pistole in die Tasche.

»Jetzt mach keinen Blödsinn.«

»Nicht doch«, antwortete Ingrid. »Nicht, wenn ich nicht muss. Und du auch nicht.«

Kapitel 66

Fünf Monate zuvor

Lena tippte abwesend die Artikel ein, die auf dem Band heranrollten. Sie bemühte sich zu lächeln und nahm das Geld entgegen, ohne wirklich zu bemerken, wer vor ihr stand. Sie sagte ihre üblichen Sätze, die Kunden sagten ihre.

Mit jedem Tag, der verging, ohne dass Steve sich meldete, ging ihr mehr die Luft aus, gerade so, als wäre sie ein alter Heliumballon. Jetzt, nach einer Woche, kam der kaum noch vom Boden hoch. Alles Glück von dem Wochenende, das sie gemeinsam verbracht hatten, war entfleucht.

Am Tag zuvor hatte sie ihn angerufen und eine Nachricht auf dem Anrufbeantworter hinterlassen, aber er hatte sich im Laufe des Abends nicht gemeldet.

War er so ein Casanova, der sie um Geld betrog und dann untertauchte?

Nein, das konnte nicht sein, entschied sie. Sie sah seinen netten, fröhlichen Blick vor sich, hörte sein glucksendes Lachen. Er war keiner, der sich alles ausdachte, so viel Menschenkenntnis besaß sie. Sicherlich hatte er einfach alle Hände voll zu tun bei der Arbeit. Er hatte schließlich gesagt, dass es in der Firma viel zu tun gebe. Aber es musste ihm doch auch klar sein, dass sie sich fragte, wo er geblieben war. Vermisste er sie denn nicht? Nicht mal ein wenig?

Hatte er es ihr übel genommen, dass sie nicht eingestimmt hatte, seine Teilhaberin zu werden? Dachte er, dass sie nicht an sein Geschäft glaubte? Natürlich glaubte sie daran. Aber wie viel er auch auf ihre Fähigkeiten vertraute, war sie doch keine Unternehmerin, so war es nun einfach mal. Kolumbus in allen Ehren, aber sie war einfach nur Lena aus Örnsköldsvik.

Ihre Gedanken kreisten und mahlten in ihrem Gehirn. Sobald sie einen Gedanken fasste, der sie einen Moment beruhigte, kam ein anderer auf, der sie wieder besorgte. Als der Arbeitstag zu Ende war, kaufte sie sich drei Doppel-Daim zum Preis von zweien und einen Strauß Tulpen. Anstatt nach Hause zum schweigenden Telefon zu gehen, fuhr sie nach Mora zum Friedhof. Dort war sie seit der ersten Nacht mit Steve nicht mehr gewesen, und das Grab sah trauriger aus denn je, mit dem welken Gras vom Vorjahr und den Tannenzweigen von Weihnachten, die jetzt aus dem geschmolzenen Schnee ragten.

Lena warf die Zweige weg und sammelte das alte Laub vom Grabstein ein. Dann holte sie eine Gießkanne mit Wasser und eine Vase, in die sie die Tulpen stellte.

»Ich habe dich nicht vergessen, nur falls du das geglaubt hast«, sagte sie zu Eskil.

Sie spülte den Stein mit Wasser ab und drückte die Vase in die Erde davor.

»Ich versuche zu leben, aber das ist nicht so leicht, das sage ich dir.«

Als sie die Tulpen, so gut sie konnte, arrangiert hatte, stand sie auf und bürstete sich die Erde von der Hose. Sie hatte nicht die geringste Lust, nach Hause zu fahren, also setzte sie sich auf eine Bank beim Grab und machte das erste Daim auf. Das harte Karamell machte beim Kauen ein knackendes Geräusch in ihrem Kopf, das einen Moment alle Gedanken übertönte. Sowie das erste aufgegessen war, holte sie das nächste heraus.

Was, wenn Steve gestorben wäre, wenn er ohne Vorwarnung zusammengebrochen wäre, genau wie Eskil? Wie würde sie das je erfahren? Es würde sich wohl kaum jemand bei ihr melden und ihr die Nachricht überbringen.

Als sie auch das zweite Stück Schokolade aufgegessen hatte, kam die Unruhe zurück. Die Kirchturmuhr zeigte zwanzig nach sechs. Sie wollte immer noch nicht nach Hause gehen, aber was, wenn er jetzt gerade anriefe? Steve kannte ihre Arbeitszeiten, und es war schon vorgekommen, dass er angerufen hatte, wenn sie gerade nach Hause gekommen war, gerade so, als hätte er den ganzen Tag gewartet, um mit ihr reden zu können. Womöglich hatte er es schon mehrere Male versucht, und sie war nicht da gewesen.

Plötzlich gab es für sie nichts Wichtigeres, als so schnell wie möglich nach Hause zu kommen. Sie schob die Süßigkeiten in die Jackentasche, stand von der Bank auf und rannte fast durch das Tor des Friedhofs.

In dem Moment, als sie die Tür öffnete, schrillte das Telefon. Ohne die Stiefel auszuziehen, lief sie geradewegs durch die Küche und riss den Hörer hoch.

»Ja, hier Lena.«

»Halloooo, Liebling.«

Als sie seine warme, lebendige Stimme hörte, überkam sie eine große Erleichterung, die kurz darauf in Zorn umschlug.

»Ich dachte, du seist tot.«

»Tot?«, fragte Steve. »Nicht doch. Ein bisschen halbtot fühle ich mich, weil ich viel zu viel gearbeitet habe, aber jetzt, da ich mit dir sprechen kann, kehren die Lebensgeister zurück.«

Lena war so froh, dass ihr Tränen in die Augen stiegen.

»Ich war ein bisschen draußen«, sagte sie, »aber dann hatte ich plötzlich das Gefühl, dass du vielleicht anrufen würdest. Also bin ich schnell nach Hause gerannt.«

»Ja, natürlich hast du das gespürt. Wir gehören doch zusammen, wir beide.«

Als er das sagte, wich alle Anspannung von ihr, und sie sank noch in der Jacke an den Küchentisch.

»Ich habe dich vermisst«, sagte er.

»Warum hast du nicht angerufen? Ich habe mir solche Sorgen gemacht. Und traurig war ich auch.«

»Verzeih mir, du Liebe. Ich hatte tausend Besprechungen und war mehrmals in Södertälje und in Enköping. Wenn ich abends nach Hause kam, war es immer viel zu spät, um noch anzurufen.«

»Ich wäre sicherlich noch wach gewesen, du hättest ruhig anrufen können.«

»Das hätte ich tun können, das stimmt. Entschuldige.«

Lena hörte selbst, wie übellaunig sie klang, und beschloss, etwas fröhlicher und verständnisvoller zu sein.

»Wie ist es dir denn ergangen?«, fragte sie in einem leichteren Tonfall.

»Jetzt reden wir aber nicht über Arbeit.«

»Doch, ich will es nämlich wissen«, beharrte sie voll schlechten Gewissens wegen all der dummen Gedanken, die sie gehabt hatte.

»Ich habe den Vertrag für den Laden jetzt unterschrieben.«

»Glückwunsch! Wie schön.«

»Ja, das fühlt sich richtig gut an. Und es war nur dank dir möglich. Wenn du mir das Geld nicht geliehen hättest, dann wäre das nicht gegangen.«

Lena wurde bei diesen Worten ganz warm ums Herz, und sie bereute ein weiteres Mal ihre Zweifel. Es war doch klar, dass er jede Menge zu tun hatte.

»Und dann habe ich versucht, jemanden zu finden, der als Teilhaber im Unternehmen einsteigen könnte. Als wir neulich darüber geredet haben, ist mir klar geworden, wie gut es wäre, zu zweit zu sein und mehr Kapital zu haben. Es gibt jemanden, der interessiert ist, aber das dauert alles so lange. Im Moment bin ich sehr frustriert, aber das wird sich schon alles lösen.«

»Das hoffe ich.«

»Heute Abend werde ich mich noch mal mit ihm treffen, aber ich wollte vorher zumindest kurz anrufen und dir sagen, wie sehr ich dich vermisse. So ein herrliches Wochenende hatten wir.«

»Ja, das war wunderbar.«

»Wie geht es dir?«

Lena wollte ihm nicht erzählen, dass sie kaum hatte essen oder schlafen können. Wenn sie sich beklagte, würde ihn das auch nicht fröhlicher machen, also sagte sie, dass alles wie immer sei, sie ihn aber sehr vermisst habe.

»Ich muss jetzt auflegen, damit ich nicht zu spät komme«, sagte Steve. »Ich küsse dich, meine kleine Blume. Ich werde versuchen, öfter anzurufen.«

»Du kannst jederzeit anrufen«, sagte Lena. »Wenn ich nicht sowieso schon wach bin, dann wache ich eben auf.«

Kapitel 67

Der Parkplatz vorm Naturkundemuseum war so gut wie leer. Kjell stellte sein Auto etwas abseits, sodass Berit es nicht entdecken und wiedererkennen würde. Das Museum öffnete in einer Viertelstunde. Kjell schaltete das Radio ein und summte mit.

Um Punkt zehn Uhr schraubte er den Schalldämpfer auf die Pistole, schob sie in die Jackentasche und humpelte zum Eingang des Museums. Vermutlich würden Berit und Anna erst nach dem Mittagessen ankommen, denn Anna war noch in der Schule, aber er wollte genügend Zeit haben, um sich im Gebäude zu orientieren und die Notausgänge zu lokalisieren. Einen Tumult wollte er, soweit es ging, vermeiden. Das Beste wäre, wenn er sie in eine Toilette schubsen und schnell die Tür schließen könnte.

Kjell kaufte sich eine Eintrittskarte und lächelte die Frau hinter dem Tresen besonders ausgiebig an. Richtig hübsch war sie.

Das letzte Mal musste er auf irgendeinem Schulausflug hier gewesen sein. Zunächst einmal suchte er die Notausgänge. Im Erdgeschoss gab es drei Stück. Dann prüfte er, wo sich die Toiletten befanden. Leider waren Damen- und Herrentoiletten getrennt und bestanden nur aus kleinen Kabinen, die sowohl oben als auch unten offen waren. Aber direkt am Eingang gab es eine geräumige Behindertentoilette. Die würde funktionieren.

Als er sich ein Bild vom Erdgeschoss gemacht hatte, nahm er den Fahrstuhl in den ersten Stock. Er musste ein Fenster finden, durch das er den Parkplatz im Blick hatte.

Die Ausstellungsräume hatten keine Fenster in die gewünschte

Richtung, aber er fand eine unverschlossene Tür, die in einen Flur mit Büros führte. Aus einem dieser Räume müsste man einen guten Überblick haben. Mit entschlossenen Schritten ging er von einem Zimmer zum nächsten, aber überall saßen Menschen und arbeiteten.

Weiter hinten auf dem Flur gab es eine Abseite. Kjell drückte rasch, wie im Vorbeigehen, den Griff herunter und entdeckte zu seiner Freude, dass die Tür nicht verschlossen war. Er warf einen schnellen Blick über die Schulter, dann schlich er hinein und arbeitete sich durch alles, was da stand, zum Fenster. Das war perfekt. Von hier aus sah er alles.

* * *

Ingrid sah Berits Auto schon aus der Entfernung, als sie auf den Parkplatz des Naturkundemuseums einbog. Niemand schien ihr zu folgen, aber das musste nichts bedeuten. Wenn jemand wusste, wie man beschattete, dann war das Kjell. Wenn er ihr folgte, dann würde er ihr niemals so nahe kommen, dass sie es merkte.

Die Pistole in der Handtasche fühlte sich schwer an, als Ingrid aus dem Volvo stieg. Wenn sie nur die Perücke aufhaben könnte, aber das wollte sie nicht, wenn Anna dabei war. Sie konnte sich doch nicht verkleiden, wenn sie ihr eigenes Kind traf.

Als Berit den Sitz vorgeklappt hatte und Anna aus dem Auto gestiegen war, kam sie mit wippendem Pferdeschwanz auf sie zugelaufen, sodass der Rucksack auf ihrem Rücken hüpfte.

Ingrid erinnerte sich noch an das erste Mal, als sie sich nach ihrer Entlassung wiedergesehen hatten. Da hatte Anna es nicht einmal gewagt, auf ihrem Schoß zu sitzen, und sie selbst hatte hinterher heimlich auf der Toilette der Pflegefamilie geweint.

Jetzt konnte sie ihre Tochter endlich auffangen und fest umarmen. »Wie ich dich vermisst habe, mein Mädchen.«

* * *

Da unten auf dem Parkplatz stieg Ingrid aus ihrem schwarzen Volvo. Obwohl Kjell gewusst hatte, dass sie wahrscheinlich auftauchen würde, war er völlig unvorbereitet auf die Wut, die in ihm hochkochte, als er sie sah. Da war sie, diese verdammte Fotze. Aus dieser Entfernung wäre es kein Problem, sie zu treffen. Es würde eine Weile dauern, bis die da unten auf dem Parkplatz begreifen würden, was passiert war, er könnte also in aller Ruhe sein Versteck verlassen, den Fahrstuhl ins Erdgeschoss nehmen und durch den Hinterausgang verschwinden.

Kjell versuchte das Fenster zu öffnen, aber der Griff saß bombenfest. Er riss und zog daran, doch es schien lange nicht geöffnet worden zu sein.

Auf dem Parkplatz umarmten sie sich. Anna hatte einen Rucksack auf dem Rücken, Berit, in demselben hässlichen Mantel wie letztes Mal, sah aus, als würde sie sich verabschieden. Sehr gut. Eine Tante weniger, auf die er aufpassen musste.

Als er nach einiger Anstrengung das Fenster aufbekommen hatte, waren Ingrid und Anna schon Richtung Eingang gegangen und verschwanden schnell aus seinem Blickfeld.

Kjell stolperte zur Tür. Jetzt durfte er sie nicht aus den Augen verlieren.

Bevor er die Abseite verließ, hielt er inne, drückte das Ohr an die Tür und horchte. Direkt davor waren Stimmen zu hören, ein Mann und eine Frau.

»Haut ab, ihr Idioten«, flüsterte er.

Kjell wartete, bis die Stimmen verschwunden waren. Als er sich endlich rauswagte, ging er schnell zum Fahrstuhl zurück und drückte auf den Knopf. Nichts passierte.

Er fluchte innerlich, widerstand aber dem Impuls, ein paarmal mit voller Wucht auf den Knopf zu hauen. Stattdessen macht er nichts. Biss die Zähne zusammen. Wartete. Wartete. Wartete.

Ein Mann im Anzug stellte sich neben ihn. Kjell betrachtete ihn im Augenwinkel, hielt den Blick aber geradeaus gerichtet.

Als der Fahrstuhl kam, ließ der Mann ihn wie ein echter Gentleman zuerst eintreten und drückte dann auf den Knopf. Unendlich langsam sanken sie ins Erdgeschoss.

***

Als Ingrid die Eintrittskarten gekauft und ihr Geld zurück in die Tasche gesteckt hatte, nahm sie Annas Hand. Ihr Blick wanderte durch den Saal, scannte die Besucher, die sich zwischen den Glasvitrinen bewegten, und suchte nach Notausgängen.

»Sollen wir in die Richtung anfangen?«, fragte sie und zeigte auf einen großen Saal direkt vor ihnen. Sie wollte so schnell wie möglich weg von dem offenen Eingang und in den dunkleren Ecken verschwinden.

Anna nickte.

»Wo ist das Dinosaurierskelett?«

»Was sagst du?«

Ingrid beugte sich vor.

»Papa Kjell hat gesagt, es gibt ein riesengroßes Dinosaurierskelett in diesem Museum.«

Ingrid erstarrte.

»Hast du Papa Kjell erzählt, dass wir hierherkommen?«, fragte sie und schaute sich um.

»Nein«, sagte Anna. »Er hat das selbst gesagt.«

Ingrid hätte Anna am liebsten auf den Arm genommen und wäre mit ihr aus dem Museum gestürzt, aber dann würde das Mädchen sich furchtbar erschrecken.

»Komm«, sagte sie stattdessen. »Natürlich wollen wir die Dinosaurier finden. Ich glaube, die sind in diese Richtung.«

Ingrid schob die Hand in die Tasche und umfasste die Pistole. Erst das Skelett, dann so schnell wie möglich raus.

Anna lief ein paar Meter vor ihr in den nächsten Raum, doch da gab es keine Skelette, sondern nur ausgestopfte Pelztiere. Füchse, Biber und Otter in Glasvitrinen.

»Komm, nimm meine Hand«, sagte Ingrid.

Doch Anna hörte nicht, sondern nahm volle Fahrt auf das Skelett, das sie im nächsten Saal erspäht hatte. Ingrid tat ihr Bestes hinterherzukommen, aber mit der Hand in der Tasche ließ es sich nicht so schnell laufen.

Als sie in den Dinosauriersaal kam, konnte sie Anna nirgends sehen. Ingrid eilte zum Skelett, lief einmal drum herum, doch Anna war nicht dort. Es waren auch keine Kinderfüße zu hören.

Mein Gott. Wohin war sie verschwunden?

Ingrid fuhr herum, streckte den Hals, um einen Überblick über den Saal zu bekommen, suchte mit dem Blick zwischen den Glasvitrinen. Anna war wie vom Erdboden verschluckt.

Ein eisiger, fast lähmender Schreck packte Ingrid.

Am liebsten hätte sie Annas Namen laut gerufen, tat das aber lieber nicht, für den Fall, dass Kjell in der Nähe war.

Ein Vater mit einem kleinen Sohn an der Hand schaute sie fragend an, als sie herumeilte.

»Haben Sie ein Mädchen mit blondem Pferdeschwanz gesehen?«, keuchte sie.

Beide schüttelten den Kopf, und Ingrid jagte weiter in den nächsten Saal, der voller kleinerer Skelette war. Sie schaut hinter jeden Pfeiler, hinter jede Vitrine, doch Anna war nirgends zu sehen.

Ingrid kehrte zu dem großen Dinosaurierskelett zurück. Das wollten sie schließlich ansehen, da wäre Anna doch nicht in eine ganz andere Richtung gelaufen.

Was, wenn Kjell im Saal auf sie gewartet hatte, sich hinter dem Skelett versteckt und Anna überrascht hatte? Sicherlich würde sie sich freuen, ihn zu sehen. Wie sollte sie das wissen?

»Anna!«, rief Ingrid nun doch, sie konnte sich nicht länger beherrschen.

Sie umklammerte die Pistole in der Tasche noch fester und lief zurück. Erst umrundete sie das Skelett, doch da war niemand, dann lief sie zu dem Platz, wo sie Anna zuletzt gesehen hatte, und spähte in alle Richtungen.

Der Vater und der Junge starrten hinter ihr her, doch das war ihr egal.

»ANNA!«, schrie sie, sodass es im steinernen Saal widerhallte. »WO BIST DU?«

Von irgendwo war ein schwaches Rufen zu hören. Ingrid fuhr herum, versuchte den Laut zu lokalisieren.

»BIST DU HIER?«

Ingrid rannte in die Richtung, aus der das Rufen gekommen zu sein schien, und schaute sich hektisch um.

Dann endlich sah sie einen kleinen blonden Kopf, der hinter einer Vitrine hervorschaute.

»Anna, Liebes, da bist du ja«, sagte Ingrid und versuchte ruhig zu klingen. »Warum versteckst du dich?«

Als Anna aufsah, sah Ingrid, dass sie weinte.

»Komm, meine Liebe«, sagte sie und ließ gleichzeitig den Blick durch den Saal wandern. »Hast du Angst?«

Anna nickte.

»Die Dinosaurier sind ganz schlimm.«

»Ja, das sind sie«, sagte Ingrid und ging in die Hocke. »Was für ein Glück, dass es keinen lebendigen davon mehr auf der Erde gibt.«

»Gar keinen?«

»Keinen einzigen. Weißt du, was? Ich denke, wir verschwinden mal von all diesen schlimmen Dinosauriern und fahren nach Hause zu Onkel Thomas. Da gibt es überhaupt nichts Gefährliches. Was hältst du davon?«

Anna nickte.

»Und ich glaube, wir nehmen den schnellsten Weg hier raus«, fuhr Ingrid fort. »Willst du auf meinem Rücken reiten?«

Anna nickte wieder.

»Spring auf!«

Als Anna auf ihrem Rücken saß, galoppierte Ingrid los, im Zickzack zwischen den schrecklichen Reptilien hindurch und zum nächsten Notausgang. Anna umklammerte ihren Hals ganz fest.

Bitte, lieber Gott, hilf uns hier raus.

* * *

»Anna! Wo bist du?«

Diese Stimme hatte Kjell oft genug gehört. Das Rufen hallte aus einem der Säle weiter hinten im Gebäude, und Kjell lief, so schnell er mit seinem Stock konnte. Er machte große Schritte mit dem gesunden Bein und verzog jedes Mal das Gesicht, wenn er mit dem verletzten Bein auftrat, tat aber sein Bestes, um schneller zu sein.

Das Dinosaurierskelett türmte sich in der Mitte des gigantischen Saales wie ein Monster auf. Hier musste sie gerufen haben. Ja, da war er ganz sicher.

Kjell humpelte weiter, der Schweiß stand ihm auf der Stirn, doch wie sehr er sich auch abkämpfte, hatte er das Gefühl, überhaupt nicht vorwärtszukommen.

Als er das Skelett endlich erreicht hatte, konnte er Anna oder Ingrid nirgends sehen.

Ein Vater und ein erschrockener Junge glotzten ihn von einer Vitrine aus an.

»Entschuldigung«, sagte Kjell mit seiner freundlichsten Stimme. »Haben Sie vielleicht ein siebenjähriges blondes Mädchen mit Pferdeschwanz und ihre Mutter gesehen? Wir haben uns aus den Augen verloren.«

Der Junge starrte immer noch mit offenem Mund, und Kjell musste sich beherrschen, ihm nicht eins mit dem Stock überzubraten.

»Die sind da lang gelaufen«, sagte der Vater und zeigte auf den Notausgang.

Kjell humpelte ohne ein weiteres Wort zur Tür. Warum war Ingrid da rausgeschlichen? Hatte sie ihn gesehen? Nein, das konnte nicht sein. Wahrscheinlich hatte Anna geplaudert. Eine andere Erklärung gab es nicht.

Kjell öffnete die Tür. Eine schmale Wendeltreppe führte ein Stockwerk tiefer, und durch das Gitter der Treppe sah er, wie unten eine schwere Tür zufiel.

Er begann die Treppe hinunterzusteigen, aber sein Stock blieb immer wieder im Metallgitter hängen, und das Bein schmerzte wie wahnsinnig. Er hatte heute keine der starken Tabletten genommen, um nicht benebelt zu sein, und das bereute er jetzt.

Als er unten ankam und die Tür an der Rückseite des Museums öffnete, sah er Ingrids schwarzen Volvo vom Parkplatz fahren.

»Glaub bloß nicht, dass du davonkommst«, flüsterte er. »Ich weiß, wohin du jetzt willst.«

Kapitel 68

Fünf Monate zuvor

In dieser Nacht fand Lena keinen Schlaf, sosehr sie es auch versuchte. Sie hatte damit gerechnet, ganz schnell einzuschlafen, jetzt, da Steve sich wieder gemeldet hatte, doch stattdessen gingen ihr andere Gedanken durch den Kopf.

Sie drehte das Kissen herum, legte sich auf den Bauch, zog die Decke runter, rollte sich auf den Rücken. Wie sie auch lag, konnte sie doch nicht zur Ruhe kommen.

Schließlich stand sie auf, schaltete eine Lampe ein und setzte sich mit dem Strickzeug auf das Sofa. In den ersten Tagen nach ihrem Kennenlernen hatte sie die Sehnsucht fast ein bisschen genossen, aber inzwischen war es nur noch eine Plage. Als hätte sie ein Loch in der Brust, das nur ausgefüllt werden konnte, wenn sie mit Steve zusammen war.

Ihr ganzes Dasein wurde zu einem Wartezustand. Warten darauf, dass er anrief, warten auf den nächsten Brief, warten auf neue Pläne für ein Treffen, warten darauf, dass die Zeit schneller verging. Sie lebte dieses Leben nicht, sie warf es weg.

Als es hell wurde, hatte sie eine Entscheidung getroffen.

Mit zitternden Fingern wählte sie Steves Nummer, die sie inzwischen schon auswendig kannte. Es klingelte wieder und wieder.

Dann ging Steve mit einem lauten Husten ran, räusperte sich und flüsterte:

»Wie spät ist es?«

»Halb sieben«, sagte Lena mit einem kleinen Kichern, als wäre das alles nur ein Witz. Sie war seit drei Uhr auf den Beinen, und die Müdigkeit war in einen rauschähnlichen Zustand übergegangen. Ihre Haut fühlte sich ganz durchsichtig an, das Morgenlicht schien direkt durch sie hindurch. Wieder war sie leicht wie ein Ballon. Würde sie jetzt jemand durchs Fenster rauslassen, dann würde sie direkt in den Himmel aufsteigen.

»Mit wem spreche ich?«

Die Stimme klang so hart, dass Lena den Faden verlor.

»Ich bin es doch«, sagte sie. »Lena.«

»Ach ja, jetzt höre ich! Entschuldige, mein Liebes. Gestern Abend ist es viel zu spät geworden. Viel zu viele Gläser Wein.«

Er hustete noch ein paarmal und stöhnte.

»Ich wollte dich nicht wecken«, beteuerte sie, »aber ich wollte dir sagen, dass ich gerne Teilhaberin werde, wenn du das immer noch möchtest.«

»Ist das dein Ernst?«

Seine Stimme klang verändert.

»Ja«, sagte sie. »Zwanzigtausend kann ich nicht beitragen, aber fast. Ich habe sechzehn. Ich hoffe, das genügt.«

Ihr Konto würde damit fast völlig leer sein, doch das spielte keine Rolle. Sie wollte ihr Leben mit Steve verbringen, mit ihm zusammenwohnen und einen Alltag mit ihm teilen. Sie wollte nicht länger warten müssen. Wie er immer zu sagen pflegte: Manchmal musste man etwas wagen, um etwas zu gewinnen.

Kapitel 69

Ingrid drehte mehrere Runden um den Block, wo Thomas wohnte, ehe sie sicher war, dass ihr niemand folgte.

Kjell war schon zweimal unerwartet bei ihrem Bruder aufgetaucht, immer unter dem Vorwand, Sachen abgeben zu wollen, die sie aus der Wohnung nicht mitgenommen hatte. Wenn er herausgefunden hatte, dass sie sich dieses Wochenende mit Anna treffen würde, dann bestand aber auch die Gefahr, dass er Thomas' Haus beobachtete.

»Sind wir jetzt da?«, fragte Anna und schaute mit großen Augen an den mächtigen Häusern hoch.

»Ja, jetzt sind wir da«, sagte Ingrid.

»Das ist aber schön. Sieht fast aus wie ein Schloss.«

Ingrid und Thomas hatten ausgemacht, dass Thomas im Hotel schlafen würde, damit Mutter und Tochter Zeit für sich alleine haben würden.

»Bleib sitzen, dann komme ich auf die andere Seite«, sagte Ingrid und stieg aus dem Auto. Sie sah sich gründlich um, während sie die Übernachtungstasche und die Geschenktüte aus dem Kofferraum holte. Bevor sie die Tür auf Annas Seite öffnete, warf sie noch einmal einen Blick über die Schulter.

»Willkommen«, sagte sie so leichthin, wie sie konnte.

Anna schälte sich mit dem Rucksack auf dem Schoß aus dem Auto und schaute sich um.

»Möchtest du auf die Klingel drücken?«, fragte Ingrid, obwohl sie so schnell wie möglich ins Haus wollte.

Anna nickte eifrig.

Ingrid stellte die Taschen ab, hob Anna hoch und zeigte ihr, auf welchen Knopf sie drücken musste. Im Augenwinkel bemerkte sie eine vorbeigehende Frau.

»Wir sind da!«, rief sie, als Thomas zu hören war.

»Schon?«, erwiderte er erstaunt. »Ich dachte, ihr würdet erst in ein paar Stunden kommen, aber willkommen! Ich lass euch rein.«

Als die Tür hinter ihnen ins Schloss fiel, atmete Ingrid tief durch. Thomas stand in der sperrangelweit geöffneten Wohnungstür, als sie im vierten Stock aus dem Gitterfahrstuhl stiegen.

»Wie schön, euch zu sehen.«

Er gab Ingrid eine lange und warme Umarmung und begrüßte dann auch Anna, die den Blick senkte und ein Hallo murmelte.

»Erinnerst du dich, dass du Onkel Thomas schon mal getroffen hast?«, fragte Ingrid.

Anna schüttelte den Kopf.

»Nein, das ist verständlich. Es ist lange her, und du warst damals noch klein. Thomas ist mein kleiner Bruder. Kaum zu glauben, oder?«

Anna sah zu Thomas hoch, der zwanzig Zentimeter größer war als Ingrid. Sie lächelte scheu.

»Kommt einfach rein«, sagte Thomas und winkte sie in die Wohnung. Als sie eingetreten waren, schloss er sorgfältig die Tür ab und legte eine Kette vor, die neu zu sein schien.

»Ich zeige euch, wo ihr schlafen werdet«, sagte Thomas und ging vor ihnen her ins Schlafzimmer, wo er sein Doppelbett für sie neu bezogen hatte.

»Gemütlich, was?«, sagte Ingrid und nahm Annas Hand.

»Und ich habe ein paar gute Sachen eingekauft«, fuhr Thomas fort und ging in die Küche. Er öffnete Kühlschrank und Speisekammer – da gab es alles, was Ingrid bestellt hatte: Zutaten für Spaghetti bolognese und für Baiser mit Sahne und Schokosoße, außerdem Smacks und Kekse, von denen sie wusste, dass Anna sie gerne zum

Frühstück aß. Dazu eine Tüte Himbeerschlangen als samstägliche Süßigkeit.

»Außerdem habe ich gehört, es gebe hier jemanden, der Käsekringel mag«, verkündete Thomas und hielt eine große Tüte hoch.

»Verhungern werden wir jedenfalls nicht, das steht fest«, sagte Ingrid.

»Nein, aber jetzt werde ich euch in Ruhe lassen«, sagte Thomas und warf sich eine Ledertasche über die Schulter. »Ich hoffe, ihr werdet es schön gemütlich haben.«

»Danke, dass du das für mich machst«, flüsterte Ingrid.

»Sehr gerne«, flüsterte er zurück. »Wie groß und hübsch sie geworden ist.«

Ingrid schloss die Tür hinter ihm und hakte die Sicherheitskette ein. Als sie wieder in die Küche kam, hatte Anna bereits angefangen, Sachen aus ihrem Rucksack auf dem Tisch zu verteilen. Ein Bastelbuch, ein Malheft, eine Schachtel mit Wachsmalkreiden und einen Walkman, der ganz neu aussah.

»Ui, der ist aber schön«, sagte Ingrid.

»Den habe ich von Papa bekommen.«

»Von dem Papa, bei dem du wohnst, oder von Papa Kjell?«

»Papa Kjell. Willst du hören?«

Obwohl Ingrid den Apparat am liebsten gar nicht in die Hand genommen hätte, setzten sie sich nebeneinander.

»Gerne«, sagte sie und setzte die Kopfhörer auf.

Carola, natürlich, Annas Lieblingssängerin.

Obwohl sie die Tür abgeschlossen und die Sicherheitskette vorgelegt hatte, war Kjell doch in der Wohnung anwesend und hatte sich zwischen sie gekeilt.

»Der ist gut, oder?«, meinte Anna und lächelte.

»Supergut.«

* * *

Als Kjell Ingrids Volvo vor Thomas' Haus sah, überkam ihn das starke Verlangen, auszusteigen und den Wagen mit einem Vorschlaghammer völlig zu demolieren. Aber das würde nichts bringen.

Wieder gelang es ihm, sich zu beherrschen.

Er schaute zu den Fenstern im vierten Stock hoch. Da drinnen war sie. Thomas, der eingebildete Snob, war sicher auch da, es ergab also keinen Sinn, reingehen zu wollen. Er musste warten. Bis seine Zeit kam.

Auf der gegenüberliegenden Straßenseite gab es einen freien Parkplatz, von dem aus er sowohl das Auto als auch den Hauseingang im Blick hatte. Früher oder später würde sie rauskommen, und diesmal entging sie ihm nicht.

* * *

»Ich kann nicht mehr«, sagte Anna, lehnte sich zurück und schloss die Augen.

»Das wundert mich nicht«, sagte Ingrid.

Dass Spaghetti Annas Lieblingsessen waren, wusste Ingrid. Aber sie hatte nicht geahnt, wie viel Essen in so ein kleines Mädchen passte.

Ingrid hatte Zwiebeln gehackt und das Hackfleisch angebraten, derweil hatte Anna auf einem der Küchenstühle gekniet und in ihrem Bastelbuch Punkte zu Bildern verbunden. Als die Hackfleischsoße auf dem Herd köchelte, hatte sie Ingrid ein paar von ihren neuen Schulbüchern gezeigt – von Renata in Wachspapier eingeschlagen und mit schönen Etiketten versehen. *Hallo, Mathematik* war Annas Lieblingsbuch, zusammen mit einem Schreibbuch, in dem man Buchstaben üben konnte. Stolz hatte sie auf die Seiten geblättert, die sie schon vollgeschrieben hatte.

Ingrid kamen die Tränen, als sie all die Bs sah, in langen Reihen sorgfältig hingemalt. Dass ihr kleines Kind schon schreiben konnte.

Bald würden sie sich Briefe schreiben, und Anna würde in dem Tagebuch lesen können, das Ingrid für sie angefangen hatte.

»Sollen wir vor dem Nachtisch noch eine Runde Verkehrsschildermemory spielen?«, fragte Ingrid.

»Au ja.«

»Wenn du die Karten auf den Couchtisch legst, dann decke ich so lange hier ab.«

Anna rutschte vom Stuhl runter und holte das Spiel aus ihrem Rucksack.

»Aber du darfst nicht schummeln und dir die Bilder schon angucken, ehe ich komme«, mahnte Ingrid und legte eine gespielt strenge Miene auf, die Anna zum Lachen brachte.

Als Ingrid ins Wohnzimmer kam, saß Anna auf der Sofakante mit den Händen auf dem Schoß und wartete. Der Tisch lag voller Spielkarten.

Ingrid trat zum Erker, um die Lampe im Fenster einzuschalten. Ehe sie auf den Schalter drückte, beugte sie sich zur Scheibe und schaute auf die Straße hinunter. Unten vor der Tür standen die Autos dicht an dicht in einer Reihe. Von oben war bei denen, die direkt vor dem Haus standen, unmöglich zu erkennen, ob jemand drinsaß, doch die anderen waren leer. Sie konnte auch niemanden entdecken, der die Tür beobachtete. Alle Menschen auf der Straße waren in Bewegung und mit ihren eigenen Dingen beschäftigt.

Ingrid schaltete die Lampe an und setzte sich neben Anna auf das Sofa.

»Du fängst an«, sagte sie.

Anna deckte ein Stoppschild und ein Überholverbotsschild auf und dann schnell wieder zu. Ingrid tat ihr Bestes, um sich die Karten zu merken, dann deckte sie zwei auf.

»*Vorfahrt gewähren* und *Achtung, Gefahr*«, sagte Anna.

»Oha, was du alles weißt. Das sind zwei schwierige Schilder.«

»Papa Kjell ist Polizist«, sagte Anna zur Erklärung.

»Ja, das stimmt. Hast du ihn schon oft gesehen?«

»Ja, ziemlich.«

Anna deckte eine weitere Karte mit einem Stoppschild auf und fand ohne Schwierigkeiten die dazu passende im Durcheinander.

»Sieh mal einer an«, sagte Ingrid und strich ihr über den Rücken.

»Ich werde bald mal da übernachten.«

Ingrid holte tief Luft und atmete dann langsam wieder aus. Am liebsten wollte sie schreien, Nein, das darfst du nicht!, aber stattdessen sagte sie so ruhig wie möglich:

»Möchtest du das denn?«

Anna zuckte kaum merkbar mit den Schultern, sagte aber nichts.

»Du weißt schon, dass du nichts machen musst, was du nicht willst. Niemand kann dich dazu zwingen. Du bist jetzt ein großes Mädchen. Du musst es einfach nur Berit sagen.«

»Du bist dran«, sagte Anna.

* * *

Nach fünf Stunden im Auto fing das Bein an wehzutun. Kjell nahm eine von den starken Schmerztabletten und schluckte sie ohne Wasser. Er hätte was zu trinken mitnehmen sollen. Wenn er gewusst hätte, dass er vor der Wohnung würde hocken müssen, dann hätte er jetzt ein paar Brote dabei, aber das hier gehörte nicht zum Plan. Um diese Zeit hätte er längst auf dem Weg zum Flughafen sein sollen, vielleicht sogar schon im Flieger.

Er versuchte die Sitzposition zu verändern, das Bein auszustrecken, doch was er auch versuchte, es tat nur noch mehr weh. Eigentlich müsste er aus dem Auto steigen und sich bewegen, aber er wollte nicht riskieren, dass Ingrid ihn durch das Fenster sah.

Obwohl er wusste, dass ihn das groggy machen würde, nahm er noch eine Tablette. Nach ein paar Minuten ließen die Schmerzen nach. Erleichtert legte er den Kopf an die Nackenstütze und schloss die Augen.

Mehr als eine Stunde später wachte er davon auf, dass er fror. Es war dunkel geworden, und erst wusste er nicht, wo er war, doch dann sah er den Eingang zu Thomas' Wohnung und erinnerte sich. In den Fenstern oben war Licht, und Ingrids Auto stand immer noch da.

Garantiert würde sie heute Abend nicht rauskommen, das wurde ihm jetzt klar. Er konnte also genauso gut nach Hause fahren und versuchen, ein paar Stunden zu schlafen. Aber dass er nun gezwungen wurde, aufzugeben und sie da drinnen in der Wärme zurückzulassen, weckte wieder den Zorn in ihm.

Im Handschuhfach fand er ein altes Notizbuch und einen Stift. Er überlegte sich genau, was er schrieb, mit deutlichen Buchstaben. Als er fertig war, faltet er den Zettel zusammen, humpelte zu ihrem Auto hinüber und klemmte ihn unter den Scheibenwischer. Wenn sie, Gott behüte, abhauen würde, ehe er wieder zurück war, würde sie zumindest wissen, wie nahe er gewesen war.

Kapitel 70

Vier Monate zuvor

Hingerissen blickte Lena aus dem Fenster, als der Zug im Sonnenschein nach Stockholm hineinfuhr. Dass sie hier war! Sie nahm ihre Tasche vom Gepäckfach und schaute wieder aus dem Fenster.

Wenn Steve sich nur nicht mit der Zeit vertan hatte oder verhindert war, sondern wie versprochen auf sie wartete. Sonst wüsste sie nicht, wohin.

Aber ihre Sorgen waren unbegründet. Steve stand in Anzughosen und hellem Hemd auf dem Bahnsteig. Als er sie sah, kam er ihr mit großen Schritten entgegen.

»Endlich«, sagte er und drückte sie an sich.

Sie küssten sich lange. Hier, in Stockholm, wo Lena niemanden kannte, konnte sie sich ihm einfach hingeben, ohne sich Sorgen darüber machen zu müssen, was die Leute dachten. Steve trat einen Schritt zurück und legte seine Hände um ihr Gesicht, fast so wie damals auf dem Friedhof.

»Du schöne, schöne Frau«, sagte er. »Komm, ich nehme deine Tasche. Das Auto steht da vorne.«

Sie kreuzten zwischen all den Menschen im Bahnhofsgebäude durch, und Lena war ganz schwindlig, als sie schließlich an die frische Luft hinauskamen. Steve warf ihre Reisetasche mit einer eleganten Bewegung in den Kofferraum des Autos. Bevor er die Klappe schloss, holte er einen Schuhkarton heraus.

»Hier ist das neueste Modell«, sagte er und hob den Deckel. »Nigelnagelneu, direkt aus Mailand.«

Lena hob den braunen Herrenschuh hoch, strich mit der Hand über das Leder.

»Ist er nicht schön?«, fragte Steve.

»Ja, sehr.«

»Schnupper mal dran. Riecht das nicht herrlich? Ich habe noch mehr Modelle zu Hause, die wirst du gleich sehen. Steig ein, dann fahren wir.«

Er klappte den Kofferraum zu, und Lena setzte sich auf den Beifahrersitz. So viele Autos und Menschen überall. Sie würde niemals wagen, in dieser Stadt Auto zu fahren. Aber Steve lenkte geübt durch das Gewimmel vor dem Bahnhof.

Kurz sah Lena das Stadshuset im Rückspiegel, aber schon bald hatte sie völlig die Orientierung verloren. Nur ab und zu bemerkte sie Details oder Gebäude, die sie aus dem Fernsehen und den Zeitungen wiedererkannte: das Konzerthaus, die hohen Türme der Kungsgatan, die Stadtbibliothek mit der Rotunde.

Nach einer Weile hielt Steve an, parkte zwischen zwei anderen Autos und schaltete den Motor aus.

»Da sind wir!«, sagte er. »Aber, wie gesagt, das hier ist nur eine Übergangswohnung während der Renovierung, erwarte also nicht zu viel.«

»Kein Problem«, sagte Lena und stieg aus. Sie hatte keine Ahnung, wo sie sich befand.

Mit großem Eifer hob Steve ihre Tasche aus dem Kofferraum und eilte die Treppenstufen zu dem Hauseingang hinauf. Die Wohnung, die im obersten Stockwerk des Hauses lag, war nicht groß, aber auch nicht so schlimm, wie er behauptet hatte. Ein Wohnzimmer mit Schlafalkoven und eine kleine Küche mit Blick über die Dächer und einen schattigen Innenhof. Die ganze Diele stand voller Schuhkartons.

»Ich habe einen Tisch in einem Restaurant für uns reserviert«, sagte er. »Du musst ja halb verhungert sein.«

»Aber ich kann auch was kochen. Immer verwöhnst du mich so, dann kann ich doch mal dich verwöhnen.«

»Nein, nein, das machen wir wann anders«, sagte er. »In der Küche hier gibt es auch so wie gar nichts. Und außerdem wollen wir heute feiern.«

Lena holte ihre Haarbürste aus der Handtasche und richtete ihre Frisur. Die Schminke um die Augen war nach ihrem kleinen Nickerchen im Zug verschmiert, also verschwand sie schnell im Bad, um sie etwas nachzubessern.

Hoffentlich war das kein Luxusrestaurant, in das sie gehen würden, mit unterschiedlichem Besteck, von dem sie nicht wusste, wann sie welches benutzen sollte.

Sie strich ihre Bluse glatt und legte etwas Lippenstift nach.

»Sollen wir vielleicht erst mal das Geschäftliche erledigen?«, fragte Steve, als sie aus dem Badezimmer kam.

»Das können wir machen.«

Steve knöpfte eine Aktentasche auf und holte eine Mappe heraus, die er feierlich aufschlug. Er legte zwei dicke Papierstapel auf den Tisch.

»Nimm dir Zeit und lies es genau durch«, sagte er und reichte ihr einen Kugelschreiber.

Lena nickte und begann zu lesen, verlor aber bald die Konzentration. Stattdessen nahm sie den Stift und schrieb ihren Namen auf die freien Linien.

Jetzt war sie an der Reihe, den Umschlag mit dem Scheck rauszuholen, der den ganzen Tag schon in der Tasche gesteckt und ihr Sorgen gemacht hatte. Die Zahl darauf war so unbegreiflich hoch, dass sich alles wie ein seltsames Spiel anfühlte.

Steve reichte ihr die Hand über den Tisch. Lena schüttelte sie.

»Willkommen als Teilhaberin von Karlsson und Söhne«, sagte er.

Lena fragte sich, was wohl ihre Eltern sagen würden, wenn sie erführen, was sie eben getan hatte. Ihre Mutter würde sicher kein Wort herausbringen, aber Lena sah sie vor sich, wie ihre Hände nervös über die Schürze fuhren. Und ihr Vater würde nur sein »Was, um Himmels willen« murmeln und den Kopf schütteln.

Wenn Steve und sie reich wurden, dann würde sie ihnen etwas richtig Schönes kaufen. Bis dahin war es wohl am besten, Stillschweigen zu bewahren.

Steve gab ihr die eine Ausführung des Vertrags und behielt die andere. Lena wusste nicht recht, was sie damit machen sollte. Wenn sie ihn in die Tasche steckte, würde er zerknittern.

»Wir können ihn so lange hier aufbewahren«, sagte Steve und legte Lenas Vertrag aufs Fensterbrett.

Sie fuhren mit dem Fahrstuhl nach unten und küssten sich auf dem ganzen Weg.

»Wohin gehen wir?«, fragte Lena, als sie auf die Straße hinauskamen.

»Ich dachte ans Tennstopet«, sagte Steve. »Das ist nur ein paar Straßen weiter.«

Er winkelte seinen Arm an, sodass sie sich einhaken konnte, und dann spazierten sie Seite an Seite den Bürgersteig hinunter.

Nach einem kurzen Gang kamen sie zu einem Platz, an dem sie schon zuvor mit dem Auto vorbeigekommen waren. »Odenplan« stand auf einem Schild über dem Eingang zur U-Bahn-Station.

»Das hier erkenne ich aus dem Film *Der Mann auf dem Dach*, ist das nicht die Stelle, wo der Helikopter reinkracht?«

»Ja, genau. Was du alles weißt.«

Lena und Eskil hatten den Film im Kino gesehen, als er gerade rausgekommen war.

Lena sah sich in alle Richtungen um, als sie über den Platz gingen, und versuchte die Wirklichkeit mit den Filmszenen zusammenzubringen.

»Da ist der Vasaparken«, sagte Steve und zeigte zu dem daneben beginnenden Park. »Wenn ich mich richtig erinnere, kommt der auch in dem Film vor. Hier werden wir essen.«

Steve öffnete die Tür des Restaurants an der Ecke und ließ sie eintreten. Sie atmete auf. Zwar waren die Tischdecken weiß, aber die Einrichtung aus dunklem Holz und das gemischte Publikum gaben ihr ein vertrautes Gefühl. Über dem ganzen Speisesaal lag wie ein Nebel der Zigarettenrauch.

Sie bekamen einen Fensterplatz mit Blick auf den grünen Vasaparken. Zu Hause auf Sollerön hatten die Birken noch kaum Knospen, aber hier hatten die Laubbäume schon ausgeschlagen. Wenn nun plötzlich Astrid Lindgren vorbeikäme? Möglich war es.

Lena wurde aus ihren Gedanken gerissen, als ihr ein Kellner eine Karte reichte. Fleischbällchen, Rinderfilet Rydberg, Hering und Kartoffelbrei. Nun konnte sie sich ganz entspannen. Sie musste weder Austern noch Entrecôte essen.

Steve hatte sich bereits für das Rinderfilet entschieden, und sie nahm das Gleiche. Dann sah sie sich weiter um. Die dunkel gebeizte Decke hatte kunstvolle Dekorleisten, und mitten im Raum hing ein großer Kronleuchter. An mehreren Tischen wurde laut geredet. Die Gäste sahen intellektuell und weltgewandt aus, waren aber erstaunlich nachlässig gekleidet.

»Ich hoffe, du findest es hier nicht zu laut«, sagte Steve.

»Nein, es ist herrlich.«

An dem langen Bartresen saß jemand, der Lena bekannt vorkam. Das war doch nicht möglich. Das gewellte Haar, der Bart. Sie sah noch einmal hin. Ungebügeltes Hemd, Weste und hochgekrempelte Jeans.

»Ist das nicht Cornelis Vreeswijk, der da hinten sitzt?«, flüsterte sie. »Dreh dich mal vorsichtig um. An der Ecke vom Tresen.«

Steve wandte den Kopf in Zeitlupe um und nickte dann.

»Der ist oft hier. Das Lokal ist bei Schriftstellern, Künstlern und Journalisten ziemlich beliebt.«

Lena traute ihren Augen nicht. Sie versuchte Cornelis nicht anzustarren, aber es war unmöglich, das zu lassen. Er hatte ein halb ausgetrunkenes Bier vor sich und spielte mit einem Päckchen Zigaretten.

Dass sie hier einfach sitzen und dazugehören durfte, auch wenn es nur für einen Abend war.

»Er ist ein Genie«, sagte Lena.

»Das finde ich auch.«

»Am liebsten würde ich hingehen und es ihm sagen, aber ich traue mich nicht.«

»Welches ist dein Lieblingslied von ihm?«, fragte Steve und nahm einen Schluck vom Wein, der serviert worden war, ohne dass Lena es bemerkt hatte.

»Schwierige Entscheidung, aber ›Veronica‹ mag ich sehr. Er schreibt so über die Liebe, dass es ganz genauso wehtut, wie es sich in Wirklichkeit auch anfühlt. Welches findest du am schönsten?«

Steve sah zum Kronleuchter hoch und dachte nach.

»Vielleicht ›Getinghonung‹. Und ›Turistens klaga‹.«

»Oh nein, das kann ich mir nicht anhören«, sagte Lena. »Wenn die Kinder dann so trällern, muss ich immer weinen.«

Sobald sie an das Lied dachte, stiegen ihr Tränen in die Augen.

»Siehst du?«, sagte sie und tupfte sich mit der Serviette unter den Augen.

»Liebling. Ich hoffe, dass du bald fröhliche Kinderstimmen hören kannst, ohne traurig werden zu müssen.«

»Ich bin so unglaublich glücklich, dass wir uns gefunden haben«, sagte Steve, als sie beide aufgegessen hatten.

»Das bin ich auch.«

Steve nahm ihre Hand und räusperte sich.

»Vielleicht liegt es daran, dass meine Mutter so früh aus meinem Leben gerissen wurde, aber es ist mir immer schwergefallen, an die

Liebe zu glauben. Dass es sie morgen auch noch geben wird, und am Tag danach.«

Er senkte den Blick und räusperte sich wieder.

»Deshalb habe ich immer im Hier und Jetzt gelebt. Na, du weißt ja bereits, was ich vom Glück halte. Dass es einem wieder genommen werden kann und all das.«

Lena nickte.

»Aber zum ersten Mal wage ich zu glauben, dass es vielleicht bei mir bleiben wird«, fuhr er fort. »Nicht nur morgen, sondern auch übermorgen und nächstes Jahr.«

Er drückte ihre Hand fester.

»Jetzt bin ich mal ganz spontan«, sagte er. »Wenn ich es geplant hätte, dann hätte ich auch einen Ring gekauft … Aber ich will dich fragen, ob du dir vorstellen kannst, mich zu heiraten, Lena.«

»Machst du mir einen Antrag?« Lena schlug sich die Hand vor den Mund.

»Sieht ganz so aus«, sagte Steve und lachte.

»Natürlich will ich.«

Jetzt kamen ihr wieder die Tränen, und diesmal machte sie sich nicht die Mühe, sie wegzuwischen.

»Ist das ein Ja?«, fragte Steve mit einem Lächeln.

»Ja, natürlich, du Dummkopf«, erwiderte sie.

Als sie aus dem Restaurant kamen, war es immer noch hell, und die Bürgersteige waren voller Menschen. Sie nahmen einen Umweg und schlenderten durch den Vasaparken. Ein paar Kinder spielten Fußball auf einem Kiesplatz, und unter einer gestreiften Markise saßen Menschen und tranken Wein.

Als sie zu einem Haus in der Ecke des Parks kamen, auf dem »Eastmaninstitutet« stand, blieb Lena plötzlich stehen. Nun befand sie sich wieder in *Der Mann auf dem Dach*. Da war die Statue mit der Erdkugel, wo der erste Polizist erschossen wurde, und auf der anderen Straßenseite das Backsteinhaus mit den Glasbalkonen, wo der Mörder sich versteckt hatte. Dass es das wirklich alles gab und es genauso aussah wie im Film …

»Könntest du hier in Stockholm mit mir leben?«, fragte Steve.

»Vielleicht nicht hier mittendrin«, sagte sie. »Jedenfalls nicht, wenn wir eine Familie gründen und so.«

An diesem Abend war die Stadt unbeschreiblich schön, auch wenn man in der Ferne ab und zu Polizeisirenen hörte. Aber wenn sie Kinder bekamen, wollte sie ihren eigenen kleinen Garten.

»Eine Viertelstunde mit der U-Bahn entfernt gibt es nette kleine Häuser. Ich glaube, da würde es dir richtig gut gefallen.«

»Was kosten die?«

»Das sind Häuser, die sich die Arbeiterfamilien in den dreißiger Jahren gebaut haben, die sind nicht so teuer.«

»Vielleicht können wir ja mal hinfahren und sie uns ansehen«, sagte Lena.

»Das machen wir auf jeden Fall.«

Wie schön wäre es, wenn sie das alles hier jeden Tag in Reichweite hätte.

»Ich liebe dich«, sagte sie.

»Und ich dich. Jetzt beginnt das Leben.«

Kapitel 71

Benny fuhr aus der Polizeigarage und sah auf die Uhr auf dem Armaturenbrett. Drei Minuten nach acht.

»Jaja«, sagte Kenneth. »Freitagabend, und hier sitzt man nun.«

Er lehnte sich zurück und trommelte rastlos mit den Fingern auf sein Knie.

»Willst du etwa sagen, dass mit meiner eminenten Gesellschaft irgendwas nicht in Ordnung ist?«, fragte Benny grinsend.

»Nimm es bitte nicht persönlich«, erwiderte Kenneth, »aber ich hätte lieber *Dallas* geguckt.«

Benny fuhr auf die Handverkargatan, um eine Runde um das Stadtzentrum zu drehen. Die Band Schytts sollte im Moraparken spielen, aber das Konzert begann nicht vor neun Uhr. Da würden sie später garantiert alle Hände voll zu tun haben, aber bisher verlief der Abend ruhig.

»Ich habe Ingrid gefragt, wie es mit dem Selbstmord auf Sollerön läuft«, sagte Benny.

»Und?«, fragte Kenneth. »Ist sie auf irgendwas gestoßen, womit sie uns auf die Finger klopfen kann?«

»Nicht direkt, aber es gibt da schon ein paar seltsame Details.«

»Zum Beispiel?«

»Unter anderem hat ein schwarzer Ford, der so aussieht wie der von Hasse Persson, am Abend bevor Lena gefunden wurde vor ihrem Haus gestanden. Hasse ist nur ein paar Tage zuvor aus dem Gefängnis entlassen worden und hat allen Grund, wütend auf sie zu sein.«

»Das stimmt«, sagte Kenneth.

»Als Ingrid versucht hat, mit ihm zu reden, hat er sie bedroht und ist ihr im Auto gefolgt.«

»Warum bin ich nicht erstaunt?«

»Sie findet, wir sollten ihn vernehmen und das Auto mal näher checken. Aber ich weiß nicht.«

»Wie sollten wir ihn ausgehend von ihrer Ermittlung vernehmen können?«, fragte Kenneth. »Dass Hasses Ford *eventuell* dort war, ist außerdem ziemlich vage. Was würde wohl Frank dazu sagen?«

»Nein, du hast recht. Wir sollten abwarten und sehen, ob sie noch was anderes findet.«

»Aber du«, sagte Kenneth, »misch dich nicht zu viel in die Sache ein. Du bist zunächst einmal angestelllter Polizist, vergiss das nicht.«

Als sie zum Fridhemsplan kamen, wo ein paar blank polierte amerikanische Oldtimer zusammenstanden, knisterte es im Funkgerät.

»Unfall mit einem Wagen auf Sollerön, direkt südlich von der Straße nach Vinäs. Fahrer verletzt. Ambulanz ist auf dem Weg.«

Benny schaltete das Martinshorn ein und gab Gas.

Als sie den Unfallort erreichten, stand ein Mann in Holzfällerjacke neben einem Saab am Straßenrand und wartete. Benny bog hinter ihm ein. Erst jetzt sahen sie das Auto, das von der Straße abgekommen war. Es lag mit der Schnauze gegen einen Stein gedrückt weiter unten im Graben. Die Fahrertür stand offen, und ein Bein ragte heraus.

»Ich hab Sie alarmiert«, sagte der Mann. »Er reagiert auf Ansprache, hat aber wohl ziemlich viel getrunken. Ich glaube, er braucht einen Krankenwagen.«

»Der ist auf dem Weg«, sagte Kenneth.

Benny rutschte über Grassoden und Steine zu dem Auto runter.

»Wie geht es Ihnen?«, fragte er und steckte den Kopf durch die Tür. Der Mann hatte Blut im Gesicht und hielt sich einen Arm.

»Au«, jammerte er.

Es sah so aus, als würde das Blut von einer Kopfwunde kommen, aber er konnte nur schwer einschätzen, wie schlimm die war.

»Wie heißen Sie?«

»Aaa… Assar Hedström.«

»Der Krankenwagen wird jeden Moment hier sein«, sagte Benny. »Versuchen Sie ruhig zu bleiben. Atmen Sie.«

Benny holte das Alkoholmessgerät heraus und bat ihn zu pusten. Assar sah verständnislos auf das Mundstück und dann zu Benny.

»Teufel auch«, murmelte er.

Mit ziemlich viel Anstrengung gelang es ihm schließlich, ausreichend zu pusten, sodass Benny ein Resultat ablesen konnte. Das Ergebnis war eindeutig.

»Können Sie mir erzählen, was passiert ist?«

»Alles geht zur Hölle«, nuschelte Assar.

»Sind sie wütend auf jemanden?«, fragte Benny.

Assar fasste sich wieder an den Arm und rieb ihn.

In dem Augenblick war der Krankenwagen zu hören.

Kapitel 72

Kjell schlug die Augen auf und starrte auf den Wecker. Seine Gedanken waren wirr, und er kriegte nichts zusammen. Die Zeiger auf der Uhr, die Sonne, die direkt ins Schlafzimmer schien, die hochgezogene Jalousie. Nichts stimmte. Was war heute für ein Tag? Hatte er verschlafen? Oder hatte er Urlaub?

Unendlich langsam gelang es ihm, den Blick zu fokussieren. Die Dose mit Schmerztabletten, das Wasserglas und das halb gegessene Brot mit einer eingetrockneten Scheibe Salami darauf.

Dann erinnerte er sich: Ingrid. Er schob die Decke beiseite und hievte sich auf die Bettkante.

Die Schmerzen waren unerträglich gewesen, als er am Abend zuvor nach Hause gekommen war. Um sicher zu sein, dass er schlafen konnte, hatte er zwei Tabletten genommen. Danach musste er weggekracht sein.

Jetzt war es schon nach zehn Uhr. Wenn er es noch in die Stadt schaffen wollte, musste er sich beeilen.

* * *

»Tschüs, mein liebes Mädchen«, sagte Ingrid und umarmte Anna vor Thomas' Haustür lange. »Ich freue mich schon, wenn wir uns das nächste Mal sehen.«

»Ja«, sagte Anna.

Berit, die ihr Auto halb auf der Straße geparkt hatte, sah gestresst aus.

»Ist alles gut gegangen?«, fragte sie.

Ingrid und Anna nickten beide.

»Sollen wir dann mal zurückfahren?«, fragte Berit und legte Anna eine Hand auf den Rücken.

»Ich müsste noch kurz mit Ihnen sprechen, Berit«, sagte Ingrid.

»Ja?«

»Geh du so schon und setz dich ins Auto, Anna. Ich komme gleich noch mal und sage tschüs.«

Anna kroch auf den Rücksitz, nahm den Rucksack auf den Schoß und drückte die Nase an die Scheibe.

»Nun«, sagte Ingrid, »ich muss noch einmal sagen, wie ungut es wäre, wenn Anna mit Kjell zu Hause allein sein sollte.«

»Es ist noch überhaupt nicht entschieden, ob sie bei ihm übernachtet.«

»Nein, das ist ja gut, aber trotzdem. Sie mit ihm allein zu lassen, ist eine sehr schlechte Idee.«

»Er ist nicht vorbestraft, und wir haben keinen Grund, ihm das zu verwehren.«

»Die Gefahr ist groß, dass er ihr etwas antun wird.«

»Machen Sie sich keine Sorgen, Ingrid. Wir haben immer das Beste des Kindes im Blick.«

»Es ist ihm irgendwie gelungen herauszufinden, dass Anna und ich gestern ins Naturkundemuseum wollten. Er hat zu Anna gesagt, dass es da Dinosaurierskelette gebe. Und er ist verdammt gut darin zu manipulieren, das habe ich ja schon mal erklärt.«

»Ist er denn dort aufgetaucht?«, fragte Berit.

»Das weiß ich nicht. Als mir klar wurde, dass er wusste, wo Anna und ich uns treffen würden, sind wir durch eine Hintertür raus.«

Berit sah sie an, als wäre sie verrückt.

»Versuchen Sie mal, ganz ruhig zu bleiben«, sagte sie und legte eine Hand auf Ingrids Arm. »Wir müssen jetzt fahren.«

Ingrid folgte Berit zum Auto und tat ihr Bestes, um die Tränen zu unterdrücken, sie hatte einen dicken Kloß im Hals. Sie streckte die Hand zu Anna auf dem Rücksitz und streichelte ihr die Wange.

»Mach's gut«, sagte sie. Mehr brachte sie nicht heraus. Annas kleine Hand winkte hinter der Heckscheibe, als sie losfuhren.

Auf dem Weg zu ihrem Auto ließ Ingrid die Tränen laufen. Als sie sich dem Volvo näherte, sah sie, dass an der Windschutzscheibe ein Zettel hing. Das fehlte ihr gerade noch, dass sie jetzt einen Strafzettel bekommen hatte.

Sie wischte sich die Tränen weg und riss das Papierstück an sich, das aber gar kein Strafzettel war, sondern ein doppelt gefaltetes Blatt Papier aus einem karierten Block. Als sie die Handschrift erkannte, erstarrte sie.

Hallo, Ingrid! Wie schade, dass wir keine Gelegenheit hatten, uns dieses Wochenende zu sehen, als du in der Stadt warst. Vielleicht nächstes Mal? Kjell.

Ingrid sah sich um und schloss den Wagen auf. Er hatte sich hier draußen auf der Straße befunden, er wusste, welches Auto ihr gehörte. Sie setzte sich rasch hinters Steuer und versuchte, so schnell sie konnte, aus dem engen Parkplatz herauszukommen. Nach einem letzten Blick in den Rückspiegel trat sie aufs Gaspedal und fuhr los.

* * *

Kjell fuhr, so schnell es ging, Richtung Stadt. Früher hatte er sich in der Innenstadt ausgekannt wie in seiner eigenen Westentasche, doch in letzter Zeit waren aus irgendeinem unerfindlichen verdammten Grund mehrere Straßen in Vasastan und auf Östermalm zu Einbahnstraßen gemacht worden, was ihm das Gefühl gab, ein Tourist ohne Ortskenntnis zu sein. Aber Autofahren konnte er wenigstens immer noch, das konnte ihm niemand wegnehmen.

Er hatte Verfolgungsjagden immer geliebt. Einige der Kollegen hatten nicht die Nerven gehabt, im Berufsverkehr auf dem Essingeleden hundertfünfzig zu fahren. Ihm selbst ging es dabei immer am besten, seine Sinne geschärft wie ein Skalpell und seine Bewegungen exakt. Das war besser als Sex. Kein einziges Mal war er von der Straße abgekommen oder jemandem aufgefahren.

Er bog gerade noch rechtzeitig in die Straße ein, in der Thomas wohnte, um Ingrids schwarzen Volvo um die Ecke an der nächsten Kreuzung verschwinden zu sehen.

Kjell drückte aufs Gaspedal, schaffte es, das Auto auf siebzig zu bringen, vorbei an dem Haus von Thomas, und dann an der Kreuzung in die Eisen zu gehen und in die nächste Straße rein.

Ein Stück weiter vorne sah er ihr Auto. Das sollte ihm eigentlich gelingen. Wenn er nahe genug rankam, konnte er die Hinterreifen kaputtschießen, und der Rest wäre einfach.

Das war der Vorteil von Automatikwaffen. Da konnte man Auto fahren und gleichzeitig schießen. Er presste das Gaspedal herunter, näherte sich und tastete gleichzeitig nach der Pistole im Handschuhfach. Die ruckartigen Bewegungen des Autos hatten sie wegrutschen lassen, und um sie zu erreichen, musste er etwas vom Gas gehen. Als er wieder aufsah, verschwanden die Rücklichter des Volvo über einen Hügel.

Kjell fuhr wieder schneller und kam auch über den Hügel, musste aber einer alten Frau ausweichen, die geradewegs auf die Straße torkelte. Kjell stand auf dem Gaspedal und hupte, mit der Pistole in der Hand. Weiter unten am Hügel bog der Volvo nach links ab.

Er folgte ihr, aber ein in zweiter Reihe geparkter verdammter Audi blockierte die ganze Straße, und so musste er scharf bremsen und ein entgegenkommendes Auto vorbeifahren lassen. Er drückte auf die Hupe, drückte und drückte. Als ein alter Mann auf dem Bürgersteig ihn anstarrte, als ob er derjenige wäre, der hier die ganze Straße blockierte, zielte er mit der Pistole auf ihn. Der Typ wurde leichenblass.

Als Kjell endlich weiterfahren konnte, hatte er den schwarzen Volvo aus dem Blick verloren. Er starrte in alle Richtungen, blieb an jeder Kreuzung stehen in der Hoffnung, ihn noch mal zu sehen. Es war vorbei, das sah er ein, dennoch weigerte er sich aufzugeben. Er hatte ihre Witterung aufgenommen und musste weitermachen.

Er würde sie finden, und wenn er den ganzen Tag rumfahren musste.

Kapitel 73

Um sich zu vergewissern, dass sie nicht verfolgt wurde, bog Ingrid ein paarmal spontan nach rechts und links ab, dann fuhr sie ein Stück Richtung Diplomatenviertel. Als sie sicher sein konnte, dass ihr niemand folgte, hielt sie kurz vor einem Hotel, ließ den Wagen im Leerlauf und setzte sich die Perücke auf, dann fuhr sie weiter.

Am liebsten wollte sie so schnell wie möglich aus der Stadt raus, nach Hause in den Wald und sich verstecken, aber sie hatte nun mal den Auftrag angenommen, das Rätsel um Lenas Tod zu lösen, und daran musste sie sich halten. Bevor sie Stockholm verließ, musste sie deshalb die Firma Karlsson und Söhne aufsuchen und versuchen, mit diesem rätselhaften Steve zu sprechen.

Es wird schon gut gehen, sagte sie zu sich selbst. Nicht einmal Kjell konnte ahnen, wohin sie unterwegs war. Die Wahrscheinlichkeit, dass sie sich begegnen würden, war minimal.

Doch die Erkenntnis, dass er wusste, wie ihr Volvo aussah, und sich ganz bestimmt auch das Kennzeichen gemerkt hatte, machte die Fahrt durch die Stadt unbehaglich. Sie wiederum hatte keine Ahnung, was für ein Auto er fuhr.

Die ganze Strecke bis nach Vasastan war Ingrid in Habachtstellung. Das Auto auf offener Straße abzustellen, wagte sie nicht, stattdessen fuhr sie in die Tiefgarage beim Odenplan. An der gesuchten Adresse auf der Upplandsgatan angekommen, musste sie zu ihrem Erstaunen feststellen, dass es dort kein Schuhgeschäft gab, sondern nur einen Kiosk und eine Pizzeria.

Sie ging zur Eingangstür des Hauses und schaute durch die Scheibe hinein. Auf dem Namensschild, das dort hing, fand sie auch keinen Karlsson. Ingrid prüfte noch einmal den Zettel, auf den sie die Adresse geschrieben hatte. Doch, sie war am richtigen Ort.

Bei der Auskunft hatte sie damals nicht speziell nach einem Unternehmen gefragt, sondern nur die Telefonnummer angegeben. Gab es überhaupt eine Firma namens Karlsson und Söhne?

Sie ging in die Pizzeria nebenan.

»Dürfte ich mal Ihr Telefonbuch ausleihen?«, fragte sie.

Der Mann hinter dem Tresen sah skeptisch aus.

»Wenn ich's mir recht überlege, dann könnte ich auch mal was essen. Eine Vesuvio und eine Fanta, bitte. Und wenn ich die Gelben Seiten ausleihen dürfte, wäre das schön.«

Ingrid setzte sich so weit vom Fenster entfernt wie möglich in eine Ecke ganz hinten im Lokal. Sie stellte die Tasche mit der Pistole zwischen ihre Füße und begann im Telefonbuch zu blättern, fand aber kein Karlsson und Söhne, weder unter der Rubrik Schuhgeschäfte noch bei den Schuhgrossisten. Dieses Geschäft schien nicht zu existieren.

Als die Pizza kam, fragte sie, ob sie sich auch das Telefonbuch für Privatpersonen ausleihen könne. Sie schnitt die Pizza in Dreiecke, die sie in eine Hand nehmen konnte, und suchte derweil alle Karlssons in der ganzen Umgebung von Stockholm. Sture Karlsson gab es drei, Steve Karlsson nur einen. Und keiner von denen wohnte in dieser Straße.

Sie aß fast die ganze Pizza auf und dachte darüber nach, was sie als Nächstes tun könnte. Da sie nun schon mal hier war, konnte sie genauso gut versuchen, sich das Haus von innen anzusehen. Die Telefonnummer, die Lena in ihrer Brieftasche gehabt hatte, führte schließlich zu irgendjemandem an dieser Adresse.

Sie legte die Telefonbücher auf den Tresen zurück, bedankte sich und stellte sich dann vor das Restaurant, als würde sie auf eine Verabredung warten, beobachtete aber aufmerksam den Hauseingang.

Nach einer knappen Viertelstunde ging die Tür von innen auf und eine Dame in Mantel und hohen Absätzen trippelte, ohne sich umzusehen, auf den Bürgersteig. Ingrid schafft es gerade noch, den Fuß in die Tür zu bekommen, ehe sie zufiel.

Das Treppenhaus hatte hohe Decken und einen Fußboden im Schachbrettmuster. Das Mittagslicht sickerte durch die bleiverglasten Fenster.

Ingrid las noch einmal die Namen auf der Tafel hinter der Tür, aber da gab es wirklich keinen Karlsson. Sie stieg die drei Treppenstufen zum Parterre hinauf und klingelte an der Wohnungstür, die direkt beim Fahrstuhl war. Während sie wartete, holte sie das Foto von dem Mann aus ihrer Brieftasche.

Die Tür ging auf, und eine Frau mit Papilloten im Haar schaute hinter einer Sicherheitskette hinaus.

»Entschuldigen Sie die Störung«, sagte Ingrid. »Ich wollte sie fragen, ob sie möglicherweise diesen Mann hier kennen?«

»Und wer sind Sie, wenn ich das fragen darf?«

Die Frau sah sie ängstlich an.

Ingrid überlegte kurz, ob sie die Wahrheit sagen sollte, dass sie Privatdetektivin war, aber das würde garantiert für eine Menge unnötigen Tratsch im Treppenhaus sorgen.

»Er ist ein Verwandter von mir, von dem wir eine Weile nichts gehört haben«, sagte sie.

Die Frau schaute misstrauisch auf das Foto und dann noch misstrauischer zu Ingrid.

»Wissen Sie, ob er in diesem Haus wohnt?«, fuhr Ingrid fort.

»Soll er das?«

»So ist meine Information, aber sein Name steht nicht unten auf der Tafel. Ich habe gedacht, vielleicht wohnt er zur Untermiete bei jemandem.«

»Ich sehe so schlecht«, sagte die Frau und schaute noch mal angestrengt auf das Foto. »Was haben Sie gesagt, wie er heißt?«

»Steve Karlsson.«

»Den Namen habe ich noch nie gehört«, erwiderte die Frau und drückte die Tür wieder zu.

In den anderen Wohnungen im Erdgeschoss öffnete niemand, also ging Ingrid ein Stockwerk höher und klingelte an der ersten Tür.

Ein älterer Mann mit Seitenscheitel und Strickweste öffnete. Ingrid stellte sich noch einmal vor und hielt das Bild hoch.

»Einen Augenblick«, sagte der Mann. Er verschwand kurz von der Tür, war aber bald mit einer Lesebrille auf der Nase zurück.

»Doch, der wohnt hier«, sagte er, nachdem er das Bild studiert hatte. »Oder zumindest ist er oft hier. Wir haben noch nie miteinander gesprochen, aber man nickt sich höflich zu oder hebt den Hut. Er nimmt immer den Fahrstuhl, ich nehme also an, dass er ziemlich weit oben wohnt.«

Ingrid bedankte sich und beschloss, mit dem Fahrstuhl ganz nach oben zu fahren und sich dann nach unten zu arbeiten.

Im obersten Stockwerk gab es drei Türen. Ingrid klingelte erst an der ganz links. Von drinnen war nichts zu hören, also ging sie zur nächsten. Da hatte sie mehr Glück. Eine junge Frau in Jeans und hellem T-Shirt öffnete. Ihre Haare waren nass, und ein herrlicher Duft von teurer Seife schlug Ingrid entgegen.

»Kennen Sie diesen Mann?«, fragte Ingrid, nachdem sie sich vorgestellt hatte.

»Ja, natürlich. Er wohnt dort«, sagte die Frau und zeigte auf die dritte Tür.

Da stand G. Forsman auf dem Briefkasten.

Die Frau blieb in der Tür stehen.

»Ist was passiert?«, fragte sie.

»Nein, ich muss nur eine Nachricht überbringen«, sagte Ingrid. »Vielen Dank für Ihre Hilfe.«

Die Frau machte die Tür zu, aber Ingrid spürte ihren Blick durch den Spion, als sie an der dritten Tür klingelte. Dreimal läutete sie, ohne dass es das geringste Lebenszeichen von drinnen gegeben hätte. Ingrid holte Block und Stift aus der Tasche und begann zu schreiben.

Hallo! Mein Name ist Ingrid, und ich betreibe ein Privatermittlungsbüro in Mora. Es geht um Lena Hedström auf Sollerön.

Sie dachte eine Weile nach, ob sie vielleicht schreiben sollte, was passiert war, entschied sich aber, das nicht zu tun, sondern damit zu warten, bis er sich meldete. *Rufen Sie mich an*, schrieb sie und setzte ihre Telefonnummer darunter.

Sie bereute es jetzt, dass sie im Sommer nicht dazu gekommen war, ein paar Visitenkarten drucken zu lassen. Die hätten ihrer Nachricht ohne Frage mehr Gewicht verliehen, aber sie hoffte, dass er das Ganze auch so ernst genug nehmen und sich zu erkennen geben würde.

Ingrid ließ den Zettel durch den Briefschlitz auf seinen Dielenfußboden segeln, dann ging sie in den Fahrstuhl zurück. Der arbeitete sich ebenso quietschend hinab, wie er hinaufgefahren war.

Unten angekommen, klemmte die Gittertür des Fahrstuhls, als sie die hinter sich zu machen wollte. Während sie noch mit dem widerspenstigen Ding kämpfte, ging die Eingangstür auf, und ein Mann kam herein. Anzug, Hut und Ledermappe. Sie erkannte ihn sofort.

»Steve?«, fragte sie.

Er fuhr zusammen und sah sie an, ohne zu antworten. Das war er, da war sie ganz sicher.

»Mein Name ist Ingrid Wolt, und ich würde gerne mit Ihnen reden. Über Lena.«

Der Mann drängte sich an ihr vorbei und schob die Gittertür, die sie gerade zugemacht hatte, wieder auf.

»Ich weiß nicht, wovon Sie sprechen«, sagte er. »Ich heiße nicht Steve, und ich kenne auch keine Lena.«

Das war eine so miese Lüge, dass Ingrid stellvertretend für Lena wütend wurde.

»Und wie kommt es dann, dass sie ein Foto von Ihnen in ihrer Brieftasche hatte?«, fragte sie und stellte den Fuß in die Tür, um ihn daran zu hindern, den Fahrstuhl zu schließen. »Und Ihre Telefonnummer?«

»Nehmen Sie den Fuß weg«, erwiderte Steve oder wie er auch hieß.

»Lena ist tot. Wussten Sie das?«

Steve zog fest an der Fahrstuhltür und klemmte Ingrids Fuß ein. Der Schmerz ließ sie laut aufschreien und widerwillig den Fuß rausziehen.

Das Gesicht des Mannes wurde hochrot.

Ingrid sah ihm durch das Gitter nach, als er nach oben verschwand. Kurz erwog sie ihm zu folgen, aber das wäre sinnlos. Sie würde niemals schneller als der Fahrstuhl sein.

Kapitel 74

Drei Monate zuvor

Lena summte vor sich hin, schüttete etwas Milch in einen Topf, tat Salz dazu und schaltete die Herdplatte an. Die Makkaroni standen auf der Arbeitsfläche bereit. Nach ein paar Minuten nahm sie einen Holzlöffel und begann zu rühren, wie sie es schon Hunderte Male getan hatte. Doch anstatt dass die Milch heiß wurde, passierte überhaupt nichts. Als Lena probierte, war sie immer noch so kalt wie frisch aus dem Kühlschrank.

Sie versuchte die anderen Herdplatten, doch keine wurde warm, nicht einmal lau. Dann kontrollierte sie, ob irgendeine Sicherung rausgesprungen war, aber auch das war nicht der Fall.

Der Herd war alt, hatte sicherlich zwanzig Jahre auf dem Buckel, und es war klar, dass er früher oder später seinen Geist aufgeben würde. Aber warum ausgerechnet jetzt, wo sie ihr ganzes Sparkonto leergefegt hatte? Wenn sie sofort Steve anrief, würde sie vielleicht etwas von ihrem Geld zurückbekommen können, um einen neuen zu kaufen.

Sie lief zum Telefon und erreichte, wie so oft, nur den Anrufbeantworter. Obwohl es sich immer noch ungewohnt anfühlte, mit dem Apparat zu sprechen, erzählte sie, was passiert war, und bat ihn, so schnell wie möglich zurückzurufen. Dann schüttet sie die Milch vorsichtig zurück in den Karton und spülte den Topf aus.

Als das Telefon klingelte, rannte sie hin, als ginge es um Leben und Tod.

»Ich verstehe«, sagte Steve, als sie ihm noch einmal erzählt hatte, was passiert war. »Leider ist das im Moment ziemlich schwierig. Kannst du dir nicht was von den Verwandten auf dem Hof leihen? Oder von deinen Eltern?«

»Nein, nie im Leben«, entgegnete Lena. »Das wäre unter meiner Würde.«

Sie hatte sich noch nie Geld von jemandem geliehen und hatte auch nicht vor, damit jetzt anzufangen. Was sollten die Leute von ihr denken, wenn sie nicht mal dazu in der Lage war, sich einen neuen Herd zu kaufen, wenn der alte kaputtging? Genauso hatte ihr Vater all die Jahre immer geredet.

»Ich weiß nicht, was ich tun soll.«

»Das ist gerade wieder mal so typisch«, sagte Steve. »Geld ist unterwegs, aber es wird wahrscheinlich noch ein paar Wochen dauern.«

»Aber ich brauche jetzt einen Herd.«

Wasser kochen und einfache Gerichte zubereiten konnte sie auch auf dem Holzofen, aber das ging nur vorübergehend. Und in Milch gekochte Makkaroni würden damit niemals funktionieren.

Steve seufzte am anderen Ende.

»Kannst du nicht das Goldherz verpfänden?«

»Bist du verrückt? Nie im Leben werde ich die Kette deiner Mutter ins Pfandhaus bringen.«

Lena würde es nicht einmal über sich bringen können, ein Pfandhaus überhaupt zu betreten. Lieber starb sie.

»Ich wünschte wirklich, ich könnte dir helfen«, sagte er. »Gibt es denn nichts, was du verkaufen kannst, was du sonst nicht brauchst?«

»Ich weiß nicht.«

»Wenn man nachdenkt, gibt es eigentlich immer irgendwelchen Kram, auf den man gut verzichten kann.«

Ja, sie hatte den finsteren Holzschrank im Wohnzimmer. Den hatte sie noch nie leiden mögen, und laut Eskil war der einiges wert.

»Hier gibt es ein paar antike Möbel«, sagte sie.

»Siehst du. Es gibt immer einen Ausweg, wenn man sich mal umschaut.«

Kapitel 75

Ulrika lachte laut über irgendetwas im Fernsehen, aber Benny hatte den Witz nicht mitbekommen. Es war eine amerikanische Sitcom über eine Gruppe von Frauen in einem Büro, in die Ulrika ganz vernarrt war. Er starrte auf den Apparat, ohne wirklich etwas zu sehen, und seine Gedanken wanderten hin und her.

Es hatte sich gut angefühlt, mit Kenneth über Ingrids Ermittlung zu sprechen und wie sie das nun mit Hasse anstellen sollten. Je länger Benny für sich behielt, was er wusste, desto mehr fühlte es sich an, als würde er lügen, und das wollte er nicht. Von jetzt an würde er versuchen, Kenneths Rat zu befolgen und sich nicht in Ingrids Ermittlungsarbeit einzumischen.

Er fragte sich, wie es ihr wohl in Stockholm ergangen war. Und wie lange sie sich noch unentwegt nach dem Mädchen sehnen und sich gleichzeitig im Wald verstecken musste. Das war doch kein Leben.

Aber wenn nun Conny ehrlich gewesen war, als er angerufen hatte, und wenn Ingrid ihm wirklich leid tat, dann könnten sie ihn vielleicht dazu bringen, gegen Kjell auszusagen.

»Woran denkst du?«, fragte Ulrika, als die Sendung vorbei war.

»Was?«

»Es fühlt sich an, als wärst du ganz woanders.«

»Nein, nein, ich bin hier. Ich bin einfach nur müde.«

»Möchtest du einen Hochzeitswhisky?«

Ulrikas Cousinen hatten ihnen eine teure Flasche geschenkt, die jetzt auf der Pole Position ganz vorne in der Vitrine stand.

»Nein danke«, sagte er, »dann schlafe ich sofort ein.«

Als *Polizeirevier Hill Street* anfing, kroch Ulrika wieder aufs Sofa und zog sich eine Decke über die Beine. Ihre Augenlider wurden immer schwerer, und schon bald lag sie zusammengerollt und mit dem Kopf auf der Armlehne und schlief.

Warum genügte ihm das hier nicht?

Benny wurde aus seinen Gedanken gerissen. Hatte es an der Tür geklopft? Oder hatte er sich verhört?

Vorsichtig erhob er sich, um Ulrika nicht zu wecken. Als er in die Diele kam, klopfte es noch einmal.

Draußen vor der Tür stand Ingrid. Benny blinzelte gegen das grelle Licht im Treppenhaus.

»Entschuldige, wenn ich so spät störe, aber ich habe gesehen, dass bei euch noch Licht brennt«, sagte Ingrid. »Ich müsste mit dir über etwas sprechen. Es geht ganz schnell.«

»Komm rein«, sagte Benny.

»Sicher?«

»Ja, natürlich. Ulrika schläft auf dem Sofa.«

Ingrid kam in die Diele und zog die Schuhe aus. Ehe sie in die Küche gingen, zog Benny die Wohnzimmertür ein wenig zu.

»Du weißt schon, dieser Steve, von dem ich erzählt habe, mit dem Lena anscheinend eine Beziehung hatte«, sagte Ingrid und setzte sich an den Tisch. »Den gibt es nicht.«

»Gibt es nicht? Wie meinst du das?«

»Also, er existiert als Mensch, aber er heißt nicht Steve, sondern Gunnar Forsman. Und das Unternehmen, von dem er geredet hat, gibt es nur in seiner Phantasie und auf seinem Anrufbeantworter.«

Ingrid erzählte von ihrem Zusammentreffen mit dem Mann und dass er nicht hatte reden wollen.

»Er hat unglaublich komisch reagiert, als ich erzählt habe, dass Lena tot ist, und hat behauptet, er würde sie nicht kennen.«

»Das klingt aber seltsam.«

»Natürlich. Er verbirgt irgendetwas, die Frage ist nur, was.«

Benny warf einen Blick zur Wohnzimmertür. Ulrika schlief immer noch.

»Könntest du ihn für mich überprüfen?«, fragte Ingrid.

»Bist du sicher, dass er Gunnar Forsman heißt? Vielleicht hat er auch das erfunden.«

»Laut Telefonauskunft heißt er so, und das ist auch der Name, der an seiner Tür steht. Aber klar, der könnte auch falsch sein.«

»Ich werde sehen, was ich tun kann.«

Kenneths Ermahnung, sich von Ingrids Ermittlung fernzuhalten, tauchte wieder in seinem Kopf auf, doch er schob sie ungeduldig beiseite.

»Vielleicht sollte man ihn mal vernehmen«, sagte Ingrid und gähnte ausgiebig hinter vorgehaltener Hand. »Sieh doch mal nach, ob er für die Tage, als sie tot aufgefunden wurde, ein Alibi hat.«

»Dein Verdacht hat sich also bestätigt?«, fragte Benny.

»Ja, so gut wie. Da ist vieles ziemlich seltsam.«

Ingrid erzählte von der Wollsocke unter dem Schrank, vom Goldkreuz im Staubsauger und der Kette zwischen den Bodendielen.

Benny brummte skeptisch. Das waren zwar seltsame Details, aber nichts, was auch nur im Entferntesten als Beweis durchgehen würde.

»Wir haben Assar gestern wegen Trunkenheit am Steuer festgenommen«, sagte Benny. »Er war von der Straße abgekommen.«

»Ehrlich? Hat er sich verletzt?«

»Eine Kopfwunde, musste wohl mit ein paar Stichen genäht werden, aber ansonsten hatte er einen Schutzengel.«

»Dieser Mann ist richtig unangenehm«, sagte sie.

»Wie war es sonst in Stockholm? Wie war's mit Anna?«

»Warte, ich zeige dir was«, sagte Ingrid und begann in ihrer Handtasche zu wühlen. »So knapp war es, dass Kjell mich fast erwischt hätte.«

Sie legte den Zettel auf den Tisch.

»Verdammt noch mal«, sagte er und sah sie an. »Ich weiß ja nicht, was ich gemacht hätte, wenn dir was zugestoßen wäre. Wir müssen der Sache hier ein Ende bereiten.«

»Wir?«

»Ja, wir. Wir müssen Kontakt zu Conny aufnehmen, uns irgendetwas ausdenken. So kann es nicht weitergehen.«

Kapitel 76

Drei Monate zuvor

Was geht denn hier vor?«, fragte Rune, der aus der Scheune geschritten kam. Er musste den Kastenwagen der Auktionsfirma durch die kleinen Fenster gesehen haben.

»Ich verkaufe den Schrank«, sagte Lena.

Sie versuchte ruhig zu klingen, doch in ihrer Brust flatterte es.

»Das kannst du doch nicht machen. Er gehört zum Hof und steht hier, seit der vor zweihundert Jahren gebaut worden ist.«

»Aber jetzt wohne ich hier, und der Schrank gehört mir. Und ich habe beschlossen, ihn zu verkaufen.«

Der Besitzer der Auktionsfirma und die Männer, die den Schrank auf den Kiesweg rausgeschleppt hatten, taten so, als würden sie nicht hören, was da geredet wurde. Die Träger mit den Gurten über den Schultern setzten erneut an und hoben den Schrank auf den Anhänger.

Eva kam aus dem Haus gelaufen und sah von Lena zu Rune.

»Was machst du da?«, fragte sie und starrte Lena an.

»Sie verkauft den Schrank«, sagte Rune.

»Hast du den Verstand verloren?«

Eva sprach jetzt laut und versuchte die Männer von der Firma anzusprechen, die sie aber alle ignorierten. Die Träger waren im Dunkel des Lastwagens verschwunden, und der Besitzer, der noch draußen stand, wandte ihnen den Rücken zu.

»Wenn du ihn nicht haben willst, dann hättest du doch uns fragen können«, sagte Rune leise.

»Genau«, rief Eva. »Oder ist das zu viel verlangt?«

»Ihr hättet ja nicht bezahlen wollen, was er wert ist«, sagte Lena und wich Runes traurigem Blick aus.

»Bezahlen?«, fragte Eva. »Wie meinst du das? Das ist ein Kleinod der Familie, das gehört uns, und das ist nichts, was du einfach so verkaufen kannst.«

Lena sah Eva in die Augen und war kurz davor zu sagen: »Wollen wir wetten«, schluckte das aber im letzten Moment runter.

Jesper und Johannes mussten gehört haben, dass draußen was los war, und kamen neugierig angeschlendert.

Lena war darauf gefasst gewesen, dass der Verkauf einiges an Emotionen erzeugen würde, aber dass es auf diese Weise ausartete, hatte sie nicht erwartet. Mit Evas Geschrei konnte sie umgehen, Runes Enttäuschung wog schwerer.

Im Augenwinkel sah sie Finn, der aus seiner Werkstatt kam. Waren ausgerechnet an diesem Nachmittag alle zu Hause?

Finn konnte nichts sagen, bevor Eva schon anfing zu schreien.

»Sie kann doch nichts verkaufen, was ihr nicht gehört, oder? Das ist doch nicht möglich!« Ihre Stimme überschlug sich, und sie sah aus, als würde sie in Tränen ausbrechen.

Finn legt eine Hand auf Evas Arm.

»Beruhige dich«, sagte er.

»Findest du das in Ordnung?«

Eva sah Finn eindringlich an.

»Es ist doch nur ein Schrank«, erwiderte er nach einer Weile. »Und keiner von uns hat Platz dafür, oder?«

Rune machte auf dem Absatz kehrt und ging ohne ein weiteres Wort, Eva und Finn folgten. Jesper und Johannes standen noch da und sahen Lena stumm an. Sie wandte sich ab, um ihre traurigen Blicke nicht sehen zu müssen.

»Ich komme mir vor wie die letzte Schurkin«, sagte Lena, als sie später am Abend Steve erreichte.

»Ach, meine Liebe, tu das nicht. Du hattest alles Recht der Welt, diesen Schrank zu verkaufen.«

Sie versuchte das auch so zu sehen, aber seine Worte halfen nicht. Nachdem der Wagen der Auktionsfirma den Hof verlassen hatte, war sie erschüttert an den Küchentisch gesunken.

Als sie endlich wieder aufgestanden war, hatte sie angefangen zu putzen. Wo der Schrank gestanden hatte, lag eine dicke Schicht Staub, die sie zusammenfegte. Dann scheuerte sie den Fußboden und die Wandleisten mit Seife. In all den Jahren hatte sie gedacht, dass der Raum größer wirken würde, wenn das riesige Möbelstück mal weg war, doch es sah einfach nur öde aus. Um den leeren Platz ein bisschen auszufüllen, stellte sie den Ständer mit der Kaktusblume dorthin, aber das machte es noch schlimmer. Außerdem hatte die Tapete dahinter eine deutlich hellere Farbe als im Rest des Zimmers. Der Schrank stand immer noch da, wie ein Schatten.

Es war nicht richtig gewesen, das war es wirklich nicht, aber nun hatte sie es trotzdem getan. Und sie hatte keine andere Wahl gehabt, schließlich musste sie einen neuen Herd kaufen.

»Die sind alle so wütend hier«, sagte sie zu Steve. »Ich traue mich kaum mehr aus dem Haus.«

Sie erzählte von dem Streit, von Runes traurigem Blick, Evas gellender Stimme und wie Jesper und Johannes sie angestarrt hatten. Auch wenn Finn versucht hatte, die Wogen zu glätten und sie zu verteidigen, so wusste sie doch, dass er genauso enttäuscht von ihr war wie alle anderen.

»Kümmer dich einfach nicht darum«, sagte Steve. »Das wird bald vorübergehen, sollst mal sehen.«

»Da bin ich mir nicht sicher. Am liebsten würde ich sofort umziehen. Ich will keinen Tag länger hierbleiben. Ich will bei dir sein.«

»Was für ein Glück, dass ich ein Haus für uns gefunden habe«, sagte Steve.

»Was sagst du da? Was für ein Haus?«

»Ein gelbes Holzhaus in Tallkrogen, nur ein paar Hundert Meter von der U-Bahn. Neunzig Quadratmeter, drei Schlafzimmer, Garten mit Beerenbüschen und Apfelbäumen. Zwanzig Minuten in die Stadt.«

»Das klingt einfach wunderbar.«

Steve lachte.

»Wann kannst du kommen und es dir ansehen?«

Kapitel 77

Ingrid war nach der Stockholmreise völlig erschöpft und hatte den größten Teil des Sonntags im Bett verbracht. Doch nicht einmal in der Hütte fühlte sie sich noch sicher. Kjell war so nahe dran gewesen. Es war nur eine Frage der Zeit, wann er sie erwischen würde.

Trotz ihrer Angst musste sie am Montag zur Arbeit fahren, und als ihre Schicht zu Ende war, schlich sie wie immer durch die Hintertür raus. Auf der Straße war niemand, aber sie rannte trotzdem, so schnell es ging, mit dem Schlüssel im Anschlag zum Auto. Als sie gerade aufschließen wollte, bemerkte sie eine Bewegung im Augenwinkel, da kam jemand schnell von hinten auf sie zu. Ihr Puls schoss in die Höhe, und sie hatte solche Angst, dass sie den Schlüsselbund auf den Asphalt fallen ließ.

»Mein Gott, was jagst du mir für einen Schrecken ein!«, rief sie, als sie sah, dass es Benny war.

Einen Moment hatte sie nicht übel Lust, ihm eine runterzuhauen. Stattdessen legte sie sich die Hand auf die Brust.

»Sorry«, sagte er und hob den Schlüssel für sie auf. »Ich hätte mich bemerkbar machen sollen.«

»Ja, wirklich, ich hätte einen Herzinfarkt kriegen können. Das ist genau das, wovor ich Angst habe, dass der Kerl irgendwann mal hier draußen steht und auf mich wartet.«

Sie ballte die Faust und boxte ihm zum Spaß gegen die Brust, aber der Schlag geriet doch härter, als sie vorgehabt hatte.

»Widerstand gegen die Staatsgewalt«, sagte er. »Sieh dich vor.«

»Und wieso stehst du hier und spionierst?«, fragte sie und nahm ihm den Schlüsselbund aus der Hand, um aufzuschließen.

»Ich habe diesen Gunnar Forsman mal gecheckt, und der hat einiges auf dem Kerbholz.«

»Erzähl.«

»Er ist wegen Steuerhinterziehung, Betrug und Diebstahl …«

Benny verstummte, als Ingrid die Autotür aufmachte und ihn anwies, auf die andere Seite zu gehen und sich auf den Beifahrersitz zu setzen.

»Ich möchte nicht länger als nötig hier auf der Straße stehen«, sagte sie.

Als sie im Auto saßen und die Türen zu waren, fuhr er fort:

»Ja, also dieser Gunnar ist wegen schweren Betrugs verurteilt worden, nachdem er einer älteren Dame über fünfzigtausend Kronen abgenommen hat. Fast genauso viel hat er bei den Odd Fellows veruntreut und insgesamt ein halbes Jahr gesessen. Wir dürfen annehmen, dass er in dem Orden nicht mehr Mitglied ist.«

»Mein Gott«, sagte Ingrid. »Da bin ich aber ein bisschen schockiert.«

Was war das für ein Idiot, auf den Lena reingefallen war?

»Glaubst du, er war ein Heiratsschwindler?«, fragte sie.

»Kommt mir sehr wahrscheinlich vor. Im Moment heißt er tatsächlich Gunnar Forsman, aber nach dem, was ich rausgekriegt habe, ist er als Lars-Gunnar Oscarsson als Sohn eines Fabrikarbeiters in Västerås geboren worden. Er hat mehrmals die Identität gewechselt.«

»Vielleicht sollte die Polizei das jetzt übernehmen«, sagte Ingrid.

»Eigentlich sollten wir das. Aber Betrug ist nicht dasselbe wie Mord. Und irgendetwas sagt mir, wenn ich mit diesen Informationen zu Frank gehe, dann wird er noch fester davon überzeugt sein, dass Lena sich das Leben genommen hat.«

»Da hast du wahrscheinlich recht«, sagte Ingrid und kurbelte an der Scheibe. Im Auto war es stickig geworden.

»Glaubst du, dass Gunnar sie getötet haben könnte?«, fragte sie.

»Er scheint ein kaltherziger und berechnender Mensch zu sein«, antwortete Benny. »Aber die Frage ist natürlich: Was wäre sein Motiv gewesen?«

»Vielleicht hat Lena herausbekommen, was er da so macht, und ihn damit konfrontiert. Sie könnte gedroht haben, zur Polizei zu gehen. Weißt du, ob er ein Auto hat? Vielleicht einen Ford?«

»Fang mal damit an, Lenas Bankunterlagen zu checken, vielleicht findest du was«, sagte Benny. »Ich kann im Kraftfahrzeugregister nachschauen.«

»Okay. Danke für die Hilfe. Du bist wirklich eine Bank.«

»Keine Ursache. Ist doch klar, dass ich dir helfe, wenn ich das kann.«

»Wo wir gerade von Autos reden«, sagte Ingrid, »ich müsste mal wieder wechseln, jetzt, da Kjell weiß, wie meins aussieht. Hast du einen Tipp?«

»Das regeln wir. Es ist einfach furchtbar, dass du so leben musst.«

Das Gespräch war beendet, und Ingrid wartete darauf, dass Benny zurück zum Revier eilen würde, doch er blieb sitzen.

»Wie geht's dir?«, fragte Ingrid.

»Doch, gut«, sagte er und lächelte etwas schief. »Alles paletti.«

»Alles paletti?« Sie lachte. »Was soll denn das heißen? Hast du in der letzten Zeit zu viele italienische Kitschfilme gesehen?«

Anstatt zu antworten, schlug sich Benny mit den Händen auf die Oberschenkel und öffnete dann die Tür.

»Nein«, sagte er, »viel Glück dir. Wir hören.«

Noch ehe Ingrid antworten konnte, hatte er die Tür wieder hinter sich zugeschlagen.

Kapitel 78

Drei Monate zuvor

Steve erwartete sie genau wie letztes Mal auf dem Bahnsteig, doch diesmal konnte Lena ihm nicht entgegenlaufen.

»Mir ist ein bisschen komisch nach der Reise«, erklärte sie. »Im Zug war es ungeheuer heiß und stank nach Banane. Ich muss was trinken.«

»Sollen wir eine Tasse Kaffee nehmen?«, fragte er.

»Nein danke. Keinen Kaffee.« Beim bloßen Gedanken daran wurde ihr noch mehr übel. »Aber gerne eine kalte Cola.«

Steve suchte ein Café im Bahnhof, kaufte ihr eine Cola und einen Kaffee für sich selbst. Das Geräusch all der Menschen in der großen Ankunftshalle drang von allen Richtungen aus auf sie ein, aber das Getränk half gegen die Übelkeit, und sie fühlte sich ein bisschen besser.

»Jetzt müssen wir uns beeilen, wenn wir es zur Hausbesichtigung schaffen wollen«, sagte Steve nach einer Weile und leerte seine Tasse.

Lena ließ sich von Steve in die Unterwelt führen, durch Gänge und über Rolltreppen, und schon bald saßen sie in einer U-Bahn.

»Wie lange dauert es bis Tallkrogen?«, fragte sie.

»Ungefähr zwanzig Minuten.«

Gamla stan und Slussen zogen an ihnen vorbei, bevor es wieder unter die Erde ging. Als sie das nächste Mal ans Tageslicht kamen, fuhren sie über eine hohe Brücke südlich der Stadt. Im Wasser unter ihnen tummelten sich Boote. Auf der anderen Seite der Brücke gab es keine städtische Bebauung mehr, sondern niedrigere Häuser mit grünen Höfen, und nach ein paar weiteren Stationen breitete sich ein großes Gebiet mit unzähligen Einfamilienhäusern aus.

Als sie in Tallkrogen ausgestiegen waren, konnte sich Lena nicht vorstellen, dass das überhaupt noch Stockholm war.

Nach einem fünfminütigen Spaziergang durch die Vorstadtidylle waren sie da. Auf dem Bürgersteig vor einem Haus stand ein »Zu verkaufen«-Schild. Die Eingangstür stand offen.

Steve drückte Lenas Hand, als sie durch das Gartentor gingen, und zeigte auf den prächtigen kleinen Garten.

Lena sah ihn an und lächelte.

Der Makler empfing sie leicht schwitzend in einem gut sitzenden Anzug in der Diele. Es waren noch einige andere Paare da, die sich flüsternd von Zimmer zu Zimmer bewegten.

Im Erdgeschoss gab es eine moderne Küche mit großem Kühlschrank und Gefriertruhe und ein Wohnzimmer mit offenem Kamin und hohen Fenstern nach hinten, durch die die Sonne hereinschien. Draußen gab es eine Veranda mit Holzgeländer und eine Treppe auf den Rasen hinaus. Im Schatten unter den Obstbäumen stand eine Schaukel.

Lena sah schon sich selbst, wie sie am Herd stand und kochte und nach den Kindern schaute, die draußen spielten.

Eine geschwungene Treppe führte ins obere Stockwerk und zu den drei Schlafzimmern. Auf der Schwelle zu einem der Kinderzimmer legte Steve den Arm um Lena und zog sie an sich.

»Hier würden wir es doch sehr schön haben, meinst du nicht?«

Nachdem sie noch das Badezimmer angeschaut hatten und den Keller, wo es Garage, Waschküche, Vorratsraum und Abstellkammer gab, gingen sie in den Garten hinaus. Steve sprach kurz mit dem Makler auf der Veranda, während Lena zwischen den Beerenbüschen hindurchschlenderte.

Was, wenn das möglich wäre!

Nach der Besichtigung machten sie einen Spaziergang durch die schmalen Straßen, wo kreuz und quer Kinder auf Fahrrädern herumfuhren. Vor einem der Häuser stand ein Junge und schoss mit einem Ball gegen das Garagentor.

»Was für ein herrlicher Ort«, sagte Steve und nahm ihre Hand. »Wie findest du das Haus?«

»Aber ist das nicht viel zu teuer für uns?«

Als ihnen ein Mann mit einem Golden Retriever an der Leine entgegenkam, wichen sie auf die Straße aus, um Platz auf dem Bürgersteig zu machen.

»Hast du mal nach den Besitzverhältnissen auf eurem Hof gefragt?«, erkundigte sich Steve.

»Nein, noch nicht.«

Tatsächlich hatte sie seit der Geschichte mit dem Schrank kaum mit jemandem geredet.

»Meine Idee wäre«, sagte Steve, als der Hund vorbei war, »wenn du deinen Teil des Hofes verkaufst und wir für den Rest einen Kredit aufnehmen, dann würden wir es uns leisten können.«

»Ja, aber ich weiß nicht, ob das geht.«

Wenn es schon einen Aufstand gab, wenn sie nur ein altes Möbelstück verkaufte, wie würde es dann erst sein, wenn sie das ganze Haus verkaufte?

»Du hast ein Recht auf Eskils Eigentum«, sagte Steve. »Warum willst du das alles verschenken? Du hast noch ein langes Leben vor dir und musst das auf deine Weise führen können.«

Es klang so selbstverständlich, wenn er das sagte, doch es fühlte sich nicht so an. Überhaupt nicht.

Kapitel 79

Es gibt auch gute Männer, dachte Ingrid, als sie Richtung Sollerön fuhr. Das durfte sie nicht vergessen. Zuverlässige, nette Männer, die weder lügen noch schlagen. Benny war so ein Mann.

War Lena von Gunnar um Geld betrogen worden? Wollte er deswegen nicht mit ihr in Verbindung gebracht werden?

An diesem Montagnachmittag war es auf dem Hof ruhig. Die Pferde grasten wie üblich auf ihrer Weide, doch ansonsten war keine Menschenseele zu sehen.

Ingrid ging geradewegs in Lenas Schlafzimmer und öffnete den Schrank mit den Haushaltsordnern. Hier herrschte dieselbe Ordnung wie im Rest des Hauses. Ein Ordner für Rechnungen, einer fürs Auto, einer für Garantien und Versicherungen, einer für Lohnabrechnungen und einer für Sonstiges.

In der zweiten Schreibtischschublade fand sie ein paar Belegbücher von der Bank. Eines über Lenas Lohnkonto, auf das ihr mickriger Teilzeitlohn eingezahlt worden war.

Aber da lag auch noch ein Sparbuch. Die erste Einzahlung war fast zehn Jahre her, und ab dann war jeden Monat der gleiche Betrag eingezahlt worden. Sie war mit ihrem Ersparten sehr umsichtig umgegangen, und mit der Zeit hatte sich eine ansehnliche Summe angesammelt. Vor zwei Jahren dann war ein größerer Betrag dazu gekommen, wahrscheinlich das Erbe von Eskil.

Auf diesem Sparkonto war in der letzten Zeit einiges passiert. Während der letzten vier Monate war der Großteil abgehoben worden, und übrig waren nur noch ein paar Hundert Kronen.

Was war geschehen? Was hatte sie dazu gebracht, ihr Sparkonto zu plündern? All ihr hart erarbeitetes Geld, das sie mühsam zusammengespart hatte.

Wenn es Gunnar war, der ihr das Geld abgeluchst hatte, müsste es Kopien von Auszahlungsaktionen geben. Wenn er allerdings dafür gesorgt hatte, das er alles in bar bekam, dann wäre das nicht so leicht zu beweisen.

Ingrid holte den Ordner mit der Aufschrift »Sonstiges« heraus.

Ganz vorne waren ein paar lose Umschläge abgelegt, sorgfältig aufgeschlitzt. Der erste trug das Logo einer Anwaltskanzlei. Ingrid holte den Inhalt heraus und blätterte die Papiere durch. Wenn sie es richtig interpretierte, ging es darin um die Aufteilung des Hofes. Es gab Kopien eines Testaments und einer Karte, auf der Eskils und Lenas Grundstück mit rotem Filzstift schraffiert worden war. Der zweite Brief kam von einer Maklerfirma, die das Haus geschätzt hatte. Beide Briefe waren auf August datiert. Einen Monat zuvor.

Lena war also im Begriff gewesen, ihren Anteil am Hof zu verkaufen. Wussten ihre Verwandten davon? Das ging wohl nicht anders. Aber warum hatte dann keiner etwas davon erzählt?

Auch wenn Hasse ein gewalttätiger Idiot war, wuchs in Ingrid doch eine Überzeugung heran: Lenas Tod musste mit Steve zu tun haben, mit dem fehlenden Geld und dem Hof. Alles andere wäre ein ziemlich seltsamer Zufall.

Kapitel 80

Kjell schob die Zimtschnecken in den Ofen und hoffte, dass sich der Duft bis ins Treppenhaus ausbreiten würde, wenn Anna und die Jugendamtstante kamen. Auch wenn es ihm nicht gelungen war, Berit davon zu überzeugen, dass seine Tochter bei ihm übernachten konnte, war sie zumindest damit einverstanden gewesen, dass Anna zu ihm nach Hause kam und sich das Zimmer ansah, dass er mit Connys Hilfe gestrichen hatte.

Mit etwas Glück würde er die Tante dazu bringen können, zum Supermarkt zu gehen, um ihm – dem armen behinderten Mann – einen Liter Milch zu kaufen.

Alles würde schnell gehen. Er würde die Reisetasche mit dem Pass nehmen, die Wohnung abschließen und zum Auto eilen, das direkt vor der Tür stand.

Als es auf drei Uhr ging, stellte er sich ans Fenster und schaute auf die Straße hinunter. Genau. Man konnte von Jugendamts-Berit denken, was man wollte, aber heute war sie pünktlich. Drei Minuten vor drei bog sie in die Straße ein. Anna blieb im Auto sitzen, bis Berit ihr die Tür aufmachte.

Nach einer kurzen Diskussion, die Kjell nicht verstand, stieg Anna aus dem Auto und sah sich um. Als sie hochguckte, winkte er ihr, doch es schien, als würde Anna ihn nicht sehen.

Berit sagte noch etwas zu ihr und reichte ihr die Hand. Anna nahm sie, und gemeinsam gingen sie zum Eingang.

Kjell holte das Blech mit den Zimtschnecken aus dem Ofen und öffnete die Wohnungstür.

Von unten waren schleppende Schritte zu hören, die irgendwann ganz aufhörten.

»Komm jetzt, Anna«, sagte Berit. »Ich glaube, dein Papa hat gebacken. Riechst du es schon?«

Die Schritte kamen wieder in Gang, und schon bald konnte er Berits hennagefärbtes Haar eine Etage tiefer sehen.

»Hallöchen«, sagte Kjell und versuchte Blickkontakt zu Anna herzustellen, doch das gelang ihm nicht.

Berit hingegen lächelte.

»Hier haben wir eine Dame, die nicht richtig bei Laune ist«, sagte sie.

Quälend langsam arbeiteten sie sich hinauf. Kjell biss sich auf die Wange, um nicht die Beherrschung zu verlieren. Nach einer gefühlten Ewigkeit standen sie endlich vor der Tür.

Kjell beugte sich hinab, um Anna zu umarmen, aber die wandte sich zu Berit und versteckte sich hinter deren Mantel.

Was war denn jetzt schon wieder los? Letztes Mal, als sie sich gesehen hatten, war Anna doch total fröhlich gewesen. Das musste Ingrid gewesen sein, die ihr irgendwelche Dummheiten eingeflüstert hatte.

Berit lächelte entschuldigend.

»Wie gesagt, es ist kein guter Tag.«

Kjell feuerte ein herzliches und verständnisvolles Lächeln ab.

»Das kann mal vorkommen«, sagte er. »Ich bin auf jeden Fall froh, dass du hier bist, Anna. Willkommen zu Hause.«

Berit trat über die Schwelle, zog Anna hinter sich her und schloss die Tür.

»Na, erkennst du alles wieder?«, fragte Kjell.

Anna sah zum ersten Mal auf und schaute sich in der Diele um. Ihr Blick wanderte über das Bild mit den Sonnenblumen, das Telefonbänkchen mit dem gestreiften Polster und den Schirmständer, den Kjell einst im Werkunterricht gezimmert hatte.

Dann begann sie gellend zu schreien.

Berit war so erschrocken, dass sie zuerst nicht reagierte, als Anna sich auf die Klinke stürze und die Treppe hinunterraste, aber als sie begriff, was vor sich ging, rannte sie ihr hinterher.

Annas Schreien hallte im Treppenhaus wider, dann schlug die Haustür unten zu.

Nachdem Kjell über zehn Minuten gewartet hatte, ohne dass einer von beiden zurückgekommen wäre, nahm er den Fahrstuhl ins Erdgeschoss und hinkte auf die Straße. Anna saß im Auto und schluchzte so laut, dass man es wahrscheinlich bis nach Södermalm hörte. Berit hockte vor ihr auf dem Bürgersteig.

»Was ist denn los?«, sagte Kjell. »Wollt ihr nicht wieder raufkommen?«

»Ich kann sie nicht zwingen, wenn sie so hysterisch ist, ich hoffe, Sie verstehen das.«

Kjell umklammerte den Stock so fest, dass seine Knöchel ganz weiß wurden.

»Ganz sicher hat ihre Mutter ihr eingeredet, dass sie nicht hier sein soll. Begreifen Sie nicht, dass sie hier Machtspielchen treibt? Sie tut alles, um mich zu bestrafen. Wie lange soll das noch so weitergehen?«

»Ich verstehe, dass Sie enttäuscht sind«, erwiderte Berit. »Aber anders geht es heute nicht.«

Sie schloss die Tür auf Annas Seite und setzte sich hinters Steuer.

»Ich habe ein Recht auf Umgang«, sagte er und donnerte mit dem Stock auf den Asphalt. »Wenn Sie jetzt wegfahren, dann werde ich Anzeige erstatten, da können Sie aber Gift drauf nehmen.«

Als Berit trotzdem den Wagen startete, kochte er vor Zorn und konnte sich nicht beherrschen, sondern schlug mit dem Stock auf das Rücklicht ein, sodass die Glassplitter in alle Richtungen flogen.

»Das werden Sie bereuen! Verdammt noch mal!«, schrie er.

Kapitel 81

Zwei Monate zuvor

Als Lena nach einem weiteren langen Arbeitstag aus dem Supermarkt kam, stand die Sonne noch hoch am Himmel. Sie überlegte, mit dem Fahrrad zum Baden zu fahren, wo das Wetter so schön war, doch stattdessen fuhr sie zum Friedhof. Sie musste reden.

Die Stiefmütterchen, die sie vor ein paar Wochen gepflanzt hatte, ließen durch die Hitze ihre Köpfe hängen. Sie holte eine Gießkanne, goss ordentlich nach und knipste die trockenen Blätter ab.

»Du wirst ein Geschwisterchen bekommen, Jan«, sagte sie. »Stell dir vor.«

Was wird Steve dazu sagen? Er war bestimmt ebenso überrascht wie sie, aber er hatte ja gesagt, dass er auch Kinder wolle, also würde er sich sicher auch freuen.

Sie wollte es ihm erzählen, wollte am liebsten in den erstbesten Zug steigen und ihn überraschen, doch das ging nicht.

Steve und sie hatten beschlossen, diesen Sommer darauf zu verwenden, hart zu arbeiten und so viel Geld für den Kauf des Hauses zusammenzusparen, wie sie konnten. Dafür hatte sie zusätzliche Schichten im Laden übernommen und würde erst in ein paar Wochen wieder frei haben.

Und die Nachricht von der Schwangerschaft wollte sie nicht am Telefon überbringen.

»Wir müssen den richtigen Moment abwarten«, hatte er gesagt, als sie ihm von ihrem vollgepackten Dienstplan erzählt hatte. »Wir müssen an uns denken und an unsere Zukunft.«

Und das tat sie. Das war das Einzige, woran sie dachte.

Im nächsten Sommer würde sie ein Kind haben und einen Mann und ein Haus.

»Aber ich werde euch nie vergessen«, sagte sie und strich mit der Hand über den Grabstein. »Glaubt das bloß nicht.«

Kapitel 82

Ingrid blieb vor Lenas Ordnern sitzen, schockiert darüber, wie viel Geld in den letzten Monaten verschwunden war.

Draußen kehrten im Laufe des Nachmittags die Bewohner des Hofes einer nach dem anderen zurück. Als gegen vier Uhr Hillevis kleiner Fiat vor dem Fenster vorbeifuhr, beschloss Ingrid rüberzugehen und mit ihr zu reden. Mit Hillevi ging das am besten.

Diesmal klopfte Ingrid an der richtigen Tür.

»Kann ich kurz reinkommen?«, fragte sie.

»Ja, natürlich«, sagte Hillevi. »Kommen Sie rein. Möchten Sie eine Tasse Kaffee?«

»Nein, vielen Dank.«

Hillevi hatte zwei Einkaufstüten auf die Arbeitsfläche gestellt und war dabei auszupacken. Ingrid setzte sich an den Küchentisch, der noch die Spuren von der Zwischenmahlzeit eines der Jungs trug. Ein ausgetrunkenes Glas Milch und Brotkrumen. Aus dem oberen Stockwerk war wieder ABBA zu hören.

»Ist etwas passiert?«, fragte Hillevi und legte ein Stück Käse in den Kühlschrank.

Ingrid wollte eben antworten, als es an der Tür klopfte und Eva den Kopf hereinsteckte.

»Ah, Sie sind hier?«, sagte sie, als sie Ingrid sah, ohne dabei sonderlich überrascht zu klingen. Ingrid hatte das Gefühl, als habe Eva sie vorbeigehen sehen und sei ihr nachgegangen.

»Ja, wie schön, dass Sie auch kommen«, sagte Ingrid. »Vielleicht können Sie mir helfen.«

»Ach ja?«, sagte Eva und ließ sich mit einer Hand auf dem Bauch und verzogenem Gesicht auf einen Stuhl sinken. »Worum geht es?«

»Mein Eindruck ist, dass Lena große finanzielle Sorgen gehabt hat«, sagte Ingrid.

Eva warf Hillevi einen Blick zu.

»Wussten Sie das?«

»Ja, oder zumindest hatten wir den Verdacht«, sagte Eva.

»Warum denn?«

Es polterte, als Hillevi die Kartoffeln aus einer Tüte ins Waschbecken schüttete. Als es wieder still war, sagte Eva:

»Unter anderem hat sie angefangen, wertvolle alte Möbel zu verkaufen.«

»Wussten Sie, dass sie vorhatte, ihren Teil des Hofes zu verkaufen?«

»Ja, darüber ist geredet worden«, sagte Eva.

»Wie kommt es, dass mir das niemand erzählt hat? Ich habe von Ihnen erfahren, dass Lena Briefe von einem rätselhaften Mann bekam und dass sie traurig war, nachdem Eskil gestorben war und solche Sachen. Aber finanzielle Sorgen sind doch eine sehr häufige Ursache für Selbstmord.«

Eva sah zu Hillevi, aber die war intensiv damit beschäftigt, die Kartoffeln zu schälen.

»Ja, ich weiß nicht. Vielleicht hätten wir es erzählen sollen.«

»Um ehrlich zu sein, hat es in der letzten Zeit ziemlich viel Streit gegeben«, sagte Hillevi.

»Na ja, Streit …«, entgegnete Eva.

»Doch, es gab Streit. Wir waren sauer auf Lena, weil sie Sachen verkauft hat, von denen wir fanden, dass sie zum Hof gehören.«

»Das ist ja auch kein Wunder«, sagte Eva. »Sie hat sich verhalten, als würde ihr alles gehören und als hätte sie das Recht, alles zu tun, was sie wollte.«

Das war eine sehr andere Seite der netten Lena, von der Ingrid zuvor so viel gehört hatte.

»Sie wundern sich, dass wir nichts erzählt haben«, sagte Hillevi und warf eine geschälte Kartoffel in den Topf. »Mit gutem Recht. Aber wir hatten wohl alle ziemliche Schuldgefühle, nachdem Lena sich aufgehängt hat. Ich habe auch überlegt, ob unser Streit eine Ursache dafür gewesen sein könnte. Wahrscheinlich hat sie sich am Ende sehr einsam gefühlt.«

»Ja«, sagte Eva. »Das habe ich auch gedacht.«

»Und außerdem sieht es nicht sonderlich gut aus, wenn man schlecht über jemanden redet, der gerade gestorben ist«, fuhr Hillevi fort.

»Genau«, sagte Eva.

Es wurde still in der Küche. Die Musik im oberen Stockwerk war abgeschaltet worden und man hörte nur noch das Fließen des Wassers, als Hillevi eine weitere Kartoffel abspülte. Ingrid ließ den Blick über die Küche ins Wohnzimmer hinein wandern und zu den Konfirmationsfotos der Söhne über dem Fernseher, beide waren darauf frisch frisiert, in weißen Umhängen und jeder mit seinem Goldkreuz um den Hals.

»Und als dann von Mord die Rede war«, sagte Hillevi, »da wollten wir nicht, dass Sie glauben, sie hätte hier auf dem Hof Feinde gehabt.«

»Hatte sie das denn?«, fragte Ingrid, ohne den Blick von den Fotos über dem Fernseher zu wenden.

»Wirklich nicht«, beteuerte Eva. »Hier wollte ihr niemand etwas Böses, absolut nicht.«

»Wie haben Sie reagiert, als Sie erfuhren, dass sie ihren Anteil am Hof verkaufen wollte?«

Hillevi warf Ingrid einen raschen Blick über die Schulter zu, und Eva studierte einen unsichtbaren Punkt auf dem Fußboden.

»Natürlich waren wir erschrocken«, sagte Hillevi. »Es wäre falsch, irgendwas anderes zu sagen. Aber es ist ja nicht so, als wäre dieses Problem jetzt, da sie tot ist, verschwunden. Ihr Anteil ist an ihre Eltern übergegangen, und das macht es noch schlimmer. Niemand hier hatte ein Motiv, sie zu töten, da können Sie ganz sicher sein.«

Eva nickte nachdrücklich.

Auf der Treppe waren Schritte zu hören, und dann fiel die Eingangstür ins Schloss. Jesper ging mit aufgeknöpfter Jacke vor dem Fenster vorbei.

»Die Kinder sind völlig fertig, weil wir vielleicht nicht mehr hier wohnen können, wenn das Testament durch ist«, sagte Hillevi.

Auch wenn Ingrid das Gefühl hatte, dass weder Hillevi noch Eva die ganze Wahrheit sagten, konnte man ihre Argumentation nicht ganz von der Hand weisen. Ingrid erinnerte sich, dass Rune schon bei ihrer ersten Begegnung darüber gesprochen hatte, dass der Hof in Gefahr sei.

»Wir sind sehr traurig darüber, dass Lena tot ist«, sagte Hillevi. »Ich hoffe, das ist Ihnen klar.«

Kapitel 83

Einen Monat zuvor

Lena saß am Küchentisch und schrieb in ihrem Tagebuch, als Eva, ohne zu klopfen, durch die Tür gestürmt kam.

»Was soll das?«, schrie sie. »Darf ich das mal fragen? Entschuldigung, wenn ich fluche, aber was, zum Teufel, machst du denn da?«

Eva stand auf der Schwelle zur Küche, schlug mit der Hand gegen den Türrahmen und brüllte. Ihr Gesicht glänzte vor Schweiß, und die Haare klebten an der Stirn und an den Schläfen. Lena hatte sie schon oft wütend gesehen, aber noch nie so schlimm. Der reine Wahnsinn.

Sie selbst bekam kein Wort raus.

»Da hat irgendein Anwalt angerufen, der herkommen soll, um die Besitzverhältnisse auf dem Hof durchzugehen. In deinem Auftrag. Willst du alles kaputt machen, was wir hier haben? Unser ganzes Leben?«, fuhr Eva fort und machte ein paar Schritte in die Küche.

Lena verfolgte jede ihrer Bewegungen, immer darauf gefasst, dass sie zuschlagen oder ihr irgendwas ins Gesicht schleudern würde. Besorgt schaute sie auf die Zuckerschale aus Glas, die auf dem Tisch stand.

»Jetzt beruhige dich mal.«

Eva hörte sie nicht. Stattdessen hob sie den nächstgelegenen Küchenstuhl mit beiden Händen hoch und knallte ihn fest auf dem Boden.

»Hör auf!«, schrie Lena. »Bist du völlig verrückt?«

»Jetzt komm du nicht und nenn mich verrückt«, brüllte Eva und machte noch einen Schritt auf sie zu. »Du bist es doch, die total durchgeknallt ist. Willst du den ganzen Hof zerstören? Warum willst du uns das antun?«

Normalerweise hätte Lena Schuldgefühle gehabt und um Entschuldigung gebeten, aber plötzlich ergriff eine neue Kälte von ihr Besitz, und sie erinnerte sich an die Worte von Steve. *Du hast ein Recht auf deinen Teil, du hast ein Recht auf dein Leben.*

Sie starrte Eva an, und ihr wurde klar, wie leid sie es war, sich immer zu ducken und anzupassen. Ganz ruhig sagte sie:

»Du hast ja wohl kaum mehr Recht auf diesen Hof als ich, nur weil du zehn Jahre vor mir gekommen bist. Aber du benimmst dich, als wären es deine eigenen Vorfahren, die das hier gebaut haben.«

»Der Hof gehört zu meiner Familie, meinen Kindern«, kreischte Eva. »Das hier sieht dir doch überhaupt nicht ähnlich.«

Doch ihr Kreischen konnte Lena nichts mehr anhaben. Ihre neue Kälte hatte sie unnahbar gemacht.

Dein Leben ist auch etwas wert.

»Dann spielt es vielleicht gar keine so große Rolle, wer von den Brüdern der Vater des Kindes ist, das du erwartest. Hauptsache, er kommt vom Hof.«

Evas Miene erstarrte, und sie sah Lena mit offenem Mund an.

»Ich habe dich und Finn im Winter in seiner Werkstatt gesehen. Da scheint ihr es richtig nett gehabt zu haben. Und ich nehme mal an, dass es nicht das erste Mal war.«

Eva glotzte sie an, ohne ein weiteres Wort herauszubekommen.

»Finn weiß das auch«, erklärte Lena. »Er hat mich durchs Fenster gesehen. Also steh hier nicht und erzähl mir scheinheilig irgendwas von Traditionen und was dieser Hof bedeutet. Wenn du mich weiter bedrohst, dann werde ich Assar davon erzählen, und dann ist sowieso Schluss mit dem Leben hier auf dem Hof. Zumindest für dich.«

Eva wurde erst rot im Gesicht und dann weiß.

Sie ging hinaus und knallte die Tür hinter sich zu.

Als Lena eine Stunde später Steve am Telefon erreichte, war sie immer noch aufgewühlt. In einem langen Monolog erzählte sie ihm von Evas Ausbruch.

»Mein Gott«, sagte Steve. »Wie unangenehm. Ich wünschte, ich könnte da sein und dich vor diesen Wahnsinnigen beschützen.«

»Ich muss hier weg«, sagte sie. »Jetzt.«

»Das verstehe ich. Es sollte auch nicht mehr allzu lange dauern, der Makler hat heute Morgen angerufen.«

»Ehrlich?«

»Er war gerade aus dem Urlaub gekommen und konnte mir die schöne Nachricht überbringen, dass die Hausbesitzer in Tallkrogen unser Angebot akzeptiert haben.«

»Ist das wahr? Gab es keine anderen Interessenten?«

»Offensichtlich nicht, seltsamerweise. Zumindest keine, die mehr bezahlen wollten als wir. Das ist für mich ein Zeichen dafür, dass das Haus uns haben möchte.«

In Lenas Kopf drehte sich alles. Auch wenn das phantastische Nachrichten waren, so war es doch auch aufwühlend.

»Wir können schon im Oktober einziehen«, fuhr er fort. »Dann können wir Weihnachten dort feiern. Stell dir vor, ein richtig großer Weihnachtsbaum, und dann ein knisterndes Feuer im offenen Kamin. Sterne in allen Fenstern.«

Lena sah das alles vor sich. Sollte sie ihm jetzt erzählen, dass sie schwanger war? Nein, sie wollte warten, bis sie sich sehen würden. Es gab sowieso schon genug zu bedenken.

»Ich weiß ja nicht, wie wir das Geld zusammenbekommen sollen«, sagte Lena.

»Ich verstehe gut, dass du dich nicht auszahlen lassen willst, während du noch mit diesen Verrückten auf dem Hof wohnst«, sagte

Steve. »Da kann ja alles Mögliche passieren. Aber du könntest einen Kredit aufnehmen, mit deinem Teil des Hofes als Sicherheit. Und dann, wenn wir hier vor Ort sind, verlangst du dein Geld und bezahlst den Kredit zurück.«

»Kann man das so machen?«

»Absolut. Wenn du willst, kann ich für dich Kontakt zu einer Bank aufnehmen und denen die Lage erklären.«

»Das wäre nett.«

»Es wird sich alles regeln, Lena«, sagte Steve. »Das verspreche ich dir.«

Kapitel 84

Ingrid verließ Hillevis Küche in dem Gefühl, nicht die ganze Wahrheit gehört zu haben, ganz und gar nicht.

Auf dem Weg zurück zu Lenas Haus bemerkte sie, dass in einem der Schuppen in einem Fenster, das sie noch nie bemerkt hatte, Licht brannte. Als sie hineinschaute, sah sie einen blonden Schopf. Sie trat etwas näher und entdeckte Jesper, der noch seine Jacke trug und auf einem abgenutzten Sofa lag. Es sah so aus, als würde er weinen.

Sie ging zur Tür und klopfte ein paarmal. Als nichts passierte, klopfte sie noch einmal und rief:

»Ich bin es, Ingrid.«

Drinnen waren Schritte zu hören, und dann wurde ein Haken umgelegt.

»Hallo«, sagte Jesper und starrte sie an. Seine Augen sahen geschwollen aus.

»Ist es okay, wenn ich einen Moment reinkomme?«

»Ich wollte gerade wohin.«

»Was für ein toller Raum«, sagte sie und schaute über seine Schulter.

Die Wände waren mit Plakaten aus verschiedenen Motorradzeitungen und Fotos von halb nackten Mädchen bedeckt. An einer Wand hing eine Dartscheibe, und in einer Ecke stand ein Luftgewehr.

»Eigentlich ist das die Bude von Johannes«, sagte Jesper. »Er hängt hier immer mit seinen Kumpeln ab.«

»Aber du nutzt die Gelegenheit, wenn er nicht zu Hause ist?«

»Ja«, erwiderte Jesper und lächelte blass. »Aber langsam wird es kalt.«

Er zog den Reißverschluss der Jacke hoch. Über dem schwarzen T-Shirt hing ein goldenes Kreuz.

»Wie gesagt, ich will grad los und mich mit einem Freund treffen.«

Er trat über die Schwelle, zog die Tür zu und hängte ein Vorhängeschloss an. Nach einem kurzen Zögern steckte er sich den Schlüssel in die Tasche.

»Tschüs«, sagt er und eilte davon.

Ingrid blieb stehen und sah ihm nach.

Als er mit seinem Moped verschwunden war, ging sie zur Tür und befühlte das Schloss. Dann fing sie an, nach einem passenden Versteck für einen Schlüssel zu suchen. Das war leicht zu finden. Ganz oben an der Wand unter der Traufe saß ein Nagel. Das Holz darunter war abgeschabt, als ob im Laufe der Jahre schon viele Hände dahingefasst und getastet hätten. Ingrid war ganz sicher, dass der Schlüssel zum Schuppen sonst immer dort hing, aber aus irgendeinem Grund wollte Jesper nicht, dass sie das wusste.

Kapitel 85

Drei Wochen zuvor

Dann unterschreiben Sie bitte hier.«

Der Bankangestellte auf der anderen Seite des dunklen Schreibtisches drehte das Blatt Papier mit einer geübten und fast femininen Bewegung in Lenas Richtung. Oder vielleicht waren es auch seine schmalen Finger und die glänzend polierten Nägel, die sie an etwas Weibliches erinnerten. Klavierspielerhände.

Draußen brannte die Sonne, und sein Rasierwasser verursachte ihr Übelkeit.

Lena war noch nie zuvor in der Götabanken gewesen. Sie selbst erledigte alle ihre Angelegenheiten in der kleinen Filiale der Handelsbanken auf Sollerön. Doch Steve hatte hier einen Termin für sie gemacht. Die Räume mit Auslegeware und Gardinen bis zum Fußboden wirkten still und glänzend.

»Hier«, sagte der Bankangestellte und zeigte mit seinem langen Zeigefinger auf eine gestrichelte Linie.

Der Kugelschreiber lag schwer in ihrer Hand. Ihre Übelkeit wurde noch schlimmer, als sie die Summe und den Zinssatz sah, aber sie versuchte an das zu denken, was Steve gesagt hatte. Sobald sie umgezogen war, würde sie das Geld zurückbekommen und den ganzen Kredit abbezahlen können. Das alles war eine vorübergehende, aber kluge Lösung.

Sie stellte sich den Weihnachtsbaum vor und das knisternde Feuer im offenen Kamin.

Als alles unterschrieben und sie wieder draußen an der frischen Luft war, ging sie zur nächsten Telefonzelle und rief Steve an. Sie musste seine Stimme hören, um das Unbehagen, das sie in der Bank empfunden hatte, loszuwerden.

»Der Kredit ist jetzt unterschrieben.«

»Oh, Liebling«, sagte er. »Was für eine phantastische Nachricht! Du bist wirklich eine mutige Frau, die weiß, was sie will.«

Ich weiß gar nichts, dachte sie. Sie wollte einfach nur mit ihm zusammen sein. Und dass alles erledigt wäre.

»Ich wünschte, du wärst hier und würdest mich in den Arm nehmen.«

»Meine Liebe«, sagte Steve. »Wie geht es dir?«

Lena begann zu weinen. Mit einem Mal überwältigte sie alles.

»Ich muss dir noch was anderes erzählen.« Sie konnte es nicht länger für sich behalten. »Ich bin schwanger.«

»Oh«, sagte er. »Aber das sind doch phantastische Neuigkeiten! Da musst du doch nicht weinen.«

»Nein?«

»So wunderbar, Maja.«

»Du meinst Lena?«

Steve lachte laut.

»Natürlich«, sagte er und lachte weiter. »Lena. Wenn es ein Mädchen wird, möchte ich, dass wir es Maja nennen, so meinte ich das. Meine geliebte Mutter hieß so. Ich hoffe, du hast nichts dagegen.«

»Das wäre schön«, sagte sie, auch wenn sie selbst immer davon geträumt hatte, ihre Tochter Louise zu nennen.

»Aber ich möchte, dass wir heiraten, bevor das Kind geboren wird.«

»Natürlich«, erwiderte Steve. »Ist doch klar, dass wir das tun werden.«

Als Lena nach Hause kam, liefen die Tränen immer weiter, ohne dass sie etwas dagegen tun konnte. Eigentlich sollte sie doch glücklich sein, ein völlig neues Leben wartete auf sie, aber stattdessen fühlte sich alles nur noch verwirrend an.

Das sind die Hormone, dachte sie. Das letzte Mal war sie auch übermäßig empfindsam gewesen, als sie schwanger war. Damals hatte es schon genügt, das »Gedicht des Tages« im Radio zu hören oder im Fernsehen etwas zu sehen, und schon liefen die Tränen. Sie erinnerte sich an Eskils starke Arme um sie, wie er sie beruhigt hatte. Ach, wie sie ihn vermisste. Und wieder flossen die Tränen. Sie legte sich aufs Sofa und rollte sich zusammen.

Steve war nicht sonderlich glücklich über die Nachricht gewesen, jedenfalls nicht auf die Art, wie sie gehofft hatte. Auch wenn er gesagt hatte, dass er froh sei, hatte irgendetwas in seiner Stimme anders geklungen, künstlich. Aber wahrscheinlich war er ebenso überrascht wie sie selbst, als sie es erfahren hatte.

Als die Tränen endlich versiegt waren, setzte sie sich auf. Ihr Körper fühlte sich schwer an, als wäre alle Kraft aus ihr herausgelaufen.

Sie musste Steve noch einmal anrufen. Er musste sie beruhigen.

Diesmal landete sie auf dem Anrufbeantworter.

»Ja, hallo. Hier ist Lena. Ich muss ein bisschen reden. Ich verstehe, dass du von der Schwangerschaft überrascht worden bist, so ging es mir auch. Geradezu geschockt war ich. Bitte ruf mich doch zurück. Ich sehne mich so sehr nach dir und fühle mich im Moment ganz klein und mickrig.«

Der Abend verging, ohne dass er sich meldete. Bevor Lena ins Bett ging, rief sie noch ein weiteres Mal an.

»Ich bin es. Ich muss deine Stimme hören. Du kannst mich anrufen, wann immer du willst, ich werde nicht schlafen, bevor ich mit dir gesprochen habe.«

Kapitel 86

Als Ingrid nach Hause kam, machte sie Feuer im Ofen und schaltete den kleinen Schwarz-Weiß-Fernseher an, um ein bisschen Gesellschaft in der Hütte zu haben. Sie hörte nur halb den Nachrichten zu, als ihre Gedanken wieder zu dem Gespräch in Hillevis Küche wanderten und zu der Begegnung mit Jesper am Schuppen.

Warum hatte er so gestresst und nervös gewirkt, und warum hatte er den Schlüssel mitgenommen? Er, ein vierzehnjähriger Junge, konnte doch wohl kaum etwas mit Lenas Tod zu tun haben, oder? Es musste etwas anderes sein, was er vor ihr verbergen wollte. Alkohol, Zigaretten, Pornozeitschriften – was auch immer ein Teenager nicht wollte, dass ein Erwachsener es fand.

Plötzlich drehten sich die Gedanken noch weiter. Ingrid sah die Konfirmationsfotos der Brüder vor ihrem inneren Auge. Sie sah Jesper, der den Reißverschluss seiner Jacke hochzog, und das goldene Kreuz um seinen Hals. Und sie sah die Furcht in seinen Augen.

Da Jesper sein Kreuz noch hatte, war es definitiv nicht sein Schmuck, der in Lenas Staubsauger gelandet war. Konnte es der von Johannes sein?

Ingrid wollte den Gedanken nicht zu Ende denken, aber er ließ sich nicht bremsen.

Konnte ein ganz gewöhnlicher Junge aus einer geordneten Familie jemanden auf diese Weise töten? Oder hatte er einem älteren Verwandten dabei geholfen?

Vielleicht aber hatte das Kreuz überhaupt nichts mit Lenas Tod zu tun, es konnte sehr wohl auch zu einem anderen Zeitpunkt dort gelandet sein. Ingrid hoffte, dass es so war, aber das Misstrauen wollte nicht nachlassen.

Als das Fernsehprogramm beendet war, schaltete Ingrid den Apparat aus und begann im Zimmer auf und ab zu gehen. Dass Lena starke Emotionen hervorgerufen hatte, als sie ausbezahlt werden oder ihren Anteil vom Hof verkaufen wollte, das war schon klar. Könnten die beiden Brüder gehört haben, wie die Erwachsenen darüber sprachen, dass sie den alteingesessenen Hof womöglich verlieren würden? Hatten sie Angst bekommen? Wenn man jung war und es nicht besser wusste, dann dachte man vielleicht, dass sich alles lösen würde, wenn Lena verschwand.

Jesper musste jedenfalls wissen, was passiert war. Ganz bestimmt. Warum würde er sonst so stark reagieren. In dem Schuppen musste es irgendetwas geben, was sehr viel ernster war als Alkohol oder Pornos. Aber was?

Draußen war es stockfinster, und es ging auf Mitternacht. Um diese Uhrzeit schliefen auf dem Hof sicher alle.

Ingrid ließ die Perücke liegen, zog sich eine Mütze über die Ohren und steckte die Kamera und eine Lampe in die Tasche. Darin waren bereits die Stacheldrahtenden, die sie schon einmal benutzt hatte, um ein Vorhängeschloss zu knacken. Sie erinnerte sich gut, wie Benny damals reagiert hatte, wie entsetzt er gewesen war, dass sie als ausgebildete Polizistin auf diese Weise irgendwo einbrach. Ihre Antwort – dass sie das einfach machen musste – hatte ihm nicht sonderlich gefallen. Gesetze seien dazu da, dass man sie befolgte. Punkt.

Benny würde auch diese Idee nicht gefallen, aber sie musste erfahren, was in dem Schuppen versteckt wurde. Niemand auf dem Hof würde sie freiwillig nachsehen lassen, also gab es ganz einfach keine Alternative.

Die Straße glitzerte vom Frost, als Ingrid durch die dunkle Nacht fuhr. Wahrscheinlich müsste sie sich langsam mal Winterreifen anschaffen.

Als sie den Hof auf Sollerön erreichte, war es fast halb zwei, und alle Häuser waren dunkel. Um keine Aufmerksamkeit zu wecken, stellte sie das Auto ein Stück entfernt ab und ging die letzten hundert Meter querfeldein.

Am Schuppen angekommen, schaltete sie die Taschenlampe ein und sah nach, ob am Nagel an der Wand ein Schlüssel hing, doch das war nicht der Fall. Sie klemmte sich die Lampe unter den Arm und holte die Drahtstücke aus der Tasche. Ganz vorsichtig versuchte sie mit dem mitteldicken Draht das Schloss zu öffnen. Nach einigen erfolglosen Versuchen wechselte sie zu dem stärkeren Draht. Sie konnte sich nicht entsinnen, dass es letztes Mal so schwierig gewesen wäre. Auch wenn sie sicher sein konnte, dass alle schliefen, machte ihr das doch Stress.

Das ist es nicht wert, dachte sie. Ich fahre nach Hause und gehe ins Bett. Aber genau in dem Moment drehte sich der Draht einmal rum, und das Schloss ging mit einem Klicken auf.

Ingrid schob das Vorhängeschloss in die Tasche, öffnete die Tür und ließ den Lichtkegel über den Boden wandern, wobei sie darauf achtete, nicht in Fensterhöhe zu leuchten. Neben dem Sofa stand eine alte Kommode mit mehreren Schubladen ohne Knäufe, darauf hatte jemand eine beeindruckende Pyramide aus Coca-Cola-Dosen aufgetürmt.

In der obersten Schublade fand sie Tennisbälle, ein Feuerzeug und ein paar alte Zielscheiben für Luftgewehre mit Namen und Datum auf der Rückseite. *Johannes, 2. Juli 1980, Jesper, 13. August 1981.*

In der nächsten Schublade lagen mehrere Blöcke, auf denen diversen Sportergebnisse notiert waren: Dart, Weitsprung, Kugelstoßen, Poker. Ein karierter Block war voller Käsekästchen. Die Jungs in der Gegend wetteiferten mit allem, was sich bot.

In der untersten Schublade lagen zwei zerlesene Comichefte und ein halbes Päckchen Prince, sonst nichts. Das alles konnte nicht der Grund sein, weswegen Jesper so besorgt ausgesehen hatte.

Ingrid durchsuchte zwei Kisten voller Comichefte und Sportmagazine, fand aber auch dort nichts von Interesse.

Sie fuhr mit dem Lichtkegel der Lampe noch einmal durch den Raum.

Auf dem Fußboden neben dem Luftgewehr stand ein Pappkarton. Ingrid schlich gebeugt hin, aber darin war nichts weiter als gebündelte Zielscheiben und Blechdosen mit Einschusslöchern.

Sie hob alle Kissen vom Sofa hoch, doch auch dort fand sie nichts außer Chipskrümeln und Sand. Sie legte sich der Länge nach auf den Boden und leuchtete unter das Sofa. Zunächst entdeckte sie auch hier nichts Besonderes, aber dann sah sie etwas, was wie zwei Riegel und eine Art Öse auf dem Fußboden aussah.

Eine Klappe?

Eifrig schob sie das Sofa beiseite. Und tatsächlich, es war eine Klappe.

Ihr Puls stieg, als sie darauf starrte, dann ging sie in die Hocke, schob den Finger in die Öse und zog.

Ein muffiger Geruch schlug ihr entgegen, als sie in einen dunklen Hohlraum unter dem Schuppen leuchtete. Das Loch war nicht tief, kaum mehr als einen Meter. Eine Flasche Gin und ein paar Dosen Bier reflektierten den Schein der Taschenlampe.

Doch als Ingrid sich auf den Bauch legte, um besser sehen zu können, entdeckte sie noch etwas anderes, viereckig und braun. Ein Buch? Sie streckte den Arm aus und bekam es zu greifen.

Ein in Leder gebundenes Notizbuch. Es war nicht im Geringsten verstaubt, konnte also noch kaum lange dort liegen. Auf der Innenseite des Umschlags stand »Lena Hedström«. Das hier war Lenas Tagebuch, nach dem Ingrid so lange gesucht hatte. Die ersten Einträge lagen bereits ein paar Jahre zurück.

Ingrid machte Fotos von dem Loch im Fußboden und dem Tagebuch, auf denen auch Lenas Name zu sehen war. Dann setzte sie sich aufs Sofa und begann mit der Taschenlampe unterm Kinn zu lesen. Über die Nacht, als Lena Finn und Eva in der Werkstatt gesehen hatte. Dass Eva schwanger war. *Das hier kann ich keinem einzigen Menschen erzählen.*

Es folgten mehrere Seiten über Steve, wie er sich bei Treffen mit ihr genannt hatte, über Ausflüge nach Stockholm, romantische Hotelaufenthalte. *Ich bin so unglaublich verliebt. Ich kenne keinen Mann, der so ist wie er. Er verwöhnt mich, als wäre ich eine Prinzessin.* Sie las von seinen Sorgen mit dem Unternehmen. *Ich habe ihm ein paar Tausend Kronen geliehen, aber er hat versprochen, das Geld so bald wie möglich zurückzuzahlen. Niemand war jemals so nett zu ihm wie ich, sagt er. Aber es ist doch klar, dass ich ihm helfen will. Ich liebe ihn wirklich. Ich hätte nicht gedacht, dass ich nach Eskil noch einmal so etwas Großes erleben würde.* Sie las von dem Haus in Tallkrogen, das sie gemeinsam besichtigt und dann gekauft hatten. *Es ist so schön, wie ein Traum aus gelbem Holz mit einem schattigen Garten, wo sowohl Äpfel als auch Pflaumen wachsen.*

Mitten im Sommer hatte sie in Großbuchstaben geschrieben: *Ich bin schwanger! Was für ein Schock!!*

Ingrid wurde immer wütender, je mehr sie las, dachte an Lenas leeres Sparbuch und an »Steve«, der ihr gegenüber nicht einmal hatte zugeben wollen, dass er wusste, wer Lena war.

Hatte sie sich wirklich das Leben genommen? Wenn sie hier las, was Lena mitgemacht hatte, war das kein absurder Gedanke mehr. Aber warum lag dann ihr Tagebuch hier versteckt in einem Loch im Fußboden.

»Was, zum Teufel, machen Sie da?«

Ingrid war so in die Lektüre versunken gewesen, dass sie weder die Schritte gehört, noch mitbekommen hatte, wie die Tür aufgegangen war.

Sie erkannte Assars Stimme, sah aber nichts. Die Taschenlampe, die er auf ihr Gesicht richtete, war stark wie ein Scheinwerfer, und sie musste sich die Hände vor die Augen halten, um nicht völlig geblendet zu werden.

»Was machen Sie da, habe ich gefragt«, sagte er noch einmal. »Sie können hier nicht einfach einbrechen. Ist Ihnen das klar?«

Als der Schein sich auf das Loch im Boden richtete und nicht mehr direkt in ihr Gesicht, sah sie, dass er eine Schlafanzughose, einen dicken Pullover und Holzschuhe trug. Der eingegipste Arm leuchtete weiß.

Das Licht kam wieder näher, und noch bevor sie ganz vom Sofa aufstehen konnte, lag sie schon auf dem Fußboden. Ihre Seite schmerzte. Er musste sie mit den Holzschuhen getreten haben.

»Au«, stöhnte sie und wand sich vor Schmerzen.

Das starke Licht färbte ihr ganzes Sichtfeld rot, und sie sah ihn nicht mehr. Zum Schutz verbarg sie den Kopf unter ihren Armen und bereitete sich innerlich auf einen weiteren Tritt vor.

Doch der kam nicht. Stattdessen war ein Krachen und ein Fluchen zu hören. Der Lichtkegel änderte die Richtung, und sie sah verschwommen, wie Assar ein paar Schritte zurücktorkelte.

Ingrid rollte herum und kam auf die Füße.

Ohne sich um den Schmerz in ihrer Seite zu scheren, riss sie die Tasche an sich und rannte. Assar war bereits halb durch den Raum, als sie die Tür zuwarf und sie mit dem Vorhängeschloss verschloss. Dann drehte sie sich herum und begann zu rennen. Hinter sich hörte sie, wie er sich gegen die Tür warf und laut brüllte.

Ingrid rannte so schnell wie noch nie in ihrem Leben. Als sie zum Auto kam, warf sie sich hinein und legte einen sportlichen Start hin.

Plötzlich sprang Finn mit wedelnden Armen auf die Straße. Wo kam der denn her?

Ingrid umfuhr ihn, ohne langsamer zu werden, und sah ihn noch »Polizei« mimen, ehe er im Rückspiegel verschwand.

Sie fuhr schneller, und ihre Gedanken überschlugen sich.

Er durfte die Polizei nicht rufen, das ging einfach nicht. Wenn sie wegen Einbruchs ins Gefängnis kam, dann konnte sie das mit dem Sorgerecht für Anna vergessen. Wie hatte sie nur ein solches Risiko eingehen können?

Sie sah kaum noch etwas vor sich. Eine glänzende Fahrbahn, eine dunkle Wand aus Bäumen.

In einer Kurve verloren die Hinterreifen plötzlich den Kontakt zum Asphalt, und das Auto stellte sich quer. Die Kiefern auf der anderen Seite näherten sich in hoher Geschwindigkeit. Ingrid riss am Steuer, doch das Auto reagierte nicht, sondern fuhr geradeaus weiter.

Erst als sie halb im Graben war, griffen die Reifen wieder, und es gelang ihr mit viel Glück, auf die Straße zurückzukommen.

»Verdammt noch mal«, sagte sie und fasste sich auf die Brust.

Das hier war eine unglaublich bescheuerte Idee gewesen.

Kapitel 87

Zwei Wochen zuvor

Lena bestieg den Zug und setzte sich an einen Fensterplatz. Fünf Tage waren vergangen, ohne dass Steve irgendein Lebenszeichen von sich gegeben hatte.

Die letzten Nächte hatte sie kaum geschlafen, und bei der Arbeit war es ihr fast unmöglich, sich zu konzentrieren. Sie war überhaupt nicht bei sich, wenn sie an der Kasse saß, und musste so oft Fehler korrigieren, dass Rolf schon anfing, sie schief anzusehen.

Was war denn passiert? Hatte ihn die Schwangerschaft so schockiert, dass er abgetaucht war?

Nein, das würde ihr Steve nicht tun.

Am Tag zuvor hatte sie alle Krankenhäuser in Stockholm angerufen, um herauszufinden, ob er irgendwo eingeliefert worden war. Aber sein Name war auf keiner Patientenliste. Lena hätte erleichtert sein sollen, aber das war sie nicht. Wenn Steve krank war oder einen Unfall gehabt hätte, dann hätte sie zumindest eine vernünftige Erklärung für sein Schweigen, aber jetzt war immer noch alles ungewiss.

Der Rhythmus des Zuges ließ Lena immer wieder wegdämmern. Jedes Mal wachte sie mit einem Ruck auf, nicht wissend, wo sie sich befand. Passierte das alles hier wirklich, oder war es nur ein böser Traum?

Die Hauptstadt war genauso schön wie letztes Mal, aber da Steve nicht auf dem Bahnsteig auf sie wartete, machte ihr alles Angst.

Lena hielt eine schützende Hand über den Bauch, als sie sich in die U-Bahn-Station hinunterdrängte. Der Lärm und die Gerüche verursachten ihr Übelkeit. Nach einiger Verwirrung fragte sie einen Wachmann nach der Bahn zum Odenplan, kaufte eine Fahrkarte und schaffte es, die richtige Linie zu finden.

Als sie auf dem Platz an der großen Kirche wieder ins Tageslicht kam, fand sie die Upplandsgatan und Steves Haus ohne Schwierigkeiten. Alles sah genauso aus wie letztes Mal.

Am Eingang blieb sie stehen. Den Code für die Eingangstür kannte sie nicht, den hatte immer Steve eingegeben. Sie versuchte sich zu erinnern, wie er seine Finger bewegt hatte, und probierte ein paar Kombinationen aus, doch nichts funktionierte.

Nach einer Weile kam ein Mann raus, und Lena gelang es, ins Treppenhaus zu schlüpfen.

Das Klappern vom Metallgitter des Fahrstuhls erinnerte sie an die letzten Male, die sie da gewesen war, an die Aufregung, das Glück. Jetzt krampfte sich ihr Magen zusammen, als sie nach oben fuhr. Mit jedem Stockwerk wuchs ihre Sorge. Was, wenn er wütend würde, wenn er sie vor der Tür sah?

Aber warum sollte er wütend werden? Ihr Steve? Sie suchte in ihrer Erinnerung nach seiner warmen Stimme, versuchte sich damit zu trösten.

Im Treppenhaus hallte es, als sie aus dem Fahrstuhl im obersten Stockwerk kam. Die Klingel durchbrach die Stille.

Als Steve nicht öffnete, rief Lena durch den Briefschlitz.

»Steve! Bist du da?«

Nichts geschah.

Lena rief weiter, sie konnte nicht anders.

»Ich bin es, Lena!«

Nach einer Weile öffnete sich die Tür gegenüber, und eine Frau schaute heraus.

»Was ist denn los?«

Lena richtete sich auf und strich sich mit der Hand übers Haar.

»Ich suche Steve«, sagte sie.

»Der da wohnt, heißt aber nicht so.«

»Nein, ich weiß. Steve hat hier gewohnt, als man in seiner eigenen Wohnung die Elektrik ausgewechselt hat.«

»Ja, aber dann ist er vielleicht wieder nach Hause gezogen. Der hier heißt Gunnar, und den habe ich erst gestern gesehen.«

Lena versuchte nachzudenken. Steve hätte ihr doch wohl erzählt, wenn das mit der Elektrik fertig und er nach Hause gezogen wäre, oder? Aber vielleicht war das so schnell passiert, dass er es nicht geschafft hatte.

»Könnten Sie mir vielleicht Papier und Stift ausleihen?«

Als die Frau mit einem Spiralblock und einem frisch gespitzten Bleistift zurückkam, schrieb Lena eine kurze Nachricht an Gunnar, dass sie Steve suche, und bat ihn, Kontakt mit ihr aufzunehmen. Obwohl sie erst am nächsten Tag wieder zu Hause sein würde und einen Anruf am selben Tag sicherlich verpasste, schrieb sie ihre Telefonnummer auf.

Nach kurzer Zeit stand sie wieder ratlos auf der Straße. Was sollte sie jetzt tun? Sie hatte keine Ahnung, wo Steves andere Wohnung lag. Sie versuchte seine beruhigende Stimme wieder hervorzuholen, doch die ertrank im Verkehrslärm.

Ganz gleich, wie viel er zu tun hatte, er konnte sich doch nicht einfach gar nicht melden. Nicht jetzt.

Sie hatte nicht vor, nach Hause zu fahren, ehe sie ihn gesehen hatte. Aber wo sollte sie suchen?

Bei dem Haus, dass sie gekauft hatten? Das Paar, dass noch dort wohnte, müsste Steves richtige Adresse doch kennen. Oder der Makler.

Sie suchte ihren Weg zurück zur U-Bahn, und diesmal fand sie auf Anhieb die richtige Linie, ohne jemanden fragen zu müssen.

Es war eine Erleichterung, als sie in Tallkrogen aus dem Zug stieg. Keine hupenden Autos, keine drängelnden Menschen. Vor einem roten Haus spielten ein paar Mädchen Seilhüpfen, und auf einer frisch gemähten Wiese saß ein älteres Paar unter einem Sonnenschirm und trank Kaffee.

Das gelbe Haus sah genauso aus, wie sie es in Erinnerung hatte, doch mittlerweile hingen die Apfelbäume voller Früchte, und auch die Johannisbeeren waren reif. Lena drückte auf die Klingel und schaute über den Garten, während sie wartete.

»Ja?«, sagte der Mann, der öffnete, und musterte sie von oben bis unten.

Lena stellte sich vor und streckte die Hand aus.

»Wir haben uns noch nicht kennengelernt, aber mein Verlobter und ich haben Ihr Haus gekauft.«

Sie wollte gerade ihr Anliegen weiter erklären, als der Gesichtsausdruck des Mannes sie innehalten ließ.

»Ich glaube, hier liegt ein Missverständnis vor«, sagte er.

»Wie meinen Sie das?«

»Wir haben das Haus verkauft, aber an ein anderes Ehepaar. Ich habe beide, den Mann und die Frau, vor ein paar Wochen getroffen, als wir den Vertrag unterschrieben haben, und das waren nicht Sie.«

Lena packte das Treppengeländer, um das Gleichgewicht nicht zu verlieren.

Der Mann sah ihr offenbar an, dass sie verwirrt war.

»Was da passiert ist, weiß ich nicht. Aber Sie müssen das falsch verstanden haben.«

»Aber ich habe doch bezahlt«, sagte sie. »Ich habe einen Kredit bei der Bank aufgenommen.«

»Das tut mir wirklich leid. Ich kann Ihnen nicht helfen.«

Lena stolperte die Treppe hinunter auf den Bürgersteig. Sie hatte das Gefühl, sich übergeben zu müssen, konnte es aber im letzten Moment noch unterdrücken.

Nein, das war kein Missverständnis. Absolut nicht.

Auf ihrer Oberlippe stand der Schweiß. Sie suchte in ihrer Tasche nach etwas, womit sie ihn abwischen konnte, fand aber nichts und musste sich mit dem Blusenärmel zufriedengeben.

Plötzlich fiel es ihr ein. Natürlich war Steve in Södertälje, in dem neuen Geschäft. Dass sie darauf noch nicht gekommen war. So musste es sein.

Es fühlte sich an, als würde sich der Bürgersteig bei jedem Schritt senken, als sie zurück Richtung U-Bahn ging.

Wie erstaunt er sein würde, wenn sie dort auftauchte. Und froh. Er würde sie in den Arm nehmen und alles erklären, wie das andere Paar, dass das Haus gekauft hatte, sich dann doch überlegt hatte, viel mehr zu zahlen, und dass er an der Nase herumgeführt worden war, als der Vertrag unterschrieben werden sollte. Wie er so enttäuscht gewesen war, dass er es nicht über sich gebracht hatte, ihr das zu erzählen, weil er wusste, wie traurig diese Nachricht sie machen würde.

Dann würde er ihr sagen, dass sie ein neues, noch schöneres Haus finden würden, das noch besser zu ihnen passen würde, jetzt, wo sie ein Kind erwarteten.

Lena stand auf der ganzen Fahrt zurück in die Stadt, sah die Vororte wie durch einen Nebel vorbeisausen. Am Hauptbahnhof kaufte sie eine Fahrkarte nach Södertälje. Wahrscheinlich war Steve so mit dem Umzug zurück in seine eigentliche Wohnung und allem anderen beschäftigt gewesen, dass er keine Zeit gehabt hatte, den Anrufbeantworter abzuhören. Er hatte keine Ahnung, wie oft sie angerufen hatte. So musste es sein.

Lena drehte eine Runde nach der anderen über den Marktplatz in Södertälje, ohne das Geschäft finden zu können. Es gab ein Bekleidungsgeschäft, einen Spielwarenladen und einen Supermarkt, aber nichts, was auf Steves Beschreibung passte. Auch keinen Glasladen.

Nach einer Weile fand sie an einer Querstraße ein Schuhgeschäft. Das musste es sein. Aber hatte Steve nicht gesagt, dass es am Marktplatz liegen würde? Na ja. Das hier war ja fast am Marktplatz, und vielleicht hatte sie nicht richtig zugehört.

Die Verkäuferin hinter dem Tresen war eine ältere Frau, schick gekleidet und das graue Haar in perfekte Locken gelegt.

Lena ließ den Blick durch den Laden wandern, aber Steve war nirgends zu sehen. Vielleicht war er im Lager.

»Suchen Sie etwas Bestimmtes?«, fragte die Dame.

»Ich suche einen Mann«, erwiderte sie.

Die Frau hinter dem Tresen legte den Kopf schief.

»Einen Mann? Wen denn?«

»Er heißt Steve Karlsson.«

»Den Namen habe ich noch nie gehört.«

Lena fiel ein, dass sie ein Foto von Steve in ihrer Brieftasche hatte. Sie holte es heraus.

Die Verkäuferin beugte sich vor.

»Nein, den habe ich noch nie gesehen.«

Kapitel 88

»Einbruch und Gewalttätigkeiten«, sagte Kenneth und trat aufs Gas. »Verdammt noch mal, auf dem Hof passiert ja so einiges.«

»Das kannst du wohl sagen.« Benny gähnte auf der Beifahrerseite. Sie hatten nur noch eine knappe Stunde bis zum Ende der Nachtschicht, und nun mussten sie die ganze Strecke bis nach Sollerön fahren. Benny hatte schon so seine Vermutungen, wer hinter diesem Einbruch stecken könnte, doch davon sagte er nichts zu Kenneth. Wie konnte Ingrid nur so verdammt dumm sein?

Als sie auf den Hof einbogen, waren trotz der frühen Morgenstunde mehrere Fenster hell erleuchtet. Noch ehe sie aus dem Auto gestiegen waren, kam ihnen ein Mann mit blutverschmiertem Mund entgegen.

»Hallo«, sagte er und reichte ihnen die Hand. »Finn ist mein Name. Ich habe angerufen, aber es ist jetzt alles in Ordnung. Das war alles ein Missverständnis, und ich werde keine Anzeige erstatten. Es tut mir leid, dass Sie die ganze Strecke hierherfahren mussten.«

»Das da sieht aber nicht aus wie ein Missverständnis«, entgegnete Benny und zeigte auf Finns gesprungene Lippe.

»Doch, das ist es«, sagte der und drückte mit einem Küchenhandtuch auf die Wunde.

»Sie dürfen uns trotzdem gern erzählen, was passiert ist«, sagte Benny. »Was war das für ein Einbruch, und wer hat sie geschlagen?«

Es passierte immer wieder, dass Leute aus unterschiedlichen Gründen bereuten, die Polizei gerufen zu haben, aber oft steckte dennoch etwas dahinter, was sie besser herausfinden sollten.

»Mein Bruder und ich haben uns gestritten«, sagte er. »Wie das bei Brüdern manchmal so ist. Geschwisterliebe.«

»Hat Ihr Bruder bei Ihnen eingebrochen?«

»Nein, nein, so war es nicht.«

»Wie war es dann? Und wo ist ihr Bruder jetzt?«

»Assar ist drinnen bei sich«, sagte Finn und zeigte in die Richtung.

»Okay«, sagte Kenneth.

»Sie können jetzt mal hierbleiben. Wir kommen gleich wieder zu Ihnen zurück.«

Benny klopfte an die Nachbartür und trat ein, ohne auf Antwort zu warten.

Assar saß mit einer Tüte gefrorener Erbsen an der Wange am Küchentisch. Auf der anderen Seite des Tisches saß seine hochschwangere Frau Eva. Beide fuhren zusammen, als die ungeladenen Gäste die Küche betraten.

»Hallo«, sagte Benny. »Wie sieht es denn hier aus?«

»Es gibt kein Problem«, sagte Assar. »Sie können wieder fahren. Es ist nichts passiert.«

Im Holzofen knisterte es gemütlich, aber die Stimmung im Zimmer war eiskalt.

»Wir haben einen Notruf reinbekommen wegen Einbruchs und Gewalttätigkeiten«, beharrte Benny, »und dass hier jemand misshandelt worden ist, sieht man ja schon von weitem.«

»Ja, aber das ist was zwischen uns. Das geht die Polizei nichts an.«

Auf der Treppe zum oberen Stockwerk waren Schritte zu hören, und ein verschlafenes Mädchen im Nachthemd tauchte in der Tür auf. Als sie die beiden uniformierten Polizisten sah, erschrak sie.

»Alles gut«, sagte Eva beschwichtigend. »Es war nur ein Missverständnis. Die Polizisten fahren gleich wieder. Geh und leg dich wieder hin. Du kannst noch eine Stunde schlafen.«

Doch das Mädchen blieb auf der Schwelle stehen.

»Was riecht denn hier so komisch?«, fragte sie und schnüffelte in der Luft.

Jetzt bemerkte Benny das auch. Es roch nicht nur nach Birkenholz, sondern da verbrannte noch irgendetwas anderes. Er ging zum Holzofen, nahm den Schürhaken und öffnete die Klappe.

Darin brannte ein in Leder eingebundenes Buch, beziehungsweise das, was davon noch übrig war.

»Was ist das denn hier?«, fragte Benny. Er packte den angekohlten Umschlag mit spitzen Fingern und hob das Buch auf die Spüle.

»Das weiß ich nicht«, erwiderte Assar.

Kapitel 89

Zwei Wochen zuvor

Lena konnte sich nicht erinnern, wie sie von Södertälje zurück nach Stockholm, und auch nicht, wie sie in den Zug nach Hause gekommen war. Alles war wie im Nebel. Sie sah, wie die anderen Passagiere um sie herum redeten und gestikulierten, hörte aber keinen Laut, als wären ihre Ohren verschlossen. Der Zug kam an Orten vorbei, die sie nicht erkannte und von denen sie nicht wusste, wo sie lagen.

Als jemand ihre Schulter berührte, blickte sie auf. Der Schaffner sah sie an, und sein Mund bewegte sich. Sagte er etwas? Sie strengte alle Sinne an, um die Worte zu erfassen.

»Wir sind jetzt in Mora«, sagte er. »Hier ist Endstation.«

Draußen war es dunkel, und sie war allein im Waggon.

»Wie geht es Ihnen?«

Lena verstand die Frage nicht, stand nur auf und raffte ihre Handtasche und den Mantel zusammen.

»Gehört die hier Ihnen?« Der Schaffner reichte ihr eine Reisetasche, die sie nicht wiedererkannte, aber trotzdem entgegennahm. Wahrscheinlich war es ihre.

Wo war sie gewesen? Und wie lange hatte sie vorgehabt, weg zu sein?

Sie fand das Auto auf dem Parkplatz, schloss den Kofferraum auf und warf die Tasche hinein. Als sie hinter dem Lenkrad Platz genommen hatte, blieb sie einfach sitzen, denn sie wusste nicht, wohin sie fahren sollte. Wahrscheinlich nach Hause, aber wo war das? Gab es überhaupt ein Zuhause, gab es überhaupt irgendetwas?

Lena begann aufs Lenkrad zu schlagen, fest und immer fester. Sie brüllte los, wortlos, wie ein Tier.

Als Lena auf den Hof kam, traf sie Hillevi vorm Haus, vermochte aber nicht zu reden, sondern verschwand, so schnell sie konnte, nach drinnen. Ohne noch die Schuhe auszuziehen, ging sie geradewegs zum Telefon und wählte Steves Nummer.

Ihre Stimme war heiser, doch als der Anrufbeantworter ranging, flüsterte sie:

»Ich bin es. Lena.«

Sie schwieg kurz, dann fuhr sie fort:

»Ich wünschte, wir wären uns nie begegnet.«

Dann kamen die Tränen.

Kapitel 90

Nachdem Ingrid noch ein weiteres Hotelbett gemacht und die Tagesdecke nach allen Regeln der Kunst darüber gelegt hatte, trat sie ans Fenster und schaute erneut hinaus. Jedes Mal war sie darauf vorbereitet, Benny oder einen seiner Kollegen aus einem Polizeiauto steigen zu sehen, um sie aufs Revier zu bringen. Wenn das passierte, wäre es das Ende von allem. Wieder einmal verfluchte sie sich selbst, weil sie das idiotische Risiko eingegangen war, mitten in der Nacht raus zum Hof zu fahren.

Andererseits konnte sie Lenas Tagebuch nicht vergessen, das sie unter dem Fußboden gefunden hatte. Wer hatte es da versteckt?

Als ihre Schicht vorüber war, konnte sie die Ungewissheit nicht länger ertragen. Sie rief beim Polizeirevier an, um mit Benny zu sprechen, musste aber erfahren, dass seine Schicht noch nicht begonnen hatte. Anstatt zurück zu ihrer Hütte zu fahren, fuhr sie zu ihm nach Hause.

Ingrid musste zweimal auf die Klingel drücken, ehe ein Lebenszeichen zu vernehmen war.

»Jaja, ich komme«, hörte sie schließlich.

Benny öffnete die Tür nur in Trainingshose, er trug weder Socken noch ein Oberteil. Die Haare standen ihm zu Berge, und er hatte einen Kissenabdruck im Gesicht.

»Bist du das?«, fragte er und rieb sich den Bart.

»Tut mir leid, wenn ich dich geweckt habe.«

»Ich muss sowieso gleich aufstehen, ist egal. Aber viel Schlaf habe ich nicht gehabt. Wir mussten heute früh Überstunden machen.«

»Ach ja?«, fragte sie.

»Wir hatten einen Notruf von einem Hof auf Sollerön, den du inzwischen ja auch gut kennen dürftest. Hast du irgendwas mit der Sache zu tun?«

Ingrid zuckte mit den Schultern.

»Teufel noch mal!«, sagte Benny. »Na ja, schon gut, die haben die Anzeige zurückgezogen. Sowohl was den Einbruch als auch die Gewalttätigkeit angeht, du musst dir also keine Sorgen machen.«

Ingrid gab einen lautlosen Seufzer von sich.

»Hast du Zeit zu reden?«, fragte sie. »Ich müsste ein paar Sachen besprechen.«

»Komm rein. Ich zieh mir nur was an.«

Benny verschwand in einem dunklen Schlafzimmer, ließ die Tür angelehnt, während er sich einen Pullover von einem Stuhl griff und die Füße in ein paar Hausschuhe schob.

»Ulrika ist noch nicht von der Arbeit gekommen«, sagte er auf dem Weg in die Küche. »Und ich brauche einen Kaffee. Möchtest du auch eine Tasse?«

»Ja, danke.«

Während Ingrid wartete, drehte sie eine Runde durchs Wohnzimmer. Es war schön aufgeräumt und sauber, genau wie ein richtiges Zuhause aussehen sollte. Gläser von Iittala in perfekten Reihen in der Vitrine, ein teures Lexikon in allen Bänden, Tauf- und Konfirmationsbilder von Verwandten. Und auf dem Ehrenplatz: das Hochzeitsfoto im Goldrahmen.

»Da warst du aber wirklich schick«, sagte sie, als Benny mit einem Tablett ins Wohnzimmer kam. »Ich wusste gar nicht, dass Trachten dein Stil sind.«

»Die da ist von meinem Großvater.«

»Aber ehrlich, du siehst wirklich stilvoll aus.«

Benny stellte das Tablett auf den Glastisch und verteilte Becher und Teller.

»Das hier ist jetzt mein Frühstück«, sagte er. »Nimm dir auch, wenn du willst.«

Er sank ins Sofa und griff sich eine Scheibe selbst gebackenes Brot aus dem Korb. Ingrid schenkte für sie beide Kaffee ein.

»Ihr habt es wirklich wunderschön hier.«

»Doch«, sagte Benny, ohne dabei allzu glücklich auszusehen. »Doch, das haben wir. Worüber wolltest du reden?«

»Ich habe eine Theorie, was möglicherweise da draußen passiert sein kann.«

»Leg los.«

Benny nahm einen großen Bissen vom Brot und lehnte sich zurück.

»Genau wie wir vermutet hatten, ist Lena von diesem Gunnar um Geld betrogen worden. Sie schreibt ungeheuer viel über ihn in ihrem Tagebuch.«

»Du hast es also gefunden?«

»Ja, dazu gleich«, erwiderte Ingrid. »Ich habe nicht alles lesen können, aber nach dem, wie ich es verstanden habe, hat Lena diesem Gunnar oder Steve, wie sie ihn nannte, mit Geld für sein Unternehmen ausgeholfen, und sie hat außerdem mit ihm zusammen ein Haus in Stockholm gekauft.«

»Mit anderen Worten, sie ist an einen richtigen Betrüger geraten«, sagte Benny.

»Ich fürchte, ja. Ich habe ihre Konten durchgesehen, und sie war fast völlig pleite. Erst im August noch hat sie sogar einen großen Kredit aufgenommen. Außerdem hat sie Kontakt zu einem Anwalt und einem Makler gehabt, um einen Verkauf des Hauses vorzubereiten, also ihr Grundstück von dem Hof abzuschneiden.«

Benny lehnte sich vor und trank von seinem Kaffee.

»Man hört doch nie auf, sich zu wundern, was für schreckliche Menschen es gibt«, sagte er. »Aber erzähl weiter.«

»Dass Lena einen Teil von dem Hof abtrennen und verkaufen

wollte, ist eine große Sache für eine Familie, die ihn seit mehreren Hundert Jahren besitzt. Ihre ganze Existenz wäre in Gefahr, und sie würde sicherlich große Opfer bringen müssen, um sie ausbezahlen zu können. Hillevi und Eva haben zugegeben, dass es in der letzten Zeit Streit und viel Emotionen gegeben hat.«

»Davon haben wir auch was gehört«, meinte Benny.

»Genau. Aber erst haben sie über alles das geschwiegen. Und dazu hatten sie vielleicht auch guten Grund. Ich glaube, dass Johannes und Jesper, die Söhne von Hillevi und Rune, gehört haben, wie besorgt die Erwachsenen waren und wie wütend auf Lena. Johannes besucht außerdem die Försterschule in Älvdalen und sieht seine Zukunft auf dem Hof. Vielleicht haben die Erwachsenen sogar gesagt, dass es besser sei, wenn Lena nicht mehr da wäre.«

Ingrid hatte noch nicht einmal den Kaffee angerührt, der jetzt in ihrem Becher kalt wurde.

»Gestern habe ich Jesper vor einem der Schuppen getroffen, in dem Johannes einen eigenen Raum hat«, erzählte sie weiter. »Er hat sich seltsam benommen, als ob es da drin irgendetwas gäbe, was ich auf keinen Fall sehen dürfte. Also bin ich heute Nacht hin und habe im Schuppen unter einer geheimen Klappe im Boden Lenas Tagebuch gefunden.«

»Eva oder Assar haben heute Nacht versucht, es im Holzofen zu verbrennen«, ergänzte Benny.

»Was?«, fragte Ingrid erstaunt.

»Glaubst du, sie wissen etwas? Oder stecken mit drin?«

»Keine Ahnung. Aber die Tatsache, dass das Buch dort versteckt wurde, weist darauf hin, dass irgendjemand vom Hof in die Sache verwickelt ist, und das ist denen ja sicher auch klar. Ganz gleich, was wirklich passiert ist, sie wollen Beweise vernichten. Oder was denkst du?«

Benny nickte bedächtig.

»Das gehört eigentlich nicht hierher, aber Lena hat in ihrem Tagebuch beschrieben, wie sie Eva und Finn beim Sex in seiner Werkstatt erwischt hat, und dass sie glaubt, das Kind, was Eva erwartet, sei seines.«

Benny prustete laut los.

»Das ist aber mal delikat«, sagte er. »Wenn Assar das gelesen hat, dann wundere ich mich nicht, dass sie sich heute Nacht geprügelt haben.«

»Wie bitte?«, fragte Ingrid.

»Du hättest die dicke Lippe von Finn sehen sollen. Ja, mein Gott.«

Benny schwieg einen Moment.

»Du glaubst also, dass die Jungs Lena getötet haben?«, fragte er dann.

»Ich glaube, es war Johannes. Jesper trägt immer noch sein goldenes Kreuz um den Hals, es muss also Johannes' Schmuck sein, der in Lenas Staubsauger gelandet ist. Die beiden Kreuze sind identisch. Aber ich glaube, dass Jesper etwas weiß. Er muss gewusst haben, dass das Tagebuch unter der Bodenklappe lag.«

Ingrid hatte immer noch keinen Kaffee getrunken oder ein Brot angerührt, so dringend war es ihr, alles zu erzählen.

»Unter der Woche wohnt Johannes im Internat in Älvdalen«, erklärte sie. »Er kann also an dem Montag nicht zu Hause gewesen sein. Aber ob er wirklich in der Schule war, habe ich nicht überprüft, und ich denke, da musst du anrufen. Die Schule hat keinerlei Verpflichtung, irgendwelche Informationen an mich weiterzugeben. Kannst du dir vorstellen, das zu machen?«

Benny saß einen Augenblick still da, dann stand er auf und ging in die Diele zum Telefon, wo er begann, im Telefonbuch zu blättern. Ingrid folgte ihm und lehnte sich an den Türrahmen, während er die Nummer wählte.

»Ja, hier ist Benny Jörgensen von der Polizei in Mora. Ich hätte ein paar Fragen einen ihrer Schüler betreffend, Johannes Hedström.

Ich wollte wissen, ob er am Montag, dem fünften September, in der Schule war.«

Benny suchte Ingrids Blick.

»Das war er also nicht. Okay … Das kann ich leider nicht sagen. Aber haben Sie vielen Dank für Ihre Hilfe.«

Benny legte auf.

»Er war also nicht da«, sagte Ingrid.

»Nein, das war er nicht. Er war krank.«

Sie sahen einander an und ließen die Erkenntnis einsinken.

»Ich gehe sofort aufs Revier und rede mit Frank«, sagte Benny und marschierte in Richtung Schlafzimmer, um sich umzuziehen, während Ingrid sich zur Wohnungstür wandte.

Mitten in der Diele stießen sie versehentlich zusammen. Ingrid verlor das Gleichgewicht, Benny fing sie im letzten Moment auf.

»Ups«, sagte Benny und hielt ihren Arm fest. Er war so nahe, dass Ingrid seinen Atem an ihrer Wange spürte. Benny ließ ihren Arm los, aber keiner von ihnen bewegte sich.

Ingrid sah ihm in die Augen und spürte ihr Herz pochen.

Jetzt passiert es. Jetzt gibt es kein Zurück mehr.

Bennys Lippen näherten sich unendlich langsam.

Im selben Moment ging die Eingangstür auf, und Ulrika betrat die Diele.

»Oh«, sagte sie und blieb stehen.

Ingrid stolperte rückwärts, und Benny jammerte, als er beim Zurückweichen gegen die Ecke von der Kommode stieß.

»Was ist denn hier los?«, fragte Ulrika und sah vom einen zum andern.

»Ich musste über etwas reden, was diese Ermittlung betrifft, an der ich grade arbeite«, sagte Ingrid. »Da bin ich gekommen und habe den armen Benny auch noch geweckt, aber jetzt fahre ich wieder.«

»Aha?«, sagte Ulrika, immer noch ohne sich zu rühren.

»Wie gesagt, ich muss los.« Ingrid ging zur Garderobe, um ihre

Jacke zu nehmen. »Ich hab's ein bisschen eilig, sonst würde ich gerne noch ein wenig plaudern.«

Sie zog ihre Schuhe an, nahm die Jacke in die Hand und lief die Treppe hinunter.

Kapitel 91

Könnte sein, dass Ingrid diese Sache da auf Sollerön gelöst hat«, sagte Benny. »Ich muss sofort mit Frank sprechen.«

Er warf die Trainingshose von sich und zog eine Jeans an.

»War sie lange hier?«, fragte Ulrika und schaute ins Wohnzimmer, wo die Reste vom Kaffee noch standen.

»Eine Stunde ungefähr, ich weiß es nicht. Ich war total verpennt, als sie kam.«

Ulrika sah aus, als wüsste sie nicht, was sie von alldem halten sollte.

»Hast du früher Schluss gehabt?«, fragte Benny und öffnete den Schrank, um ein Paar saubere Socken rauszuholen.

»Ich fühle mich nicht gut und bin deshalb gegangen. Ich glaube, ich werde mich etwas hinlegen.«

»Oje«, sagte Benny und zog einen Socken an. »Mach das unbedingt. Hoffentlich geht es dir bald besser.«

Als er auch den anderen Socken anhatte, eilte er an Ulrika vorbei und zerrte seine Jacke vom Haken. Ehe er in die Schuhe stieg, gab er ihr einen raschen Kuss.

»Ich hoffe, es geht dir bald besser.«

Dann rannte er die Treppe hinunter und ging mit langen Schritten Richtung Revier. Er musste Frank erwischen, ehe der für heute Schluss machte.

Kapitel 92

Ingrid beschloss, zur Försterschule zu fahren, um mit Johannes zu sprechen und ihn dort so lange aufzuhalten, bis die Polizei kam. Benny würde Frank hoffentlich davon überzeugen können, dass man ihn direkt zur Vernehmung holen sollte.

Als sie eine halbe Stunde nachdem sie Bennys Wohnung verlassen hatte, Älvdalen erreichte, hielt sie an einer Tankstelle, um nach dem Weg zu fragen. Wie sich herausstellte, lag die Schule am Rande eines Viertels mit Einfamilienhäusern und bestand aus einem halben Dutzend Backsteinhäusern, die von Wald umgeben waren. Ingrid bog auf einen geschotterten Parkplatz ein und stellte den Motor ab. Bevor sie aus dem Auto stieg, rückte sie die Perücke zurecht.

Auf der Rückenlehne einer Bank saßen ein paar Jungen und rauchten.

»Könnt ihr mir sagen, wo Johannes Hedström wohnt?«, fragte sie.

»Drüben im Haus mit der Mensa«, sagte einer von denen und zeigte auf das höchste Haus mit einer langen Reihe großer Fenster direkt geradeaus. »Wenn Sie von der anderen Seite reingehen, ist da gleich rechts der Flur mit den Zimmern.«

Ingrid fand ohne Probleme den Eingang. Der Internatsteil bestand aus einer Küche und einem Gemeinschaftsraum. Entlang einer Wand lagen nebeneinander alle Zimmer.

Eine Gruppe junger Männer saß auf einem großen Ecksofa und spielte Karten, während auf einem Ghettoblaster Creedence Clearwater Revival lief. Offensichtlich war der Unterricht für heute beendet.

»In welchem Zimmer wohnt Johannes Hedström?«, fragte Ingrid. Sie musste laut reden, um die Musik zu übertönen.

Die Jungs zeigten auf eine Tür ganz hinten und sahen ihr nach, als sie vorbeiging. Sie spürte ihre Blicke im Rücken, als sie klopfte.

»Johannes«, sagte sie und horchte an der Tür.

Sie klopfte noch einmal.

»Der ist gerade weg«, sagte einer der Jungs.

»Okay.« Sie drehte sich um. »Weiß einer von euch, wo er hin ist?«

»Nein, aber er hatte Jacke und Rucksack dabei, deswegen nimmt er wahrscheinlich irgendeinen Bus.«

»Wie lange ist das her?«

»Fünf oder zehn Minuten vielleicht.«

Ingrid bedankte sich und lief zur Bushaltestelle an der Wendeplatte, doch da war Johannes nicht zu sehen und auch sonst niemand.

Laut Fahrplan war der letzte Bus um die Mittagszeit gefahren und der nächste würde erst wieder in einer Stunde kommen. Vielleicht war er runter in den Ort gegangen.

Ingrid wollte gerade zurück zum Auto gehen, um ihn vielleicht einzuholen, als sie eine Gruppe Schüler sah, die sich vor dem hohen Mensagebäude versammelt hatten und nach oben schauten. Ingrid folgte ihren Blicken.

Oben auf dem Dachfirst stand Johannes.

Kapitel 93

Außer Atem drückte Benny auf den Knopf vor der geschlossenen Tür von Frank Olars. Wenn der nur nicht schon weg war.

Sobald die grüne »Bitte eintreten«-Lampe aufleuchtete, riss Benny die Tür auf.

»Wie gut, dass ich dich erwische«, rief er, noch ehe er über die Schwelle war. »Es geht um den Todesfall auf Sollerön, Lena Hedström. Wir haben einen Verdächtigen. Einen der Söhne auf dem Hof.«

Frank machte ein Gesicht, als würde er dem Wortschwall nicht recht folgen können, und zeigte auf den Besucherstuhl. Widerwillig ließ Benny sich nieder.

»Dann lass mal hören«, sagte Frank und beugte sich über den Schreibtisch.

»Ja, Ingrid vom Siljan Büro für Privatermittlung glaubt, dass Johannes der Schuldige sein könnte, der Sechzehnjährige auf dem Hof da draußen. Sie hat das abgerissene Konfirmationskreuz des Jungen in Lenas Staubsauger gefunden und Lenas Tagebuch in einem Geheimfach in seinem Zimmer. Unter der Woche geht er auf die Försterschule in Älvdalen, doch laut Schulsekretariat war er an dem Tag, als Lena starb, nicht dort.«

»Schmuck und Tagebücher«, sagte Frank bedächtig. »Na ja, ich weiß nicht. Gibt es vielleicht auch noch ein Motiv?«

»Darüber kann Ingrid mehr erzählen. Aber glaub mir, sie hat gründliche Arbeit geleistet, und wir sollten Johannes unbedingt vernehmen.«

»Es klingt eigentlich so, als sollten wir erst mal Ingrid vernehmen«, sagte Frank. »Fang mal damit an.«

»Das ist auch ganz meine Meinung. Aber es ist an der Zeit, dass wir das jetzt übernehmen, ehe es zu spät ist.«

Frank nickte.

»Gut, das machen wir«, sagte er und griff zum Telefonhörer. »Ich verlasse mich auf dich.«

Kapitel 94

Ingrid rannte ins Schulsekretariat und stürzte ins erstbeste Büro, das offen stand.

»Rufen Sie die Polizei!«, schrie sie von der Schwelle aus. »Oben auf dem Dach steht ein Schüler, der springen will!«

Die Frau am Schreibtisch rührte sich erst nicht vom Fleck, sondern starrte sie nur an.

»Notruf! Es ist eilig!«

Als die Frau den Hörer hob, rannte Ingrid wieder raus.

Neben der Laderampe der Mensa gab es eine Feuerleiter. Da musste Johannes raufgeklettert sein. Doch die erste Sprosse war für Ingrid zu weit oben. Ein Stück entfernt standen ein paar Paletten, die schob sie hin, um darauf zu steigen.

Ohne sich darum zu scheren, dass die Leute um sie herum versuchten, sie davon abzuhalten, begann sie zu klettern. Als sie das Dach erreichte, zitterte ihr ganzer Körper vor Anstrengung.

Johannes stand in einiger Entfernung auf dem Dachfirst und starrte mit geballten Fäusten in die Tiefe. Ein plötzlicher Windstoß hätte gereicht, um ihn das Gleichgewicht verlieren zu lassen.

»Johannes«, sagte sie, so sanft sie konnte. »Ich bin es, Ingrid.«

»Nicht herkommen«, sagte er, ohne sie anzusehen.

»Ich setze mich hierhin, okay? Ich werde dich nicht anfassen.«

Ingrid ging auf die Knie. Sie vermied es, nach unten zu schauen, und versuchte stattdessen, den Blick auf die Baumkronen und die Hügel zu fixieren.

»Willst du dir das Leben nehmen, Johannes?«

Er öffnete die Fäuste und ballte sie dann wieder.

»Es ist doch alles egal«, sagte er.

»Was meinst du, was deine Eltern dann sagen werden? Und Jesper?«

»Die werden froh sein.«

»Weißt du, was, Johannes? Ich bin ganz sicher, dass sie das nicht sein werden.«

»Ich habe alles kaputt gemacht.«

Er schwankte, gewann aber das Gleichgewicht wieder zurück. Von unten hörte man ein Raunen.

»Eines sag ich dir, Johannes«, sagte Ingrid. »Mit Eltern ist es so, dass sie ihre Kinder lieben, ganz gleich, was die gemacht haben. Vielleicht glaubst du das nicht, aber ich weiß es.«

»Nicht dieses Kind hier.«

»Ich habe jetzt Rune und Hillevi schon so weit kennengelernt, dass ich weiß, sie wären völlig am Boden zerstört, wenn du sterben würdest.«

Johannes schwankte noch einmal, machte einen kleinen Schritt zur Seite. Die Dachziegel klapperten unter seinen Stiefeln.

»Ich werde dir etwas erzählen. Ein Geheimnis, das niemand hier kennt. Willst du es hören?«

Johannes antwortete nicht, aber weil er immer noch dort stand, anstatt zu springen, redete Ingrid weiter:

»Ich habe auch mal einen großen Fehler gemacht. Ich habe auf einen Menschen geschossen, sodass er schwer verletzt war. Mein ganzes Leben ist an diesem Tag zerstört worden. Danach habe ich mir viele, viele Male gewünscht, ich wäre tot, aber heute bin ich so dankbar darüber, dass ich lebe. Alles kann besser werden, Johannes. Es wird sich nicht immer so anfühlen wie jetzt im Moment.«

Johannes stand immer noch da.

»Ich glaube, dass du auch einen Fehler gemacht hast«, sagte sie. »Jeder von uns kann das tun.«

Sie dachte an Lena und das Seil, daran, wie gründlich es geputzt war, wie Johannes nachgedacht und geplant haben musste, damit es so aussah wie ein Selbstmord. Aber sie musste weiterreden, ihn davon abhalten zu springen.

Der Schulhof war jetzt voller Menschen.

»Jesper und Assar haben nichts damit zu tun. Sagen Sie das der Polizei. Alles ist meine Schuld.«

»Erzähl mir, was passiert ist«, bat Ingrid. »Ich verspreche dir, ihnen dann alles zu erklären.«

Ingrid schaute kurz zur Straße hinunter, aber noch waren keine Einsatzwagen zu sehen. Das Beste, was sie tun konnte, war, ihn zum Erzählen zu bringen und ihn auf diese Weise aufzuhalten.

Johannes bewegte sich nicht, sondern starrte nur runter auf den Asphalt.

»Johannes?«, sagte sie.

»Ich war erkältet und an dem Tag nicht in der Schule«, sagte er. »Am Nachmittag bin ich zu Lena gegangen, wollte freundlich mit ihr reden und sie bitten, unseren Hof nicht kaputt zu machen. Aber sie war wie ein anderer Mensch, überhaupt nicht mehr die Lena, die ich kannte. ›Ihr seid mir scheißegal‹, hat sie mich angeschrien und mich auf eine lächerliche Art und Weise nachgeäfft. Wir seien verwöhnt und faul und hätten immer alles gekriegt, worauf wir gezeigt hätten, hat sie geschrien. Sie war total verrückt, hatte einen Blick drauf, den ich noch nie bei ihr gesehen hatte. Es leuchtete quasi aus ihren Augen wie Laserstrahlen.«

Johannes sprach langsam, als ob jedes Wort eine Qual für ihn wäre.

»Dann hat sie sich auf mich gestürzt und hat angefangen zu schlagen. Sie hat mir das Goldkreuz abgerissen, das sie mir selbst zur Konfirmation geschenkt hatte, weil sie fand, ich hätte es sowieso viel zu gut, und dann packte sie eine Glasvase, mit der sie versucht hat, mich zu schlagen. Ich habe sie weggeschubst, sodass sie auf den Fußboden gefallen ist, aber da hat sie mein Bein gepackt und mich gebissen. Es hat so wehgetan, dass ich geschrien habe, aber sie hat nicht aufgehört, hat nur immer fester zugebissen, wie so ein Hund mit Tollwut. Ich habe sie an den Haaren gezogen, damit sie loslässt, aber das hat nichts geholfen. Sie war wie in einer anderen Welt. Völlig geisteskrank. Am Ende habe ich sie um den Hals gepackt.«

Johannes verstummte, aber Ingrid sagte nichts.

»Plötzlich lag sie total schlapp auf dem Fußboden«, fuhr er fort. »Ich hab Panik gekriegt und Mund-zu-Mund-Beatmung gemacht und alles, aber sie hat einfach nicht wieder angefangen zu atmen. Als Jesper aus der Schule gekommen ist, habe ich ihn gezwungen, mir zu helfen, aber wie gesagt, er hat mit alldem nichts zu tun. Und dann hab ich Assar gebeten, mich zum Bus zu fahren, damit ich wegkann. Ich glaube, er hat kapiert, dass irgendwas passiert war, aber er ist ja nicht wirklich der Typ, der fragt, wie es einem geht.«

Ingrid wusste nicht, was sie sagen sollte.

»Danke, dass du mir das erzählt hast«, bekam sie heraus.

Im selben Moment waren sich nähernde Sirenen zu hören.

Johannes wandte den Kopf und sah ihr in die Augen. Sein Blick war vollkommen leer, die Lider halb geschlossen.

»Komm«, sagte Ingrid. »Nimm meine Hand, dann helfe ich dir runter.«

Sie machte eine kleine Bewegung in seine Richtung und streckte den Arm aus.

Johannes sah sie weiterhin an, ohne sich zu bewegen. Dann machte er einen Schritt vor und sprang.

Kapitel 95

Auf dem See lag eine dünne Schicht Eis, so dünn, dass Ingrid nur den Schrubber zu nehmen brauchte und ganz vorsichtig hacken musste, damit es zerbrach. Das Eis glitzerte wie scharfe Glasscherben, als sie ins Wasser kletterte.

Früher hatte sie das Eisbad als Reinigung empfunden, jetzt war es auch eine Strafe, eine Buße. Sie verdiente den Schmerz, die spitzen Nadelstiche, wenn die Kälte in die Haut bohrte. Sie versuchte ruhig zu atmen und einen Rhythmus zu finden, obwohl ihr Herz raste.

In der vergangenen Woche hatte sie jedes Mal, wenn sie die Augen schloss, Johannes springen sehen. Wieder und wieder und wieder. Die Schreie vom Schulhof unten schrillten in ihren Ohren.

Sie holte tief Luft und sank unter die Wasseroberfläche. Endlich war das Bild weg und die Geräusche verschwunden.

Als sie wieder auf den Steg kam, hatte sie das Gefühl in Fingern und Zehen verloren. Mühevoll zog sie den Bademantel über und stolperte zurück zur Hütte.

Sie wärmte die Hände am Holzofen, und sobald sie sich wieder bewegen konnte, zog sie trockene Kleider an. Lange Unterhose, dicker Pullover, Wollsocken. Sogar eine Mütze, die sie im Korb in der Diele gefunden hatte. Sie wickelte sich in eine Decke und zog einen der Stühle an den Ofen.

Während sie dasaß und sich wärmte, ging draußen die Sonne unter. Plötzlich wurde die Küche von den Scheinwerfern eines Autos erleuchtet. Ingrid stand vom Stuhl auf, um sich zu überzeugen, dass es Benny war und niemand anderes, der da kam. Es war Benny. Er winkte ihr durchs Fenster zu.

»Ist die Badesaison nicht vorbei?«, fragte er und betrachtete ihr feuchtes Haar, das unter der Mütze hervorschaute.

»Sollte man meinen«, antwortete Ingrid und zündete ein Teelicht auf dem Tisch an.

Als Benny die Tür hinter sich schloss, zog kalte Luft durch den Raum und löschte die Streichholzflamme.

»Johannes ist aufgewacht«, sagte er. »Ich komme direkt aus dem Krankenhaus.«

»Ist das wahr? Wie geht es ihm?«

Ingrid wickelte sich wieder in die Decke, zog den Stuhl an den Küchentisch zurück und setzte sich. Benny ließ sich ihr gegenüber nieder.

»Er hat sich den Rücken gebrochen. Im Moment weiß noch niemand, ob er wieder laufen wird.«

»Ich hätte nicht alleine da hinfahren und ihn erschrecken sollen«, sagte Ingrid.

»Nicht du hast ihn erschreckt, sondern mein Anruf. Irgendjemand in der Schule hat ihm erzählt, dass die Polizei angerufen habe. Er hatte schon Panik, bevor du kamst. Nicht alles Schlimme, was passiert, ist deine Schuld, Ingrid.«

Ingrid zog die Decke fester um sich. Was Benny auch sagte, sie wurde die Schuldgefühle doch nicht los.

»Habt ihr ihn vernehmen können?«, fragte sie.

»Noch nicht. Aber wir haben mit Jesper und Assar gesprochen, und sie bestätigen das, was Johannes dir erzählt hat.«

Ingrid hatte sich seit den Ereignissen in der Schule und dem Geständnis von Johannes nicht getraut, noch einmal auf den Hof zu gehen. Dort wollte sie sicherlich niemand mehr sehen.

»Übrigens haben Lenas Eltern Gunnar Forsman wegen Betrugs angezeigt.«

»Das ist gut«, sagte Ingrid. »Hoffentlich kommt er so richtig lange ins Gefängnis.«

Sie hatte selbst nur am Telefon mit Lenas Eltern gesprochen. Die wollten nach alldem, was passiert war, den Hof auch lieber nicht besuchen.

»Ich habe ihnen versprochen, alle Papiere rauszusuchen, die sie dafür brauchen«, sagte Benny.

Das Teelicht erlosch, ein schwarzer Rauchfaden stieg auf und verschwand.

»Typisch«, sagte sie. »Das war mein letztes. Ich habe vergessen, welche zu kaufen, als ich das letzte Mal im Supermarkt war.«

»Irgendwo in der Anrichte müssen noch mehr sein. In einer der Schubladen«, sagte Benny.

Ingrid zog die oberste Schublade heraus. In der lag eine Menge Kleinkram, halb leere Streichholzschachteln, Knöpfe, Bleistiftstummel, aber keine Teelichter. In der anderen Schublade herrschte ein ähnliches Durcheinander. Unter einer Blechdose mit Angelhaken lag eine ausgeblichene Fotografie.

Ingrid nahm das Foto heraus, das von der unsachgemäßen Behandlung in der Schublade zerknickt war. Darauf waren drei Menschen in einem Ruderboot zu sehen, zwei Jungen und ein älterer Mann. Der ältere im Trainingsanzug war wahrscheinlich Bennys Großvater. Er erinnerte sie sehr an Benny, wie er heute aussah, auch wenn der Großvater sehniger gebaut war und die meisten Haare damals schon verloren hatte.

Doch als sie die Gesichter der Jungen genauer betrachtete, traute Ingrid kaum ihren Augen. Der eine der beiden, der Benny sein musste, war eine Kopie von Anna. Einfach eine Kopie.

»Bist du das hier?«, fragte sie.

Benny nickte.

»Ist …? Kann …?«, stammelte sie. Ingrid versuchte Worte zu finden, und wagte dann kaum, sie auszusprechen.

»Glaubst du, dass Anna deine Tochter ist?«

Benny nickte wieder.

»Den Verdacht habe ich schon seit dem ersten Mal, als du mir ein Foto von ihr gezeigt hast.«

»Aber …? Warum hast du nichts gesagt?«

»Ich war geschockt«, sagte er. »Und wenn es so ist, dann würde das ziemlich viel durcheinanderbringen.«

Ingrid sank an den Tisch. Ihre Gedanken fuhren Karussell.

»Was machen wir jetzt?«

»Das weiß ich wirklich nicht, Ingrid.«

Kapitel 96

Kjell kontrollierte die Tasche zweimal, ehe er sie in den Kofferraum legte. Er hatte alles dabei. Den Schalldämpfer für die Pistole, eine Rolle mit schwarzen Müllbeuteln, Gaffa-Tape, Seil, Desinfektionsmittel, Handschuhe – ein Paar aus Plastik, eines aus Leder – und ein Messer. Dann warf er den Rucksack mit Pass und Kleidung zum Wechseln hinterher. Den Stock warf er auf den Boden vor dem Beifahrersitz, die Pistole schob er ins Handschuhfach.

Das Auto, ein nichtssagender Saab, den er von einem Kollegen, noch so einem Schreibtischhengst, unter dem Vorwand geliehen hatte, er brauche ein paar Tage eine Anhängerkupplung, war leider ein Schaltwagen. Das würde wehtun, aber es spielte keine Rolle.

Er musste nach Mora. So war es einfach.

Als Kjell auf den Essingeleden hinauskam, fuhr er schneller, blieb aber knapp über der erlaubten Geschwindigkeit. Heute hatte er keine Lust, in eine Verkehrskontrolle zu geraten.

Das Jugendamt hatte entschieden, dass er Anna »eine Weile«, wegen seines »gewaltsamen Temperaments« und weil er das Rücklicht von Berits Auto kaputtgeschlagen habe, nicht treffen dürfe.

Die Nadel des Tachos ging nach oben, wenn er an das Telefongespräch dachte.

Was war denn so seltsam daran, dass er wütend geworden war? Schließlich hatte er niemandem in die Fresse gehauen, auch wenn er große Lust dazu gehabt hatte. Ein Rücklicht. Das war doch kein Ding.

Aber jetzt hatte Ingrid alles genau so bekommen, wie sie es wollte, diese verdammte Hure. Erst hatte sie Anna beeinflusst, damit sie nicht bei ihm zu Hause sein wollte. Sie hatte schlecht über ihn geredet. Um sich das auszurechnen, musste man nun wirklich kein Hirnchirurg sein. Und dann hatte er, genau wie es ihr Plan gewesen war, vor allen die Fassung verloren. Glückwunsch. Plan gelungen.

Als er auf die E 18 Richtung Enköping kam, waren ihm die Geschwindigkeitsbegrenzungen egal.

Er würde nicht vor Mitternacht im Mora Hotel sein, aber er würde es bis dahin schaffen. Und morgen musste er sie finden.

Wenn er nicht weiterkam, wohnte ja noch der verfluchte Benny in Mora. Mit etwas Ermunterung würde der ihm sicher gerne helfen, ob er nun wollte oder nicht.

Es war nach eins, als Kjell, schweißgebadet vor Schmerzen, auf den Hotelparkplatz einbog. Drinnen saß hinter dem Tresen ein Nachtportier und schlief halb.

Zweimal hatte er während der Fahrt anhalten müssen, um auszusteigen und sich zu bewegen. Das Bein schmerzte furchtbar. Eine halbe Schmerztablette hatte er sich getraut zu nehmen, aber die hatte überhaupt nicht geholfen. Das Einzige, was er jetzt noch wollte, war, auf das Zimmer zu gehen, noch eine ganze Tablette hinterherzuschmeißen und zu schlafen.

»Kennen Sie vielleicht diese Person?«, fragte er und legte ein Foto von Ingrid auf den Tresen.

Der Nachbarportier sah vom Auftragsbuch auf und warf einen raschen Blick auf das Foto.

»Nein.«

»Haben Sie überhaupt hingeschaut?«, zischte Kjell.

»Ja, das habe ich«, erwiderte der Mann. »Ich habe sie noch nie gesehen.«

»Okay«, erwiderte Kjell. »Dann weiß ich Bescheid.«

Er steckte das Foto in die Tasche zurück und seufzte. Wie lange konnte es wohl dauern, einen Zimmerschlüssel auszuhändigen?

»Sie bleiben eine Nacht?«, fragte der Portier.

»Ich bleibe so lange wie nötig.«

Kjell nahm seinen Schlüssel und den Rucksack und hinkte zum Fahrstuhl.

Kapitel 97

Nachdem Ingrid sich mehrere Stunden lang im Bett herumgewälzt hatte, stand sie auf, um sich eine Tasse Tee zu kochen. Ein schwerer Herbstregen pladderte aufs Fensterblech, als sie den Topf mit Wasser füllte und ihn auf den Herd stellte. Das Thermometer zeigte ein mickriges Grad plus.

Was sie auch tat, sie kam aus dem Grübeln nicht raus. Normalerweise fühlte es sich besser an, wenn ein Verbrechen aufgeklärt war, doch diesmal half das kein bisschen. Lenas Eltern hatten ihre Erklärung bekommen, doch abgesehen davon fühlte es sich in ihrem Inneren genauso düster an wie zuvor. Ihr Lohn zur Lösung des Rätsels war auf ihrem Konto angekommen, aber das war ihr egal. Der Fall ließ sie nicht los.

Sie dachte an Lena, die so schamlos hintergangen worden war, dass sie völlig den Verstand verloren hatte, an Johannes, der einen anderen Menschen getötet und sein eigenes Leben und das seiner Familie für alle Zeit zerstört hatte. Mit dem gebrochenen Rücken würde er wahrscheinlich nie wieder gehen können. Jesper, der in diese makabre Tragödie hineingezogen worden war. Da er unter fünfzehn war, würde er nicht wegen Beihilfe verurteilt, aber würde er jemals die Erinnerung loswerden, dass er geholfen hatte, Lenas Leiche an der Decke aufzuhängen? Diese Schuld würde er den Rest seines Lebens mit sich herumtragen.

Als das Wasser kochte, füllte Ingrid damit den größten Becher, den sie hatte, und hängte einen Beutel Kamillentee hinein. Dann schaltete sie die Lampe ein und setzte sich an den Küchentisch.

Kleine, nasse Schneeflocken rutschten die Fensterscheibe hinunter.

Hoffentlich bekam Steve oder Gunnar oder wie dieser Psychopath nun auch hieß eine richtig lange Gefängnisstrafe. Es durfte keine weitere Person mehr in seine Fänge geraten. Jemanden um Geld zu betrügen, war eine Sache, aber sich gleichzeitig die Liebe und das Vertrauen eines Menschen zu erschleichen, das war unfassbar gefühlskalt. Innerhalb eines halben Jahres hatte er Lenas ganze Existenz in Trümmer gelegt.

Ingrid hatte Lenas Eltern versprochen, sie zu begleiten, wenn das Gerichtsverfahren anstand. Sie würde ganz vorne an ihrer Seite sitzen, in Vertretung ihrer Tochter, und den Blick nicht von ihm wenden.

Ingrid pustete auf den heißen Tee und nahm einen vorsichtigen Schluck.

Das Foto von Benny als Kind lag noch immer auf dem Tisch. Sie nahm es auf, und wieder erstaunte sie die unglaubliche Ähnlichkeit.

War es wirklich möglich, dass Anna seine Tochter war? Benny und sie waren bei der Verhütung immer sehr vorsichtig gewesen, und als Anna klein war, hatte sie mit ihren blauen Augen und ihrer Knubbelnase sowohl Kjell als auch ihr selbst ähnlich gesehen. Alle hatten das gesagt. Oder war das nur Einbildung gewesen?

Aber Benny und sie hatten bei ihrem letzten Mal doch auch verhütet, oder? Allerdings war es auf dem Personalfest ganz schön wild hergegangen. Wie sie hinterher nach Hause gekommen waren, wusste sie gar nicht mehr, sicher war nur, dass sie auf dem Sofa gelandet und morgens wie zwei Sardinen zusammengepresst aufgewacht waren, halb ausgezogen mit einer Decke über sich. Und als sie morgens mit einem entsetzlichen Kater die Augen aufschlug, war Kjell das Erste gewesen, woran sie gedacht hatte.

Kjell. Nachdem sich in dem Menschengewimmel auf jenem Fest ihre Blicke begegnet waren, hatte sie nicht aufhören können, nach ihm zu suchen. Den Rest des Abends waren sie umeinandergekreist, doch als er gerade auf sie zukommen wollte, um etwas zu sagen, war Benny aufgetaucht. Tags darauf hatte Kjell sie angerufen, und von dem Moment an war nichts mehr so wie vorher.

Sie schaute das Bild noch einmal an.

Inzwischen konnte man natürlich einen Vaterschaftstest mit neunzigprozentiger Sicherheit machen, indem die Blutgruppe mit einer HLA-Typisierung kombiniert wurde. Aber wie sie Kjell kannte, würde er seine Tochter nicht aufgeben, und es gab zumindest die Möglichkeit, dass der Test fehlerhaft war. Und Benny? Warum sollte er sich darauf einlassen? Wahrscheinlich würde es das Ende seiner Ehe mit Ulrika bedeuten, wenn er die Vaterschaft mit allem, was das bedeutete, anerkennen würde.

Nein, Ingrid würde Kjell niemals loswerden.

Kapitel 98

Um halb sieben schlug Kjell hellwach die Augen auf. Nach einer raschen Dusche, zu der er am Abend zuvor nicht mehr imstande gewesen war, und einem ordentlichen Frühstück fühlte er sich bereit.

Heute saß eine hübsche Frau an der Rezeption. Sie sah bedeutend wacher und aufmerksamer aus als der Idiot, der in der Nacht dort gehockt hatte.

»Guten Morgen«, sagte Kjell, als er sich näherte. Er feuerte sein bestes Lächeln ab und hatte Erfolg. Das sah er sofort, als sie den Blick kurz senkte, ehe sie ihn ansah, und dann das Lächeln erwiderte.

»Darf ich Moras schönste Dame um Hilfe in einer Sache bitten?«

»Ja, natürlich«, erwiderte sie und errötete ein wenig. »Worum …?«

»Kennen Sie diese Frau?«, fragte er und legte das Bild zum zweiten Mal auf den Tresen.

Die Rezeptionistin nahm sich Zeit, runzelte die Stirn, dachte nach.

»Irgendwie kommt sie mir bekannt vor, wirklich. Aber ich weiß nicht genau, woher.«

»Wie schade«, sagte Kjell. »Ich bin Anwalt, und einer von ihren alten Verwandten ist gestorben, und jetzt bin ich hier, weil sie einen Teil des Erbes bekommen soll. Aber niemand weiß, wo sie inzwischen wohnt. Sie heißt Ingrid Wolt.«

Das war ein Schuss ins Blaue. Es war sehr gut möglich, dass sie sich inzwischen anders nannte.

»Aber sie soll in Mora wohnen?«

»Angeblich.«

In dem Moment, als die Rezeptionistin das Foto zurückgeben wollte, kam eine Putzfrau vorbei.

»Tanja«, sagte die Rezeptionistin, »könntest du uns helfen?«

Die Putzfrau blieb stehen und drehte sich um.

»Kennst du diese Person hier? Ich bin ganz sicher, dass ich sie schon einmal gesehen habe, aber ich komme nicht darauf, wo. Sie heißt Ingrid.«

Die Putzfrau nahm das Bild entgegen, und die Rezeptionistin sah Kjell an, wie um nach Anerkennung für ihr Engagement zu fischen.

Tanja, wie sie offensichtlich hieß, erstarrte und sah dann Kjell mit versteinerter Miene an.

»Nein«, sagte sie. »Nein, die habe ich noch nie gesehen. Das weiß ich ganz sicher.«

Kjell wusste, wenn jemand log, und diese Frau tat es. Hundertprozentig. Noch bevor er etwas sagen konnte, war sie wieder verschwunden.

»Na, die hatte es ja ganz schön eilig«, sagte Kjell zu der Rezeptionistin. »Aber, sagen Sie, könnte ich vielleicht mal das Telefonbuch leihen?«

Als Kjell erfahren hatte, dass Benny Jörgensen nach Mora gezogen war, hatte er sich ein rotes Haus mit weißen Ecken vorgestellt, nicht ein Mietshaus mitten in der Stadt. War das überhaupt eine Stadt hier? Höchstens ein Dorf.

Es war neun Uhr, Benny war also wahrscheinlich schon zur Arbeit gegangen. Vielleicht hatte er aber auch eine Spät- oder Nachtschicht, und dann lag er sicher zu Hause und schlief, was perfekt wäre.

Als er sah, dass Benny ganz oben im dritten Stock eines Hauses ohne Fahrstuhl wohnte, fluchte Kjell laut. Etage für Etage kämpfte er sich langsam hoch. Die Pistole, die er sich in den Hosenbund gesteckt hatte, schabte an seinem Bauch. Als er nach viel Mühe vor der richtigen Tür stand, musste er sich lange an der Wand abstützen, um wieder zu Atem zu kommen.

Im Treppenhaus war es mucksmäuschenstill, als Kjell auf die Klingel drückte. Sie tönte laut in der Wohnung, aber nichts geschah. Wenn Benny noch da war, schlief er offensichtlich ziemlich tief. Kjell drückte noch einmal auf die Klingel. Lange.

Als er gerade schon aufgeben wollte, rasselte das Schloss und die Tür ging auf.

Eine zuckersüße Frau stand im Morgenmantel und Hausschuhen vor ihm. Es war nicht Ingrid.

»Was soll das?«, schimpfte sie. »Wieso klingeln Sie hier wie ein Verrückter?«

Sie starrte erst ihn, dann den Stock wütend an. Darauf war er nicht gefasst gewesen.

»Wieso öffnen Sie nicht, wenn Sie zu Hause sind?«, entgegnete er.

»Ich bin krank. Was wollen Sie?«

Jetzt erst sah er, dass ihr Gesicht leichenblass war und die Augen blutunterlaufen.

»Ich suche Benny«, sagte er und wich einen Schritt zurück. »Aber anscheinend ist er nicht zu Hause.« Er wollte absolut nicht angesteckt werden, was auch immer sie hatte.

»Nein, das ist er nicht. In dem Fall hätte *er* nämlich die Tür aufgemacht.«

Na, da hatte Benny sich ja einen ganz schönen Besen angelacht.

»Dann muss er das vergessen haben«, sagte Kjell. »Er hatte einen Termin wegen verschiedener Versicherungen ausgemacht.«

Der Besen sah ihn müde an.

»Soll ich ihm was ausrichten?«

»Nein, nicht nötig. Ich rufe ihn heute Abend an, dann kriegen wir das schon hin.«

Als Kjell zurück ins Hotel kam, saß eine andere Frau mit hoch aufgetürmter Frisur an der Rezeption. Sie war nicht annähernd so hübsch wie die vorherige, aber das machte sie bestimmt noch empfänglicher für seine Aufmerksamkeit.

Kjell holte das Foto raus und näherte sich dem Tresen mit so viel Schwung, wie er nach den Treppen in Bennys Haus noch aufbringen konnte.

»Sie kommt mir bekannt vor«, sagte die Frau, nachdem Kjell sein erfundenes Anliegen vorgetragen hatte. »Vor allem der Mund und das Kinn.«

»Das Foto hat ein paar Jahre auf dem Buckel. Möglicherweise ist die Frisur heute ganz anders.«

»Wie heißt sie?«

»Ingrid.«

»Ja, mein Gott. Sie arbeitet hier als Putzfrau!«

»Ist das Ihr Ernst?«, fragte Kjell. »Manchmal hat man einfach Glück.«

Das erklärte auch, warum die andere Putze sich so komisch benommen hatte.

»Ja, wirklich. Was für ein Zufall.«

Wenn die Frau auf diese Weise strahlte, war sie sogar richtig hübsch.

»Arbeitet sie heute?«, fragte Kjell.

»Das kann ich nicht so einfach sagen. Ich habe sie heute noch nicht gesehen, aber eigentlich kann man davon ausgehen. In dem Fall wäre sie jetzt dabei, die Zimmer zu putzen.«

»Na, dann gehe ich einfach mal und schaue, ob ich sie finde.«

Kapitel 99

Zwei Wochen zuvor

Als es Lena am Montagmorgen gelungen war, die Augen aufzukriegen, war es schon nach zehn. Sie müsste schon längst bei der Arbeit sein, aber wie sehr sie es auch versuchte, ihr Körper wollte einfach nicht aus dem Bett hochkommen. Sie lag da und starrte an die Decke, während die Erinnerungen an Stockholm sie überspülten. Der Mann, der in der Tür ihres gelben Hauses gestanden und sie angeschaut hatte, als wäre sie geisteskrank, aus der Klapse ausgebrochen, eine, die ohne Sinn und Verstand vor sich hin redete.

War sie verrückt? War Steve nur ein Hirngespinst von ihr? Hatte sie das alles geträumt?

Als sie das letzte Mal in diesem Schlafzimmer aufgewacht war, war es Spätsommer gewesen, aber das musste mehrere Hundert Jahre her sein. Welche Jahreszeit jetzt war, das wusste sie nicht. Vielleicht Winter. Der Himmel war ganz weiß.

Sie zwang sich hoch, blieb aber eine weitere Ewigkeit auf der Bettkante sitzen. Vielleicht war es doch nicht Winter. Draußen lag kein Schnee.

Mit steifen Beinen stolperte sie zur Toilette, pinkelte und blieb hocken.

Sollte sie ihn bei der Polizei anzeigen? Aber wegen was denn? Er hatte sie nicht bedroht oder geschlagen. Das Geld hatte sie ihm ganz freiwillig geliehen.

Nein, das ging nicht. Alle würden sie lächerlich finden. Naiv.

Das hier würde sie niemandem erzählen können.

Alle, die sie kannte, würden hinter ihrem Rücken über sie lachen. Mama und Papa würden total entsetzt sein. *Was hast du dir dabei gedacht? Jetzt erkläre uns das bitte, Lena!*

Lena stand auf und wusch sich die Hände. Die Person, die sie im Spiegel ansah, hatte sie noch nie gesehen. Ihr Gesicht war ganz heiß vor Scham.

Was hast du dir dabei gedacht? Was hast du dir dabei gedacht? Was sollen die Leute sagen? Die Übelkeit kam so plötzlich, dass sie es nicht bis zur Toilette schaffte. Hinterher schaute sie auf ihr klebriges Nachthemd. Muss waschen. Sauber machen.

Das Kind. Sie konnte doch nicht sein Kind zur Welt bringen. Das Kind musste weg. Sie musste weg.

Sie riss sich das Nachthemd vom Leib und stopfte es in die Waschmaschine, füllte die Trommel mit Stücken aus dem Wäschekorb auf, bis sie proppenvoll war, schüttete aufs Geratewohl Waschmittel rein und startete den Waschgang.

Sauber machen. Ordnen.

Nackt ging sie zurück ins Schlafzimmer, um etwas zu finden, was sie anziehen konnte, dann machte sie das Bett, ganz glatt.

Sauber machen. Ordnen.

Dann musste sie … Anders ging es nicht. Eskils Gewehr vielleicht.

Was hast du dir dabei gedacht, Lena? Haben wir dir nicht beigebracht, mit Geld vorsichtig zu sein?

Aber erst mussten alle Spuren von dem, was passiert war, verschwinden. Niemand durfte erfahren, wie leicht sie sich hatte reinlegen lassen.

Die Seidenbluse mit dem tiefen Ausschnitt hing auf einem Bügel vor der Schranktür. Lena riss sie an sich und versuchte den Stoff zu zerreißen.

»Verdammt noch mal«, zischte sie. »Verdammt noch mal, verdammt, verdammt, verdammt!« Die Nähte der Bluse wollten nicht nachgeben, sie rollte sie zu einem Ball, auf den sie mit der Faust schlug.

»Wie konntest du nur?«, schrie sie. »Wie. Konntest. Du. Das. Nur. Tun?«

Sie brüllte immer lauter, während die Tränen ihr unaufhörlich die Wangen herunterliefen. »Wie kann jemand so böse sein? Du Verdammtes, elendes Schwein! Schwein!«

Lena nahm die Bluse mit in die Küche, warf sie auf den Boden und trampelte darauf herum.

Bitte, liebe Lena, was hast du dir dabei gedacht? Wie konntest du dir nur so ins Gesicht lügen lassen? Das hättest du doch merken müssen!

Ein Streichholz nach dem anderen zerbrach, als sie versuchte, Feuer im Holzofen zu machen, aber schließlich flammte es auf.

Sie drückte die Bluse ins Feuer, sah, wie der Seidenstoff sich einrollte und vernichtet wurde. Ohne die Klappe zu schließen, holte sie alle Briefe von Steve, die sie in der Schublade des Nachtischs aufbewahrt hatte. Das ganze dicke Bündel stopfte sie zwischen die Holzkloben und kniete sich davor, um Steves Handschrift in Flammen aufgehen zu sehen. Niemand sollte es je erfahren.

»Eines Tages wirst du in der Hölle brennen, du verfluchtes Aas!«

Als nur noch schwarze Flocken von den Briefen übrig waren, knallte sie die Ofentür zu.

Hast du wirklich nie begriffen, dass er gelogen hat? Ja, ich muss es einfach sagen. Du bist doch eine erwachsene Frau, und du hast das alles geglaubt? Wenn es zu gut ist, um wahr zu sein, dann ist es wahrscheinlich nicht wahr.

Das Tagebuch. Mein Gott, das Tagebuch. Alles musste weg. Und die Bankunterlagen. Niemand durfte ihr Tagebuch finden.

Sie lief zurück ins Schlafzimmer und rutschte in den Wollsocken fast aus. Das Tagebuch. Sauber machen. In Ordnung bringen. Dann …

Sie griff das Tagebuch.

Liebste Lena! Zeige der Welt, wie schön du bist!

Was für ein Hohn.

Sie hielt es zwischen Daumen und Zeigefinger, als wäre es brennend heiß, und ging in die Küche zurück.

Auf der Schwelle blieb sie abrupt stehen.

»Johannes?«, fragte sie heiser. »Was machst du hier?«

Kapitel 100

Ingrid besprühte einen weiteren Badezimmerspiegel mit Glasreiniger, platzierte ihrem Spiegelbild einen Schuss direkt auf die Stirn auf und wischte alles mit raschen, ausladenden Bewegungen wieder trocken.

Als sie ins nächste Zimmer kam, erstarrte sie schon auf der Schwelle.

Das Rasierwasser. Blue Stratos. Der Geruch jagte ihr einen solchen Schrecken ein, dass sie zu zittern begann.

Dasselbe, das Kjell gehabt hatte.

Sie tat alles, um dem Impuls zu widerstehen, das Zimmer fluchtartig zu verlassen, versuchte auf dieselbe Art zu atmen, als wenn sie ins kalte Wasser stiege. Ruhig und tief.

Kjell, der mit beiden Händen ihren Hals packte, sodass sie keine Luft mehr bekam, der ihren Kopf mit Wucht gegen die Wand donnerte. Als sie wieder atmen konnte, war es der Geruch von Blue Stratos, den sie einsog.

»Hör auf zu heulen, verdammt noch mal. Dachtest du, ich würde dich wirklich verletzen?«

Reiß dich zusammen, sagte sie zu sich selbst, als sie in der Tür stand und zitterte. Das ist lange her, und du hast überlebt.

Sie nahm einen sauberen Lappen und die Flasche mit Reinigungsmittel aus dem Putzwagen und ging ins Badezimmer. Und tatsächlich: Auf dem Brett vor dem Spiegel stand die blaue Flasche mit dem Vogel darauf.

Das ist reine Kopfsache, versuchte sie sich selbst zu sagen. Mach einfach deine Arbeit.

Hier wohnte eine ordentliche Person. Das Necessaire war zu, die Medikamentenschachteln standen in einer Reihe vor dem Spiegel, und es gab keine Spur von Barthaaren oder Zahncreme im Waschbecken.

Trotzdem sprühte Ingrid das Putzmittel in das Becken und wischte einmal mit dem Lappen drüber.

Und da bemerkte sie die Etiketten auf den Schachteln.

Kjell Wolt, 451022, Nathorstvägen, Johanneshov.

Die Flasche mit dem Putzmittel fiel zu Boden und rollte Richtung Badewanne.

Sie musste aus dem Hotel raus. Sofort.

Ingrid verließ das Badezimmer, ohne die Flasche aufzuheben oder das Licht auszuschalten.

Die Tür zum Flur stand weit offen. Sie war gerade auf dem Weg nach draußen, als sie hörte, wie sich ein klickendes Geräusch näherte.

Ein Stock.

Kapitel 101

Vor Kjells Zimmer stand ein Putzwagen, und die Tür war weit geöffnet. Jemand war im Zimmer. Könnte er wirklich so ein unglaubliches Glück haben?

»Ingrid!«, rief er mit seiner betont fröhlichen Stimme. »Bist du da drin?«

Keine Antwort. Wenn Tanja oder eine der anderen Putzfrauen im Zimmer wäre, dann würde sie sich höchstwahrscheinlich zu erkennen geben. Das Schweigen sprach eine deutliche Sprache.

Kjell trat über die Schwelle und schaute ins Badezimmer. Das war leer. Wahrscheinlich lag sie unterm Bett und hatte Angst. Das hatte sie früher oft gemacht.

Er ging rückwärts in den Flur hinaus und schubste den Putzwagen an, sodass er losrollte und ein paar Türen weiter stehen blieb. Dann ging er rein und schloss die Tür hinter sich ab.

Von allen denkbaren Szenarien hatte er hiermit am wenigsten gerechnet. Ingrid arbeitete als Putzfrau in einem Hotel. In seinem Zimmer. Wenn sie nur nicht seine Sachen erkannt hatte oder die Tasche. Hoffentlich hatte sie die nicht geöffnet.

Mit großer Mühe ging er auf die Knie, doch im Dunkel unter dem Bett war niemand.

Dann konnte sie sich nur noch hinter den Gardinen verstecken.

»Warum stehst du da?«, fragte er. »Komm doch raus, dann können wir reden.«

Kapitel 102

Ihr Herz schlug so schnell, dass die Gardine von der Bewegung flattern musste. In Ingrids Kopf herrschte tosender Lärm.

Durch einen Spalt im Stoff konnte sie weniger als einen Meter von ihr entfernt seinen Bauch und sein Bein erkennen. Sie sah auch den Stock, seine Hand darauf. Die war gealtert, war aber immer noch dieselbe. Das Muttermal über dem Ringfinger und die Narbe von damals, als er sich als Kind mit dem Messer verletzt hatte. Nur ein dünner Stoff zwischen ihnen.

»Warum stehst du da?«

Saure Galle stieg in ihr hoch, als sie seine sanfte Stimme hörte.

»Ich musste ja leider nach Mora kommen, um mit dir reden zu können. Du weigerst dich schließlich, dich zu melden.«

Auch wenn sie sein Gesicht nicht sah, wusste sie genau, was für eine Miene er aufgelegt hatte. Leicht hochgezogene Augenbrauen und einen gekränkten Zug um den Mund.

Sie hatte keine Worte, mit denen sie antworten konnte, ihre Stimme würde versagen.

»Aber ich hätte nicht gedacht, dass ich dich hier hinter einer Gardine finden würde«, fuhr er fort.

Gleich würde er mit einem kräftigen Ruck den Stoff beiseiteziehen, und dann würde er vor ihr stehen. Doch durch den Spalt sah sie, wie er stattdessen eine Pistole aus dem Gürtel zog.

Jetzt sterbe ich, dachte sie.

Er richtete die Pistole direkt auf sie und fuhr im selben Ton fort: »Es gefällt mir nicht, wenn du hinter meinem Rücken zu unserer

Tochter schlecht über mich redest. Wie können wir je zusammenarbeiten, wenn du so was tust?«

Er legte den Stock auf das Bett, hockte sich hin und suchte mit der freien Hand nach einer Tasche auf dem Fußboden, während er weiter auf sie zielte.

»Wie du dich wahrscheinlich erinnerst, warst du es, die auf mich geschossen und unsere Familie zerstört hat«, sagte er. »Und seitdem hast du alles getan, um mich weiter zu verunglimpfen. Du hast schlecht über mich geredet. Begreifst du, wie sich das anfühlt?«

Mit tastenden Bewegungen zog er den Reißverschluss der Tasche auf und holte einen Schalldämpfer heraus. Er erhob sich ein wenig unsicher und schraubte ihn auf die Pistole.

In Ingrids Kopf dröhnte der Puls. Die Zeit stand still und rauschte gleichzeitig davon. Wie weit entfernt stand das Telefon? Könnte sie das Fenster öffnen und rausspringen? Sie tastete mit der Hand hinter sich, ohne den Blick von Kjell zu wenden. Vorsichtig konnte sie den Finger unter den Fensterhaken schieben, wagte aber nicht, ihn abzuheben.

»Komm doch mal raus, damit wir reden können«, bat Kjell scheinheilig.

Mit einer plötzlichen Bewegung zog er die Gardine beiseite. Im nächsten Moment war sein Gesicht zehn Zentimeter von ihrem entfernt, und sie wich so schnell zurück, dass sie mit dem Hinterkopf an die Fensterscheibe schlug. Die kalte Pistolenmündung drückte gegen ihre Schläfe. Etwas Warmes lief auf der Innenseite ihres Oberschenkels hinunter.

Kjell schaute kurz nach unten.

»Du musst doch nicht hier stehen und dich einpissen«, sagte er. »Es gibt schließlich eine Toilette, das solltest du aber wissen.«

Die Adern an seiner Schläfe pulsierten, die Kaumuskeln bebten, aber er redete weiterhin mit seiner sanften Stimme und ohne jede Eile.

»Soll ich dir zeigen, wo sie ist?«

Ingrid hatte aufgehört zu atmen. Sie wollte schreien, nach Tanja rufen, aber das würde sie nicht retten. Sobald sie auch nur den kleinsten Laut von sich gab, würde Kjell abdrücken.

»Du sagst ja nicht gerade viel. Aber das ist egal. Wenn ich es mir recht überlege, dann hat deine Fresse schon mehr als genug geplappert.«

Er wich ein paar Schritte zurück, zielte aber mit der Pistole immer noch auf sie.

»Rein ins Badezimmer«, sagte er. »Wenn du schreist oder irgendwas anderes versuchst, schieße ich sofort.«

Der Urin klebte unter ihren Schuhsohlen, als Ingrid begann, sich durch das Zimmer zu bewegen. Draußen auf dem Flur näherten sich Stimmen, gingen vorbei und verschwanden.

»Leg dich in die Badewanne«, sagte er hinter ihr.

Ingrid stieg mit Schuhen über den Rand und kniete sich hin.

Plötzlich klopfte es an der Tür.

»Ingrid!«, rief Tanja. »Bist du da?«

Sie klang besorgt.

Kjell zielte weiter mit der Pistole auf Ingrid, starrte sie mit zusammengekniffenen Lippen an.

»Ingrid?«

Tanja klopfte noch einmal, jetzt fester, dann ging ein Schlüssel ins Schloss, und die Tür wurde geöffnet.

»Hallo?«

Stille.

Ruf die Polizei, bitte, ruf die Polizei, betete Ingrid innerlich.

Die Tür ging wieder zu, und Schritte entfernten sich.

Wie lange würde es wohl dauern, bis die Polizei käme, wenn Tanja sofort anriefe? Zehn Minuten, vielleicht eine Viertelstunde. Oder noch länger?

»Ist dir klar, wie sehr ich mich nach dem hier gesehnt habe?«, sagte Kjell. »Tag und Nacht habe ich an nichts anderes gedacht. Endlich werde ich Frieden finden.«

Ingrid schloss die Augen.

Dann hörte sie die Polizeisirene.

Danksagung

Dank an meine wunderbare Verlegerin Karin Linge Nordh – du bist weiterhin meine große Unterstützung beim Schreiben. Du bremst, wenn es zu schnell geht, machst mir Dampf, wenn es nötig ist, und liest Manuskripte wieder und wieder, immer mit derselben Warmherzigkeit und Konzentration.

Danke auch an meinen Lektor Henrik Karlsson für einen super Job und an alle bei Bazar, die mich unterstützen und mir helfen. Einen besonderen Dank an Mikaela Sörenson, Andrea Gruvmalm, Felicia Olsson und Josefin Andersson. Eure fröhliche Energie bedeutet mir so viel.

Danke, Ann-Helén Laestadius, meine liebe Freundin, dass du mein Manuskript gelesen und mir so viele wertvolle Gedanken gegeben hast. Dein Adlerauge für Details und dein Gefühl für die Charaktere und ihre Art zu handeln haben einen großen Unterschied gemacht. Oder was meinst du? Es ist ein Geschenk, eine erste Leserin und Freundin zu haben, die ebenso um den Text besorgt ist wie ich.

Danke, Lennart Kjellander, ehemaliger Polizist, für ein weiteres Durchlesen mit der Brille des Kriminalen auf der Nase. Dass du immer Antworten auf meine oft makabren Überlegungen findest, ist mir ebenso viel wert wie unsere Gespräche über dieses und jenes. Danke, danke, danke!

Um die achtziger Jahre in Dalarna (hoffentlich) richtig wiederzugeben, habe ich Hilfe von einigen Menschen gehabt: Owe Hållmarker, Kent Olsson, Conny Bondeson, Per Jonsson, Fia Staffan, Lars Nilsson, Anna Lööf-Norrström, Sofia Andersson und Kristin Rohman.

Danke euch allen! (Wenn irgendwas nicht stimmen sollte, dann ist das nicht ihre Schuld, sondern meine.)

Und nicht zuletzt danke an Mirja Turestedt, die diese Textmenge als Hörbuch eingelesen hat. Du bist eine Heldin! Jetzt kannst du eine Pause machen und Kaffee trinken.

Stockholm, 27. Februar 2024